스토브리그

**이신화 대본집**
스토브리그 2

1판 1쇄 발행 2020. 2. 28.
1판 4쇄 발행 2023. 10. 23.

지은이 이신화

발행인 고세규
편집 김민경 디자인 지은혜 마케팅 김새로미 홍보 반재서

발행처 김영사
등록 1979년 5월 17일(제406-2003-036호)
주소 경기도 파주시 문발로 197(문발동) 우편번호 10881
전화 마케팅부 031)955-3100, 편집부 031)955-3200 | 팩스 031)955-3111



값은 뒤표지에 있습니다.
ISBN 978-89-349-0019-1 04810
978-89-349-0017-7 (세트)

홈페이지 www.gimmyoung.com 블로그 blog.naver.com/gybook
인스타그램 instagram.com/gimmyoung 이메일 bestbook@gimmyoung.com

이야기를 만드는 작업은
즐겁지만 어려웠습니다.
저는 참 약한 사람이었지만
그래도 괜찮았습니다.
우리 팀은 서로를 도왔습니다.
서툰 제 첫걸음을 지켜봐주셔서
감사합니다.

2019. 02.
이신화 드림

2

# STOVE LEAGUE

김영사

드라마 대본이란 참 이상한 글입니다. 소설에 비해서 굉장히 딱딱한 형식을 유지하면서도 그 안에 스토리는 있습니다. 저는 '이야기꾼'이 현재도, 앞으로도 평생 안고 갈 꿈입니다. 이야기를 표현할 여러 가지 형태 중에서 드라마 대본으로 제 공부를 집중하기로 결심을 하고 나서 생각했습니다. 드라마 대본 쓰기란 예술의 영역이 아닌 설계의 영역이란 것을 말이죠. 제 스스로 예술을 한다고 생각하면 그 무게에 짓눌려 아무것도 할 수 없을지도 모릅니다. 취미로 밴드 활동을 시작했을 때도 '작가가 이래도 되나?'라는 고리타분한 생각이 들었을 정도로 전 꽉 막힌 부분이 있는 사람입니다. 하지만 이제는 세상 사람들 틈에 섞여 그 안에서 일어나는 일들을 모아 설계도를 펼쳐 그려나가는 일을 한다고 생각하니 숨이 쉬어지네요.

설계도에 불과한 이 책을 읽어주시는 여러분께서는 아마도 〈스토브리그〉라는 드라마를 재미있게 보셨기 때문이겠죠. 많은 배우들의 열연, 훌륭한 연출력과 음악이 가미되어 빛이 날 수 있었던 드라마에 비하면 제 대본은 꼭꼭 씹어도 단맛은커녕 부족함만 드러날 것 같습니다. 그런데 이렇게 얘기하면서 무슨 낯으로 대본집을 낸 거냐고 물으신다면 저도 할 말이 있습니다. 다음에도 제가 대본집이라는 용기를 낼 수 있을지는 모르겠습니다만, 저는 드라마를 재미있게 보신 분들에게 대본집을 제공하는 것 또한 또 다른 콘텐츠를 제공하는 것이라고 생각했습니다. 오로지 딱딱한 형식의 글만으로 이루어진 이 책을 읽어주시는 여러분께 마치 구석진 골목에서 거친 통곡물 빵을 파는 주인처럼 그저 감사한 기분입니다. 부족한 대본으로 인하여 고생한 우리 연출팀과 배우분들이 얼마나 뛰어난 분들인지 자랑할 기회도 되겠지요.

대본집이기 때문에 드라마의 완성보다 대본 한 편을 완성하게끔 도와주신 스승님들께 깊은 감사를 표시하고 싶습니다. 여섯 줄의 콘셉트 이야기가 될 것 같다고 짚어주신 '스토브리그의 할아버지' 이은규 선생님, 〈아들과 딸〉로 제 유년기부터 스승님이셨던 박진숙 선생님, 평생 제 대본을 부끄러워하도록 만드신 정성주 선생님, 연출의 시선으로 제 글을 바라봐 주셨던 최종수 선생님, 드라마계가 아름답다는 걸 알려주신 윤경아 선생님, 스포츠 드라마 최초의 성공으로 길잡이가 되셨던 손영목 선생님, 인문학의 향기가 나는 수업을 들려주셨던 정성효 선생님, 단막극이 무엇인지 지금도 귀에 생생한 외침을 남기셨던 박지현 선생님, 드라마의 기본을 가장 매끄럽고 깊게 알려주신 김윤영 선생님. 선생님들 말씀 모두가 글을 쓰다 보면 들립니다. 그런데도 반영하지 못하는 제가 부끄러워집니다. 감사하고 죄송합니다.

그리고 힘든 시기에 글쓰기의 의미와 즐거움을 다시금 잊지 않게 해주신 김이진 작가님과 〈지식채널 e〉 제작진들. 덕분에 제가 떳떳하게 살려고 최대한 노력하고 있습니다.

이제는 형제 같고 남매 같은 우리 스터디 골다공증 멤버들(상화, 지현, 수정, 다정, 문상, 설화), 곧 내가 자랑하게 될 천재 전유리 작가, 이제 내가 응원을 해야 하는 천재2 이미림 작가, 든든하게 같은 길을 걸어가고 있는 창의인재 2기, 창작반 동기들, 김영윤 후배, 석호형, 민지누나, 민석이. 늦은 오후, 식당 눈치보는 점심을 먹으며 새벽의 고민을 털어놓을 수 있는 다른 동료 작가들에게 깊은 감사드립니다.

그리고 가장 부끄러운 초고를 같이 봐주고, 살을 붙여주며 격려로 제가 고개를 들게 해준 김다운 피디님, 박세미 작가 모두 고맙습니다.

믿을 땐 믿어주면서 아름다운 채찍질에 망설임이 없었던 정동윤 감독님, 한태섭 감독님 그리고 조감독님들. 채찍을 맞지 않았다면 대본은 달릴 수 없었을 거라는 걸 알고 있습니다.

그리고 마지막으로 다시 한 번 드라마 〈스토브리그〉를 사랑해주신 분들에게 깊이 감사드립니다. 이렇게 대본집을 펼쳐 보면서 더 깊은 애정을 보여주신 여러분은 저에게 말도 안 되는 존재입니다. 드라마가 방송하는 기간이라도 우리 편이 늘어간다는 기분에 아무것도 무서울 것이 없었습니다.

감사합니다.

이신화 드림.

# 【목차】

## 2막

## 일러두기

1. 이 책의 편집은 이신화 작가의 드라마 대본 집필 방식을 최대한 따랐습니다.
2. 드라마 대사는 글말이 아닌 입말임을 감안하여, 한글맞춤법과 다른 부분이라 해도 그 표현을 살렸습니다.
3. 쉼표, 느낌표, 마침표 같은 구두점도 작가의 의도를 따랐습니다. 마침표가 없는 것 역시 작가의 의도입니다.
4. 이 책은 작가의 최종 대본으로, 방송되지 않은 부분이 포함되어 있습니다.

**스토브리그**Stove League

야구가 끝난 비시즌 시기에 팀 전력 보강을 위해 선수 영입과 연봉 협상에 나서는 것을 지칭한다. 시즌이 끝난 후 팬들이 난롯가에 둘러앉아 선수들의 연봉 협상이나 트레이드 등에 관해 입씨름을 벌이는 데서 비롯된 말이다.

**장르 & 형식**

본격 땀내 직업물

70분물×16부작 미니시리즈

**로그라인**

팬들의 눈물마저 마른 꼴찌팀에 새로 부임한 단장이 남다른 시즌을 준비하는 뜨거운 겨울 이야기.

**어떤 드라마인가**

프로야구팀의 준비 기간을 다룬 드라마로서 회별로 팀이 가진 문제를 한 가지씩 해결해가며 강팀의 면모를 갖춰가는 시추에이션 형식의 드라마.

프로야구 판을 소재로 다루지만 화려하지 않고 역동적이지 않은 그라운드의 뒤편, 한숨 가득한 프런트들의 치열한 세계를 다룬 드라마.

【 Point 】

**야구 드라마다**

프로야구 관중 800만 시대. 역동적인 그라운드, 진한 땀 냄새에 열광하는 프로야구 팬들의 취향을 저격하는 이야기.

**야구 드라마 같은 오피스 드라마다**

선수가 아닌 단장을 비롯한 프런트들의 이야기다. 프로 스포츠의 조연인 프런트를 좇아가는 이 드라마는 사실 그들이 단순 그림자가 아닌 겨울 시즌의 또 다른 주인공임을 보여준다.

**직업물 같은 전쟁 드라마다**

패배가 익숙하고 썩어 들어가고 있는 팀을 성장시키는 과정은 결코 아름답지 않다. 썩은 것을 도려내기 위해 악랄해지고, 진흙탕을 뒹구는 추악하고 치열한 싸움으로 이루어질 것이다. 오늘만 사는 듯 싸워나가는 주인공의 모습에 눈살이 찌푸려져도 '약자이면서도 관성에 저항하는 악귀'를 지켜보며 응원하게 되기를 바란다.

**전쟁물 같은 휴먼 성장 드라마다**

프로스포츠는 가혹하다. 꼴찌팀은 그들이 꼴찌라는 것을 전 국민이 알 수 있다. 그 팀의 소속이라는 이유만으로, 그 팀을 응원한다는 이유만으로, 어깨가 처지고 말수가 줄어드는 경험을 해봤는가. 처음부터 꼴찌였던, 벗어나려 발버둥을 쳐도 꼴찌였던 이들은 꼴찌에서 2등만 해도 웃을 수 있다. 불가피하게 어딘가 존재하는 꼴찌들이 기죽지 않는 판타지를 꿈꾸며 이 이야기를 쓴다.

'약해도 괜찮아. 노력을 시도했다면.'

이 한마디를 승수가 느끼는 순간 시청자들도

공감할 수 있는 드라마가 되길 바라며…

## 드림즈 프런트

STOVELEAGUE

구단주 조카

사장

홍보팀 팀장

마케팅팀 팀장

운영팀 팀장

스카우트팀 팀장

전략분석팀 팀장

운영팀 팀원

스카우트팀 차장

스카우트팀 팀원

# 인물 관계도

## 드림즈 코치진

**윤성복**
감독

**이철민**
수석코치

**최용구**
투수코치

**민태성**
타격코치

## 드림즈 선수

**장진우**
투수

**임동규**
타자

**유민호**
투수

**서영주**
포수

**길창주**
투수

**강두기**
투수

## 야구 관계자들

**김종무**
바이킹스 단장

**오사훈**
펠리컨즈 단장

**김영채**
스포츠 아나운서

## 승수 주변인물

**백영수**
동생

**유정인**
전 아내

**천흥만**
전직 씨름선수

## 드림즈 프런트

**백승수**
단장

**이세영**
운영팀 팀장

**권경민**
구단주 조카

**임미선**
마케팅팀 팀장

**고세혁**
스카우트팀 팀장

**고강선**
사장

**유경택**
전력분석팀 팀장

**장우석**
스카우트팀 차장

**한재희**
운영팀 팀원

**변치훈**
홍보팀 팀장

**양원섭**
스카우트팀 팀원

## 세영 주변인물

**정미숙**
세영 엄마

## 그 외 인물

**권일도**
재송그룹 회장

【 드림즈 프런트 】

**• 백승수(신임 단장)**

"약하면 저렇게 주위 사람들을 힘들게 하는 거야…"

'정은 안 가지만 일 잘하는 사람'
처음 보면 그렇게 보인다. 근데 조금 지켜보면…
'정말 더럽게 정이 안 가지만 더럽게도 일 잘하는 사람'

**그는 강한 사람이다**

씨름단, 하키팀, 핸드볼팀의 단장을 맡았고 그의 손을 거친 팀들은 늘 환골탈태의 과정을 거쳐 값진 우승을 거머쥐었다. 하지만 그가 맡은 모든 팀들은 비인기종목에 가난한 모기업을 둔 팀들로 우승 이후에 해체를 경험하게 된다. 그런 그에게 기회가 왔다. 대한민국 스포츠 판에서 가장 큰 돈이 오고 가는 곳. 프로야구에서 마침내 그를 찾게 된다. 그런데 하필 그를 찾는 팀은 경기장에서는 코치들끼리 멱살을 잡고, 지명을 받은 신인선수들이 지명을 거부하거나 눈물을 흘리고 변변한 투자 의욕도 없어 프로야구단의 질을 떨어뜨린다는 비난의 주인공, 만년 하위권을 벗어나지 못하는 '드림즈'였다.
생각해보면 그에게는 한 번도 쉬운 싸움이 없었다. 쉽지 않다고 해서 그 싸움을 피할 여유 같은 것이 주어진 적도 없었다. 눈앞의 불리한 상황을 운명처럼 받아들이고 늘 그 상황을 뒤집을 방법을 머리 싸매며 준비해왔다. 악귀처럼 악조건과 싸워나가는 그를 어떤 이는 경외하고 어떤 이는 두려워하고 피한다.

**그는 약한 사람이다**

웃음과 여유가 강자만의 특권이라면 그는 철저히 약한 사람이다. 단 한 번도 즐기면서 일해본 적이 없고 환희에 가득 차야 할 성공의 순간에 그는 한숨을 돌린다. 넘어져도 다시 일어설 수 있는 사람이 강자라면 그는 해당되지 않는다. 주어진 상황 앞에서 조금의 여유라도 부렸다면 그에게는 한 번의 실패가 기록됐을 것이고 한 번의 실패는 그를 주저앉혔을 것이다.
힘 있는 사람의 옆에서 그 힘을 빌릴 뻔뻔함도 없거니와 그들의 기분을 맞춰주거나 적당한 선에서 타협을 하는 유연함도 없다. 한 번 굽히면 편해지는 것을 알지만, 한 번 굽히면 평생 굽혀야 하는 것 또한 알고 있다. 도미노처럼 몰려온 자신의 불행한 과거가 부당함에 저항하지 못한 나약했던 본인의 온전한 책임이라고 믿기 때문에 그는 이 시대에는 잘 쓰이지 않는 '합리'라는 허름한 무기 하나를 손에 쥐고 있다.
이성을 마비시키는 말도 안 되는 목표 앞에서도 그것을 실행시키기 위해서 탄탄한 계획을 세워서 밀어붙이지만, 안 되는 것을 되게 하는 그 과정에서 어쩔 수 없이 남게 되는 잔해들이 있다. 그는 늘 그런 잔해들에 발목 잡히며 처절하게 싸워야만 했다. 그래서 그는 비상한 머리로 기억하고 다닐 뿐, 휴대폰에 그 누구의 번호도 저장하고 있지 않다. 자신의 곁에 있는 이들이 누군지 흔적조차 남기고 싶지 않은 강박을 가지고 있는 그는 주변의 모두를 지키고 싶으면서도, 누구에게도 의지하고 싶어 하진 않는 다른 의미의 이기주의자다. 수많은 사람들은 매회 수단 방법을 가리지 않고 싸워나가는 그에게 침을 뱉을지도 모른다. 하지만 자신 앞에 놓인 현재의 목표인 '강한' 드림즈를 향한 길이라면 그 침을 닦아내고 다시 자신의 일을 계속할 것이다. 자신이 언제 웃을 수 있을지, 그는 생각도 하지 않는다.

'강해야 한다'
이 말이 머릿속 세포마다 박혀있는 사람이다.

• **이세영**(운영팀 팀장)

"너무 좋아하면 잘 안 보인대요. 그래서 드림즈가 어떻게 강해질 수 있을지 모르겠어요. 죽어라 하는데 하나도 안 보여요."

국내 프로야구단 가운데 유일한 여성 운영팀장이며 동시에 최연소 운영팀장이다. 고액 연봉자들을 고용할 수 없는 드림즈이기 때문에 가능한 성과이기도 하지만 드림즈에서 버틸 수 있는 운영팀장이 그녀뿐이기도 하다. 자신은 성공한 덕후라고 생각하지만 주변 사람들에게는 연차 대비, 업무량 대비 저임금의 희생자에 불과하다.

**그녀는 점점 믿지 않는다**

어떻게 하면 야구단 프런트가 될 수 있을지 몰라서 대학생 때부터 프로야구 기록원에 뛰어들어 전국을 돌아다녔다. 거기에서부터 쌓아온 그녀만의 노트는 수시로 펼쳐보는 보물이다. 면접장에 들고 온 한 상자를 가득 채운 노트 덕으로 드림즈에 몸담게 된 지도 어언 10년. 딱 한 번의 준우승을 제외하고는 단 한 번의 가을 야구도 없었다. 점점 취약해지는 모기업의 후원 그리고 드림즈 선수단에 퍼져가는 패배의식. 어떻게든 해보겠다고 달려들었던 전임 단장 밑에서 더 땀을 흘려봤다. 그렇게 하면 드림즈가 달라질 거라고 믿었기 때문이다. 하지만 그렇게 전임 단장마저 팀을 떠나게 되고 그녀는 의심하기 시작한다. '드림즈는 정말 답이 없는 팀인 걸까.'
그녀가 가장 두려운 것은 선수단만이 아닌 자신에게도 패배가 익숙해지는 것.

**그녀는 그래도 믿는다**

그녀가 사람들에게 말하지 않았던 드림즈를 사랑하는 가장 큰 이유는 지금은 없는 아버지와의 추억이 드림즈의 경기들에 모두 담겨있기 때문. 멋없는 소시민이었던 아버지와 함께 즐긴 취미는 오직 드림즈 경기 관람이었다. 그녀가 기억하는 드림즈의 모습은 7대 0으로 지는 경기를 7대 5까지 추격하다가, 지고서는 이내 분한 표정으로 경기장을 나가는 끈기의 야구다. 특별히 잘하는 것 없이 승부 근성만 강했던 드림즈에게 이기는 상대는 적어도 입에서 단내가 나게 만들었던 그때의 야구를 사랑하고 그리워한다.
열악한 모기업의 지원에도 다른 팀보다 가난한 티를 내지 않으려 애쓰고, 너무나 간절했던 드림즈의 재건이 아주 조금씩 그러나 분명히 눈에 띄는 성과를 거둬나가는 것을 바라보며 승수만이 가진 승부수를 이해한다. 그러나 처음으로 존경하는 남자라는 것을 깨닫게 된 후에도 그가 늘 옳은 것은 아니라는 자신의 주관을 잃지 않고, 냉철한 이성으로 앞만 보며 가는 승수가 넘지 못하는 문제를 해결해가며 서로에게 더욱 필요한 존재가 되어 간다.

**• 권경민(구단주의 조카이자 모기업 재송그룹 상무)**

"젊은 놈한테 왜 굽실거리는지 이해 못하는 사람들한테
구단주 조카라고 하면 한방에 알아듣죠."

맨손으로 재계 20위 내의 재송그룹을 일군 큰아버지 권일도 회장과는 달리 평범 이하의 삶을 사는 서민인 아버지가 늘 한심스럽고 원망스러웠다. 오기로 놓지 않았던 펜이 명문대로 이끌었고 큰아버지의 부름을 받아서 초고속 승진의 젊은 임원이 그의 현 위치다. 구단의 운영보다는 다른 사업에 관심이 많은 큰아버지를 대신해 실질적인 구단주 노릇을 하고 있다. 다른 방면으로 충분히 자신의 능력을 보여주고 있었는데 수많은 계열사 중 가장 적은 규모의 돈을 굴리는 드림즈를 담당하게 되었다. 그는 사람들을 억누르기 위해 애쓰지 않는다. 그렇게 하지 않아도 이미 99.9%의 사람들이 자신의 발아래에 있음을 명확하게 인지하고 있기 때문이다.
무능한 자신의 아들에게 노른자위 계열사를 맡긴 큰아버지를 증오하는 대신 꼴찌를 벗어나지 못하는 드림즈를 향한 증오가 싹트게 되었다. 수년간 모든 팀의 아래에 있으면서도 변화하지 않는 드림즈가 서민으로 살아가는 자신의 아버지 같아서 불쾌하고 경멸스럽다. 드림즈를 자연스럽게 해체시키라는 큰아버지의 명령을 받고 즉각 반응하고 움직인 것도 그 때문이다. 가진 것도 없는 주제에 노력조차 하지 않는 저들을 짓밟게 된 것이 그에게 묘한 쾌감마저 안긴다. 그래서 그는 신임 단장 면접 지원자들 중 승수를 선택한다. 오랫동안 야구 판에서 왕성하게 활동하며 화려한 이력을 쌓아온 다른 지원자와 달리 씨름, 아이스하키, 핸드볼 단장이라는 다소 뜬금없는 이력을 가진 승수가 팀 해체를 위한 꼭두각시 역할로 제격이라 느꼈기 때문이다. 한 번도 거르지 않고 우승을 시킨 승수를 우승 청부사로 보지 않고 거쳐간 팀마다 해체가 된 '파괴신'의 면모에 더 주목했다. 비전문가 단장에 대한 직원 및 선수단의 반발과 그에 따른 조직의 와해는 예상했던 덤이다. 시키지도 않았는데 오자마자 팀의 간판격인 대형 선수 임동규를 내보낸다니, 승수를 알아본 스스로의 혜안이 새삼 경이롭기까지 하다. 하지만 이후 승수의 행보와 비시즌의 전개가 그의 예상과 다른 방향으로 향하고 있음을 알게 되었을 때 그가 받은 타격은 생각보다 컸다. 강하게 만들기 위해 노력했을 때는 한없이 무기력했던 팀이, 이제 반대로 해체시켜야 하는 상황이 되니 별안간 조금씩 강해진다. 그것도 내 손으로 뽑은 백승수라는 사람 때문에.
드림즈에 대한 증오와 분노는 이제 백승수 한 사람을 향하고 있다. 이제는 해체를 시키고 싶은 냉철한 이성보다는 승수를 짓밟고 싶은 뜨거운 분노의 감정이 앞선다. 애초에 큰아버지가 그에게 내린 미션이었던 드림즈의 해체는 이제 승수를 짓밟아야 하는 개인적인 복수가 된다. 어떤 압박을 하고 위협을 가해도 눈 하나 깜빡하지 않고 드림즈를 지키려드는 승수가 아무리 생각해도 너무 기분이 나쁘다.

### • 한재희(세영을 따르는 운영팀 팀원)

"저한테도 이제 절박해졌어요. 일 잘하고 싶습니다."

전통 있는 가구업체 회장의 손자. 어릴 때부터 주어진 유복한 환경 덕분에 행복하단 생각은 해본 적 없었다. 그나마 다행히도 부모님이 주었던 가르침. '네가 운이 좋다는 걸 알고 남에게 베풀며 살아라.' 이 가르침을 귀에 못 박히도록 듣고 자라서 심하게 건방지진 못하다. 우연한 계기로 간만에 열정을 쏟아 입사한 이곳의 월급이 이렇게 적을 줄은 생각도 하지 못했다. 이렇게 적은 월급에 이렇게 많은 일을 시키는 곳이 있는 것도 몰랐다. '내가 이걸 왜 하고 있지' 싶다가도, 계속 옆에 있고 싶은 선배 때문에 몇 년을 구단에서 더 일하게 될 줄도 몰랐다. 이렇게 많은 에너지를 쏟게 될 줄은 정말 꿈에도 생각하지 못했다.

#### 적당히 하면 된다

'할아버지한테 누가 되지 않게 적당히는 해라.' 이 가르침은 재희를 평균보다 조금 높은 대학으로 인도했다. 목적의식 없이 떠돌면서 가업을 물려받을 수 있을 거란 기대가 있었지만, 작은 아버지의 아들이 명문대 유학을 마치고 오히려 다른 기업에 취직한 것이 부모님에게 큰 자극이 되는 바람에 다른 곳의 취업을 알아봐야 했고, 그곳은 하필이면 드림즈였다. 1등의 삶을 바란 적은 없지만 매번 꼴찌라는 것이 화딱지가 난다. 그것도 내가 잘못한 것도 없는 것 같은데. 선수들이 그저 못하는 선수들일 뿐이고 구단이 돈을 안 쓰는데 어떻게 하란 건지.

**하지만 적당히 할 수 없어진다**

분명히 면접 예상 질문도 들었고 걱정 없이 통과할 거라고 들었던 면접에서 떨어진다. 합격시키면 절대 가만있지 않겠다고 하는 정신 나간 면접 도우미가 생각이 난다. 왜 그렇게까지 자신을 미워하는지 물어나보고 싶어 정식으로 야구 공부를 시작하고, 구단에서 원하는 업무 능력을 갖춰나가면서 알게 된다. 이런 과정들을 준비하지 않고 들어가려고 했던 자신이 미웠을 수밖에 없다는 걸.

다시 마주하게 된 입사시험에서는 날카로운 질문 공세를 받는다. 순간의 버벅거림도 없이 답변을 마친 재희는 자신을 '낙하산'이라고 부르는 이상한 여자와 일하게 됐을 땐 걱정이 되면서 한편 기대가 되기도 했다. 순수한 열정을 가지고 일하는 여자가 멋지다는 걸 세영을 통해서 처음 인지했다. 팀이 강해졌으면 좋겠다는 생각이 조금씩 들기 시작한 것도 경기를 질 때마다 늘어가는 세영의 한숨과 주름 때문이다. 할아버지를 통해서 구단에 투자를 받아서 선수 운영을 하면 좋겠지만 세영 선배에게 정신 나간 놈이란 소리를 들었다. 세영 선배가 그토록 고민하던 전력보강이 백승수라는 꼬장꼬장한 사람 한 명에 의해서 조금씩 이뤄지는 걸 보면서 커다란 충격을 받게 된다.

'내가 할 수 있는 일은 없는 걸까?' 처음으로 고민하게 되면서부터 취미로 일하냐는 말을 듣고 싶지가 않아진다. 취미로 한다면 이렇게 할 수 없다는 말을 들을 만큼 변하고 성장하려고 한다. 승수와 세영보다는 작은 일들을 맡아서 하게 된다. 그것 또한 야구단 운영의 일부이며 그것들이 일으킨 나비효과는 결정적인 순간에 드림즈의 위기를 막아준다. 자신의 위치에서 작은 일을 완벽하게 해내는 것이 얼마나 중요한지 재희를 통해서 우리는 알아가게 된다.

**• 백영수(승수의 동생이자 전력 분석가)**

"형이 언제 우는 거... 저도 보고 싶네요. 어떤 의미로든."

야구하던 통계쟁이. 한때 촉망받을 뻔한 고교야구 선수였으나, 체벌과 혹사로 인해 부상을 입는다. 그 부상에도 강행됐던 출전에서 하반신 마비라는 장애를 갖게 되고 선수의 꿈을 접게 된다. 한때는 힘든 시간을 보냈지만 이상하리만치 빨리 그 상처를 떨쳐내고 밝은 모습을 되찾았다. 자신이 깊은 방황을 할수록 승수와 가족들이 죽어가고 있다고 느꼈기 때문이다. 하지만, 형 승수는 그것을 알기에 영수의 빠른 회복이 오히려 씁쓸하다. 그는 이 악물고 공부한 덕에 놀라운 속도로 학습 성장을 보이며 명문 대학 통계학과를 졸업하게 되고 다친 이후 처음으로 형의 눈물을 본다. 형의 눈물이 보험계리사 시험을 보길 바라는 의미임을 알고 열심히 공부를 하려고도 해봤지만, 그의 컴퓨터 디스크를 채워나가는 통계와 숫자들은 야구에 관한 것들이다. '동생 바보'의 면모를 보이는 형에게는 모든 것을 털어놓는 동생이지만, 딱 한 가지 금기가 늘 마음 한구석에 그늘을 만든다. 형과 함께 야구이야기를 하고 싶다. 그리고 그보다 더 큰 바람은 다시 걸을 수 없어도 과거로부터 벗어나지 못하는 형을 웃게 하고 싶다. 그러려면 보험계리사가 되어야 할까 싶지만 자신도 행복하고 싶은 딜레마가 있다. 결국 그는 늘 미뤄뒀던 전쟁 같은 충돌을 거치고 난 후 자신에게 가장 어울리는 자리를 찾는다. 세이버메트릭스의 불모지였던 드림즈에 들어가서 야구에 익숙한 통계 전문가로서의 능력을 여지없이 발휘하며 승수에게 큰 힘이 된다.

### • 고강선(사장)

"우리 팀, 지금 잘 풀리고 있는 불길한 기분이 드네."

우리 곁에서 흔히 볼 수 있는 중년이었다. 주책맞은 농담을 던져서 눈을 흘기게도 만들고, 어떨 때는 권위보다 아저씨 같은 친근함에 농담 한마디 걸어보고 싶어지는. 큰 원망을 살 만한 인물도 아니고 기억에 남는 멋진 선배도 아닌 흔한 중년. 그런 그가 맞이한 2019년 스토브리그는 떨어지는 낙엽도 조심해야 한다는 정년퇴임을 앞둔 시기였다. 욕심도 없고 그냥 무사히 퇴임하고 싶었다. 퇴임 이후의 삶에 관심을 두던 중 본사로부터 회장의 조카가 내려왔다. 한참 어린놈에게 어떻게 허리를 굽힐까 걱정했었지만 막상 만나본 경민의 카리스마에 저절로 허리가 굽혀져 마음이 편하다. 팀이 망하는 것은 그에게 크게 중요한 일이 아니다. 하지만 팀이 이렇게 흥하는 것은 그에게 좋지 않은 조짐이다. 승수의 광폭행보에 경민의 감정 조절 기능이 점점 고장이 잦아지는 것 같아 고민이 많아질 무렵, 그는 결심한다.

• **양원섭**(스카우트팀 팀장이 되는 파란의 스카우트팀 팀원)

"1루 베이스를 한 번 밟아보고 가는 선수가 다음에 볼넷이라도 얻어요."

드림즈의 고세혁 팀장 체제 스카우트팀 팀원 중에 유일한 아웃사이더다. 작년 신인드래프트 때 1라운드 지명 선수를 두고 공개 석상에서 고세혁과 마찰을 빚은 후 관계가 쉬이 회복되지 않고 있다. 자신의 별 볼 일 없었던 선수생활이 어디서 기인했는가를 돌아보다 그때 만났으면 좋았을 거 같은 스카우터가 되려고 애쓴다. 원칙을 지키기 위해선 남들이 못 할 행동도 강행하는 과감성 그리고 부족한 선수들도 꾸준히 지켜보는 인내가 그가 가진 최대의 무기이고, 이 두 가지면 충분하다고 생각한다. 남는 시간에는 중학생, 대학생들의 경기를 찾아서 보면서 만든 노트에는 어지간한 선수들이 다양한 항목들로 분류돼있다. 혼자서 드림즈 10개년 계획을 세울 정도로 많은 선수들에 대해 멀리 내다보며 상상하는 일을 즐긴다.

• **고세혁**(스카우트팀 팀장)

"내가 뽑은 내 새끼는 내가 책임져야지."

감독이 교체된다고 하면 차기 감독 후보에 늘 오른다. 그리고 단장이 교체된다고 해도 늘 사람들의 입에 오르내린다. 영구 결번이 될까 본인도, 팬들도 기대를 가진 적이 있을 정도로 드림즈의 오랜 올드 스타로서 남다른 존재감을 과시한다. 하지만 본인은 늘 스카우트팀 팀장으로 유망주들을 보는 일이 자신의 천직이라고 사람 좋은 웃음을 지으며 손을 내젓는다. 사람들은 존경의 눈길을 보내거나 속으로는 야망이 있겠지 하며 바라보지만 둘 다 틀렸다. 고세혁은 스카우트팀의 일을 하면서 어린 선수들의 학부형을 만나는 일이 천직이라고 생각하고 그를 통해 얻어지는 부수입에 행복을 느낀다. 집요하게 해먹기 위해서 고단수가 된 늙은 여우로 승수에게는 두 번째 정리 대상이 된다. 하지만 그는 오랜 경력의 야구인이다. 어떻게든 살아남았고, 모두가 그를 잊어갈 무렵 다른 위압감으로 승수의 앞에 선다. 자신의 풍요로운 현재와 안락한 미래를 빼앗은 승수를 그냥 넘어가줄 수 없는 것이다.

• **유경택**(과묵한 전력분석팀 팀장)

불친절하고 경계가 많은 사람이다. 편협한 시선으로 우선 오해를 하고 사람을 바라본다. 그래서 그를 아끼는 사람도 없고 친한 사람도 없다. 그는 정도를 지키고 성실한 사람이다. 그래서 그를 경멸하거나 무시하는 사람도 없다. 처음 승수에게는 단점만 드러낸다. 승수가 친절하지 않고 야구인이 아니었단 이유로 은근한 무시를 드러낸다. 하지만 자신의 편견이 무너지고 나면 아니, 편견이 공고할 때에도 그는 자신의 역할에는 충실하다. 세이버메트릭스에 닫혀있던 전력분석팀에 영수를 받아들이고 한동안은 그럴듯한 영수의 말에 넘어가지 않으려 애쓰지만, 꼴찌 드림즈에게 변화를 주는 것이 영수에게 걷는 만큼의 의미라는 것을 느끼고 인정한다.

• **임미선**(깐깐한 마케팅팀 팀장)

늘 가벼운 농담을 던지고 비꼬는 말투의 임미선은 진중해 보이지 않는다. 누구보다 빠른 퇴근을 사랑하고 일하는 동안에도 가벼운 가십거리 또한 놓치지 않는 모습이 호감형이라고 말하긴 어렵다. 늘 꼴찌만 하는 드림즈라고 해도 승부의 세계를 준비하는 이들은 늘 치열한데 성적과 직접적인 연관을 갖지 않는 부서인 마케팅팀의 수장인 임미선은 늘 여유를 가지고 이들을 관조하는 느낌마저 준다. 드림즈가 1위를 해도, 꼴찌를 해도 그냥 그 상황에 알맞은 마케팅을 하면 그만이라고 생각하는 그녀는 현재 승수에게는 그저 외면하고 싶은 팀원일 뿐이다. 하지만 승수는 모른다. 그녀의 마음에도 한때 불꽃이 있었다는 것을. 최선을 다해 맡았던 일들이 그녀 개인에게 너무나 짧은 만족감을 줬고, 그 경험이 결국 그 불꽃을 잡아먹었다는 것을. 그리고 그 불꽃이 다시 번지고 난 후에 중요한 플랜 한 조각이 채워지게 될 거라는 것도.

• **변치훈**(유들유들한 성격의 홍보팀 팀장)

강한 사람에게 약하고, 약한 사람에게는 굳이 말 걸지 않는다. 홍보팀이 마케팅팀보다는 성적에 영향을 주는 부서라고 자부하지만 지금 현재의 성적에 책임질 마음은 없다. 홍보팀 팀장으론 역시 이런 성격이 좋겠다 싶은 유들유들한 성격으로 승수의 존재를 빠르게 인정하고 가장 먼저 낮은 자세로 임한다. 남들을 놀라게 할 만큼의 노력보다는 아무에게도 거슬리지 않는 사람이 되길 바라며 적당히 일한다.

### • 장우석(스카우트팀 차장)

고세혁의 오른팔로서 형님 리더십에 반해 많은 일들을 함께해왔지만 고세혁이 저지른 비리들은 눈치 채지 못했다. 어쩌면 수상쩍은 것들을 애써 외면했을지도 모른다. 고세혁의 비리가 승수에 의해서 낱낱이 밝혀지는 시간들이 자신을 너무 괴롭게 하자 승수에게 분노의 화살을 돌린다. 고세혁이 다시 구단을 찾아왔을 때 그를 외면하지 못한다. 고세혁 '형님'과 함께했던 시기가 인생 가장 빛나는 시기였기 때문이다.

## 【 드림즈 선수 】

### • 장진우(17번, 드림즈의 퇴물 투수)

"우리 적금 깨면... 만두가게 같은 거 차릴 수 있나?"

딱 한 해, 반짝반짝 빛났다. 19승. 그리고 드림즈는 그해에 준우승을 했다. 하지만 그 이후의 드림즈 성적은 최하위로 곤두박질쳤다. 그의 성적도 마찬가지로 하향곡선을 그려만 갔다. 이듬해에 팔꿈치 부상으로 7승 투수가 되고서는 방출을 걱정하는 선수가 됐다. 20승도 채우지 못한 19승 투수에 코리안 시리즈 7차전의 패전투수가 돼서 흘린 눈물은 아직도 채 흐르지 못하고 그에게 맺혀있다. 단 1승만 더 했어도 20승 투수였고, 단 1승만 더 했어도 우승팀이 될 수 있었다. 전성기조차 아쉬움으로 남은 그에게 시간은 얼마 남지 않았고 허영심을 버린 지도 오래다. 1이닝이라도 팀이 믿고 맡기는 투수가 되고 싶다. 하지만 지금 현재 가장 아쉬운 것은 스스로의 머릿속에 계속 남는 의문에 시원한 답을 하지 못하는 것이다. '정말 최선을 다했나? 장진우는 이거면 된 건가?' 그런 의문이 가득한 가운데 모든 선수의 동기부여라는 연봉 협상에서 벼랑 끝까지 떨어지고, 현실 도피로 이탈해버리고 싶어진다. 하지만 가장 깊은 내면의 소리는 '반짝' 하고 소리 소문 없이 사라진 장진우라는 투수가 있었다는 말로 자신의 야구 인생을 정리할 수 있다는 것이 가장 무섭다. 정치를 못 하고 꾸미는 말을 하지 못하는 촌스러운 사람이며, 후배들에게도 꼰대처럼 혼내는 일 외에는 말을 섞지 못하는 사람이다. 하지만 마지막 한 해라고 생각하니 꾸미는 말이나 후배들과 시시덕거리는 일이 그렇게 어렵지만은 않다. 그리고 그보다 더 큰 변화는 자신이 던져온 공과 다른 공을 던지게 된다는 것이다. 그 공은 결코 화려하지 않은 지저분한 공이었다. 그가 걸어온 인생인 것 같은 가장 장진우다운 공.

**• 강두기(54번, 국가대표 1선발급 에이스 투수)**

"드림즈에!! 내가 왔다!!!"

드림즈의 연고지에서 태어나서 1라운드 지명을 받고 입단했다. 생각보다 포텐은 쉽게 터지지 않았지만 그렇다고 후회할 만한 지명이라고 할 수도 없었다. 10승을 꾸준히 찍어주는 든든한 기둥이라고 할 수 있었다. 이때까지도 그는 만족했고 그렇게 꾸준함의 아이콘이고 싶었다. 하지만 늦은 순위로 입단해서 라이벌 의식을 갖고 있던 슈퍼스타 임동규와의 충돌은 그를 다른 팀으로 트레이드할 수밖에 없게 했다. 그렇게 드림즈를 떠나 정착한 바이킹스에서 이 악물고 던졌던 매서워진 공은 그를 국내 최고의 투수로 이끌었다. 묵직한 성격에 정직한 노력을 하는 모습은 후배들에게 존경과 두려움을 갖게 하며, 그의 복귀 하나로 드림즈는 다른 모든 구단의 주목을 받게 되고, 드림즈 모두를 쏘아보는 매의 눈으로 긴장감을 불어넣는다. 모든 야구인이 '우리 팀에 있었으면...' 하고 꿈꾸는 선수는 늘 강두기다.

**• 임동규(10번, 골든글러브 6회 수상. 드림즈의 슈퍼스타)**

"내가 보여줄게.
한 지역에서 11년간 야구를 엄청나게 잘한 남자한테 어떤 힘이 있는지."

1순위로 지명을 받은 강두기를 바라보며 박수를 쳤다. 입단 동기들 가운데서는 거의 가장 마지막 순서로 입단했지만 우직하던 청년은 자신의 손이 방망이를 들 수 없을 때까지 휘둘렀다. 그리고 몇 년 뒤 리그는 이 청년의 이름을 기억했다. '드림즈는 임동규만 피하면 된다'

통산타율이 3할이 넘는 드림즈의 간판스타이며, 언론과 스킨십이 자연스럽고 구단 직원들과도 원활한 관계를 유지하며 굉장히 정치적이다. 하지만 사실 그는 우승 욕심도 없고 비운의 스타라는 이미지에 만족한다. 잠시 기쁜 우승보다는 한 팀의 역사로 남으며 유일한 드림즈의 영구결번 선수를 꿈꾼다. 자신과 맞지 않는 강두기를 내보내는 것을 시작으로 드림즈의 실질적 서열 1위로 군림한다. 하지만 그것을 알아차리고 자신을 트레이드시키려는 승수에게 치열하게 맞서고, 처절하게 패배한다. 그에게 속삭이는 승수의 한마디에 울분을 삼키고 떠나지만 다시 드림즈에 돌아온다. 승수가 우승을 향해 계획한 마지막 퍼즐 조각으로.

• **길창주(98번, 귀화라는 승부수에도 불구하고 실패로 끝난 메이저리거)**

"이기적으로 보였을 거고 이기적이었던 거 맞습니다.
용서받는 건 아마 안 될 겁니다."

사람들은 길창주가 고등학교를 마친 뒤 남다른 재능으로 메이저리그에 진출할 때까지만 해도, 기대를 모으다 사라진 숱한 선수 중 하나일거라고 생각했다. 하지만 현지에서 한인들의 대접으로 식사를 할 때도 자신이 정해놓은 루틴대로 식당 구석에 가서 푸시업을 할 정도로 자신과의 약속을 철저하게 지키는 융통성 없는 인간이었기 때문에 묵직한 강속구를 무기로 메이저리그에서도 9승 투수로 기억에 남았다. 전성기의 나이에 역대 최고의 실적을 남긴 메이저리거가 될 거 같은 상황에서 병역의 의무는 그를 압박해왔다. 그리고 사랑하는 아내에게 생긴 심장종양. 심장을 구할 수 없는 한국보다 미국에서 이식수술을 기다리는 것이 최선의 선택이자 아내를 지킬 유일한 길이었다. 결국 그는 아주 중요한 결정을 내린다. 대한민국 국적을 포기하고 미국시민권을 획득하는 것. 처음에는 너무 안타깝다며 대신 군대를 가주고 싶다고 국가에게 기대하지 말고 귀화해서 자기 길 찾으라던 여론은 순식간에 반전됐다. 한국에 있는 가족들이 겁을 먹고 미국으로 이민을 갈 만큼 비난여론은 점점 거세졌다. 그리고 거짓말처럼 그의 성적은 곤두박질치기 시작한다. 완전히 밸런스를 잃어버린 그의 투구 폼은 그를 부상으로 쉬게 만들고 그간 얻어온 모든 것을 사라지게 했다. 이후에 돈을 벌 수 있는 모든 일을 마다않으며 생계를 유지하던 중 운명처럼 승수를 만나 검은머리 외국인 용병으로 고국의 땅을 밟는다. 그에게는 꿈 같은 일이었지만 이 사건은 승수를 최대 위기로 몰아넣기도 한다. 그 순간 길창주는 어렵게 입을 연다. 승수를 구하기 위해 그 어려운 한마디를 꺼낸다.

**• 유민호(51번, 미완의 대기, 곧 슈퍼 신인을 꿈꾸는)**

"근데 선배님... 오늘 제 공이 좀 좋지 않았나요?"

야구 바보, 그리고 실제로 좀 바보. 유망주를 뽑는 신인드래프트에서 드림즈에 선발되는 슈퍼 루키들은 자신의 미래를 걱정하며 눈물을 흘린다. 드림즈는 제대로 된 육성시스템을 갖추지도 못했고 부상선수들에 대해서 인내와 배려로 지켜봐주는 구단이 아니다. 하지만 유민호는 싱글벙글 웃었다. 드림즈가 좋아서가 아니라 계속 야구를 할 수 있다는 것이 좋았기 때문이다. 야구 만화를 유독 좋아해서 따라하다가 안 먹어도 될 욕을 먹기도 하지만 그것이 그의 성장 동력이 되었다. 160km 직구를 던지겠다는 야심을 가지고 치밀한(?) 계획표를 세웠다. 러닝과 유연성 훈련을 거르지 않으며 자신이 만든 계획표에 있는 '쓰레기 줍기' 등 터무니없는 일들도 실천하려고 노력한다. 이 모든 계획표의 궁극적인 목표는 160km 직구를 던지는 것 같지만, 그 계획표의 목표 부분을 잡아 당겨보면 할머니에게 엘리베이터가 있는 아파트를 사주는 것이다. 부모의 든든한 지원은커녕 월 회비도 제대로 내지 못했던 그를 괴롭힌 학원 스포츠의 부당함을 강력한 동기부여로 이겨냈다. 하지만 그 과정에서 겪은 혹사로 인한 부상, 그것을 극복할 무렵에는 투수로서 가장 겪고 싶지 않은 '입스(YIPS)'[•]로 인해서 스트라이크를 던지지 못하는 상황을 맞이한다.

**• 서영주(47번, 주전 포수)**

드림즈의 주전 포수. 탁월한 공격력은 없지만 수비형 포수 가운데는 국내 1~2위를 다투는 핵심멤버다. 기분 좋을 땐 화통하고 그렇지 않을 땐 거친 면모가 드러난다. 능구렁이 같은 부분도 있어서 가까이 하고 싶지 않은 인간형이면서 그 수가 얕아서 인간적으로 보일 때도 있다.

---

• 심한 쇼크나 심리적 요인으로 인해서 몸이 의도대로 움직이지 못하는 증상.

• **곽한영**(30번, 주전 내야수)
특급도, 다른 팀에서 탐낼 만큼도 아니지만 드림즈에서는 든든한 내야수. 내야 전 포지션이 소화 가능해 정해진 포지션 없이 뛰는 유틸리티 플레이어다. 그렇다보니 주전 선수들 못지않게 경기에 자주 출장한다. 유한 성격 탓에 늘 손쉽게 계약서에 도장을 찍고 훈련에 집중한다. '착한 형'이라는 그의 별명은 이름보다 성격에서 기인한 것이 더 크지만, 이번 연봉 협상에서는 욕심을 내고 싶다.

【 드림즈 코칭스태프 】

• **윤성복**(마음속에 폭탄을 감춘 드림즈 감독)
"단장님이나 저나 야구로 소중한 것을 지키려고 하고 있죠."

대한민국에서 단 열 명만 현직으로 앉을 수 있는 자리인 야구 감독계의 공무원이자 모르는 사람 없는 백전노장. 하지만 명장이라고 인정하는 사람도 없는, 그냥 노장이다. 하위권 팀들로부터 러브콜을 받을 때마다 거절하지 않고 일했고 그게 벌써 다섯 번째다.

**야구 인생의 마지막에 우승이라는 꽃을 피우고 싶다**
난치병에 시달리는 아들의 병원비를 대려면 그가 할 수 있는 단 한 가지, 감독뿐이다. 온화한 성격의 덕장이라는 평가가 있지만 무능한 뒷방 늙은이 이미지 또한 함께한다. 그를 앞에 두고 코치진들이 파벌싸움을 벌이는 것이 그 증거다. 드림즈의 물갈이 대상 1호로 손꼽히지만 승수 덕분에 3년 계약을 통해서 서서히 자신의 위치를 회복해나간다. 적극적인 지휘를 통해서 그의 숨겨진 능력들이 서서히 발휘되고 승수와는 상호 간의 존중하는 모습으로 가장 이상적인 감독과 단장의 조합이라는 평가를 받게 된다.

**그러나 반드시 드림즈에서 우승하지 않아도 된다**
승수가 성복에 대해서 모르는 한 가지가 있다. 승수가 제안한 3년 재계약에 경민이 응한 것은 승수를 믿어서가 아니라 이미 성복과 경민이 충분한 교감을 가지고 있었다는 것이

다. 구단이 원하는 것은 무엇보다 지역 여론을 크게 악화시키지 않는 선에서 금전적 손실 없이 팀을 해체하는 것. 어떻게 해야 팀을 강하게 만들지를 아는 만큼 어떻게 해야 팀을 망칠 수 있는지 가장 정확하게 아는 성복이야말로 승수의 노력을 무산시킬 수 있는 가장 무시무시한 적이며 드림즈를 크게 약화시킬 수 있는 폭탄이었다. 모두가 그를 가장 든든한 조력자로 믿어 의심치 않을 때 드림즈를 최강으로 만들어야 하는 승수에게 사실상 '끝판왕'으로 다가오게 된다.

### • 이철민(수석코치)

"최용구 아니었으면"

투수는 던질 수 있는 공의 개수가 한정돼있다고 믿는다. 그렇기 때문에 많은 공을 던지면서 자신의 밸런스를 찾는 것보다는 공 하나를 던질 때 많은 생각을 하고 던져야 한다고 믿는다. 다소 신중하고 조용한 성격이며, 호전적인 성격의 타격코치를 천박하다고 생각하면서 성복을 잘 보필하는 이미지를 가지고 있다. 하지만 사실은 성복이 물러날 때라는 생각을 가지고 그의 퇴장을 기대한다. 최용구가 싹싹한 성격의 유민호를 아끼는 마음에 지도를 해줄 때 그때의 일이 재발되지 않을까 하는 걱정을 하고 바라보지만 사실 그도 알고 있다. 이제는 과거가 된 슈퍼루키를 은퇴로 이끈 부상은 최용구가 아닌 자신이 시작점이었다는 것을.

### • 최용구(투수코치)

"이철민 아니었으면"

투수는 공을 많이 던질수록 자신에게 맞는 투구 폼과 타이밍을 잡아가며 성장한다고 믿는 다소 구시대적 방식의 투수코치. 강한 성격 탓에 후배들에게 악명이 높기도 하지만 그의 섬세한 티칭은 가끔 큰 가르침을 주기도 한다. 이철민과는 한때, 드림즈의 원투펀치로 잘 나가며 우정을 나눴지만, 전성기를 만들었던 서로의 방식이 달랐고 각자의 방식을 너무나 믿고 강요하는 굳어버린 40대가 돼버렸다. 무엇보다 가장 아끼던 신인 투수를 망쳐버렸다는 죄책감에 이철민에게 애써 책임전가를 하려고 하지만 내심 자신의 방식이 문제였나 늘 되돌아보며 술을 마신다. 성복에게는 화통하게 감독을 그만두는 게 어떠냐고 물을 수 있는 성격으로, 자신과 정반대인 이철민을 답답한 성격이라고 생각한다.

• **민태성**(타격코치. 최용구 라인)

"우리는 빠따 팀이지, 그건 누구나 다 알지"

팀의 타격이 투수력에 비해서는 안정적인 것을 늘 자부심으로 삼고 최용구가 없는 자리에서는 그것을 내세운다. 임동규와 친한 척하면서 임동규를 키웠다고 말하고 다니지만 임동규 앞에서는 말하지 못한다. 수석코치를 보면 인사하지 않고 감독 앞에서도 거친 욕설을 잘 뱉는 무뢰한이다.

## 【 야구 관계자들 】

• **김종무**(신흥 강호 바이킹스 단장)

"우리 한 발만 더 가면 되는 거잖아. 근데 왜 자꾸 손해 보는 기분이 들지?"

특급 선수 출신으로, 코치 단계를 밟고 감독을 노릴 거라 예상했지만 본인은 몸으로 익힌 것을 바탕으로 프런트 일을 욕심냈다. 구단은 아쉬웠지만 스카우터로서 보여준 그의 능력이 반가웠다. 바이킹스 선수 발굴에 큰 공헌을 세운 것을 인정받아 젊은 나이에 단장자리까지 오른다. 장타력은 다소 부족했지만 귀신 같은 선구안을 자랑하던 그의 선수시절처럼 그는 팀에 장기적으로 도움이 될 선수들을 잘도 모아왔다. 야구를 정말 잘 아는 팬들 사이에서는 최고의 단장으로 주목 받아왔고, 그의 시선은 마침내 절대 강자인 세이버스를 향한다. 그런데 종무를 슬슬 구슬리는 승수와 대형 트레이드를 성사시킨 후에 그는 하루도 편히 잠이 들지 못한다. 혹시나 보내준 선수들이 이전보다 더 좋은 성적을 거두진 않을까.
자꾸 옆에서 친구인 척하는 승수에게 당하는 기분이 든다.

• **오사훈**(펠리컨즈 단장)

최강팀 세이버스를 넘어서지 못해서 성적은 2~3위에 머무는 펠리컨즈의 단장이지만 그를 향한 평가는 그 이상이다. 드림즈보다는 훨씬 풍요롭지만 세이버스나 바이킹스보다는 열악한 환경 속에서도 훌륭한 선수들을 매해 새로 배출해 나가면서 꾸준히 좋은 성적을 내며, 성공적 프런트 야구의 상징으로 펠리컨즈의 팬들 사이에서도 비난보다는 응원과 지지를 받는다. 우승 경험이 없다는 것이 콤플렉스지만 본능적인 감각은 승수에게 때때로 놀라운 변수가 되기도 한다. 승수가 제갈공명이라면 한 끗만 방심해도 목에 칼을 들이대는 사마의 같은 존재.

• **김영채**(스포츠 아나운서)

소프트볼 선수 출신의 아나운서. 선수 활동 당시에도 미모로 많은 관심을 받았지만 여자로 태어나서 남자 야구선수들과 비등하게 겨루지 못함을 뒤늦게 인정하고 야구 주변의 일자리를 구하던 중에 스포츠 아나운서 자리를 차지했다. 직구 시속 110km를 던지는 여자 아나운서의 존재는 독보적인 인기를 누리게 했다. 하지만 미모와 특이한 이력으로 갖는 인기는 그녀를 만족시키지 못한다. 다음 시즌을 구상하는 시청자들을 위한 스토브리그 기간에 그녀는 아나운서이면서 취재에 적극적인 기자의 모습을 갖추려고 한다. 스포츠 언론에도 저널리즘이란 말을 느낄 수 있도록 하고 싶다는 욕심 많은 그녀는 드림즈의 민감한 문제에 뛰어들어 직간접적인 영향을 주면서 스토브리그를 달구는 일등공신이 된다.

【그 외 주변 인물들】

• **유정인**(승수의 전 부인)

"그만 미안해해도 돼. 이제 정말 그래."

승수에게 있어 존경할 수 있는 여자였고 든든한 동지였으며, 좋은 아내였다. 하지만 승수는 좋은 남편이지 못했다. 그녀는 늘 어두웠던 승수에게 적극적으로 다가가 밀려나면서도 결혼생활의 한동안 행복을 느꼈다. 매우 더딘 속도였지만 그녀의 노력 때문인지 승수가 조금씩 밝아지는 것도 같았다. 하지만 그녀와 승수의 웃음을 앗아간 '그 날' 이후로 정인은 승수에 대한 미움보다는 자기 안의 어둠을 극복하지 못한 채 자신을 걱정하는 승수를 보고 그와 자신을 지킬 수 있는 유일한 방법은 이혼이라 인정하고 헤어짐을 선택한다. 정인의 가족들에게는 가슴을 칠 일이지만 승수를 걱정하는 마음이 앞서 원망의 마음도 없다. 정인은 어쩌면 알고도 그랬는지 모른다. 승수가 슬픔에 파묻혀 죽을지언정 자신과 나누지 않는 인간이라는 걸. 멀리서 지켜보고 마음을 다해 상처를 어루만져주는 사이를 꿈꾼다. 여전히 미안해하고 있는 승수가 더 이상 미안해하지 않을 때 돌아가고 싶다.

**• 천흥만(전직 씨름선수, 승수에게는 램프의 지니 같은 존재)**

한심한 성적에도 부끄러운 줄 모르던 씨름선수 시절, 승수를 만났다. 한주먹 감도 안되어 보이는 승수의 강단에 놀라면서 더 강한 힘으로 그를 꺾어보려고 노력했지만 결국 꺾인 것은 자신의 마음이었다. 한때 천재장사로 이름을 떨쳤지만 제대로 훈련 한 번 안 하고 재능에만 의존하다 몰락한 자신에게 동기부여를 해준 사람이 승수다. 결국 천하장사 자리를 차지해보고 은퇴를 하게 만들어준 승수를 위해서 밝은 곳에 한 발, 어두운 곳에 한 발을 걸친 채로 기다리고 있다.

**• 정미숙(세영의 엄마)**

일에 매달리는 세영에게 잔소리와 푸념을 일상처럼 늘어놓지만, 딱 거기에서 그치고 부담이 될까봐 응원의 말도 던지지 않는다. 뭔가를 꿈꾸는 젊은이들에게는 이상적인 부모. 각자 자기 밥값만 하면 된다고 생각하는 쿨한 성격이지만 내색하지 않는 딸 사랑은 어느 부모 못지않다.

**• 권일도(야구단이 눈엣가시인 드림즈 모기업 재송그룹의 회장)**

조카 경민에게는 존경과 경외의 대상. 지역을 기반으로 성장한 기업의 특성상 드림즈의 운영이 반드시 손해는 아니었다. 하지만 국내에서 20위 안에 드는 입지를 달성한 지금, 늘 적자에 신경 쓰이는 것은 영세한 계열사로 보일 뿐이다. 특히나 드림즈의 확고한 꼴찌 이미지는 구단에 대한 애정을 더욱 떨어뜨리게 한다. 경민이 친아들이었으면 좋았겠다 생각하지만 어쨌든, 친아들이 아니기 때문에 마음속의 선을 확실히 가지고 있다.

**플래시 컷**Flash cut
화면과 화면 사이에 들어가는 순간적인 장면. 극적인 인상이나 충격 효과를 주기 위해 삽입되는 매우 짧은 화면을 지칭한다.

**플래시백**Flashback
회상을 나타내는 장면. 지금 일어나고 있는 사건의 인과를 설명할 때 쓰이기도 하고, 인물의 성격을 설명하기 위해 쓰이기도 한다.

**이펙트**(E)
대사와 음악을 제외한 효과음(Effect)을 뜻하며, 보통 등장인물은 보이지 않고 소리만 나는 경우에 사용한다.

**인서트**Insert
화면의 특정 동작이나 상황을 강조하기 위해 삽입한 화면. 인서트 화면이 없어도 장면을 이해하는 데에는 별다른 지장이 없으나 인서트를 삽입함으로써 상황이 명확해지는 한편, 스토리가 강조된다. 인서트 화면으로는 대개 클로즈업을 사용한다.

**몽타주** Montage
따로따로 편집된 장면들을 짧게 끊어서 붙인 화면.

"저는… 아이를 안지 못합니다."

"형도 오늘 같은 날은 느꼈으면 좋겠어요.
형을 지켜주는 사람도 있다고요.
형은 지켜주기만 하는 사람이 아니라는 거 느꼈으면 좋겠어요."

"저 같은 사람이 아이를 안아도 되겠습니까."

STOVE
LEAGUE

# 9부

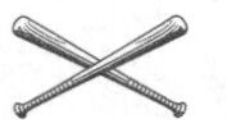

**S#1 드림즈 사무실 / 낮**

세영은 자리에 서서 재희와 함께 서류 보고 있고.
한 손에 머그잔 정도 들고 임미선과 농담 따먹기 중인 변치훈.
업무를 보는 영수, 유경택 등을 비롯한 프런트 직원들.
이때, 경민과 강선이 사무실에 들어서자 가까운 직원들부터
인사하면서 조용해지고.

강선 (박수 치며) 야! 야! 주목 좀 하자!

뭔가 싫어 보는 직원들 표정.

경민 여러분, 저기 저 모퉁이 돌아서 구석진 그 방을 지키던 동료 한

명이 우리 회사를 떠나게 됐습니다.

여전히 분위기 파악이 안 된 직원들의 표정.

경민　그래도 백승수 단장의 뒷모습은 나쁘지 않았습니다. 구단의 명예를 실추시킨 길모 선수의 영입 과정과 자신의 지위를 이용한 채용 비리 등은...

세영, 놀라서 돌아보면
자리에서 경민의 말을 듣고 있는 영수가 보인다.
울컥, 화가 나서 손들고 따지려는데
그 손 붙잡는 임미선.

임미선　나중에. 나중에 따로 가서 따져.
세영　채용 비리 아니에요. 그리고 길창주 선수 영입을 왜 이제 와서...
임미선　사람들 앞에서 구단주 대행이랑 싸우려고?
세영　(답답한) 아닌 건 아닌 거잖아요.
임미선　명분이 더 중요해? 절차가 중요한 게 회사야.
경민　해고하기에는 충분한 사유가 되겠지만. 그래도 우리는 백승수 단장의 미래를 걱정해서 자진 사퇴의 형식으로 다른 일자리를 구할 때까지는 남은 연봉을 보전해주기로 했습니다.
임미선　(작게) 저 양반도 참 저 양반이네. 저런 얘기를 왜 여기서까지 해.
세영　(점점 화가 올라오고)
경민　새로운 단장의 부임 전까지는 여러분 각자의 업무가 과중하겠지만 조금씩만 더 노력해주세요. 한 사람의 공백은 금방 메꿀 수 있습니다.

세영 (미선에게) 단장님은 어디 계세요?

임미선 모르지...

**S#2 사장실 / 낮**

세영, 경민과 강선 앞에 서서.

세영 길창주 선수 영입에 관한 책임을 이제야 묻는 건 부당합니다. 그리고 백영수 씨 선발 과정도 공정했어요.

강선 경택이도 그렇고 둘 다 알고 뽑은 거라며.

세영 ... 그건... 알고 뽑았지만...

경민 이세영 팀장님, 다 알겠구요. 팀 정상화를 위한 방안에 골몰해주세요.

세영 뭘 알겠다는 건지 모르겠는데요.

경민 백승수 단장에 대한 그 충정은 알겠구요. 나가서 팀 정상화를 위해 고민해주세요. 이세영 팀장이 임시 단장이라구요.

세영 제가 왜요!! 이렇게 납득 안 된 상태로 나가면 임시 단장은 커녕 정상화를 위한 고민도 못할 거 같은데요.

경민 백승수 본인도 이 정도 타협을 원했고 백승수 동생도 남겨놨잖아요. 그런데 이세영 팀장님이 지금 이따위로 일을 벌이면 누가 피해볼까요. 어쭙잖은 의협심에 백승수 동생도 잘리면 어떻게 하려구요.

세영 (그제야 영수가 떠오른) ...

## S#3 복도 / 낮

세영, 빠른 걸음으로 걸어 나오면서
'백승수 단장님'에게 전화 건다.
그러나 받지 않고 계속 울리기만 하는 신호음.
세영이 다시 주머니에 휴대폰 놓으면 벨소리 들리고
화들짝 놀라서 휴대폰을 보고는
실망한 표정으로 전화 받고.

세영 여보세요. 어? 아냐, 아직 확정 아니고. (나름 결연한) 수습할 거야.
근데 우리 구단 얘기를 니네가 어떻게 알았어? 뭐?

## S#4 드림즈 사무실 / 낮

세영, 홍보팀 책상 내려치고.
홍보팀 사람들 다 눈치보면서 움찔.

세영 팀장님.

변치훈 (알 것 같아 눈치보며) 아, 왜에.

세영 동료애도 없으세요?

변치훈 아니, 내가 무슨 힘이 있어.

세영 어떻게 단장님이 나간 지 10분 만에 자진 사퇴 기사가 나와요.

미리 준비한 게 아니고서야...

변치훈 선수들도 다 그렇게 하잖아.

세영 (?)

변치훈 선수들도 다 그렇게 하는데 백 단장이라고 그렇게 하면 안 된단 법이라도 있어? 우리도 다 이렇게 잘릴 수도 있어. 내가 기사 안 내보내면 내가 저렇게 되는 건데.

세영 시키니까... 시키는 대로 하신 거네요.

세영, 원망의 눈빛으로 돌아서는데
변치훈도 마음 편치 않고.
임미선은 세영과 눈이 마주칠까 봐 고개 숙인다.
세영, 유경택과 눈 마주치는데
유경택은 말없이 고개 가로젓고.
스카우트팀 자리를 보면 팀장 자리 비어있다.
답답한 현실에 울분이 밀려오고.

세영 전 다시 가서 말할 거예요. 단장님을 이렇게 내쫓는 거 부당한 거라고. 다른 분들은 가만히 있을 거죠?

모두 세영을 외면하는 분위기 속에서.

세영 단장님이... (치밀어 오르는) 단장님이 친절하진 않아요. 근데 일하는 태도나 능력에서 실망하신 분 계세요? (기다리다가) 아니면... 이게 정당하다고 생각하는 분은요?

물을 끼얹은 듯 조용해진 사무실을 박차고 나와
단장실 방향으로 성큼성큼 걷는 세영.

**S#5　　단장실 / 낮**

참고 서적을 봐가면서 뭔가를 부지런히 입력하며 정리 중인 승수.
세영, 열린 문틈 사이로 고개 빼꼼 내밀었다가
승수 확인하고 노크하며 들어온다.
승수는 잠깐 고개 돌린 후에 얼굴 찌푸린다.

승수　　바쁜데요.
세영　　(바깥 눈치보고 문 닫으며) 여기 계셨어요? 전화는 왜 안 받으세요.
승수　　(계속 입력하며) 바쁘니까요.
세영　　지금 무슨 일이 일어난지는 아세요?
승수　　...
세영　　아시는데 왜 이러고 계세요.
승수　　머릿속에 든 거 털어내는 중입니다.
세영　　이대로 받아들이신다구요?
승수　　나가도 괜찮구요. 조용히는 있어도 괜찮구요. 어떻게 할래요?

세영, 황당하지만 그 앞에 접대용 의자에 앉아서 기다린다.
승수, 심각한 표정으로 몇 번의 타이핑과
마우스 클릭을 거쳐 그제야 세영을 본다.
승수를 보고 있던 세영이 화들짝 놀라는데

승수는 세영에게 시선 떼고 일어나서
옷과 가방을 챙기기 시작한다.

승수 USB 파일에... 제가 오래 일할 줄 알고 모아둔 자료 같은 것 좀 담아놨습니다. 새 단장이 오면 전해줘요.

세영 ... 이렇게 그냥 그만두실 거예요?

승수, 대답 없이 꼼꼼히 짐을 챙기고.

승수 고백을 하자면... 위기의식 없이 계속 꼴찌를 하는 드림즈를 보고 '배부른 돼지들'이란 생각을 한 적이 있습니다.

세영 ... 그렇게 생각할 분이시죠.

승수 그런데... 실력은 부족하지만 그 정도는 아닌 것 같습니다.

세영 (이미 승수도 포기한 것을 느끼고) ...

승수 가끔 열심히도 합니다. 꼴찌인 성적을 보고 제가 예상했던 것보다는 다들... 가끔 땀을 더 흘리는 모습은 봤고. 그게...

세영 ...

승수 보기에 좋았습니다. 아, 그리고... 임시 단장을 맡아주세요.

세영 ... 싫습니다. 이제 직장 상사도 아니잖아요. 제가 왜 명령을 들어요.

승수 그냥 임시예요.

세영 임시라도요! 권경민 상무가 시키면 전 싫다고도 못 해요?

승수 제가 나가기로 하고 권경민 상무랑 유일하게 생각이 바로 일치했던 게 이 부분입니다.

세영 ...!?

승수 권경민 상무의 명령이고. 제 마지막... 권유입니다.

세영 ...

승수 드림즈에 저는 아무 감정이 없고 애착도 없어요. 그냥 제 일이니까 열심히 했던 거고... 어떻게 보면 애초에 이렇게 하는 게 맞았던 것 같습니다.

승수, 종이박스 정도에 담은 짐과 가방 어깨에 메고
의연하게 나가는 모습.
세영, 일어서서 잡지도 못 하다가
닫힌 문고리 잡고 나가려다
비어있는 단장실과 업무용 책상을 바라본다.
밀려오는 중압감이 느껴지는 세영의 표정.

**S#6 드림즈 사무실 복도 / 낮**

담담하게 나가는 승수.
전력분석팀 사무실 앞을 지날 땐
서로를 애써 외면하는 승수와 영수.
그런 승수를 바라보는 사람들의 다양한 표정.
분한 마음까지 드는 재희 표정.
어설프게 목례를 하거나 해야 하는지 망설이는 사람들.
승수, 당당하려 애쓰지만 불편한 기억이 떠오른다.

**S#7 승수 과거 회사 사무실 복도 / 낮** (과거 회상)

지나가던 직원1, 2. 불편한 듯 승수 외면하고.

초점 없는 얼굴로 그 사이를 짐 들고 가는 승수 위로.

직원1 **(소리만)잘못한 것도 없는데 왜 좌천이야? 그것도 씨름단으로?**

직원2 **(소리만)동생 다치고 사람이 망가졌다고 판단한 거죠.**

직원1 **(소리만)운동하고 관련도 없는 사람인데.**

직원2 **(소리만)씨름단 곧 해체된다면서...**

**S#8 드림즈 사무실 복도 / 낮** (현재)

승수의 짐을 뺏어 드는 손길.

재희다.

짐을 뺏어 들고 주변의 비겁한 시선에

오히려 더 당당히 걷는다.

승수, 잠깐 놀랐지만 이내 그 뒤를 따르고.

**S#9 엘리베이터 앞 / 낮**

엘리베이터 버튼 누르고 기다리는 재희와 승수.

재희와 승수, 잠시 어색하고.

재희 뭔가 또 준비하신 비책이 있으시죠?

승수 ...

재희 (불안한) 뭔가 준비한 방법이 있고. 다들 놀라게 하면서 돌아오실 거잖아요.

승수 그렇게 할 이유가 없습니다. 일 안 해도 연봉 보전받기로 했고...

재희 돈 때문에만 일하시는 거 아니잖아요.

승수 돈 때문에 일합니다.

재희 (소리 높이며) 돈 때문에 일하는 사람이 이렇게까지 일을 하진 않죠! 이럴 거면 왜 희망을 주셨어요.

승수 ... 적당히 하는 게 안 되는 사람이 있습니다. 그리고... 열심히 하면 무조건 좋은 결과를 얻는다고 생각하지도 않습니다. 한 번도 그런 적이 없어요. 저는.

재희 좋은 결과가 없다뇨. 계속 우승만 하셨잖아요!

승수 마지막 길 배웅, 고마워요.

짐을 받아들고 엘리베이터에 올라타는 승수.
닫히는 문 사이로 승수를 보는 재희.

**S#10 자판기 앞 / 낮**

유경택과 변치훈, 대화 중.

변치훈 단장 일하는 방식이 너무 거칠었어.

유경택 ... 거친 게 뭔데.

변치훈 아니, 순응을 좀 하고 살아야지. 상무한테 그게 뭐야.

유경택 ...

변치훈 근데 걔 일 잘해?

유경택 어, 잘해.

변치훈 근데 그렇게 일 잘하면 다른 구단을 들어갔어야지.

유경택 우리 다 알고 뽑은 거야.

변치훈 그래. 뭐 다 그렇다 쳐도 상황이 이렇게 되면 같이 나가야지.

유경택 ... 들어갑시다. 일해야지.

변치훈 뻔히 여기 여론을 아는데 남는 이유가 뭐냐고.

유경택 (버럭) 들어가자고! 일 좀 하게!

유경택 버럭 화내고 빠른 걸음으로 먼저 들어가면
변치훈 황당하고.

**S#11 드림즈 사무실 / 낮**

유경택, 들어오면서 슬쩍 영수 보는데
영수, 담담한 얼굴로 컴퓨터 앞에서 작업 중이다가
유경택과 눈이 마주친다.
유경택이 오히려 놀라서 자리에 어색하게 앉는데
영수, 출력한 인쇄물 들고 다가간다.

유경택 뭔데.

영수 이번에 2차 드래프트 관련해서 좀 준비해봤습니다.

유경택 (슬쩍 보고) 두고 가.

자리로 돌아가서 업무 보는 영수.

유경택은 차분히 인쇄물 보며 점점 몰입하는 표정이다가

영수 뒷모습 보고.

담담한 표정으로 업무 보는 영수의 표정.

계속 보면 담담하지 않은 표정 같기도.

**S#12 드림즈 회의실 / 낮**

세영, 재희, 영수, 유경택, 이철민, 최용구, 민태성 회의 중.

세영 2차 드래프트 내용 관련해서 모였습니다. (한숨 쉬고) 다들 아시다시피 단장님은... 사임하셨구요.

이철민 (씁쓸한) 거 참, 왜... 그렇게 일을 하셔가지고...

최용구 (어딘가 섭섭한) 일만 잔뜩 벌이고. 뭡니까.

민태성 에이, 씨.

세영 (다짐하듯) 우선 제가 임시로 일을 맡게 됐습니다. 현장 목소리를 좀 들어보려고 코치님들도 모셨구요. 보호 선수 명단부터 빨리 확정 지으려구요.

재희 우리 팀 선수 명단도 일단 이렇게 구성해봤구요.

최용구 야, 여기에 왜 유성구가 안 들어가 있어. 개가 1군 몇 년짼데.

영수 유성구 선수는 작년에 패전조로 활약했는데 해마다 방어율은 비슷하지만 잔루 처리율이 점점 올라가고 있어서요. 지금 명단에 포함시킬 후보 선수들 중에서는 전력분석팀은... 이렇게 추천 드리는 바입니다.

민태성 (명단 보면서) 좀 이상하네? 유경택. 일한다고 티 내려고 그러냐. 현장 상식이랑 많이 다르네.

유경택 현장 상식이 아니라 현장 생각이랑 다른 거죠. 그리고 감독님 아니면 회의 때 반말들 좀 하지 맙시다. 아무리 선배라도 그렇지.

최용구, 민태성 (이 자식이...)

이철민 (영수 가리키며 재희에게) 근데 누군데?

재희 전력분석팀 데이터 파트입니다.

최용구 아... 단장 동생?

영수 ...

세영 백영수 씨구요. 야구 칼럼 사이트에서...

최용구 됐어요. 그 얘기 지겹게 들었어요. 그럼 칼럼을 계속 쓰던가.

이철민 우리가 쟤 말 듣고 움직이는 거야...? 개판이네.

세영 ... 저기요.

유경택 ...

민태성 단장이 있었어도 이렇게는 안 했을 거 같은데.

이철민 (일어서며) 새로운 시도도 좋지만... 글쎄다.

이철민, 최용구, 민태성 나가고 나면 적막해진 회의실.

## S#13 드림즈 사무실 복도 / 낮

세영과 영수, 대화 중

세영 갑자기 일어난 상황이 당황스럽죠.

영수 형한테 연락 왔어요. 그만두면 죽는다고.

세영 그런 말도 하나봐요. 동생한테는.

영수 이런 때 보면 형은 아직도 저를 잘 몰라요. 그만두긴 제가 왜 그만둬요.

세영 (억지 텐션 올리며) 역시 뭘 쫌 아네. 절대 그만두면 안 돼요.

영수 여기서 같이 나가면 둘 다 쓰레기 되겠죠. 동생을 꽂아 넣었다가 걸려서 사퇴한 놈, 그리고 무능한데 남의 자리 넘본 놈.

씁쓸한 영수 웃음을 보는 세영도
차마 웃음이 나오지 않고.

**S#14 드림즈 훈련장 / 낮**

선수들이 두세 명씩 수군거리는 분위기 속
길창주, 투구하는 중에 휴대폰을 확인하고 놀라는.

**S#15 사장실 문 앞 복도 / 낮**

길창주, 사장실 문 두들기는데
아무도 나오지 않고 지나가던 직원이 보고.

직원 사장님, 퇴근하셨는데요.

길창주, 벽에 기대 주저앉아 버리면서.

길창주　언제요?

직원　좀 전에요.

길창주, 복도를 뛰기 시작.

**S#16　드림즈 주차장 / 낮**

강선이 차에 올라타는 모습 발견하고

엄청나게 빠른 속도로 뛰어가는 길창주.

그러나 강선은 못 본 채로 차가 출발하고.

숨을 헐떡이는 길창주.

경민　길 선수?

길창주　(놀라 돌아보며) 네?

경민　맞구나. 귀화하신 분.

길창주　... 누구시죠?

경민　구단주 대행입니다.

길창주　그럼 단장님 해고하신 분입니까.

경민　네.

길창주　철회해주십쇼.

경민　어머나? 무슨 권리로?

길창주　다 제 잘못입니다. 제 인터뷰가 경솔했고.

경민　또?

길창주　... 제가 잘못 살았습니다. 제가 잘못 산 대가를... 그걸 단장님이 대신 맞았습니다.

경민　　길씨가 백승수 씨한테 마음의 빚이 있나본대요. 제가 더 좋은 방법을 제시할게요. 혹시 시즌이 시작되면 야구를 정말 잘하세요. 그러며는 돼요.

길창주　　(진지한) 그럼 단장님이 돌아옵니까?

경민　　(깨들깨들 웃으며) 아뇨. 나중에라도 알고 보니 좋은 단장이었는데... 이렇게 추억할 수 있죠. 그게 어딥니까.

차에 올라타는 경민.
차가 떠나면 그 자리에서 분한 마음을
억누르는 길창주.

## S#17　　드림즈 사무실 / 밤

세영, 봐도 봐도 끝없어 보이는 모니터 속의 수많은 창들.
눈이 침침해서 눈 깜빡거린다.
그때, 책상 왼쪽의 손에 걸리는 USB를 본다.

**〈플래시 컷, 5씬〉**

승수　　USB 파일에... 제가 오래 일할 줄 알고 모아둔 자료 같은 것 좀 담아놨습니다. 새 단장이 오면 전해줘요.

///

세영, USB를 컴퓨터에 연결하고 폴더 열어보면

수많은 문서가 개별 정리된 폴더들이
수십 개가 보인다.
하나씩 열어보면서 놀라는 세영 표정.

**S#18 승수 집, 승수 방 / 밤**

고요한 집 안.
차근차근 옷을 접어서 캐리어에 담고 있는 승수.
전화 와서 보면 세영이다.

**S#19 승수 집 앞 / 밤**

집 앞에 서있는 승수, 세영.

세영 저도 다 포기했었는데요. (USB 들고) 이거 열어보고는 안 올 수가 없어서요.

승수 내용에 문제 있습니까. 그냥 참고만 하세요.

세영 이렇게 그만두실 분 치고는 너무 큰 꿈을 꾸셨던데요. 우승 계획이잖아요. 그 USB 안에 들어있는 내용 전부... 우승하려고 만든 거잖아요.

승수 그런 목표도 안 세우고 일하는 사람 있습니까.

세영 서로 다정하게 말하는 성격은 아니라도 동료애 같은 거 쌓였잖아요. 저희도 같이 힘쓰겠습니다. 복직해요. 단장님.

승수 단장님이라고 하지도 마시구요. 백승수 씨라고 부르세요.

세영 그냥 부탁한다고 만이라도 해주세요. 단장님이 의지가 있어야 저희가 뭘 하죠.

승수 아뇨, 드림즈를 위한 일을 하세요.

세영 (답답한) 아, 진짜.

승수 저 연봉 보전 받았습니다.

세영 알아요! 구질구질하게 그런 말은 왜 해요.

승수 연봉은 보전되면서 다른 일을 준비할 수 있는 최적의 시간입니다. 드림즈는 이세영 씨가... 애정하는 팀 아닙니까.

세영 ... 알고 보면 가장 한심한 건 단장님이에요.

승수 ...

세영 배부른 돼지라고 했죠? 웃기지 마세요.

승수 그건 한때...

세영 (말 끊으며) 일 잘하시는 건 알아요. 근데 눈앞에 있는 일을 해치우는 건 잘하시죠. 돼지도 눈앞에 있는 음식은 잘 먹어요. 애초에 목표라는 게 있었어요?

승수 이런 막말을 듣는다고 제 생각이 바뀌진 않습니다.

세영 저는 그렇게 할 능력이 없었지만 드림즈를 강하게 만들겠다는 확실한 목표가 있었어요. 단장님 목표는 뭔데요? 연봉이에요?

승수 네, 전 고액 연봉을 보장해주니까 드림즈에 온 겁니다. 돈이 중요한 게 잘못된 겁니까?

세영 (어이가 없는) ... 목표는 이루신 거네요. 그럼. 제 목표는 이제 제가 이뤄야겠네요. 잠시나마 꿈을 꾸게 해줘서 감사합니다. 백승수 씨.

세영, 경멸의 눈빛으로 돌아서고.
승수는 할 말을 다하지 못하는 답답함에
어쩌지도 못하고 집으로 들어간다.

**S#20 세영 집, 거실 / 밤**

세영, 현관으로 들어오면 거실에서 미숙이
신문지 펼쳐놓고 멸치 다듬는 중.
미숙이 흘끔 시선만 주고
세영은 집 앞을 나갔다 온 것처럼 자연스레 옆에 앉고.

세영 엄마, 뭐 해?
미숙 보면 몰라? 너도 얼른 손 씻고 와서 멸치 똥이나 빼.
세영 엄마는 목표가 뭐였어?
미숙 (또 왜 이러지 싶어 흘끔 보고) 적어도 멸치 똥 빼는 건 아니었지.
세영 그럼 어쩌다 이러고 있는 거야?
미숙 (짜증나는) 깐 멸치가 비싸니까!!
세영 아니, 뭔가 삶의 목표를 왜 포기했냐고.
미숙 똥 뺄 거야!! 안 뺄 거야!!

세영, 눈살 찌푸리고 주방으로 가서
신경질적으로 손을 씻는다.

**S#21　승수 집, 거실 / 밤**

승수, 캐리어 들고 나서고.

**S#22　세영 집, 거실 / 밤**

멸치 똥 빼는 세영.

생각이 많다.

**S#23　승수 집 앞 / 밤**

캐리어 끌고 가는 승수.

캐리어의 바퀴 하나가 엇나간다.

승수, 바퀴 확인하다 한숨 한 번 쉬고

캐리어를 힘들게 들어 차에 싣는다.

미숙　**(소리만)아, 왜 멸치 똥을 여기다 놔!!**

**S#24　세영 집, 거실 / 밤**

세영, 오른손에 멸치 들고 귀 막으며

놀라서 미숙 보다 눈 흘기고.

**S#25　달리는 승수 차 안 / 밤**

뒷좌석에 캐리어 눕혀져 있고
무표정하게 운전 중인 승수.

**S#26　병원 주차장 / 밤**

승수 차량이 주차되고
차에서 내리는 승수가 바라보는
한적한 지방의 병원 풍경.

**S#27　병원 복도 / 밤**

사람이 거의 없고 어둑어둑한 병원 풍경.
승수, 캐리어를 끌지 않고 들고 가는데
멀리 복도에서 승수 모가 한 손에 반찬통 그릇 정도 들고
한쪽 손은 허리가 아픈 듯 받치면서 걸어가는 모습.
승수, 알아보고 소리 내서 부르려다가 따라간다.
승수 모, 다용도실로 들어가고.

**S#28　병원 다용도실 / 밤**

승수, 다용도실 앞에 서서 승수 모를 부르려는데
승수 모가 한 손은 허리를 받치느라
힘들게 반찬통을 여는 모습이 보인다.

안 되겠다 싶은지 상체를 전자레인지 앞에 기대면서
두 손으로 반찬통을 여는 모습이 힘겨워 보이는데
승수는 자신도 모르게 부르지도 못 하고
그 모습 바라만 보고.
반찬통을 열고 지쳐 보이는 승수 모.
그러다가 문 앞에 서있는 승수 발견하고
표정이 밝아진다.
승수도 어색하게 웃고.

**S#29　병원 입원실 / 밤**

조심스럽게 병실에 들어가면
기력 없는 모습으로 잠든 승수 부.
승수 모의 잠자리였을 간이침대에 쌓인
자잘하고 지저분한 짐들.
참담한 현장을 보는 승수 눈빛이 흔들리고.
승수 모가 눈치채고 승수 캐리어만 침대 앞에 놓고
나가자고 손짓.

**S#30　병원 휴게실 / 밤**

전자레인지에서 데운 죽을 꺼내
승수에게 내미는 승수 모.

승수　　오면서 먹었어요.

승수 모　　진짜야?

승수, 웃으며 숟가락을 승수 모 손에 쥐여주면
한 번 의심의 눈으로 흘겨보다가 죽을 한술 뜨는 승수 모.

승수　　왜 밥을 이제 먹어요...

승수 모　　앞에 경철이 아저씨네가 떡 줘서 그거 먹고 입맛이 없어서.

승수　　... 이제 좀 자주 올게요.

승수 모　　안 좋은 일 있지?

승수　　(피식) 그냥 잘렸어요.

승수 모　　(안도하며) 난 또 큰일인 줄 알고.

승수　　... 이런 게 큰일이죠.

승수 모　　(어린 아들을 대하듯) 안 다치고 아픈 데 없으면 큰일 아냐. 잘렸으면 좀 쉬지. 뭐 하러 왔어.

승수　　이런 때 아니면 언제 와요.

승수 모　　(다 알 것 같은 얼굴로) ...

승수　　진짜예요. 그냥 좀 쉬려고... 쉬려고 왔어요.

승수, 말과 다르게 스쳐가는 기억과 열패감에
저도 모르게 고개 숙이고.
승수 모, 안쓰러운 마음에 웃으며 무릎을 쓰다듬어준다.

## S#31 드림즈 사무실 외경 / 낮

## S#32 드림즈 사무실 / 낮

세영, 여러 자료와 선수들 기록을 모니터로 보면서 검토하는 중.
책상 오른 편에는 한입 베어 문 샌드위치 정도 놓여있고.
운영팀 직원1이 세영에게 다가가서.

직원1 팀장님, 이거 결재 좀 부탁드릴게요.
세영 (정신없는 중) 네, 주세요.

재희, 세영 흘끔 보고.
이때, 임미선, 세영에게 다가와서.

임미선 (서류 건네며) 단장 결재 건인데. 세영 팀장한테 받으면 되는 거 맞어?
세영 (받아서 보고) 네. 제가 확인해볼게요.

임미선한테 변치훈이 다가와서 작게 말하며 서류 건네면
임미선이 피식 웃고 세영에게 다가와서.

임미선 이거 홍보팀 것도 좀.
세영 (뭐지 싶어 보면)
임미선 홍보팀장이 세영 씨한테 한 소리 듣고 좀 눈치보이나 봐.
세영 (조금 미안한) 뭘 그렇게까지...

세영, 서류 옆에 두고 또 업무 중인데.
재희가 계속 신경이 쓰여 보던 중에 다시 다가가는 직원1.

재희 그건 뭔데요?

직원1 이건 운영팀장님이...

재희 (작게) 운영팀 건이면 제가 볼게요. 주세요.

세영 (시선 안 주고) 뒤진다.

재희 (뜨끔) 네?

세영 니 짬밥에 운영팀장 결재 건을 확인하냐?

재희 점심도 안 드셨잖아요.

세영 니가 준 샌드위치 먹고 있다. 의도는 기특하나 주제넘는 짓 하지 마라.

재희, 한숨 쉬면서 서류 건네면
시선 안 주고 서류만 받는 세영.
재희, 마음이 편치 않다.

## S#33 병원 외경 / 낮

## S#34 병원 휴게실 / 낮

승수 잠든 모습에서 천천히 눈을 떠보면
머리맡에 승수 모가 앉아서 일어나는 승수를 본다.

승수 모, 밝은 표정으로.

승수 모	피곤했나 보다.

승수	(민망해서 벌떡 일어나며) 아뇨, 운전하고 오느라.

승수 모	아버지 보러 가야지.

승수	네.

승수, 긴장되는 표정으로 일어난다.

**S#35	병원 입원실 / 낮**

새집 지은 머리, 앙상한 모습으로

입 벌리고 앉아있는 승수 부.

승수 모	승수 왔어요.

승수, 들어가면서 주변 환자, 간병인들에게 인사하다가

승수 부와 눈이 마주치고.

초점 없는 눈으로 승수를 보다가 이내 고개 돌리는 승수 부.

승수 모	(장난기 어린) 이놈시키, 하도 오랜만에 오니까 까먹었나 보다.

승수, 말없이 다가가서 승수 부 손을 잡는다.

그런데 시선도 안 주고 다른 곳 보고 있는 승수 부.

승수 모　오후쯤에는 또 정신 돌아올 거야.

승수는 감정이 차오르는데 꾹 참고 승수 부의 손을 잡는다.

**S#36　드림즈 회의실 / 낮**

세영, 재희, 영수, 유경택, 이철민, 최용구, 민태성
각자 앞에 출력물 보며 회의 중.
최용구, 민태성의 삐딱한 자세를 불편하게 보는 유경택.
세영은 애써 외면하고.

세영　2차 드래프트에서 우리가 뽑을 수 있는 다른 구단 선수들의 명단이 도착했습니다. 우선 보고 얘기 나누시죠?

최용구　(출력물 보며) 신민광 하면 되잖아. 펠리컨즈 중간 계투. 잘 던지드만.

이철민　신민광이 낫지.

영수　신민광은 4년 전에 수술하고 세부 지표가 꾸준히 나빠지고 있고요. 주무기가 패스트볼인데 볼 회전율이 꾸준히 하락해서 올해는 더 기대를 낮춰야 될 거 같습니다. 오히려 웨일스에서 대체 선발로 종종 나왔던 김세인 선수를 추천합니다. 방어율은 높은데 원정 경기 성적만 보면...

최용구　이럴 거면 우리 왜 불렀어?

이철민　...

세영　의견을 나누려고 모신 거지. 의견을 받아 적으려고 모신 게 아니죠.

민태성　우리가 말하는데 세부 지표니 어쩌니 컴퓨터로 공부한 얘기하는

게 말이 돼? 공 던지는 거 가까이서 봤어? 회전율이고 지랄이고 니가 그 공 날아올 때 타석 앞에 설 수나 있냐고.

세영 지금 뭐 하시는 건데요!?

영수 (씁쓸하게 웃고) 팀장님, 저 괜찮습니다.

이철민 이 팀장, 우리 그냥 나가는 게 낫지?

세영 이런 식으로 얘기하실 거면요.

유경택 우리가 현장에서 작전 미스 일어나고 투수 교체나 대타 잘못 썼다고... 지랄한 적 있어요?

최용구 이 새끼가...

유경택 (영수 가리키며) 얘 의견이 지금 내가 동의한 의견인데...!!

영수 (흠칫)

유경택 내가 공 던지는 거 가까이서 안 봤어?!

민태성 야, 너 선 넘는다?

세영 (싸늘하게) 코치님들, 그냥 나가세요.

이철민 그래서 누구 뽑을 건지 듣고나 가자. 아니, 어떤 포지션 뽑을 건데?

영수 (머리 긁으며) 포지션으로 말씀드리자면... 외야수만 세 명 뽑을 예정인데요.

최용구 와, 진짜 니네 일 판타스틱하게 한다. 현장에서 어떤 포지션이 필요한지 말 안 하면 모르냐? 모르면 좀 물어!!

이철민 (유경택 보며) 니가 동의했다고? 대단하다. (세영 보고) 갈게.

영수 아, 그게요. 우리 생각이 뻔히 읽힐 거 같아서요. 필요한 선수보다 잘하는 선수를 영입해보려구요. 저 선수들을 트레이드 카드로...

이철민, 최용구, 민태성 멈춰 서서

영수가 띄우는 프레젠테이션 화면 보고.

영수 이번에 외야 쪽이 좋은 선수가 많이 나왔거든요. 1라운드, 2라운드까지 보면 외야 보강이 필요한 팀에 저희가 진짜 원하는 백업 포수, 백업 내야진이 두텁다는 결론이 나왔습니다.

영수의 말에 생각이 많아진 회의실 분위기.

영수 (용기가 생기고) 최근 트레이드 경향을 보면 대형 선수보다는 각 팀에 기회가 없는 백업 선수 트레이드에 더 과감한 경향을 보이고 있고요...

**S#37 병원 입원실 / 밤**

승수, 휴대폰으로 2차 드래프트 관련 기사 보고 있는데.

**〈플래시 컷, 9씬〉**

재희 (소리 높이며) 돈 때문에 일하는 사람이 이렇게까지 일을 하진 않죠! 이럴 거면 왜 희망을 주셨어요. 다 포기하고 있었는데.

///

**〈플래시 컷, 19씬〉**

세영 이렇게 그만두실 분 치고는 너무 큰 꿈을 꾸셨던데요. 우승 계획이잖아요. 그 USB 안에 들어있는 내용 전부... 우승하려고 만든 거잖아요.

///

승수 모, 간이침대에 웅크린 채로 잠든 모습.

승수, 간이침대 발치에 앉아 등을 기대며 생각에 잠긴다.

**S#38 드림즈 사무실 / 낮**

재희, 유경택, 영수 모두 세영만 기다리고 있고.

세영, 마지막으로 문서 출력 누르고 일어서며.

세영 가실까요.

세영, 패기 있게 외치면

모두 자리에서 일어서고.

재희 다 죽여버리죠!

세영 (손가락으로 머리 툭 치며) 뭘 죽여, 인마.

**S#39 드림즈 주차장 / 낮**

세영 차량에 운전석에 세영이 앉아있고

재희가 영수 휠체어 잡고 타는 것을 도와주려는데

유경택이 뒤에서 슬쩍 밀치며 영수 휠체어 잡아준다.

재희　　아, 팀원 챙기시는 게 좋죠.

영수　　감사합니다.

유경택　　...

영수, 타고 나서 휠체어 쪽을 보는데
능숙하게 접는 유경택.

영수　　어? 어떻게 접으셨어요.

유경택　　그냥 접었어.

유경택, 차 트렁크에 휠체어 싣고.
세영, 재희 유경택 몰래 시선 주고받으며 웃음.
영수, 유경택의 친절에 황망한.

## S#40　건물 앞 / 낮

세영, 재희, 영수, 유경택 건물 앞에서.

세영　　오늘 우리는 반드시. 선수를 두 명 이하로 뺏기고. 명단에 있는 선수들을 데리고 갑니다. 아셨죠? 그럼 모두 각자 믿는 신께 기도. 시작.

세영, 재희만 바로 눈 감고 중얼거리며 기도하고.
유경택은 주변 둘러보며 창피해하고.

영수는 당황해하면서도 웃는다.

세영 가시죠.

건물 안으로 입장하는 세영과 일행들.

**S#41 드림즈 휴게실 / 밤**

임미선, 업무 보다가 시계 보면서.

임미선 시작했겠네?

변치훈 뭐요? (생각해보고) 아~ 뭐 2차 드래프트까지 그렇게 신경을 써요.

임미선 내가 무슨 신경을 써.

변치훈 어차피 이거 뭐 잘 뽑아봤자 대세가 바뀌어? 뭐가 바뀌어.

임미선 단장 나가고 처음 하는 일인데 잘하면 좋지.

변치훈, 승수 떠올리면 찔리는.
괜히 헛기침하면, 임미선이 그런 심경을 눈치챈 듯
한 번 흘겨보고.

**S#42 건물 앞 / 밤**

지친 표정으로 건물에서 쏟아져 나오는 구단 관계자들.
세영을 비롯한 드림즈 관계자들도 쏟아져 나온다.

세영, 드림즈 관계자들에게 쉿 사인 주고.

뒤에서 다가오는 김종무.

김종무　이 팀장님. 백 단장 어떻게 된 거예요.

세영　... 그렇게 됐네요.

김종무　우리가 참견할 일은 아니지마는 안타깝게 됐어요. 전화도 안 받던데.

세영　마음 정리되면 받으실 거예요. 그때 통화 나누시죠.

김종무　아, 그리고...

세영　네?

김종무　장일선이랑 이한주 쓸 거예요?

세영　쓰려고 데려왔죠. 근데 혹시 바이킹스가 원한다면...

김종무　또 이런다... 백 단장만 이런 줄 알았더니... 뻔히 트레이드하려고 뽑아놓고. 아무튼 나중에 카드 한번 맞춰봐요.

김종무, 시선이 세영 옆에 있는 영수에게 멈춘다.

김종무　(작게) 혹시... 저 친구가...

세영　아, 네. (웃으며) 오늘 최고 공헌자 백영수 씨예요.

김종무　(영수 보며 목례) 아무튼 또 봐요. 축하하고.

김종무, 가고 나면 세영이 주변을 둘러본다.

사람들 거의 다 빠져나가고 조용한 분위기.

그제야 거의 동시에 환호하며 방방 뛰는 드림즈 일행들.

멀리 떨어져서 카메라 들고 있던 남자.
피식 웃으면서 그 모습 카메라로 찍고.
그 사진 그대로 신문지 지면에 박히는.
'전문가들 입을 모은 2차 드래프트 승자는 드림즈'

### S#43 기범 가게 / 밤

앵커 **(소리만)2년에 한 번 개최되는 2차 드래프트의 승자는 최근 백승수 단장이 사퇴한 드림즈였습니다. 드림즈 프런트는 부족한 포지션을 채우는 대신 실력 위주의 깜짝 선발로 2차 드래프트를 성공적으로 마무리했습니다.**

넘치기 직전의 술잔들이 한데 모여 있고.

재희 오늘 우리가 선수 단 한 명도 유출되지 않았고! 두 명의 즉시 전력감 타자, 한 명의 유망주 투수를 선발했기 때문에...
세영 때문에?
재희 여기 있는 술은 제가 다...
세영 죽고 싶은 거 아니면 앉아.
재희 네.
세영 좋지 않은 분위기 속에서 다들 고생하셨습니다. 어떤 일들이 앞으로 일어날지 모르지만... 아주 뜨겁게 겨울을 준비해서 올 시즌은 추울 때까지 야구했으면 좋겠습니다.

건배하는 분위기.

유경택 (영수 보며 아주 작게) 고생했다.

영수 (저 사람이 한 말 맞나 하며 보는)

**〈시간 점프〉**

서로 조금씩 술잔 채워주는 분위기.

그 앞에 보기 좋은 안주 한 접시가 놓이고.

재희 (한 젓가락 집으려다가) 아, 맞다. 제가 지금 이런 거 여쭤봐도 되는지 모르겠는데.

세영 안 돼.

재희 단장님이요.

세영 (승수 얘기에 흠칫)

재희 매번 그... 음식 사진 찍는 거 왜 찍으시는 거예요?

영수 아... 그거요. 엄마한테 보내는 거예요.

재희 에이... 재미없게... 애인 있는 거 아니구요?

세영 왜요?

## S#44 병원 입원실 / 밤

승수, 승수 모와 밥 먹으면서 대화하는 모습

승수 모 요즘 그래도 잘 챙겨 먹고 다니는 거 같더니 왜 이렇게 핼쑥해.

승수 ...

승수 모 잔소리하지 말까.

승수 아뇨. 계속해요.

승수 모 그리고 사진은 이제 안 보내도...

승수 (말 끊으며) 계속 보낼 건데. (웃음)

**S#45 기범 가게 / 밤**

영수 엄마가 끼니를 걱정해주면 안심이 된대요.

세영 (이유를 알 것 같은)

재희 왜요?

**S#46 병원 입원실 / 밤**

승수, 승수 모와 밥 먹으면서 대화하는 모습 위로.

승수 모 그래, 사진 꼭 보내. 빼먹기만 해봐.

승수 (웃음)

영수 **(소리만) 엄마가 아직 버틸 만한 거구나. 아직 우리 걱정을 해줄 여유가 있는 거구나. 그렇게 보내면서 확인하는 거예요.**

승수 모 근데 너 언제까지 있을려구?

승수 왜요?

승수 모 내일 가.

승수 왜...

승수 모 그냥.

승수 좀 쉬었다 갈게요.

승수 모 쉬어도 다른 데 가서 쉬어. 여행을 하든가. 집엘 가든가.

승수 ...

승수 모 너무 오래 주저앉으면 다시 못 걸어. 이제 또 가서 열심히 살아.

승수 일 안 해도 월급 들어와요. 그리고... 가도 할 일도 없어요.

승수 모 그래도 너 여기 있는 거 싫어서 그래.

**S#47 기범 가게 / 밤**

영수 형은 제가 다치게 된 것도 야구를 시킨 형 책임이라고 생각하고.

세영 그건 사고잖아요.

영수 제가 다치면서 아버지가 쓰러지셨어요.

세영 ...!

영수 형은 그것도 자기 책임이라고 생각해요.

세영 ...

영수 연봉 보전 받으려고 조용히 나간 거... 형답지 않지만 형의 상황을 감안하면 그럴 수밖에 없어요. 병원비 때문에 아무리 벌어도 돈이 쌓일 수가 없거든요.

세영 ...

영수 병원비를 감당하고. 제가 편하게 안정적으로 할 수 있는 일을 하길 바라면서 학비를 지원했으니깐요.

**S#48 승수 과거 회사 사무실 / 밤** (과거)

벽에 외떨어진 사무실 책상에 앉아있는 승수.

지나가는 직원들 모두 흘끔거리는 시선.

영수 **(소리만)아버지까지 쓰러지고 나서 다니던 회사에서는 퇴직을 권고했고 형이 받아들이질 못했거든요.**

세영 **(소리만)왜 퇴직을 권고해요?**

감정이 담기지 않은 승수 얼굴 위로.

영수 **(소리만)그때 형은 누가 봐도... 넋이 나간 사람 같으니까 그랬겠죠. 뭔가 일을 저지를 사람처럼.**

**S#49 씨름장 / 밤** (과거)

짐 가방을 어깨에 멘 채로 어두운 씨름장을 보는 승수.

짐 가방을 내려놓고 모래사장을 등진 채로 앉는 승수.

축 처진 어깨 위로.

영수 **(소리만)아무것도 모르던 회사원을 없어질 예정인 씨름단에 보냈고... 그게 여기까지 온 거예요. 형의 젊음을 갉아먹으면서 저도 여기까지 왔고.**

**S#50　기범 가게 / 밤**

세영, 승수를 생각하다 쓸쓸한 마음에 술을 잔에 따르고
영수와 소주잔 맞부딪치며.

세영　그렇게 계속... 해체만 되고... 아무도 단장님을 지켜준 적이 없네요?

영수　...

세영　아무도...

**S#51　병원 휴게실 / 밤**

웅크리고 잠든 승수.

**S#52　드림즈 외경 / 낮**

**S#53　드림즈 사무실 / 낮**

재희, 분주하게 전화 받으면서
세영 자리 보면 세영은 없고.

재희　팀장님, 어딨는지 아시는 분?

임미선　니네 팀장, 오늘 늦어.

재희　아니, 오후에 기자회견 하라고 해놓고 어디 간 거예요.

임미선　기자회견을 한다고? 뭘로.

재희 (주변 눈치보며 귓속말)

임미선 홍보팀 몰래 하는 거야? 사장이 싫어할 텐데.

재희 네? 홍보팀이 왜 몰라요?

임미선, 놀라서 보면 변치훈이 뻘쭘한지 고개 돌린다.

임미선 저 인간도 미안하긴 했나 보네?

**S#54 방송국 복도 / 낮**

자신에 찬 커리어우먼의 걸음으로 복도를 걷는 김영채.

보는 사람마다 호감 어린 시선과 인사.

그때 김영채의 허리를 감싸는 팔.

김영채가 놀라서 보면 모자를 눌러 쓴 세영이다.

세영 따라와.

김영채 손 치워요.

세영 (모자 벗으며) 난 망신 같은 거 몰라. 명예가 없으니까. 너도 그래?

김영채, 세영의 결의까지 느껴지는 모습에 움츠러들고.

**S#55 방송국 주변 흡연장 / 낮**

팔짱 끼고 서있는 김영채에게 의자에 앉은 채

문서 파일 건네는 세영.

세영 읽어봐.

김영채 (받아서 보면)

세영 방송국 보도가 애먼 사람 보낸 거. 눈으로 확인해.

김영채 (읽어보며 심각한) ... 보도하라 이거예요? 전 길창주 선수 인터뷰를 조금 편집한 거 뿐이에요. 백영수 씨 얘기는 다른 신문사가...

세영 (말 끊으며) 알아, 이건 우리가 기자회견으로 발표할 거야. 김영채의 저널리즘이 할 수 있는 일은 뭔지 생각해봐.

세영, 당당히 돌아서 가는데
김영채 심경이 복잡하다.

**S#56 기자회견장 / 낮**

조촐한 기자회견장.
차분한 모습으로 세영, 유경택이 입장하고.

세영 바쁘신데 와주신 기자분들 감사합니다. 저희 드림즈에서 최근에 채용 비리 관련 논란에 대해서 정확한 해명을 하고자... 이런 자리를 마련했습니다.

세영, 채점표를 들어올리며.

세영 저희는 심사 전에 해당 직원이 백승수 단장님의 동생이라는 사실을 인지하지 못했고. 그런 상황에서 백승수 단장님은 최하점을 줬지만 저와 전력분석팀장님은 둘 다 만점을 줬습니다. 저희가 사전에 정했던 룰 그대로 총점이 가장 높은 지원자를 합격시켰고. 그게 바로 저희가 논란을 얻게 된 계기가 된 겁니다.

**S#57 사장실 / 낮**

서류 뭉치 내던져지며.

잔뜩 화가 난 강선과 그 앞에 서있는 세영과 유경택.

강선 그 기자회견 목적이 뭔데? 어? 야! 왜 바쁜 기자들 불러다가...

세영 구단 명예가 실추된 걸 회복시킨 건데요.

강선 다 지난 일이잖아. 백승수 나가는 걸로.

세영 누군가 책임을 질 일이 아니었고요. 진실을 밝히는 게 훨씬 중요한 일이었습니다.

**S#58 병원 입원실 / 낮**

침대 앞에 캐리어 세워져있고.

승수, 승수 부 손잡고 눈 맞추려고 하면서.

승수 아버지, 또 올게요.

승수 모 운전하다 졸리면 꼭 커피 마시고.

승수 네.

승수 부, 승수에게 할 말이 있는 듯이 승수에게 팔 휘젓고.
승수가 놀라서 가까이 다가가면.

승수 부 왜... 애기 엄마랑 애기는 안 왔어.
승수 ...
승수 모 아이구, 무슨 소리야. 승수야, 얼른 가. 차 막혀.
승수 부 아직도 산달이 안 됐어?

승수, 씁쓸하게 웃으며 승수 부 손잡는.

**S#59 병원 주차장 / 낮**

승수, 차에 짐 넣고 나서 승수 모 보면.

승수 모 조심히 가고.
승수 네.

승수, 운전석 문 여는데.

승수 모 승수야, 자꾸 지나간 일 생각하면 안 돼. 여기도 자주 오지 말고.
승수 ...
승수 모 행복하게 잘 살아야지. 응?

승수, 운전석에 타고 시동을 걸고
승수 모에게 웃으며 손 흔들고 차량 출발한다.

**S#60 승수 차 안 / 낮**

승수, 표정 없이 운전하다가.

**S#61 승수의 어두운 기억 회상 몽타주**

- 의사가 사과를 하고 나가면 복도에서 참담한 승수.
- 베갯잇을 적시며 눈물 흘리는 정인.

**S#62 승수 차 안 / 낮**

그때의 기억에 밀려오는 슬픔을
낮은 한숨 한 번 쉬고 삼키는 승수.

**S#63 승수 집, 거실 / 밤**

승수, 들어가니 영수가 방에서 나와서 맞이한다.
서로 첫 마디를 꺼내질 못 하고.

영수 엄마, 잘 계시지? 아버지랑.
승수 어.

영수　　나도 언제 가봐야 되는데... 맨날 전화만 하고.

승수　　잘했더라.

영수　　어?

승수　　(짐 내려놓으며) 두 번은 말 안 해, 인마.

영수　　(많은 것들이 밀려오지만 꾹 참는)

## S#64　'야구에 산다' 스튜디오 / 밤

김영채와 패널들 스탠바이 후 시작.

김영채　　'야구에 산다' 김영채입니다. 어제는 2년에 한 번씩 벌어지는 2차 드래프트가 있었습니다. 2차 드래프트의 승자가 드림즈가 됐다는 평이 들리고 있고. 팬들도 모두 만족스러워하는 분위기인데요.

패널1　　네, 아무래도 드림즈가 취약한 포지션을 메꾸는 데 치중할 거라고 예상했는데 의외로... 포지션보다는 2차 드래프트에 나올 줄 예상 못한 대어급 선수들을 지명했죠.

패널2　　드림즈 전력이 그렇다고 우승 전력이 된 것은 아니지만 최근 강두기 선수, 김관식 선수 영입부터 길창주 선수의 구위가 좋다는 평까지 퍼지면서 보다 탄탄한 팀이 됐다는 말은 나오고 있었거든요.

김영채　　네, 오늘 2차 드래프트의 가장 큰 공헌도를 가진 프런트는 아까 1부에서 언급했었죠? 새로 영입된 백승수 단장의 지인이었다고 하는데요. 지금 막 들어온 취재에 따르면 새로 입사한 전력분석 팀원이 모 야구 사이트에서 '재키 로빈슨'이라는 필명으로 활동

한 데이터 전문 칼럼니스트였다고 하네요.

**S#65　꿈돌이 게시판**

드림즈 유니폼 입은 강두기 사진이 배경에 깔린 팬 페이지 화면.
'이쯤 되면 드림즈 단장이 잘못한 게 뭐냐?'
'드림즈 단장이 취임 후 일군 것들.
강두기, 김관식 영입, 150 던지는 길창주 50만 달러에 계약.
2차 드래프트 세팅까지'
변하는 인터넷상의 여론.

**S#66　승수 집, 주방 / 밤**

승수, 영수와 같이 말없이 밥 먹고 있는데
승수와 영수 둘 모두의 전화벨이 동시에 울린다.
불안하게 눈이 마주치는 두 사람.
각자 전화를 받고 영수가 먼저 움직여서 리모컨으로 TV를 켠다.
'야구에 산다' 생방송 중에 쭈뼛거리며 김영채 옆에 선 길창주.

**S#67　'야구에 산다' 스튜디오 / 밤**

김영채　저희의 편집상의 실수로 인해서 많은 비난을 받으셨던 점 다시 한 번 사과를 드립니다.

길창주　아니에요. 괜찮... 습니다.

김영채 근데 저희 방송을 통해서 꼭 얘기하고 싶은 부분이 있다고 들었는데요.

길창주 네. '야구에 산다'가 아무래도 야구팬들이 제일 많이 보시니까요. 제가 그동안 저의 국적 문제로 여러 가지로 많은 분들에게 박탈감을 안겨드리고 심려를 끼쳐드리고 했는데요. 그만 비겁해지려고 합니다.

김영채 (알고 있는) ...

길창주 병무청하고도 미리 얘기를 나눠봤는데요. 이번 시즌 마치고 국적 회복을 하고 현역병으로 입대할 수 있다고 합니다.

**S#68 승수 집, 거실 / 밤**

놀란 영수의 옆에 화가 난 승수의 표정.

**S#69 '야구에 산다' 스튜디오 / 밤**

길창주 올 시즌만 드림즈를 위해서 열심히 뛰고. 현역병으로 입대한 후에 자랑스러운 남편, 자랑스러운 아빠가 되겠습니다.

김영채 자랑스러운 아빠요?

길창주 네, 제가 얼마 전에 아들을 낳았거든요.

김영채 축하드려요.

길창주 사실 한 해만 뛰고 국적 회복과 군 입대를 하는 문제는 이미 단장님과 얘기가 된 부분이었습니다. 백승수 단장님께는 정말 죄송하고... 고맙습니다.

**S#70 경민 사무실 / 밤**

경민, 업무상 회의 중인데 강선에게 전화가 오고.

경민, 짜증 솟구치는데.

'회장님'으로부터 걸려오는 전화.

**S#71 세영 집 / 밤**

김영채 **(소리만)그렇다면 왜 기자회견장에서 입대 의사를 밝히지 않으신 건가요? 그때 밝히셨다면 여론이 이렇게 악화되지는 않았을 텐데요.**

길창주 **(소리만)제가 용기가 부족했습니다. 고민의 시간이 조금 필요했습니다. 단장님은 아무 잘못이 없습니다.**

세영, 미숙 같이 놀라면서 TV를 보던 중에

세영의 휴대폰에 전화 걸려와서 보면 '전임단장 백승수 씨'

세영 여보세요.

**S#72 승수 차 안 / 밤**

화를 억제하려고 노력하는 승수 표정.

승수 어떻게 된 겁니까. 왜 길창주 선수가 군대를 가요.

**S#73　세영 집 / 밤**

세영, 차분한 목소리로.

세영　일단 만나시죠. 네, 제가 주소 보내드릴게요. 거기서 뵙죠.

세영, 전화 끊고 일어서면.

미숙　뭐하는 남자야?

세영　... 백수. (대답 마치고 방으로 들어가면)

미숙　어? 백수는 쫌 그런데... (방에 대고) 사람 성실하긴 하지?

**S#74　카페 / 밤**

승수, 세영 마주 앉아서.

승수　어떻게 된 겁니까.

세영　몰랐어요. 저도 단장님이랑 똑같은 시간에 알았어요.

승수　(한탄과 자조) 저렇게 갑작스럽게 군대를 가면 길창주 씨 가정은 어떻게 합니까.

세영　길창주 선수를 위해서는 나쁜 선택이 아니에요. 길창주 선수도 떳떳한 아빠가 되고 싶었겠죠.

승수　...

세영　그런데 그런 생각만 있었을까요. 아주 작은 부분이라도 단장님을 그렇게 쓸쓸하게 보낼 수 없다는 마음은 없었을까요.

승수 ...

세영 돌아오세요.

승수 길창주 선수가 군대를 갔으니까 제가 돌아가도 된다는 겁니까.

세영 냉정하게 길창주 선수는 남들도 다 가는 군대를 늦게 가는 거예요. 그에 대한 죄책감보다는 팀에 대한 책임감으로 돌아오세요.

승수 제가 돌아가면요. 바뀌는 게 있습니까.

세영 어떻게 만년 꼴찌만 했겠어요. 기회가 오는 거 같았을 때 늘 뭔가에 발목 잡혔어요. 희망을 품어볼까 하면 귀신같이 희망이 박살났죠. 그 뭔가를 대비하고 막아줄 사람이 없었어요.

승수 제가 돌아가면... 대비하고 막아줄 거라고 그렇게 믿는 겁니까.

세영 아뇨, 힘을 보태주길 바라는 겁니다. 저희도 노력할 거니까요.

흔들리는 승수 표정에서.

## S#75 경민 사무실 / 낮

경민과 테이블에 마주 앉은 승수.

경민 뭐?

승수 구단주와의 불화로 인해 능력 있는 단장이 퇴진했다. 이런 진실을 밝히고 진흙탕을 구르느냐. 아니면 갑자기 건강이 나빠진 단장에게 연봉 보전과 함께 요양을 권했으나 책임감으로 돌아온 단장의 미담으로 마무리 하느냐. 선택하세요.

경민 개소리야... 내가 왜 그런 선택을 해.

승수 지역민들 눈치 꽤나 보시잖아요. 지역 기반 기업에다가 생활 밀착형, 소비재가 많은 기업. 야구단 운영비보다 훨씬 손해 볼 짓을 하면 안 될 텐데...

경민 넌 비난 여론에 더해서 부정 취업으로...!!

승수 이 사무실... 이렇게 시설이 근사한데 인터넷이 안 되는 겁니까? 아니면 여론을 모르는 척하는 겁니까.

경민 백승수. 연봉 보전해준다고 할 때 좋다고 나갔잖아. 왜 이제 와서 지랄이야. 뭘 바라는 건데.

승수 하던 대로 하려는 겁니다. 우승.

경민 하... 미친놈. (자리에 앉으며) 야, 잘 들어. 안 그래도 회장님이 복귀시키라고 전화 왔어.

승수 ...

경민 근데 나는 태어나서 처음으로 회장님 명령을 거절할 거야. 내가 자존심이 정말 세거든. 니 상상 이상으로.

**S#76 드림즈 주차장 / 낮**

승수 차가 주차되고.

차에서 내리는 승수.

오랜만에 오기라도 한 듯이 다른 마음으로 주변을 보고.

**S#77 드림즈 사무실 / 낮**

승수 발걸음 소리가 들려오고.

승수가 나타난 순간 케잌을 든 임미선의 양 옆에서
양원섭과 변치훈이 폭죽을 터뜨리는데
승수, 뚱하니 보다가 케잌을 손가락으로 콕 찍어서 맛을 보고는
목례 한 번 하고 단장실로 들어가고.
재희, 영수, 양원섭, 유경택, 임미선, 변치훈 모두 벙 쪄서
그 뒷모습 바라본다.

세영 (수습하듯) ... 우리끼리 먹는 모습만 봐도 배가 부르시다고...
변치훈 아니, 저렇게 들어가면 우리 먹는 모습이 보이냐고.
세영 밀리신 업무도 많고...
임미선 아니, 우리가 복귀시키려고 얼마나 노력을 했는데 진짜 성격 별나.
영수 죄송합니다.
임미선 (아차) 아니, 그런 거 아니에요. 영수 씨. 내가 영수 씨가 참동료라고 생각하고 그런 거지. 영수 씨 있는 거 까먹고 그런 거 아니다. 알지?

**S#78 단장실 / 낮**

밀린 업무에 머리 아파 보이는 승수.
이때 노크 소리 들리고 세영이 들어온다.

세영 (쥐어짜낸 다정함으로) 단장님...
승수 (시선도 안 주며) 네.
세영 오늘은 단장님 복귀 기념 회식을...

승수 저는 불참합니다.

세영 ... 네. 단장님 복귀 기념 회식을... 음... 단장님은 불참하신다고...
네... (세영 나가려는데)

승수 저기...

세영 ... 네?

승수 고마워한다고는 전해줘요.

세영 (어리둥절/미소) 네에. 꼭 전할게요.

**S#79 술집 / 밤**

신나게 술잔을 기울이는 프런트 직원들.

**S#80 경민 사무실 / 밤**

경민, 콧노래 부르며 핸드 드립 내린 커피 건네는데
눈치보고 있는 강선.

경민 원두를 친구 가게에서 샀는데. 고양이 똥 그런 것보다 맛이 좋아요.

강선 백 단장이 그렇게... 돌아와서... 마음은 좀 괜찮으신지...

경민 아, 그거? (피식) 어차피 회장님이 복귀시키라고 하셨어요.

강선 아, 정말요? 근데 왜 그렇게 기분이 좋으세요.

경민 백승수보다 더 멍청한데 말 잘 듣는 놈으로 단장 한번 알아봐요.

강선 백 단장 복귀했잖아요?

경민 백승수가 계약서 고쳐왔어요.

강선, 테이블에 있는 계약서 집어서 읽어보는데.
‘2020시즌이 시작되기 전, 단장직을 자진 사퇴한다.’

경민 백승수 얼굴을 봄까지 어떻게 봐요.

**S#81 길창주 집 / 밤**

승수, 화난 얼굴로 벨 누르는.
웃는 얼굴로 문 열었다가 승수를 보고 당황하는 길창주.
그러나 이내 다시 웃으며.

길창주 단장님! 돌아오셨다면서요.
승수 왜 그런 겁니까.
길창주 아... (웃으며) 그렇게 해야죠.
승수 아버지가 된 사람이. 책임질 가족이 하나 더 늘어난 사람이 제일 먼저 하는 짓이 2년 동안 가족들 품을 떠나는 겁니까?
길창주 미국도 아니고 여기에는 아내 친정도 있고 저희 가족도 있고요. 단장님 덕분에 받게 되는 연봉도 있어요.
승수 그걸 지금 말이라고 합니까. 가족을 지켜야 될 사람이!?
길창주 저희 가족 다 너무 감사하고... 저희 아내도 동의했습니다.

인경이 아이를 안고 슬며시 나와서 승수를 본다.

인경 단장님... 제가 동의한 거예요. 꼭 그렇게 하라고 했어요.

승수, 인경을 보는데 과거의 환자복을 입은
초췌했던 정인이 겹쳐 보인다.
눈시울이 붉어지는 승수.

**S#82 승수의 어두운 기억 회상 몽타주**

- 환자복 차림으로 창밖만 보고 있는 정인에게
  미역국을 권하는 승수.
- 지친 채로 잠든 정인의 옆에 얼굴을 가린 채 웅크리고 앉은 승수.

**S#83 길창주 집 / 밤**

승수가 아기를 보는 표정을 읽지 못한 인경.

인경 저희 보물이에요. 한번 안아보실래요?
승수 저는... 아이를 안지 못합니다.
길창주 (표정을 못 보고) 이렇게 목을 받치면서 안으시면 되는데.
승수 예쁘네요.
길창주 (?) 그럼 한번 안아주세요. 서운할라고 그래요.

마지못해 받아든 승수.

**S#84 술집 / 밤**

행복한 표정의 영수를 보고 피식 웃는 세영.

세영 제가 본 영수 씨 중에서 오늘이 제일 행복해 보이네요.

영수 형도 오늘 같은 날은 느꼈으면 좋겠어요.

세영 뭘요?

**S#85 길창주 집 / 밤**

아기를 안고 등 돌린 승수.

영수 (소리만)**형을 지켜주는 사람도 있다고요. 형은 지켜주기만 하는 사람이 아니라는 거 느꼈으면 좋겠어요.**

승수 저 같은 사람이 아이를 안아도 되겠습니까.

등 돌린 승수를 바라보는 걱정스러운 길창주와 인경의 표정.

승수의 뒷모습에서.

"이번엔 저희가 적폐입니까?"

"서운한데요.
그 한마디에 담긴 무게를 아실 만한 분이."

# 10

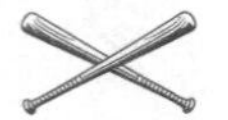

**S#1 카페 / 낮**

한적한 분위기의 카페.

승수와 정인이 마주 앉아서 차를 마시는 중.

정인 돌아오는 거 쉽지 않았을 거 같은데.

승수 아, 그게 있잖아...

정인 알아. 길창주라는 사람이.

승수 그 사람한테 미안해서.

정인 됐어. 그 사람도 국적 회복해서 군대도 가고. 당당하게 사는 게 낫지.

승수 (말없이 끄덕이면)

정인 그 사람한테 미안하다고 생각하면서 지내지 마.

승수 (?)

정인 미안해하는 사람이랑은 같이 있기 힘들어. 우리가 그랬잖아.

승수 ... 미안하다.

정인 또.

승수 내가... 혹시. 좀 웃으면서... 일도 즐겁게 하고. 그렇게 지내도 될까.

정인 (울컥하며/끄덕이는)

승수 나 같은... 아니, 나도 그래도 되나.

정인 (고개 돌려 얼굴 가리며) 당연하지.

승수, 정인이 왜 그러는지 알 것 같아서
미소와 함께 바닥만 본다.

**S#2 승수 집, 거실 / 밤**

승수, 영수 같이 TV 보는 중.

승수 영수야.

영수 어?

승수 요새 재밌냐?

영수 ... 어.

승수 계속 재미있을 자신 있냐?

영수 상당히. 많이.

승수 그래. 그럼 이제 집에서 일 얘기 좀 많이 하자. 전력분석 파트 신경을 못 썼는데...

영수 (장난스러운) 단장님...

## S#3 드림즈 헬스장 / 낮

근력 운동(바벨 컬) 중인 유민호 옆에서 휴식 중인 선수1, 2.

선수1 야, 강두기 선배. 이번에 훈련 어디로 간대?

선수2 몰라, 누구 데려가는지는 아냐?

선수1 강두기 선배는 비용 다 내준다며.

선수2 심부름도 거의 안 시킨다는데. 누군지 몰라도 좋겠다.

유민호, 귀가 솔깃하다.

유민호 선배님...

선수1, 2 왜?

유민호 따뜻한 데 가서 훈련하면 좀 많이 다른가요?

선수1 야, 당연하지.

선수2 효과 없으면 미쳤다고 돈 내고 거길 가겠냐?

선수1, 2. 대화 중에 누군가 보고 급히 이동하고.

(운동하러 온 강두기를)

유민호는 다시 근력 운동에 집중하는데.

강두기 **(소리만)반동 주지 말고.**

유민호, 놀라서 돌아보면
어느새 와서 무심히 운동 준비 중인 강두기.

유민호 아, 네! 감사합니다!
강두기 허리 고정시킨 상태에서 들어라.
유민호 네!
강두기 (시선은 주지 않고) 너.
유민호 네?
강두기 러닝을 왜 그렇게 많이 하냐.
유민호 아. 그게요... 하체로 던지려고...
강두기 잘하네. 계속 그렇게 해라.
유민호 (?)

강두기, 대답 없이 다시 묵묵히 운동만.
유민호, 칭찬이 맞나 싶고 갸우뚱.
목례하고 다른 곳으로 이동.

## S#4 드림즈 투구 연습장 / 낮

서영주, 장진우 공 받으면서.

서영주 선배님, 이번에는 훈련 어디로 가십니까.
장진우 안 가.
서영주 왜 안 가세요.

장진우 내가 너만큼 벌면 간다.

서영주 그래도 투자를 하셔야 또 저만큼 벌죠.

장진우 내가 뛰면 얼마나 뛴다고.

서영주 에이, 또 그런 소리 하신다.

장진우, 생각이 많아지는 얼굴.

**S#5 단장실 / 낮**

승수, 세영, 재희와 테이블에 앉아서 서류 검토하면서.

승수 전지훈련 우선 출발자들은 사비를 쓰는 건가요?

세영 네, 먼저 가서 훈련하는 기간은 엄연히 개인의 투자니까요. 항공료는 저희가 제공하구요. 숙박, 식비는 개인이 알아서...

승수 그래서 신인급 선수들이나 장진우 선수 같은 저연봉자는 없네요.

재희 여기 몇 명 있긴 한데요.

세영 고액 연봉 선수들이 훈련 메이트로 친한 후배를 데리고 가는 경우는 있긴 한데 어쩔 수 없죠.

승수, 명단을 뚫어져라 쳐다보며.

**S#6 재송그룹 회장실 / 낮**

상석에 앉은 일도, 좌측 가까이에 앉은 경민.

경민, 태블릿PC로 일도에게 그래프 등 보여주며.

경민 저희는 재송 호텔 실적 개선을 위해서 우선 면세점에 주목했습니다. 공항 면세점의 실적과는 별도로 시내 면세점의 실적 개선과 함께 비즈니스 전문 호텔에 집중했습니다.

일도 잘했네.

경민 아닙니다.

일도 실적 부진한 계열사 맡아서 살린 게 벌써 몇 개야.

경민 운이 좋았습니다.

일도 그... 단장이란 놈, 복귀했어?

경민 시즌 시작되면 나가기로 계약서 수정했습니다.

일도 그래? (경민을 흘끔 보고) 권경민이.

경민 네.

일도 너는 실망할 틈을 안 주냐.

이때 문이 벌컥 열리면서 경준이 들어온다.
일도의 우측에 편하게 철퍼덕 앉는 경준.
테이블에 놓인 간식거리 주워서 다시 입에 집어넣고.
편하게 눕듯이 앉은 경준과 각 잡고 앉은 경민이 대조되고.

일도 권 상무.

경민 네. 회장님.

일도 인사이동 있는 거 알지? 어디 가고 싶냐.

경민 (침을 꿀꺽)

일도　　머리 쓰지 말고 담백하게 말해봐.

경민　　중공업 부문을 키워보고 싶습니다.

일도　　중공업은 왜? 거긴 우리 회사 주력이 아닌데.

경준　　(새끼손가락으로 귀 후비며 보고)

경민　　회장님이 서민 눈치 안 보고 일하실 수 있도록. 제가 한번 책임지고 키워서 소비재 기업 탈피하고 싶습니다.

경준　　(웃음 터지다가 멈추고) 아, 미안.

경민　　...

일도　　너 인마, 권 상무 반만 따라가 봐.

경준　　아, 우리끼리 있을 땐 좀 편하게 좀 해요.

## S#7　재송그룹 회사 복도 / 낮

경준, 경민 같이 걸어가다가.

경민　　야, 최소한 회사 건물 안에서는...

경준　　(버럭) 아, 오바 좀 하지 마.

버럭 화내고 걸어가는 경준.

경민, 주변의 시선이 창피하고.

## S#8　드림즈 선수단 연습실 / 낮

유민호, 수건을 들고 섀도우 피칭 연습 중인데.

잠시 멈춰서 어깨를 매만져보고.
통증이 없는지 다시 미소 짓고 섀도우 피칭 연습하는데.
최용구, 그 모습 지켜보면서 빠른 걸음으로 다가오고.

최용구　야, 자식이. 연습을 해도 집중력 있게 해야지.
유민호　코치님.
최용구　잘 봐봐. (시범 보이며) 오른발이 천천히 따라나와야 돼. 안정감이 없잖아.
유민호　(집중하며) 우와.
최용구　(약간 신이 난) 허리를 하나도 못 쓰고 있잖아. 어? 인마.

유민호, 최용구 시범 따라서 해보는데 안정돼 보이고.
밝은 얼굴로 최용구를 보고
최용구도 다른 투수들 쪽으로 걸어가는데
멀찌감치서 뛰어오는 서영주.

서영주　코치님.
최용구　어, 왜.
서영주　이러시면 안 되는데요.
최용구　어, 왜. 저기 민태성이도 왔으니까 타격 폼도 봐달라고 해.
서영주　비활동기간에 이렇게 훈련 지도 하시면 어떻게 합니까.
최용구　뭐? 야, 그러니까 너 지금 쉬는데 봐줘서 고맙다는 게 아니라...

무슨 얘긴가 싶어서 멀리서 민태성 다가오고.

최용구 야, 우리가 뭐 지금 돈 받고 이래?

서영주 돈 받으시는 거 아니니깐 굳이 고생하지 마세요.

최용구 거, 참. 별것도 아닌 거 가지고.

서영주 이게 말이 나올까 봐 그래요.

민태성 야, 서영주.

서영주 선수협회 이사회에 제가 드림즈 대표로 나갑니다. 제가 나가서 할 말이 없을까 봐 그래요.

민태성 서영주, 많이 컸네. (서영주 포수 헬멧을 툭툭 치면)

서영주 (꾹 참고) 가보겠습니다.

민태성 이 새끼 완전히 시원하게 미쳤구나.

서영주, 이미 돌아서서 가는데 민태성이 모자 벗어서 던져
서영주에게 맞고. 뒤 돌아보는 서영주.

서영주 어휴, 구닥다리들.

민태성 뭐? 이 새끼야!? 야!!

최용구가 민태성 간신히 뜯어말리는 사이에
서영주 유유히 걸어가고.
멀리서 그 모습을 우연히 본 듯이 멈춰 서서 보는 승수, 세영, 재희.
승수는 많은 생각이 스치는 얼굴.

**S#9 드림즈 회의실 / 낮**

승수, 세영, 재희 선수 명단 보면서.

재희 프로야구단이 선수들 연봉을 지급하는 방식이 10개월에 나누어 지급하는 방식이거든요. 근데 그 지급하지 않는 두 달이 있죠. 그래서 선수협회에서 꾸준히 주장해온 게 이 기간에는 선수들이 단체 훈련을 받지 않는다.

세영 올~

재희 (의기양양한 포즈)

승수 근데 그 기간 동안 훈련을 다 하는데...

재희 네, 그게 전부 다 시설 제공만 하는 개인적인 훈련이구요.

승수 아까 그럼 그 상황은 뭐가 문제인 겁니까.

세영 코치들이 티칭을 해주면 자발적인 훈련으로 보기가 어렵다는 거죠.

승수 문제네요.

세영 아직 여러 가지 부작용도 있지만 필요한 제도인 거 같아요.

승수 알겠습니다.

재희 단장님, 혹시...

승수, 대답 없이 일어나서 먼저 나가면.

세영 그냥 알겠습니다. 한마디 한 건데 왜 이렇게 불안하냐.

재희 불안한 예감이 틀린 적이 없잖아요.

**S#10 드림즈 경기장 일각 / 낮**

최용구, 민태성 종이컵 하나씩 들고 화를 삭이면서.

민태성 에휴, 요즘 것들은 진짜.

최용구 (종이컵을 들어올리며) 나 때는 말이야!!

민태성 시간 내서 알려주셔서 감사합니다!! 하기는 커녕!!

최용구 다~~~ 지들 잘 되라고 그러는 거 아니야!!

말하다가 어느 새 뒤에 서있는 승수 보고 화들짝 놀라는.

최용구 아, 소리 좀 내고 다녀요!!

승수 전력도 약한 팀이 훈련을 못 하면...

민태성 (뭐야? 싫어 보는)

승수 꼴찌 하겠네요.

최용구 당연하죠.

승수 그러면 하세요. 코치님들 하고 싶은 대로.

최용구 ...? 어떻게요?

승수 제가 책임지죠. 다만... 코치님들도 쉬는 기간인데 괜찮습니까.

민태성 꼴등이 그런 게 어딨어요.

최용구 저기 우리를 어떻게 보시는지는 대충 알 거 같은데. 우리도 사명감 같은 거 있어요.

민태성 이 형은요. 지금도 부상 방지 세미나 같은 데 다녀요. 자기 돈 내고. 그걸로 애들 알려준다고.

최용구, 민망해서 괜히 민태성 발로 엉덩이 차고.

최용구 왜 이렇게 말이 많아졌냐. 이 새끼, 진짜.

승수 ... 모아서 집단 훈련은 어려울 거 같지만 최소한 티칭에는 눈치보지 마세요. 그리고 코치님들이 나오는 날이 언젠지도 공지하셔도 좋습니다. 배우고 싶은 사람들은 와서 배우라고.

민태성 선수협회가 난리 치는 건 어떻게 하시려고요.

승수 대화를 해봐야죠. 선수협회장이 누구죠?

최용구 얼마 전에 투표하던데 결과 아직 안 나왔나?

**S#11 드림즈 사무실 / 낮**

업무 중이던 재희,

통화 중인 세영을 기다리고 있는데 전화 끊은 세영.

재희 협회장이 누구라고요?

세영 ...

**S#12 소규모 기자회견장 / 낮**

소수 스포츠 기자들과 관계자 몇 명이 대기 중인 가운데

문이 열리고 강두기가 들어온다.

차분하게 자리에 앉아서 마이크를 잡는 강두기.

강두기 안녕하십니까. 투표를 통해서 선출된 프로야구 선수협회장 강두기입니다.

플래시가 터지고.

담담한 강두기 표정에서.

**S#13 드림즈 사무실 / 낮**

재희, 의아한 표정.

재희 강두기, 잘됐네요. 단장님하고도 원만하잖아요. 잘 넘어가줄 텐데.

세영 그건 니가 강두기를 잘 모르니까 하는 얘기지.

**S#14 드림즈 헬스장 / 낮**

엄청난 무게를 들어 올리는 강두기.

입이 떡 벌어지는 동료 선수들.

세영 **(소리만)강두기는 뭐 하나를 해도 절대 대충 안 해. 드림즈 투수로서 공은 열심히 던지고, 선수협회장도 목숨 걸고 할 거야.**

입을 꾹 다문 채 운동에 전념하는 강두기.

**S#15　드림즈 선수단 연습실 / 낮**

선수들 개별 훈련 중 (장진우, 서영주, 유민호 외 몇몇 선수들)
장진우, 열심히 투구 연습 중인데
유민호가 와서 물어보자
땀 닦고 직접 유민호 다리를 잡으며 설명.

장진우　공에 힘이 들어가려면 너한테 맞는 스트라이드를 찾아야 되는데. 봐 봐. 이것보다 좀 좁혀봐.

최용구, 민태성 들어오면서 그 모습 보고.

최용구　이거 봐, 이거 봐. 진우도 훈련 못 하고 지금 후배 봐주는 거.

서영주, 뭐지 싶어 경계하며 본다.
민태성이 테이프 떼어주고.
최용구가 그 테이프 받아서 벽에 붙이면서.

최용구　야, 이거 봐.

선수들, 시선 멈추면.

최용구　지금도 진우가 자기 밸런스 잡아야 되는데 민호한테 기본부터 알려주는 거 보이지? 안타깝다, 증말.
민태성　우리가 우리 쉬는 날도 반납하면서 개별 훈련하는 날에 올 거니까 원하는 애들은 궁금한 것도 물어보고. 시즌 중에는 서로 힘들잖아.

서영주 코치님들, 지금 제가 있는데도 이러십니까.

최용구 야, 서영주. 너 연봉 얼마야.

서영주 (말없이 노려보면) 제 연봉을 코치님들이 주십니까.

민태성 이런 싸가지 없는 놈이...

최용구 (한 팔로 민태성 막고) 야, 유민호.

유민호 네, 코치님.

최용구 너 배우고 싶은 거 없어?

유민호 많습니다.

장진우, 유민호 옆구리 쿡 찌르면.

유민호 (아차 싶은) 많다기보단 있긴 있습니다.

최용구 니들 경쟁 상대는 다른 팀에 있는 게 아니라 이 안에 있고. 지금 연봉 많이 받는 애들 며칠 있으면 따뜻한 해외로 개인 훈련 간다고. 정신 차려야 돼. 어떻게 따라잡을 건데.

민태성 재들이 니들 실력 키우는 거 좋아하겠냐.

서영주 아까부터 재들, 니들 하면서 선수들 편 가르기 합니까. 우리도 코치님들처럼 편 갈라요?

민태성 이 새끼가 문제구만. 서영주, 너 옛날 같았으면 걷지도 못 하게 빠따 맞았어.

서영주 그런 얘기 하지 마시고 현재를 사시라고요.

장진우 서영주.

서영주 (할말 삼키고)

장진우 코치님들 얘기도 잘 알겠습니다. 일단은...

유민호 ...

민태성 진우, 너도 훈련하다가 후배 봐주는 거 안 힘들어?

장진우 뭐, 괜찮습니다.

최용구 유민호, 너 1순위 신인이면 배울 만한 건 빨리 다 배워서. 누가 봐도 프로답게 스스로 실력 키워야 된다는 책임감 같은 거 없어?

유민호 많습니다. (장진우 눈치보고) 아, 있습니다.

장진우 (괜찮다는 제스처)

서영주, 한숨 내쉬며 최용구, 민태성 지켜보고.
이때, 유니폼 입은 누군가가 최용구가 붙인 스케줄표 사진 찍고.
(작은 찰칵 소리)

**S#16 경민 사무실 / 밤**

경민, 다양한 서류 더미를 검토하느라 바쁜데
노크 소리 들리면.

경민 없다고 하세요.

하는데 문 열리고 경준이 들어온다.

경준 뭘, 없다고 해.

난처한 표정의 여비서.

경민, 표정 관리가 안 되다가 여비서한테 나가라고 눈짓하고.

경준, 편하게 앉으며.

경준 형, 조만간 사장단 인사이동 있는 거 알지?

경민 그러냐?

경준 형, 어디 가고 싶은데?

경민 (멈칫)

경준 중공업 진짜 가고 싶어?

경민 ... 어.

경준 왜 그런 걸 하고 싶어하지. 이상하네. 오케이. 내가 잘 말해볼게.

경민 안 해도 돼.

경준 (피식) 그래? 난 백화점 쪽 가보려고.

경민 어울린다.

경준 형, 근데. 형이 능력이 있긴 있나 봐. 옛날부터 알던 아저씨들이 나한테 형이랑 친하냐고 물어보더라. 있잖아. 사장단 회의 때 왔던 아저씨들. 왜 물어보겠어?

경민 ...

경준 형, 제낄려고 그러겠지. 형이 경계 대상이야.

경민 너는?

경준 어?

경민 너는 내가 경계가 안 되냐?

경준 뭐래? 참나. 형, 술이나 빨러 가자.

경민 나 일해야 돼.

경준 이따 밤에. 나도 지금은 한주희 만나야 돼. 알지? 섹시 스타. 우리 광고 모델 미팅인데. 이따 술 마실 때 같이 갈까?

경민 문제 일으키지 마라.

경준 (피식 웃으며) 어휴, 진지충.

경준, 건들거리며 사무실 나가고.
경민, 짜증이 치솟는데 이때 전화 걸려와서 누군지 보면 '아버지'
경민 망설이다가 받지 않기로 하는데
계속 걸려오는 진동이 불편해서 옆자리에 내려놓는다.

**S#17 드림즈 건물 외경 / 낮**

**S#18 단장실 / 낮**

승수, 세영, 재희 앉아있는 테이블 위에 공문 바라보고 있다.

세영 선수협회에서 야구협회에 신고했나 봐요. 경위서는 저희가 작성하겠습니다. 근데 이렇게 계속 진행하실 건가요?

승수 이거 다음 단계는 뭔가요?

세영 벌금이죠. 억 단위로 나올 수도 있어요.

단장실 문 걷어차고 들어오는 강선.

강선　　백승수!!

세영, 재희 일어서고 그 자리에 앉아있는 승수.

강선　　너 이 벌금 니가 낼 거야? 너 여윳돈 몇 억씩 있어?

승수　　(일어서며) 커피 드릴까요?

강선　　니가 순리대로 일하지 않은 값이 몇 억이야. 제정신이냐고.

승수　　(커피를 잔에 따르며) 야구협회가 그렇게까지 때릴까요. (커피잔 가리키며) 아이스는 안 됩니다.

강선　　왜 이런 걸 사장 허락도 없이 니가 진행하냐? 나 만만해?

승수　　사장님 허락을 받을 일이 아니라고 생각해서요.

강선　　그럼 누구 허락을 받어, 인마!!

이때, 전화 걸려오고 승수가 전화 받고 나서 바로 끊고 일어선다.
세영, 재희도 이제는 익숙한 듯 영문도 모르고 따라 일어선다.

## S#19　　드림즈 야구장 / 낮

강두기, 서영주와 최용구, 민태성이 대립 중이고
다른 선수 몇 명도 멀찌감치에서 지켜보는 중.

강두기　　원칙 때문에 그렇습니다. 코치님들도 아시잖아요.

최용구　　원칙? 무슨 원칙? 야구 선수가 훈련 열심히 하는 것보다 중요한 원칙이 뭔데?

서영주 훈련하는 애들은 하더라도 코치님들이 그렇게 하시면 안 되잖아요.

민태성 야! 그냥 놀면 우리도 편해!! 싸가지 없이 어딜...

승수, 세영, 재희가 뛰어온 상태.

승수가 강두기에게 다가가면서.

승수 축하드립니다.

강두기 ...

승수 선수협회장이 되자마자 열일하시네요.

강두기 코치님들 고생하는 건 아는데 멈추셔야 됩니다. 규정이 그래요.

승수 규정이 좀... 유연하게 적용할 수 있어야 되는 거 아닌가.

강두기 무임금 무노동은 너무 당연한 상식입니다. 선수들은 2개월간 월급을 받지 않고 당연히 노동을 할 이유가 없습니다.

승수 훈련이 노동의 영역인가? 애매한 거 같은데. 경기에 뛰는 건 확연히 노동인데 훈련은 더 좋은 노동을 위한 자기계발 아닌가요. 무임금에 지금 헌신하는 코치님들에 대한 예우는 지금 어떻습니까? 그냥 룰을 어긴 악당 취급하시는 거 같은데요.

서영주 그러니까 피차 피곤한 일 만들지 말고 그만합시다!! 고교야구예요?

민태성 이 새끼가...

강두기 우리, 프롭니다. 자기가 노력이 부족하면 그만한 대가를 치르게 될 겁니다.

승수 (서영주 배를 보며) 자기가 노력이 부족하면...

서영주 (배를 가리며) 에이, 씨.

승수 본인뿐 아니라 팀이 피해를 봅니다.

강두기 팀도 중요하지만 우리는 가장입니다. 긴 시즌 동안 헌신했던 가족들과 시간을 보장 받아야죠.

승수 네, 그래서 우리가 자발적인 참여만 독려하고 있는데요.

강두기 선수들은 을이고 피고용인입니다. 자발적이라고 해도 코치님들 눈에 띄고 주전이 되려면 반강제적으로 참여를 하게 되는 선수도 있습니다. 폭력 같습니다.

승수 그런 논리로 자발적인 선수들의 훈련도 막는 건 폭력 아닙니까? 우리 팀 선수들 중에는 기술 습득이 중요한 선수들이 많은데요.

강두기 선수협회에 제안해서 내년부터는 반영될 수 있도록 노력하겠습니다. 우선은 원칙을 지키고요.

승수 그 지키려는 원칙이 다른 선수들 발전을 막는 사다리 걷어차기로 보이면 억울하잖아요. 강두기 선수 명예가 있는데...

강두기 ...

승수 그리고 주축 선수들이 사비 쓰면서 미리 전지훈련 가는 거. 빈익빈 부익부 부추긴다는 얘기도 있죠. 캠프에 늦게 합류한 선수들은 시차적응도 안 되고 훈련의 질도 떨어질 텐데요.

강두기 이번엔 저희가 적폐입니까?

승수 ...

저마다 강두기의 강한 발언에 놀라는 표정들.

승수 서운한데요. 그 한마디에 담긴 무게를 아실 만한 분이.

강두기 (선을 넘었음을 느끼고) 그건 죄송합니다. 그런데 선수협이 무조건 고액 연봉자들의 이익만 대변하는 꽉 막힌 집단이라고... 오해하진 마시죠. 그리고 야구협회에 이 문제 해결을 위임하겠습니다.

돌아서 가는 강두기와 그 뒤를 따르는 서영주.

**S#20 사무실 복도 / 밤**

승수, 퇴근하려고 나가는 길에 세영이 따라오면서

세영 진짜 야구협회에서 벌금이 부과되면요?

승수 이런저런 생각을 많이 해봤는데요.

세영 (겨우 따라가며) 네.

승수 제 생각에는 선수들이 훈련을 제대로 못 하는 것만큼 나쁜 상황은 없을 거 같은데요.

세영 저희도 예전부터 이 부분에서 고민이 있었구요.

승수, 걸음 멈추고.

승수 어떤 결론이 있었습니까.

세영 그때 코치님들하고 같이 '오프 시즌 훈련법'을 교재로 만들자는 얘기가 나왔었거든요. 일부 진행하다가 시간이 없어서 중단했지만...

승수 ...

세영 차라리 코치님들 열정으로 그걸 얼른 만들어서 배포하면 어떨까요.

승수 야구같이 섬세한 스포츠를 책을 보고 훈련법을 얘기한다는 것이 한계가 있지 않을까요.

세영 그럴 수도 있죠.

승수 그래도 없는 것보단 낫겠다는 생각이 드네요.

세영 훨씬 낫게 만들어야죠. 만들거면.

승수 열심히들 했었네요. 꼴찌하던 시절에도.

세영 네? 아, 당연히 열심히 하죠! 꼴찌라고 뭐 영혼까지 죽은 거 아닙니다!

승수 ... 그랬네요. 전 이만 가보겠습니다.

세영 (작게) 뭐야.

이때 양치컵 들고 오던 변치훈이 승수 보고.

변치훈 단장님!

승수 네?

변치훈 '야구에 산다' 그 김영채 아나운서가요.

세영 (김영채? 하며 돌아보는)

변치훈 비활동기간 훈련에 관해서 단장님 인터뷰하고 싶다는데 거절했습니다. 잘했죠?

승수 한다고 하세요.

세영 (놀라서 보는)

변치훈 누가 인터뷰를 하는데요?

승수 (가면서) 제가요.

변치훈, 멀어지는 승수 뒷모습 보다가 이상하단 듯이 고개 갸웃거리고.

**S#21 도로 풍경 / 밤**

**S#22 승수 차 안 / 밤**

승수, 차 안에서 신호 정지 중에 오른쪽을 보는데
고급 주점에서 나오는 경준과
함께 나오는 경민이 보인다.
눈여겨보는 승수.

**S#23 주점 앞 / 밤**

주점의 사장으로부터 에스코트를 받으며 나오는 경준과 경민.
경준이 담배에 불을 붙이려는데
라이터가 바닥에 떨어지고.
주울 생각이 없는 경준.
경민이 경준 얼굴 한 번 쳐다보는데 경준이 고갯짓하면,
끙하며 라이터를 줍는 경민.

**S#24　승수 차 안 / 밤**

차 안에서 이 광경 보고 있는 승수.

**S#25　주점 앞 / 밤**

경민, 라이터 주워주고 괜히 머쓱해서 고개 돌리는데

승수 차량이 보이고 승수와 눈이 마주친다.

고개 돌리고 출발하는 승수 차량이 보이고.

모멸감에 부들부들 떠는 경민.

경준　왜? 뭔데?

경민　어, 니 차 왔다. 들어가라.

경준　뭐야.

경준이 차에 타고 나면 문 닫고 출발하는 차를 노려보며

침을 뱉는 경민.

**S#26　'야구에 산다' 스튜디오 / 밤**

김영채, 밝은 얼굴로 패널들과 인사하면서

방송 시작되고.

김영채　오늘도 또. 드림즈 얘깁니다.

패널1　아, 드림즈는 정말... 겨울의 주인공이네요.

패널2 가을에나 좀 주인공이 돼보면 어떨까요.

김영채 네, 아무래도 드림즈의 역동적 겨울 행보가 이번 스토브리그에서는 가장 눈에 띄고 있는데요. 이번에는 비활동기간 훈련 문제가 드림즈에서 불거지고 있습니다.

패널1 근데 이게... 좀 웃겨요. 윤성복 감독이 아니라 백승수 단장이 이걸 주도했다는 말이죠.

패널2 프런트 야구가 아직 우리 정서에서는 그렇게 긍정적으로 보이지 않아요. 일단 백승수 단장만 해도 야구인이 아니란 말이죠.

끄덕이며 듣는 김영채.

## S#27 드림즈 감독실 / 밤

사복 차림의 성복, TV로 '야구에 산다' 보는 중에
최용구, 민태성이 들어오면 리모컨으로 TV 끄며 태연한 척.

성복 웬일들이야.

최용구 요즘 훈련 문제로 말 많은 거 아시죠?

성복 ... 근데 왜.

민태성 남들이 다들 백승수 단장한테 그래요. 감독도 아니고 단장이 왜 설치냐고.

성복 ...

최용구 그러니까 감독님이 여기서 딱 부러지게...

성복 이번에는 단장 편을 들라고?

최용구　원래 단장 편 계속 드셨잖아요.

민태성　그니까 이번에는 그냥 하던 대로 하시라는 얘깁니다.

성복　이 새끼들이...

민태성　(?)

성복　내 입장을 니깟 놈들이 이래라 저래라 하는 게 맞냐?

민태성　(위압감 느끼지만 애써 센 척) 니깟 놈들이요?

성복　야, 민태성.

최용구　(뭔가 다름을 느끼고)

민태성　왜... 왜요...

성복　니가 니깟 놈이 아니면 뭔데.

민태성　...

최용구　감독님. 저희는 그냥 감독님이 좀 힘이 되어 달라 이거였죠.

성복　(나가라는 손짓)

최용구, 민태성 조용히 일어나서 나가고.

**S#28　자판기 앞 / 낮**

이철민, 최용구, 민태성 대화 중.

이철민　그래서 니들이 하고 싶은 말이 뭔데.

최용구　같은 의견 아니에요?

이철민　뭐가.

민태성　어제 '야구에 산다'에도 우리 얘기가 나왔으니까 이제 취재도 오고 그러면 수석코치로서 할 말이 있을 거 아니에요.

이철민　(민태성을 째려보면)

최용구　(진정시키면서) 사실 우리가 굳이 이 말을 할 필요 있나 싶을 만큼 같은 의견이잖아. 맞지?

이철민　일은 니들이 벌이고. 왜 나랑 감독님한테 와서 지랄인데.

민태성　지랄?

최용구　형...

이철민　야, 만약에 있잖아. 이걸 계기로 니들이랑 단장이 잘리면. 나는 손해볼 게 뭔데?

최용구　그게 할 말이야?

이철민　나한테는 한마디 상의도 없이 투수들 다 건드려놓고. 이제 와서 책임은 같이 지자고? 옛날이랑 넌 똑같애, 이 새끼야. 장근이 같은 애들을 또 만들려고?

최용구, 이철민 멱살 잡고.

최용구　형 입에서 장근이 이름이 그렇게 쉽게 나와?

이철민　안 놔? 이 새끼가...

이철민, 최용구 손 뿌리치고.

이철민　쉴 땐 쉬면서 사람답게 살아야지.

이철민 돌아서면 최용구 울컥하는 마음.

지켜보던 민태성이 이철민 등 뒤에 대고

민태성 형!! 진짜!!! 얭간치 좀 하라고!! 우리 언제까지 이럴 거냐고!!

**S#29 단장실 / 낮**

김영채, 문 열고 제작진들과 들어오면.

승수, 애써 담담한 모습으로 맞이하고.

김영채 단장님, 왜 이렇게 오랜만인 거 같죠?

승수 ...

**〈시간 점프〉**

승수, 김영채와 독대하며 인터뷰하는 모습.

조금 떨어진 곳에서 지켜보는 세영, 재희, 임미선, 변치훈.

김영채 백승수 단장님은 여러 가지로 이번 스토브리그의 주인공이시네요. 자진 사퇴 이후의 화려한 복귀까지.

승수 ...

김영채 (민망한) 그런데 이번 내용도 쉽지 않아요. 이번에는 선수협회와의 갈등인데요. 비활동기간은 선수들에게 임금 지급이 되지 않기 때문에 훈련을 강제할 수 없다. 이 부분은 인정하시나요?

승수 네, 거기에 더해서 훈련을 하려는 선수들을 돕는 것을 방해해선 안 된다. 이 부분을 얘기하는 겁니다.

김영채　　선수협회의 의견은 그게 바로 강제 훈련의 시작이라는 건데요.

승수　　'그게 바로 강제 훈련의 시작이다'라는 의견은 아직 일어나지 않은 일에 대한 추측입니다. 그러나 자발적 훈련을 하려는 선수들을 돕는 행위를 방해하고 있다. 라는 것은 현재 일어나고 있는 일입니다.

김영채　　제가 당사자는 아니기 때문에 논쟁이 길어지면 곤란할 거 같구요.

승수　　이걸 보시죠.

승수, 태블릿 PC로 드림즈 선수들의
수비 실책 연발하는 장면들을 보여준다.

김영채　　이걸 왜 보여주시는 거죠?

승수　　웃자고 보는 영상으로 떠도는 영상입니다. 여기에 나오는 우리 팀 실책의 원인은 뭡니까? 선수들 집중력 부족인가요? 아니면 모기업 후원이 부족해서인가요? 아뇨, 훈련 부족입니다. 우리는 훈련하는 게 좋고. 세이버스같이 기술적으로 완성된 팀은 쉬는 게 좋겠죠.

임미선, 기 막혀하고.
세영도 당황스럽지만 애써 웃으며 임미선 다독이고.

김영채　　(승수의 확고한 태도에 놀랐지만) 선수단 훈련을 총괄하는 것은 단장보다는 감독이어야 하지 않나는 의견도 있어요. 이 부분은 어떻게 생각하세요?

승수 그 의견에 동의합니다.

김영채 아무래도 윤성복 감독님의 리더십이 의심을 받는다는 얘기도 나오고 있구요.

승수 아뇨.

김영채 그간 드림즈의 성적이 좋지 않았기 때문에...

승수 윤성복 감독님이 반대하신다면 저는 지금 하고 있는 일을 멈추겠습니다.

김영채, 잠시 놀라지만 회심의 미소 짓고.
세영, 재희 이마 감싸쥐고.

**S#30 단장실 앞 복도 / 낮**

방송 스탭들 모두 촬영 정리하는 분위기에서
승수가 먼저 나가자
세영, 재희와 같이 있던 임미선이 따라나오며.

임미선 단장님, 저 좀 보시죠.

승수 (흘끔 보면)

임미선 아니, 그런 영상을... 방송에서 틀어주시면 어쩌자는 거예요.

승수 그 영상 조회수가 몇 백만인지 아세요? 안 본 사람 원래 없습니다.

임미선 기분의 문제죠! 얼마 안 있으면 전지훈련 가기 전에 내년도 달력 촬영, 팬 사인회까지 있는데 선수들이 그거 보고 협조 안 해주면 단장님이 책임지실 거예요?

승수 ... 그런 상황이 생기면 저도 같이 해결해보죠. 혼자 고민하지 말고 꼭 연락주세요.

승수, 빠른 걸음으로 가버리면
임미선 답답해서 가슴치고.

**S#31 드림즈 경기장 일각 / 밤**

승수, 성복과 우연인 듯 마주치고 서로 어색하게 웃다가.

성복 단장님, 인터뷰 잘 봤습니다.
승수 ...
성복 우리 단장님은 정말 어려운 길만 골라서 가시네요.
승수 저는 괜찮습니다.
성복 그렇게 어렵게 가는 길이 다 옳은 길이어야 할 텐데요.
승수 ...
성복 단장님, 저는 한 번도 제가 하고 싶은 대로 팀을 이끌어본 적이 없습니다.
승수 네, 잘 알고 있습니다. 올해에는 감독님의 야구를 보여주세요.
성복 근데 내가 그 허수아비 감독이라서 지금까지 감독을 하는 거 같기도 하고.
승수 ... 지금 얘기 나오는 훈련도 중단하라고 하시면 중단하겠습니다.
성복 조만간 의견을 내놓을게요. 고민을 더 해보고.
승수 네.

**S#32 세영 집, 거실 / 밤**

미숙과 친구1, 2 같이 고스톱 치는 중.
세영은 그 옆에서 쪼그리고 앉아서 TV 보는데
신나서 치는 소리에 하나도 안 들린다.

친구1 세영아, 니 뭐 고민 있나.

세영 아니요.

친구2 고민이 있네.

미숙 쟤가 고민이지. 나의 고민.

세영 (눈 흘기며)

미숙 (발로 밀며) 야, 냉장고에서 식혜 좀 가져와.

세영 엄마, 진짜 아니다 싶은 행동을 하는 우리 편이 있어. 어떻게 해야 돼?

미숙 이거 아니라고 말해봐.

세영 안 들어먹어.

미숙 (귀찮은) 들어먹게 말해.

세영 (화투짝 뺏어서 대신 치면서) 그게 안 된다니까.

미숙 그러면 일단 끝까지 한번 편 들어줘 봐. 어떻게 되나.

세영 그게 아니다 싶은 길인데?

미숙 니가 그 사람보다 똑똑해?

세영 아니.

미숙 고민을 0.1초는 하고 대답해라. 그러면 일단 따라가. 무조건 편들어줘 봐. 어떻게 되나.

세영 마음이 동하질 않는데 어떻게 해.

친구1 아이고, 미숙 씨. 삼연뻑이네요. (콧노래 부르면서)

미숙 삼연뻑이 어디 있어.

친구1 아까 시작할 때 삼뻑 있다며!!

미숙 아니, 내가 오늘 내 귀에 삼뻑이란 말이 들려온 적이 없어.

세영 근데 인터넷 고스톱 룰로 하기로 했잖아. 그게 편하다고.

미숙 (노려보고)

세영 인터넷 고스톱은 삼뻑 다 있어, 엄마.

친구1 것 봐!

미숙 (발로 밀며) 엄마가 돈을 벌어야 니 젓가락이 고등어 가시가 아니라 갈치 가시를 발라낸다고, 이것아!!

세영, 도망치듯이 방으로 들어가고
미숙은 분이 안 풀린다.

**S#33 경민 사무실 / 밤**

경민, 모든 업무를 마친 듯 피곤에 찌든 모습으로 들어선다.
넥타이 풀면서 사무실의 TV를 켜는데 마침 '야구에 산다' 화면.

**S#34 '야구에 산다' 스튜디오 / 밤**

스튜디오에 나와있는 김영채와 강두기.

김영채 강두기 선수, 반갑습니다.

강두기 네, 선수협회장 강두기입니다.

김영채 오늘은 자기소개를 드림즈의 강두기가 아니라 선수협회장으로 소개를 하셨어요.

강두기 네, 오늘 제가 나온 목적이 그렇습니다.

김영채 지금 하필 강두기 선수는 소속 팀의 단장님과 대립 중이라서 다소 곤란한 부분이 있을 텐데요.

강두기 ... 아닙니다. 이건 이거고... 팀은 팀입니다. 단장님도 이해해주실 분이구요. 다만 우리의 훈련이 필요하다는 주장을 위해서 실책 영상을 내보내야 했는지는 의문이 드네요. 선수들의 사기가 떨어집니다.

김영채 선수들 입장에선 충분히 그럴 수 있겠네요. 선수협회에서는 지금 코치가 참여한 훈련 강행에 대해서 어떤 대응을 준비 중인가요?

강두기 지금 선수협회에서는 우선 야구협회를 거쳐서 정식으로 문제를 제기한 상태구요. 벌금 조치가 있을 거라고 예상합니다.

김영채 그러면 다르게 생각하면 벌금을 내고서 훈련을 계속할 수도 있는 것 아닌가요?

강두기 벌금을 낸다는 것은 잘못을 인정한다는 의미가 될 텐데 그럼에도 훈련을 계속한다는 것은 제가 용납이 안 될 것 같습니다.

**S#35 경민 사무실 / 밤**

이때, 일도가 들어온다.
황망하게 다시 넥타이 매려는 경민에게
괜찮다고 손짓하고 앉는 일도.

TV 화면을 말없이 보는데
왜 이러나 싶어 당황스러운 경민.

김영채 네. 백승수 단장과 선수협회의 주장이 팽팽한 것 같네요. 이 사태가 어떻게 진행될지 저희도 계속 지켜보겠습니다. 스튜디오까지 나와주신 선수협회장 강두기 선수께 다시 한 번 감사드립니다.

일도 이거 봐라.

'야구에 산다'를 보는 일도와 화면을 번갈아보는 경민.

일도 저 놈도 일 잘하네.

경민 네?

'선수협과 백승수 단장 충돌 불가피' 자막과 함께
화면에 비치는 승수.
(6부에 나온 기자회견 모습 정도를 자료화면으로 쓰면 될 것 같습니다)

김영채 **(소리만)선수들의 자발적 훈련 기회를 존중해야 한다는 백승수 단장.**
**함께 정한 룰이기 때문에 지켜야 한다는 강두기 선수협회장.**
**결국 공은 윤성복 감독에게 넘어갔습니다.**

일도 단장이지? 시끄럽게 일하잖아. 저 놈도 야구단 말고 다른 일 시킬 거 없나?

경민 알아보겠습니다.

일도가 안 보는 각도에서 일그러진 경민 표정.

**S#36 승수 집, 승수 방 / 밤**

승수, 컴퓨터로 자료 보는 중.

전화가 걸려와서 보면 저장되지 않은 번호 떠 있고.

전화 받으면.

**S#37 포장마차 / 밤**

경민, 폭탄주를 말아서 마시는데

맥주잔에 소주를 붓고. 소주잔에 맥주를 붓는다.

승수, 말없이 보고 있는데.

경민 술 못해?

승수 용건이 뭡니까.

경민 술 못하는구나. 아직 애네. 애야.

승수 좋은 사람하고 마셔도 쓴 걸 제가 왜 마십니까.

경민 뭐? 술이 써? 참나. 너 인생 평탄하게 살았어?

승수 ...

경민 이게 뭐가 써. 인생이 훨씬 쓰지. 인생이 얼마나 쓴지를 알면 이게 달어. 어? (순간 머리가 띵한데 꾹 참고)

승수 (오만상 찌푸리는)

경민 너 저번에 나 봤지?

승수 ... 안 봤습니다.

경민 언젠지 말도 안 했는데 다짜고짜 안 봤다고? 봤네. 봤어.

승수 제가 봤다고 말하면 마음이 편합니까.

경민 내가 지금 무슨 일을 하다가 왔는지 아냐?

승수 모릅니다.

경민 제주도에 건설하는 호텔. 3000억 규모의 호텔 건설. 그 시공사 정하다가 왔는데. 웃기는 게 그 회의 마치고 TV 켜니까 니가 나오더라?

승수 (근데? 하는 표정)

경민 1년 예산 200억 쓰는 니들이 뭘 그렇게 아등바등 싸우면서 일해? 사이좋게 일하는 게 어려워?

승수 어떤 일은 중요하고 어떤 일은 아니고... 그걸 따지는 근거가 돈밖에 없습니까.

경민 아니, 넌 게다가 곧 그만둘 놈이... (하다가) 야. 넌 왜 그렇게 싸가지가 없냐.

승수 ...

경민 왜 그렇게 말을 안 듣냐.

승수 ...

경민 왜 그렇게 말을 안 듣냐고오. 인마!!

승수 말을 들으면...

경민 (?)

승수 당신들이 다르게 대합니까.

경민 다르게 대하지.

승수 말 잘 듣는다고 달라지는 게 없던데요.

경민　　니가 말을 잘 들어본 적이나 있냐?

승수　　후회합니다. 그때를.

경민　　... 지랄하네. 그런 적도 없으면서...

승수　　말을 잘 들으면 부당한 일을 계속 시킵니다. 자기들 손이 더러워지지 않을 일을. 근데 조금이라도 정상적인 조직이면 제가 말 안 들어도 일을 잘하면... 그냥 둡니다.

경민　　니가 그러니까 단장밖에 안 되는 거야. 내가 본사에서 상무하고 호텔 경영하고 이럴 때. 인마.

승수　　야구 좀 아실려나.

경민　　구단주 대행이 몇 년짼데 야구를 몰라. 작년까지 핸드볼 단장하던 놈이.

승수　　어떤 사람은 3루에서 태어나 놓고. 자기가 3루타를 친 줄 압니다. 부끄러워할 건 없어도 자랑스러워하는 꼴은... 좀 민망하죠. 전 이만 가보겠습니다. 택시 타고 들어가세요.

승수, 시선도 안 주고 뒤돌아선다.
경민, 화가 치솟아서 뻥튀기를 승수 머리에 던지는데
승수 맞고 흘끔 노려보고.
경민도 지지 않고 노려보는데
승수 고개를 절레절레 저으며 나간다.
이때 휴대폰에 진동이 와서 보면 '아버지'
경민, 불쾌한 표정으로 휴대폰 주머니에 넣는다.

## S#38 드림즈 사무실 외경 / 낮

## S#39 드림즈 사무실 자판기 앞 / 낮

세영, 재희 같이 걷다가

재희 근데 최용구 코치님이랑 이철민 코치님은 왜 싸운 거예요?
세영 둘이 쌓인 오해가 제법 길어.
재희 누구 말이 맞아요?
세영 너랑 나랑 오해가 있으면 무조건 내 말이 맞지만
재희 아닌데요.
세영 그 둘은 그런 게 없어. 그냥 다른 거야.
재희 저번에도 유민호 가지고 싸우던데...
세영 최용구 코치님은 유민호가 재능이 안 터지는 게 걱정이 되는 거고. 이철민 코치님은 유민호가 부상을 당하는 걸 무서워하는 거지.
재희 팀장님은 그럼 제가 어떻게 되는 게 무서우세요?
세영 그냥 니가 계속 운영팀에 있는 게 무섭지.

천천히 다가오던 승수가 확 끼어들며.

승수 그 얘기 좀 더 자세히 해주세요.
세영 엄마야.

## S#40 드림즈 훈련장 / 낮

투구 연습 중인 유민호와 선수 몇 명이 각자 개인 훈련 중.

조금 떨어진 거리에서 그 모습 보는 승수와 세영.

세영 이철민 코치님, 최용구 코치님이 친할 때도 있었어요. 근데 박장근 선수라고... 드림즈한테는 아픈 손가락으로 남은 선수가 있거든요. 벌써 6년도 더 됐어요.

승수 ...

세영 공이 묵직하고 배짱도 좋아서 신인왕 후보에도 오를 만큼 재능이 있었어요. 그런데 박장근 선수가 어깨가 좋지 않았는데 그때 이철민 수석코치는 투수의 폼이 어깨에 안 좋다면서 무리하게 교정을 해주려고 했고. 최용구 코치는 투수의 몸 상태도 모르고 계속 훈련을 지시했고요. 워낙 말이 없고 우직했던 선수라서.

승수 우리 팀에 지금은 없던데 다른 팀에 갔습니까?

세영 아뇨. 지금은 중장비 배워서 잘 지낸대요.

승수 잘 지내요?

세영 본인은 잘 지내니까 더 이상 코치님들이 찾아오지 않았으면 좋겠다고. 야구 했던 것도 아무도 모르게 조용히 살고 싶다네요.

승수 근데 두 사람은 왜...

세영 서로 상대 탓을 해야만 견딜 수 있을 거예요. 여려요. 둘 다. 어떻게 보면 속으로는 자기 잘못이라고 생각할지도 몰라요.

투구를 하다 멈추는 유민호.

팔꿈치가 아픈 건가 싶어서 고개를 갸웃거리며 팔꿈치 쪽을 본다.

승수도 그 모습 말없이 지켜보고.
이때 장진우 뛰어와서 유민호 엉덩이 발로 찬다.

장진우 야, 그만 던져! 이 날씨에 오바하면 바로 부상이야, 인마.
유민호 네.
장진우 (걱정돼서 팔꿈치 보며) 아프냐?
유민호 아닙니다.
장진우 야, 형이랑 제주도라도 갈래? 내가 낼게. 따뜻한 데서 공 던져야 돼.
유민호 (웃으며) 괜찮습니다.
장진우 하긴, 제주도도 춥지. 에이, 씨. 밥 먹으러 가자.

유민호, 장진우 같이 이동하고
떨어져 있던 승수와 세영도 이동하려는데
지나가다 마주치는 이철민.
세영이 반갑게 인사하고
승수와 이철민은 서로 어색하게 목례하고.

이철민 감독님이 다 모이시라는데.

**S#41 대회의실 / 낮**

성복, 최용구, 민태성과 강두기, 서영주 등이 기다리고
강선도 팔짱 낀 채 한 자리 차지하고 있고.

승수, 세영, 재희, 이철민이 들어서면

성복 어서들 오세요. 훈련은 제 소관이죠?

승수 ... 네.

성복 고민을 좀 해보다가 저는 원칙대로 해야 된다고 결론을 내렸어요.

긴장하는 세영과 옆에서 같이 걱정하는 재희.

성복 우리 구단은 야구협회에 속한 구단 중 하나죠. 그러니깐... 다 같이 만든 규칙은 준수를 해야 된다고 생각을 해서... 저는...

승수 ...

세영 ...

성복 저는 단호하게 훈련 중지를 백승수 단장에게 요청합니다.

뒤에서 담담하게 주먹 불끈 쥐는 서영주.
자중하며 승수를 보는 강두기.
승수는 담담하게 성복과 눈을 마주치며 빙긋이 웃고 목례한다.
걱정이 많은 세영과 재희 표정.

강선 이게 순리대로 가는 거야. 일은 순리대로 해야지.

**S#42 대회의실 앞 / 낮**

단장실 쪽으로 걸어가는 승수, 세영, 재희를 보는 강선의 미소.

서영주도 같은 마음으로 승리감으로 나서고.
최용구, 민태성은 이철민을 원망하는 눈으로 보는데
이철민은 애써 시선 외면하고.
가장 늦게 무거운 마음으로 문을 나서는 성복.

**S#43 단장실 / 낮**

풀 죽은 세영, 재희와 함께 여유 있는 승수가 대조되는데.

승수 감독님 원망하지 마세요.
세영 ... 저는 사실 훈련하는 거 반대였어요.
승수 (보면)
세영 근데 단장님이 그렇게 하니까 일단 믿어보려고 한 거예요.
재희 ...
세영 틀린 적이 없었던 거 같아서.
승수 (고마운 마음) 저라고 왜 틀린 적이 없겠습니까. 최용구, 민태성 코치한테 수고했다고는 얘기해줘요.
재희 (기운 빠진) 네.
승수 아, 그리고...
세영 (승수와 동시에) 단장님!
승수 먼저 말하세요.
세영 아, 그게요. (USB 건네며) 여기에 저번에 말씀드렸던 '오프 시즌 훈련법' 책자요.
승수 ...? (생각난 듯) 아...

세영 그거 만들어 봤거든요. 선수들이 훈련 못 하는 대신 이거라도 돌리면 어떨까요.

승수 이철민 코치가 같이 만들었죠?

세영 네.

**S#44 드림즈 경기장 일각 (더그아웃) / 낮**

구석에 혼자 앉아있는 이철민.

외로워 보이는 모습 위로.

승수 (소리만)**이철민 코치도 좋은 사람이네요.**

**S#45 단장실 / 낮 (43씬 이어서)**

세영 네. 방법은 다르지만 이 분도 팀 위해서 시간 따로 내주셨어요.

재희 (승수에 대한 은연중의 반감으로) 어차피 다 같이 정한 룰을 어길 순 없을 거라고 하면서 이렇게 해주셨어요. 이철민 코치님은 다 예상하셨어요.

승수 잘됐네요.

재희, 착잡한 표정.

**S#46 이철민 집 앞 / 밤** (회상)

세영, 쪼그리고 앉아서 기다리는 모습.

재희가 편의점 검은 비닐봉지 들고 걸어오다가 보자니 답답하고.

재희 밤늦게나 올 거 같은데 차 안에서 기다려요. 몇 시간째예요. 지금.

세영 야, 차 안에서 여기가 보이냐. 주차는 이상한 데 해놓고. (봉지 뺏으며) 빵이나 내놔. 인마.

재희 (속상한) ...

이철민 **(소리만)뭐 하세요?**

세영, 재희 돌아보면 이철민이 황당하다는 듯이 서있고.

**S#47 드림즈 중회의실 / 밤** (회상)

세영, 이철민, 재희 모두 하품 크게 번갈아 가면서 하고.

이철민 피로해 보이는 얼굴로 커피 겨우 한 모금 마시고

이철민 우선 제일 중요한 챕터는 부상 예방이에요. 가을 야구 못하고 이제 성적 다 나왔으니까 후회도 되고. 욕심이 앞선다고.

세영 아무래도 부상이 제일 걱정되시죠?

이철민 걱정되죠. 걔들 아무것도 몰라요.

재희 (보면)

이철민 (투덜대며) 다치면 큰일난다고. 그게 얼마나 무서운 건지 애들이 몰라.

재희 우리 아빤 줄...

이철민 어? 뭐가?

세영, 미소 짓고.

다시 출력된 인쇄물 서로 보면서 회의하는 모습.

이철민이 중간에 일어나서 투구폼을 시범으로 보여주고.

세영과 재희가 뭔가 받아 적기도 하고.

**S#48 단장실 / 낮**

재희, 그때를 회상하니 어딘가 승수가 원망스러워지고.

재희 팀장님이 고생 많이 하셨어요.

세영 어머, 뭐야. 낯간지럽게. 인마. 곱게 미쳐.

재희 아, 생색 좀 내세요.

승수 저도 예상은 했습니다.

세영 네?

승수 감독님이 합리적인 선택을 하실 분이니까요.

재희 합리적이요?

승수 저도 알아요. 제가 억지 쓴 거.

재희 (화가 나는) 억지인 거 아시는 분이...

세영 왜 그러셨는데요.

**S#49** **드림즈 투구 연습장 / 낮**

투수들, 네다섯 명이 동시에 투구 연습하는 모습 위로.

승수 **(소리만)이 난리를 통해서 선수들이 저에 대한 반감으로라도 올해만큼은 자율 훈련을 하겠죠. 열심히.**

**S#50** **드림즈 헬스장 / 낮**

운동하는 투수들

**S#51** **단장실 / 낮**

승수 그동안 저는 감독님이랑 의견이 갈라져본 적이 없습니다. 근데 그걸 고깝게 보는 사람도 있어요. 제가 싫어서 감독님도 같이 싫어하는 거죠. 그래서 감독님 리더십에 힘을 실어드리고 싶기도 했고요.

세영 참...

재희 감독님이랑 짜고 친 거예요?

승수 그건 아니고. 감독님이 이렇게 하실 줄 알았죠. 아, 그리고 이것 좀 진행해주세요.

승수, 테이블에 서류 내려놓으면

재희와 세영이 읽어보다 놀라서 승수 보는.

**S#52 드림즈 야구장 / 낮**

지친 표정으로 러닝을 멈추지 않는 유민호.
멀리 앉아서 그걸 보는 성복의 표정.
유민호가 지쳐서 잠시 서서 숨을 헐떡이는데
멀리서 달려오는 재희.

재희 유민호 선수!! 더운 데 가서 야구합시다!
유민호 네?
재희 호주에 가요! 호주 리그에서 공 던지다가 전지훈련 합류하면 돼요!

유민호, 어안이 벙벙하다가 입가에 미소가.
성복, 뭔가 싫어서 앉아서 멍하니 보는데.

**S#53 단장실 / 낮**

승수, 업무용 책상에 앉아있고.
벙 쪄서 그런 승수 보고 있는 세영.

세영 호주 리그를 어떻게 아셨어요?
승수 겨울에 거기서 실전 경험 쌓으면 유망주들한테는 좋을 거 같아서요. 돈 많은 베테랑 빼고. 돈 없고 경험만 필요한 선수들로 명단 만들어주세요.
세영 근데 호주 리그도 이미 한참 전에 시작했는데.
승수 마침 성적 부진이나 부상 때문에 이탈한 선수가 많던데요. 저쪽도 반겼습니다. 오래는 아니지만 잠깐 뛰고 오는 게 낫지 않을까요?

세영 돈이 없어서 해외 훈련 못 가는 선수들한테는 훨씬 낫죠. 추운 날씨에 운동하다 부상당할 걱정도 없고. 유민호 같은 경우는...

승수 네, 유민호 선수도 올핸 잘해줘야 될 텐데요. 그리고... '오프 시즌 훈련법' 책자 준비해둔 거...

세영 그거 뭐요?

승수 ... 좋은 선택이었던 거 같습니다.

세영 (마음에 와닿는)

승수 감독님도 운영팀도 저도... 각자 자기 할일 했습니다. 아닌 거 같아도 일단은 믿어보려고 했다고 했죠. 잘했어요. 제가 표현이 인색한 편인가요?

세영 (뿌듯한) 네!

승수 ... 믿어줘서 고맙습니다.

승수, 말하고서도 못 견디겠단 표정으로 먼저 나가면
저 사람 왜 저러지 싶으면서 기쁜 세영.

## S#54 심야 식당 / 밤

경민, 혼자 식사하면서 소주 한 병 곁들이는데
스포츠 뉴스 방송이 나오고 거기에 비치는 승수의 모습.
(방송 화면에는 '선수협회-백승수 단장 갈등' 자막)

앵커 다음 소식입니다. 프로야구 비활동기간 단체 훈련 금지 규정 문제로 대립각을 세웠던 드림즈 프런트와 선수협회가 갈등을 봉합했습니다. 양측의 갈등은 프로야구 선수협회장인 강두기 선수가 백승수 단장에게 직접 항명을 하면서 외부로 표출됐습니다. 현재로서는 윤성복 감독이 백승수 단장에게 비활동기간 훈련 중지를 요청하고 백승수 단장이 이를 수용하면서 이 사태는 일단락되는 것처럼 보입니다. 이로 인해 신임 백승수 단장의 광폭 행보에 제동이 걸렸다는 쪽으로 의견이 모아지고 있습니다.

경민　멍청한 새끼. 뛰는 놈 위에 나는 놈 있는 줄 모르고. 순리대로 사는 게 뭐 어렵나. (주인에게) 여기 저 소세지 반찬 좀 주세요.

경민, 휴대폰에 전화가 울리고 '어머니' 띄워져 있다.
경민, 조심스레 전화 받는다.

경민　왜요? 아, 왜요. 또. 진짜... 그게 왜 무너져. (점점 올라오는) 아니, 아버지가 그 남의 집 축대를 왜 봐주냐고요!! 모처럼 기분 좋은데 이게 뭐냐고. 좀 남처럼 그냥 서로 나쁜 소식만 안 전하면서 그렇게 살면 안 돼? 얼만데요!!

가게 주인, 눈살 찌푸리면서 소세지 썰어놓은 것 중
몇 개는 빼놓고 계란옷 입힌다.

경민　왜 나는 집에서 좋은 소식 한 번을 못 듣는데요. 맨날 나쁜 새끼들한테 돈 빌려주고. 남의 집 봐주다가 다치고. 일하다가 돈 떼이고. 왜 맨날 거지 같은 것들하고만 엮이냐고요. (사이) 끊어요. 입금할게요.

경민, 전화 끊고 나니 울적하고 창피한.
TV를 보면 '드림즈, 호주 윈터 리그에 신인 유망주들 파견' 이 보인다.

앵커 하지만 선수협회와의 갈등이 봉합되자마자 드림즈는 유망주 선수들의 호주 윈터 리그 파견 소식을 전했습니다. 백승수 단장은 비활동기간 국내 훈련이 어려운 만큼 유망주들을 호주 윈터 리그에서 뛰게 해 실전 감각을 끌어올리겠다는 계획을 밝혔습니다.

고개를 푹 숙이는 경민.
가게 주인, 그 모습 보고 몇 개 빼놓은 소세지도 계란옷 입히고.
소세지 더 썰기 시작하는.
이때, 고개 푹 숙인 경민의 옆에 휴대폰 울리고 '권경준'

**S#55 고급 주점 / 밤**

고급스러운 분위기의 룸.
경준과 경준 친구, 양주 마시는 중에
이미 조금 취한 경민이 들어선다.
경준, 편하게 손 흔들어 인사하고
경준 친구도 고개 끄덕이며 인사.

경준친구 어서 오세요, 형님.

경민 (비틀거리며 옆에 앉고)

경준 친구, 뭐야 싶은 듯 경준과 킬킬거리며 웃고.

경준친구 형님, 중공업 하고 싶다고 하셨죠? 저희 막내 삼촌도 중공업 쪽 일하셨는데 언제 같이 식사 한번 해요.

경민 (말을 겨우 알아듣고) 네? 아, 그래요.

경준친구 근데 형님 아버님은 어떤 계열사 맡으셨어요?

경준 (피식)

경민 우리 아버지요? 계열사요?

경준 (끊으며) 야, 이 형네 아버지는 그냥 집에 계셔.

경준친구 아... 그렇구나.

경준 야, 이 형은 군대도 갔다 왔어. 우리랑 달라.

경민, 경준 친구의 표정과 경준의 표정을 자세히 살피다가 쓰게 웃고 술이 확 깨는 듯 고개를 절레절레하고 마른세수.

경민 경준아. 나랑 팔씨름 할래?

경준 어?

경민 팔씨름 하자고.

경준 형이 나한테 팔씨름은 이길 거 같애?

경민 (실실 웃으며) 해보자고. 이 망나니 새끼야.

경준 (정색하며) 미쳤어?

경민　　(그저 웃으면)

경준　　나는 매번 이렇게... 은근히 형이 있잖아. 나한테 라이벌 의식을 가질 때. 그럴 때가 진짜 너~무 같잖어. 알어?

경준친구　　아, 그냥 한 판 하면 되지. 내가 심판 본다. 자.

경준, 피식 웃으면서 경민의 손을 맞잡고
술안주를 다른 팔로 쓸어버리며 공간을 마련한다.

경준친구　　준비, 땅!

경준의 예상과는 달리 경민이 이를 악물고
경준의 손이 속수무책으로 넘어간다,
경준이 기분 나쁜 듯 팔을 빼려는데
경민이 손을 놓지 않고.

경준　　안 놔?

경민이 경준의 손을 잡고 테이블 위에 계속 내려치고.
놀라서 발악하는 경준이 힘이 오히려 모자라서 고통스러워하는데.

경민　　(광기 어린) 니가 군대를 안 가서 이렇게 힘이 없구나.

경준 친구가 경민을 잡고 말려보려는데
경민의 눈에 어린 살기를 보고 말리지도 못 한다.

경민이 경준의 손을 놓으면
경준이 그 광기에 놀라서 덤비지도 못 하는데.

경민　형네 아버지가 아니라... 작은아버지라고 해야지. 맞잖아, 그치?

경민이 경준을 향해 주먹을 휘두르고
경준은 저항해보는데 어림도 없다.
점점 일방적인 폭행.

## S#56　유흥 거리 골목 / 밤

어두운 유흥가 옆의 골목.
술기운에 조금 비틀거리며 걸어가는 경민.
서있기가 힘들어서 천천히 벽에 기대서 미끄러지듯이
주저앉았다가 피 묻은 자신의 주먹을 본다.

**〈플래시 컷, 37씬〉**

승수　말을 들으면...
경민　(?)
승수　당신들이 다르게 대합니까.
경민　다르게 대하지.
승수　말 잘 듣는다고 달라지는 게 없던데요.

///

경민 개새끼가... 잘난 척은 더럽게 하네...

경민, 쭈그리고 앉은 자신을 보는

사람들의 시선이 느껴진다.

문득 자신의 모든 것이 부끄러워 고개를 파묻는 경민.

주먹으로 땅을 딛고 일어나서 비틀거리며 걸어가는 뒷모습에서.

"다치지 말고 뛰세요.
그렇게만 해도 연봉 많이 오를 겁니다."

"지금 저 걱정해 주시냐고요."

"다혈질에 거칠고 생각이 짧은 서영주가
자존심 내세우느라 계속 팀에서 겉돌까 봐.
그럴 필요 없다고.
그냥 열심히 하면 된다고 이야기하는 겁니다."

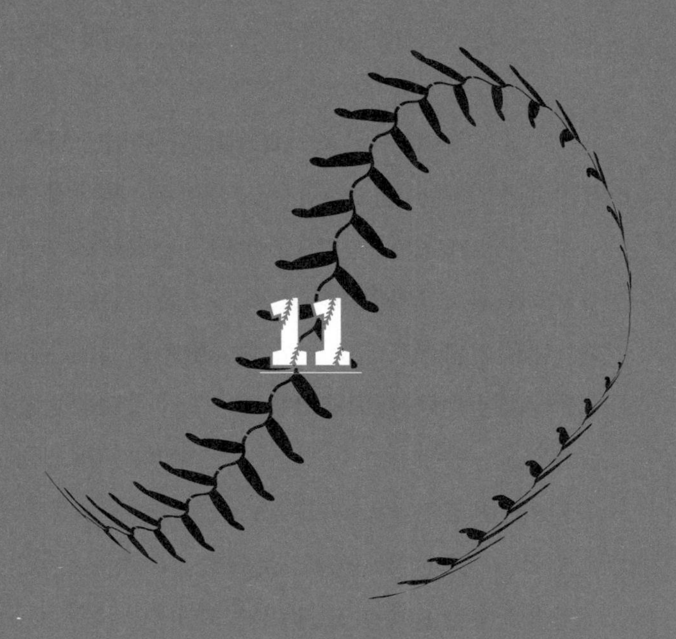
11

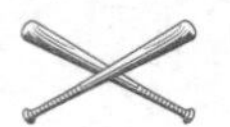

**S#1 재송그룹 회장실 앞 / 낮**

회장실 문 앞에 무릎 꿇고 앉아있는 경민.
당황해서 어쩔 줄 모르는 직원들.

직원1 하긴. 머슴이 도련님을 때렸으니.

그 옆의 직원이 들리겠단 듯이 눈길 주고.
이때, 일도 등장.
무릎 꿇고 있는 경민을 보고.

일도 권경민 무릎이 생각보다 안 비싸구만. (웃음)

경민, 안도의 빛이 얼굴에 스치는데.

일도, 다정하게 한 팔 끌어서 데리고 들어간다.

밖에서 기다리던 직원들 수근거리고.

**S#2 재송그룹 회장실 / 낮**

일도, 자리에 앉는데 서있는 경민을 보고.

일도 아, 앉어.

경민, 마지못해 앉으면.

일도 그래도 니가 형인데 좀 잘 데리고 놀지 그랬어.

경민 죄송합니다.

일도 걱정되냐?

경민 ...

일도 나 너 안 자른다. 느이 아버지가 명절에 친척 어른들 오면 상에 내려고 광에 넣어둔 곶감을 빼먹었어. 그래서 할아버지가 느이 아버지를 싸리비로 쥐 잡듯이 잡았어. 근데 저 쪼그만 놈이 저 매를 어떻게 감당할까 싶어서 느이 아버지 감싸안고 한 시간을 맞았다.

경민 ...

일도 그리고 느이 아버지를 야구장 사장 시키고 언제 한번 잘하고 있나 찾아가 보니까 직원들이 사장을 사장 대우 안 하고 전등을 갈고 있어. 사투리나 쓰고 배운 것도 없다고 무시한 거지. 직원들 다 잘랐어. 내가 느이 아버지를 그렇게 아꼈어.

경민 네.

일도 그래서 난 느이 아버지한테 이제 일 안 맡겨. 그냥 사람 구실 하나 지켜만 본다. 곶감 먹고 싶은 것도 못 참고. 지 형이 회장인데 야구장에서도 대장 하나 못 먹으니까. 근데 너는 니 애비랑 다르잖아. 그래서 일 맡기는 거야. 권경민이는 일 잘하잖아.

경민 더... 더 잘하겠습니다!!

일도 일 잘하는 권경민이가 더 잘하면 그 야구단은 곧 해체되겠네?

경민 네!!

고개 숙이는 경민을 싸늘하게 내려다보는 일도.
고개 숙인 경민의 표정에 절박한 다짐이 스친다.

**S#3 드림즈 야구장 일각 / 밤**

야구장 구석구석을 돌아다니고 벽을 매만지기도 하며.
벽에 적힌 낙서 하나를 보고 사진을 찍는 나이 지긋한 시설 담당자.
맞은편에서 경민의 빠른 걸음을 강선이 쫓아오면서.

강선 아니, 미리 말씀을 주고 오시지 그러셨어요.

경민 백승수는 요새 뭐해요?

강선 백승수야 뭐 그냥...

경민 백승수 시한부 단장이라고 너무 오냐오냐 하고 있는 거 아니에요?

이때, 경민과 마주치는 시설 담당자.

경민 누구세요?

강선 여기 시설 담당자입니다.

시설 저기, 혹시...

경민 (?)

강선 아저씨, 왜 지금까지 일해요.

시설 아, 제가 내일 퇴직이라... 여기 사진 좀 찍고 있었습니다.

경민 나 알아요?

시설 권재우 사장님 아들 아닌가?

경민 (당혹스러운) ...

시설 맞지?

강선 (어리둥절한)

경민 (강선이 신경 쓰이고) 그 분 어떻게 아시는데요.

시설 나 여기 일한 지 오래됐어. (아차 싶은) 어렸을 때 아버지 따라서 오던 그 모습이 그대로 있네. 그때도 이 야구장 어딘가에서 봤었는데.

경민 ...

시설 권재우 사장님은 사장인데도 시설 관리 직접 돌아다니면서 하시고 훌륭한 분이셨지.

경민과 시설 담당자와 떨어진 공간에
시설 점검하는 허름한 차림의 중년남(권재우다)과
그 주변에 드림보이 유니폼 입고 신난 듯

제자리에서 뛰고 있는 어린 경민. (회상입니다)

경민 ...

시설 자네도 드림보이 1기 아닌가? 엄상구 선수 팬이었던 거 같은데.

강선, 조용히 눈치보고

경민은 대답 없이 밖으로 나가고.

**S#4 드림즈 주차장 / 밤**

경민, 차에 올라타면

강선이 밖에서 인사하는 모습.

경민은 묘한 감정이 들지만

이내 단단히 마음먹고.

경민 지랄하네.

운전하고 멀어진다.

**S#5 드림즈 사무실 외경 / 낮**

## S#6 드림즈 회의실 / 낮

승수, 세영, 임미선, 변치훈, 유경택 회의 중.

승수 전지훈련 준비는 어떻게 되고 있습니까?

임미선 여행사 연계해서 팬들 초청 프로그램 진행 중입니다.

유경택 예년처럼 부상 방지에 좀 신경써야 될 거 같은데 이 부분은 현장하고 소통을 해야 될 것 같습니다.

승수 그래요. 다른 특이 사항은 없습니까.

세영 큰 문제는 없구요. 늘 가던 곳이라 선수들도 편할 거예요. 전지훈련지 요리사분도 할아버지신데 볶음밥을 엄청 잘하시거든요. 단장님도 한번 드셔보시면...

승수 (말 끊고) 네. 그래요. 회의 마치겠습니다.

세영 (민망하고 얄미운)

## S#7 드림즈 사무실 / 낮

승수, 세영이 사무실에 들어오자마자

재희 단장님, 사장실로 바로 오시라는데요.

승수 사장님이요?

재희 아뇨.

세영 사장님이 아니면...

재희 상무님이죠.

승수, 불길한 예감이 들고.

**S#8　　사장실 / 낮**

사장 책상에 앉아서 업무 보고 있는 경민.
강선은 노트북으로 응접 테이블에 허리 굽혀가며
업무 보고 있는데

경민　남은 일정이 뭐예요. 중요한 거.
강선　지금 일단 전지훈련이 제일 중요하죠. 기간도 길고.
경민　비용도 많이 들고.
강선　그렇긴 한데 어차피 나가는 돈이라서요.
경민　어차피 나가는 돈이라고 생각하는 걸 안 나가게 할 수 있어야죠.
강선　근데 상무님. 이게 지역 여론 때문에 붙잡고 있는 건데... 그 정도까지 하면...
경민　생각해보니까요 우리가 구더기를 너무 무서워한 거 같애.
강선　백 단장 또 난리치겠네요.
경민　이제 장 좀 담급시다. 해체만 안 시키면 불매 운동까지는 안 가요.
강선　알겠습니다.

이때 노크 소리 들리고.
승수가 들어오고.

경민　아, 내가 긴히 할 말이 있어서. 전지훈련 준비는 잘 돼가고?

승수　그냥...

강선　왜 말이 짧어?

경민　아냐, 괜찮아요. 이렇게 싸가지라도 없어야 우리가 덜 미안하지. 쉽게 말해서 우리 전지훈련지 취소하도록.

승수　(자신의 귀를 의심하는) 뭡니까? 뭘 취소합니까.

강선　취소했습니다!

경민　아, 이미 했어요? (승수 보며) 했대.

승수　(황당한) ... 왜 이러는 겁니까.

경민　전지훈련 비용이 너무 부담돼. 그 많은 인원이 외국을 간다는 게 이게 보통 일이 아니던데.

승수　그쪽은 기름값이 비싸도 차 타고 여기까지 왔을 텐데.

강선　그쪽?

승수　프로야구에서 전지훈련을 안 가는 팀이 있습니까?

경민　백 단장은 남들 안 하는 짓 잘만 하면서 꼭 좋은 건 남 따라하려고 하더라?

강선　누가 가지 말래?

승수　... 국내로 가라는 얘깁니까.

경민　딱 그 정도.

승수　도대체 왜 이렇게까지 하는 겁니까... 여태까지 상식적인 척, 합리적인 척. 양아치 아닌 척...

강선　(눈을 부릅뜨면)

승수　정상적인 조직인 척 흉내는 냈던 거 같은데.

경민　백승수, 내가 진짜 진솔하게 말해볼게. 왜 이렇게까지 하냐면... (뜸들이다가) 이렇게 해도 되니까. 생각해보니까 이렇게 해도 되더라고.

승수 ...

경민 우리 백 단장도 나한테 따지지 말고 나처럼 해. 밑에다가 그냥 그렇게 됐으니까 그렇게 하라고 해. 윗사람 들이받는 것보다 아랫사람 찍어 누르는 게 훨씬 쉬워. 곧 나갈 텐데 나가기 전에 이런 건 배워서 나가.

승수 여태까지 해체 안 한 이유 다 아는데. 모기업 이미지 관리 안 할 겁니까.

경민 그게 협박이야? 아냐. 그건 니 고민이야. 우리가 이미지 관리까지 실패하고 나면 굳이 이 야구단 운영할 이유 없어. 당장 없애지. 니가 알아서 여론 관리도 해야 되는 거야.

승수, 화난 모습으로 나가려는데

경민 백 단장.

승수 (돌아보면)

경민 아직도 후회, 반성 그런 거 없어? 주변 사람 힘들게 하면서까지.

승수, 대답 없이 경멸의 눈빛을 보내고 나가버린다.

강선 저... 저...!! 너 진짜 후회해!!

강선이 눈치보며 경민을 보는데
경민은 분노보다 씁쓸한 얼굴로 창밖을 본다.

## S#9 드림즈 사무실 외경 / 밤

## S#10 드림즈 회의실 / 밤

고민하는 승수.

생각이 많다.

상기된 표정으로 들어오는

세영, 재희, 유경택, 변치훈, 임미선.

세영 전지훈련이 갑자기 왜요?

승수 모기업이죠.

임미선 아니, 전지훈련을 그럼 어디를 가래요?

승수 국내는 가능합니다.

유경택 선수들 부상 우려 때문에 따뜻한 데로 가는 건데.

변치훈 제주도 쪽에 알아볼까요?

승수 알아봤습니다. 이미 예약이 꽉 차있고요.

세영 최대한 남쪽으로 알아볼까요.

임미선 남쪽이라고 다른가.

승수 우린 이미 어딜 가도 제 역할도 못한 프런트가 되겠지만... 다르긴 다르겠죠.

이때, 문이 열리고 성복, 이철민, 최용구 들어오면

프런트 모두 인사하면서 왜 왔는지 승수를 보면.

승수　　전지훈련지에 문제가 생겨서 모두 모셨습니다. 우리가 예약한 전지훈련지는 우리도 모르는 사이에 취소 처리가 됐구요.

모두 놀라는 표정 속에서 성복만 담담하다.

최용구　　그럼 우린 어디로 가는데요. 전지훈련 안 가요?

승수　　가야죠. 국내로 갑니다.

이철민　　제주도겠지.

승수　　제주도는 이미 예약이 꽉 찼습니다.

최용구　　그럼 무슨 대책이 있어야죠!!

이철민　　그럼 어디로 가요?

최용구　　미운털 박힌 단장하고 일하기 힘드네.

세영　　지금 우리가 단장님한테 따질 게 아니라 의견을 모아서 사장님이나 상무님한테...

승수　　아뇨. 그쪽은 타협의 여지가 없습니다. 저한테 따지더라도 변하는 게 없는 건 맞구요. 그래도 최대한 남쪽으로 알아봤습니다.

승수, 프레젠테이션 화면 보여주면
야구장 사진 등이 보이고.

승수　　현재 남은 선택지 중에서는 그나마 가장... 괜찮은 선택지입니다. 추운 곳에서 훈련하는 대신 다른 많은 걸 준비하겠습니다.

성복　　장소야 그렇다 쳐도 연습 경기는 어떻게... 우리 팀끼리 홍백전만 할 수도 없고...

승수 지금 대학팀들 섭외 중입니다.

최용구 대학팀은 무슨. 프로끼리 해야 의미가 있지. (승수 보면서) 대안 없어요? 미치겠네. 진짜.

이철민 추운 날씨에 훈련하면 선수들 근육이 경직돼서 부상 많아지는 거 몰라요? 다른 데가 미쳤다고 돈 써서 외국 가냐고요.

코치진의 항의를 보면서 한마디도 거들지 못하고
난처한 표정만 짓는 팀장들.
그걸 보는 승수.

**〈플래시 컷, 8씬〉**

경민 백 단장.

승수 (돌아보면)

경민 아직도 후회, 반성 그런 거 없어?

///

무거운 마음이 들고.

승수 인정하겠습니다. 이번 시즌 성적이 안 좋으면 전지훈련을 못 가서 그런 겁니다. 이 상황에서 최대한의 대안을 찾겠다는 약속을 드립니다.

승수의 사과에 코치진도
인상만 쓸 뿐 더 할 말이 없는 모습.

**S#11　　드림즈 주차장 / 밤**

승수, 세영, 재희 퇴근하는 길.

승수　　내일은 단장 회의 다녀올 겁니다. 도착하면 장진우 선수랑 같이 이야기 좀 할 수 있으면 좋겠네요.

세영　　장진우 선수요?

승수　　네, 장진우 선수한테 준우승하던 시절 추억담을 좀 듣고 싶어서요.

승수, 차에 올라타고 고개 인사하면
세영, 재희도 고개 인사하고.

재희　　전 뭔지 알 거 같은데요.

세영　　나도.

재희　　제가 더 빨리 안 거 같은데요.

세영　　아닌데?

재희　　맞는데?

세영　　맞는데는 반말인데? 어?

재희, 들켰네 하는 표정.

**S#12　　단장 회의장 / 낮**

큰 회의실에 진행자와 함께
열 명의 단장이 앉아서 회의 중.

진행자 오늘 단장 회의는 드림즈 백승수 단장이 공개 질의서를 제출해서 열리게 됐구요. 정규 시즌 일정 편성에 대해서 의견을 나눠보겠습니다.

백승수 네, 심플합니다. 서울, 수도권에 많은 팀들이 몰려있기 때문에 지방 팀이 경기를 위해서 이동을 하다보면 너무 많은 시간들을 버스 안에서 보내기 때문에 그게 곧... 불리함으로 이어집니다.

오사훈, 손 들고.
승수, 오사훈에게 발언하라는 손짓 하면.

오사훈 드림즈가 이거 때문에 못 했습니까?

승수 아뇨. 그렇지 않습니다. 드림즈가 야구를 못해서 그랬죠.

오사훈 결과적 평등이 나올 때까지 뭔가 유리한 조건을 달라고 계속 주장하실 거예요?

승수 평등 말고 공정을 주장하는 거죠. 일정만큼은 지방 구단에게 아예 대놓고 일방적으로 배려를 바라는 바입니다.

오사훈 왜요?

승수 이동 거리 차이를 감안해주십시오. 배려를 해줘도 이동 거리는 지방 구단이 1, 2, 3위를 차지할 텐데요.

오사훈 버스 좀 오래 탔다고 해서 야구 못한다는 소리로 들리는데요.

승수 우리 팀 야구 못하는 건 내려놓고요. 야구 못하는 만큼만 지고 싶지. 멀리서 오느라 피곤해서 지는 경기는 없어야죠.

오사훈 그러실 줄 알고 이동 거리와 팀별 우승 횟수의 상관관계를 제가 가져와 봤습니다. 켜주세요.

프레젠테이션 화면 뜨고.

오사훈 이거 보이시죠? 지금 이동 거리가 먼 구단들이 역대 우승 횟수 1, 3, 4위를 차지하고 있네요?

승수 (피식 웃고)

오사훈 왜 웃어요?

승수 1985년도 노스캐롤라이나대학 지리학과 졸업생들의 평균 초봉이 10만 달러예요. 지금 환율 기준으로 1억 천만 원 넘죠? 왜 그런지 아세요?

오사훈 ...

승수 그 졸업생에 마이클 조던도 포함이 됐거든요. 평균의 함정에 속지 마세요. 너무 오래된 우승 통계 얘기를 왜 하세요.

김종무 이야... (박수 작게 치며)

**〈시간 점프〉**

단장 회의 풍경.

진행자 단장 회의 마치겠습니다.

자리 정리하는 승수 보고 반갑게 달려오는 김종무.

김종무 아니, 사람 놀래킬 거야?

승수 회의 내용에 문제 있었습니까?

김종무 아니, 잘렀... (목소리 낮추고 주변 두리번거리다) 었잖아.

승수 (피식) 놀라셨어요?

김종무 그래도 정들었는데. 내가 마음이 무겁지.

오사훈, 아까의 앙금으로 승수 보고 나가려는데
김종무가 눈짓, 손짓 동원하며 빨리 오라고 독촉하면
오사훈 다가와서.

오사훈 백 단장님, 돌아온 거 축하합니다.

승수 축하에 진심이 좀 많이 담겼습니까?

오사훈 (자존심 상하지만) 아니, 드림즈가 어차피 우리 견제 상대가 되는 것도 아니고... 그리고 우리 때문에 마일스 뺏겨서 길창주 뽑은 거. 그거 때문에 그렇게 된 거 같아 마음이 무겁죠, 우리는.

승수 전 마일스 뽑을 수 있어도 길창주 뽑았을 텐데요.

오사훈 아, 정말 백승수 씨는 그 자존심 때문에 언제 진짜 또 큰일나요.

승수 ... 전지훈련은 어디로들 가십니까.

오사훈 (여유 있는) 저희는 원래 미국 애리조나.

김종무 우리는 원래 플로리다에서 2주 뛰다가 일본으로 옮겼는데 올해도 그렇다고 봐야지, 드림즈는?

승수 저희는 알아보는 중입니다.

오사훈 (놀라며) 이제 알아본다고요?

김종무 (놀란) 여름에 계약 안 했어? 어떻게 하려고 그래?

승수, 자기도 모르게 절로 한숨이 나오다가
아차 싶어서 김종무 보며 웃고.

오사훈, 씁쓸하게 보다가 뭔가 생각이 난.

오사훈　아, 혹시 소문 들은 거 없어요?

김종무　뭐가?

오사훈　(아차 싶은) 아닙니다.

김종무　아, 이 사람이. 뭔데.

승수　...

오사훈　약물이요.

승수, 김종무　(!?)

오사훈　약물 단속을 강화할 예정이라는데 걸릴 선수들이 많다네요. 협회 입장에서는 차라리 시즌 전에 잡는 게 낫다고.

김종무　그 얘기를 왜 바로 안 하고 쉬쉬했어.

오사훈　(싱긋 웃으며) 그냥. 그냥.

오사훈, 나가고.

찝찝한 승수와 김종무.

승수　임동규는 잘 지냅니까? 강두기는...

김종무　강두기는 잘 지내겠지. 지가 그렇게 가고 싶다고 했는데. 임동규는... 원래 성격이 그래? 음침해. 아무하고도 말을 안 해.

승수　아뇨, 원래 그렇진 않았는데...

김종무　근데 뭐라고 할 수가 없는 게 열심히 해.

승수　...

김종무　너무 열심히 해. 내가 그렇게 열심히 하는 타자는 처음 봤다, 진짜.

생각에 빠지는 승수.

**S#13** 승수 차 / 낮

주차된 차 안에서 전화 거는 승수.

승수 오랜만이다. 홍만아. 그때 부탁했던 것들 알아보고 있지? 그래, 잘 부탁할게.

**S#14** 드림즈 사무실 / 낮

유경택, 영수 함께 유민호 투구 영상 보고 있는데
승수가 복도 지나는 모습 보고.

유경택 단장님.

승수, 고개 돌려보면.

**S#15** 유민호 경기 영상 / 낮

유민호, 공 던지려다가 못 던지고
보크를 연거푸 기록하는 모습.

유경택 **(소리만)호주 리그 뛰는 선수들 다행히 선수들 다 성적이 양호한데 유**

**민호만...**

영수 (소리만)**아예 공을 못 던진다고 하는데요. 보크[•]만 3개 하고 교체됐습니다.**

## S#16 드림즈 사무실 / 낮

심각한 표정으로 보고 있는 승수.

양원섭 (소리만)**왜요?**

승수, 유경택, 영수 돌아보면
양원섭이 벙찐 얼굴로 서있다가
모니터 앞에 와서 유경택 마우스 뺏어서
영상 보며 심각한 얼굴.

승수 부상인가요.

유경택 아뇨. 그쪽에서도 메디컬 테스트 진행했는데 심리적 요인인 거 같다고 합니다.

영수 아무래도... 입스[••]가 아닐까...

양원섭 (유경택 보며) 팀장님.

유경택 (보면)

양원섭 고등학교 때까진 투수 했잖아요. 입스는 어떻게 극복해요?

---

• 주자가 베이스에 있을 때 투수가 규정에 벗어난 투구 동작을 하는 반칙.
• 심리적 요인으로 인해 몸을 원하는 대로 움직일 수 없는 상태.

유경택 사람마다 다르지.

양원섭 극복 못한 투수가 더 많죠?

유경택 (씁쓸한) ... 더 많지.

승수, 양원섭, 유경택, 영수 모두 모니터 보는데 답은 나오지 않고.
세영, 복도 걷다가 승수 발견하고.

세영 단장님, 회의 준비됐습니다.

승수 일단 지켜보시죠.

**S#17 회의실 / 밤**

승수, 세영, 재희, 유경택, 성복, 이철민, 장진우 회의 중.

승수 ... 전지훈련 문제는 제가 좀 고민해봤는데요. 저기 앉아있는 장진우 선수. 제가 일부러 불렀습니다. 준우승할 때랑 최근의 드림즈가 뭐가 달랐는지 물어보려고요.

장진우 (어색한 분위기/헛기침) 달랐던 게 있죠. 준우승 했을 때는... 일단 투수 중에 19승한 투수가 있었고.

재희 본인 얘기하시는 거죠?

세영 가만히 좀 있어.

재희 그래도 저희도 지금은 강두기 선수 있으니깐.

승수 혹시 그때 공을 잘 던질 수 있었던 이유가 뭔지...

장진우 좀 웃기긴 한데. 기범이 형 아시죠? 우리 구장 앞에서 고깃집 하는 형.

**〈몽타주 씬, 야구장 마운드(낮)〉**

장진우, 와인드업 해서 공 던지면.

(유독 큰 소리로 공이 꽂히고)

공 받고 포수 마스크 벗은 기범 '야, 공 죽인다. 진짜.'

장진우 (소리만)**그 형이 불펜 포수를 했는데. 경기 전에 그 형한테 공 던지고 나가면 자신감도 생기고. 형은 그날 제 컨디션 체크도 잘해줬고.**

///

이철민 그리고 그때 타자들이 더 잘 쳤지.

장진우 네. 그때 우리 팀 타자들이 참 잘 쳤어요. 특히 왼손 투수 나오면 더 잘 쳤어요. 아마 배팅볼 투수 중에 왼손으로 기가 막히게 던지는 애가 있었거든요. 걔가 별명이 마운드 아래에서 김광현이었어요. 걔가 있어서 그랬나 싶을 때도 있어요.

**〈몽타주 씬, 야구장 마운드(낮)〉**

허진욱, 마운드보다 좀 앞에 나와서 왼손으로 공 던지는데.

매섭게 꽂히는 공.

이철민 (소리만)**허진욱? 하도 공이 좋고 제구가 좋아서 테스트해 봤는데 마운드 위에선 되게 못 던졌잖아.**

///

장진우　그래도 마운드 조금 앞에서 던지는 공은 그냥 김광현이에요. 슬라이더나 패스트볼이나. 어깨도 좋아서 공도 정말 많이 던졌어요. 걔 덕분에 왼손 투수한테 우리가 강했죠.

승수　근데 왜 나갔습니까?

세영　... 그 사람 데려오시는 건 반대입니다.

승수　왜요?

세영　훈련 도중에 빈 볼*을 던졌어요.

승수　누구한테요?

세영　타자한테요.

승수　왜요?

세영　타자와 갈등이 있었습니다. 마운드 아래에선 김광현 공처럼 느껴진다는데 그 무서운 공을 위협용으로 던진다는 건 너무 위험한 행동이죠.

승수　문제는 있네요. 근데 어떤 갈등인지는 알아봐야죠.

성복　그 맞은 사람이 임동규였죠, 아마.

승수　그러면 저는 더더욱 알아봐야 될 거 같은데요. 허진욱 씨.

세영　임동규가 아니라 팀의 핵심 타자한테 빈 볼을 던지고 팀을 이탈한 사람이라고 바라봐야죠.

승수　다시 데려온다고 안 했습니다. 따져 물으러 갈 거예요.

세영　꼭... 그분의 장점이 단점보다 클까요?

승수　지금 우리가 왼손 투수한테...

재희　(수첩 꺼내며) 팀 타율이 2할 6푼 2리인데 오른손 투수한테는 2할

---

* 투수가 타자를 위협하기 위해 머리 쪽으로 던지는 공.

6푼 9리. 왼손 투수한테는 2할 3푼 9리네요.

승수 우리랑 붙으면 왼손 투수가 많이 나왔겠네요.

성복 표적 등판을 좀 당하긴 했죠.

세영 (착잡한 마음) 알겠습니다.

조용해진 회의실.

승수, 장진우에게 계속하란 듯 손짓하면

장진우 그리고 또... 그때는 선수들이 부상이 거의 없었어요.

승수 우리 팀이 평균적으로 부상 관리가 현재도 잘 되고 있습니까?

성복 (표정 찡그리며 절레절레)

이철민 부상자가 제일 많죠.

승수 부상자가 많은 책임은 누가 지는 겁니까?

성복 감독입니다.

승수 (씨익 웃고) 뭐 그럴 수도 있지만 감독님 다음은 아마 컨디셔닝 파트겠죠?

사람들 모두 당황하는 표정.

승수 왜 그러시죠?

이철민 에이, 그건 말도 안 되죠.

승수 (?)

이철민 그때 컨디셔닝 코치가 누군지 아세요?

승수 누군데요?

이철민 이준모라고. 인터넷에 한번 검색해 보세요. 다 나와요.

**〈몽타주 씬, 실내 헬스장(낮)〉**

이준모, 한 선수 벽에 기댄 채로 기마 자세 하는데 자세 봐주며.

(다른 운동을 봐주는 것이라도 괜찮습니다)

들어오는 선수들을 보며 '전부 개인 식단 나왔으니까 확인하세요' 외치고.

///

승수 이 사람도 사고쳤습니까.

유경택 연예인들 몸 만들어줘요. 스타 트레이너라서 돈 많이 벌 텐데 여길 다시 올까요.

승수 만약 온다면 도움은 될까요.

장진우 그때 걷는 모습만 봐도 선수들 어디가 아픈지 알아보고. 부상 방지 쪽은 전문가였으니까요.

깊이 생각에 잠긴 승수의 모습.

## S#18 소규모 공사 현장 / 낮

공사 현장, 재희가 돌아다니는 사람들 하나씩 보다가
젊고 건장한 허진욱 발견하고 다가간다.

재희 허진욱 씨죠?

허진욱 뭔데.

재희　일 언제 마치세요?

허진욱　누구시냐구요.

재희　아, 전 드림즈 운영팀 한재희라고 합니다.

허진욱　...

재희　하하하...

허진욱　뒤질래? 꺼져. 나 공 안 던진다.

재희　(황급히 쫓아가면서) 혹시 사연이라도 있으신지.

허진욱　드림즈랑은 더 안 던진다고. 꺼져.

재희　...

제자리에 멈춰 선 재희.

**S#19　헬스장 / 낮**

빠른 음악이 들리는 헬스장,

회원들 저마다 운동하고 있고.

체격 좋은 이준모, 회원의 덤벨 운동 자세 체크하며

PT 진행 중인데.

세영　안녕하세요.

이준모　... 여기 어쩐 일이세요.

세영　저 꼭 이준모 트레이너님한테 배우고 싶어서요.

이준모　저 말고 좋은 트레이너 많습니다.

세영　드림즈에서 배우고 싶은데요.

이준모 (표정 굳고) 드림즈요? 내가 그 이름 들으면 어떤 기분인지 아세요?

세영 그리움?

이준모 구림. 기분 구려져요. 자, 회원님. 어깨 올라가지 않게.

세영 왜 어두우세요.

이준모 (회원 보며) 회원님, 잠시만요. 5분만. (조금 떨어진 곳에 서서) 거기선 나아지려는 사람이 없습니다.

**〈플래시 컷, 1부 40씬〉**

승수 드림즈가 더 강해지길 바라십니까.

세영 당연하죠.

승수 모두가 그렇게 생각할까요?

///

세영 있다면요?

이준모 없어요.

세영 제가 왜 여길 왔겠어요.

이준모 이세영 씨 말고 또 있어요?

세영 네.

이준모 그럼 내가 안 가도 잘 되겠네.

세영 근데 오셔야 잘 돼요.

이준모 한때 내가... 그때 젊었고 일 욕심도 나고 해서 열정을 태웠어요. 그리고 어쨌든 내가 일했던 한 해 동안 잘된 것도 사실이고요.

세영 알아요. 선수들 수분 섭취 체크하느라...

이준모 네, 소변 색깔도 확인하려다가 이상한 오해도 많이 사고요. 근데...

그 과정이 힘들었어도 그 한 해는 보람 있게 보냈는데 재계약 얘기 하나 없었던 팀이에요.

세영　저희 팀이 이렇게 서툰 부분이 있죠. 제가 그때 팀장이었으면...

이준모　성과는 하나도 생각 안 하고. 나보고 돈 들고 귀찮은 요구만 계속 하니깐 같이 일하고 싶지 않대요.

세영　(미안한 마음) 제가 정말 장담할 수 있는 거 하나는요. 지금은 정말 많이 바뀌었어요.

이준모　요란한 사람이 단장이라면서요.

세영　소식 다 듣고 있었네요? 드림즈 꾸준하게 응원하신 거... (아니에요? 하려는데)

이준모　(말 끊으며) 저기요. 저 이제 회원님 운동 봐 드려야 하고요. 제 이름에다 연봉 붙여서 검색해 보세요. 그럼 바로 집에 가시게 될 거구요.

세영　이준모 트레이너님 연봉 센 거 모르는 사람 있나요. 그때 봤던 이준모 트레이너님 열정이 기억나서 왔어요. 돈이 다가 아니잖아요.

이준모　(최대한 정떨어지게) ... 돈이 다죠.

세영, 당황스러운데 이준모가 세영에게 나가라고 고갯짓 하면 바깥으로 세영을 유도하는 다른 헬스장 직원.

## S#20　승수 집, 영수 방 / 밤

영수, 다양한 자료들 펼쳐놓고 영상까지 보면서 열일 중.

승수가 들어오자 화들짝 놀라서 돌아보다가

승수 얼굴 보고 잠시 멍하다가 좋아한다.

승수　무슨 반응이지?

영수　간식 가지고 왔으면 두고 가주세요.

승수　왜 놀랐다가 다시 웃는데?

영수　처음에 놀란 건 아직도 야구 자료 볼 때 형이 들어오는 게 집에서는 적응이 안 돼서고. 두 번째로 웃은 건 이제 형이 봐도 안 혼난다는 게 실감이 나서. 오케이?

승수　(영수 머리 헝클이며) 지금은 뭐하는데.

영수　우리 선수들 훈련에 참고하라고 이것저것 만들 게 많어. 데이터 전문가가 들어오더니 뭔가 달라졌다. 그런 얘기가 나오면 좋잖아. 안 그래도 전지훈련도 그런 데서 하는데...

승수　그런 데? 단장 비난?

영수　그런 의미는 아니지만 형이 찔릴 수도 있겠네.

승수　너 내일 회사에서 나 피해 다녀라. (나가려는데)

영수　형.

승수　(?)

영수　집에서 형한테 들킬까 걱정 없이 일하니까 너무 좋다. 기왕 형 계획이 망한 김에 우승은 꼭 시켜줄게.

승수　우승은 니가 시키는 게 아냐, 인마. 아무튼 각오하고 따라와. 전지훈련 진짜 빡셀 거야.

승수, 방문 닫고 나가면 영수 다시 열일.

**S#21** **소규모 공사 현장 / 낮**

땀 흘리며 일하고 있는 허진욱.
그 옆에서 허진욱에게 시선 안 주고
묵묵히 일하고 있는 재희.
허진욱이 한마디 하려는데.
누군가 '어이' 하고 부르는 소리에
재희가 그쪽으로 뛰어간다.

재희 네!!

허진욱, 뭐 저런 게 다 있냐는 표정.

**S#22** **현장 식당 / 낮**

허진욱, 밥 먹으려고 앉으면
한 칸 떨어진 옆에 앉아서 밥 먹는 재희.
허진욱이 기가 차지만
이내 무시하기로 마음먹고 밥 먹는데
재희도 허진욱을 의식하지 않는 모양새.

**S#23** **헬스장 / 낮**

세영, 헬스장 둘러보면
스쿼트 하고 있는 이준모 보인다.

세영, 이준모에게 다가가서 가방에서 계약서를 꺼낸다.
그리고 테이프로 계약서를 거울 낮은 부분에 붙이며.

세영　　저희가 제안할 수 있는 최대한의 조건입니다. 이 이상 못 드리는 건 회사의 사정이고. 이 액수만큼만 필요하다는 것도 아니구요. 얼마 버시는지 알죠, 저도. 그래도 진짜 꿈은 야구단에 있었다고 들었거든요... 그 간절함이 차액보다 크다면 저희랑 일해주세요. 전 이제 다시는 찾아오지 않겠습니다.

꾸벅 목례하고 나가는 세영.
계약서를 보려고 스쿼트 자세를 낮춰서
거북이 목을 하며 보는 이준모.

**S#24　　기범 가게 / 낮**

가게 앞에서 기범이 곱창 굽는 중.
조용히 눈치보며 기다리고 있는 장진우.
기범아내, 장진우를 경계하며 보고 있을 때
기범, 밑반찬 들고 와서 내려놓으며

기범　　왜 너 왜 그러는데. 왜.
장진우　　아니, 뭐가. 와, 이 곱창 뭐야. (한 입 먹고 맛있는 표정)
기범　　뭐야, 맨날 와서 먹고 유독 오바하네.
기범아내　　(심드렁한 표정)

장진우　… 그니깐. 오늘이 좀 각별히 맛있다니깐.

기범, 곱창 뒤집어 주는데
장진우 그 손을 유심히 본다.
흉터가 남은 투박한 손.

장진우　형 손은 이래저래 고생이 참 많다.

기범아내　야구공만 잡던 양반이 갑자기 칼 잡고 이리저리 열심히 사느라 그랬죠.

기범　뭐야, 인마. 형이 은퇴하고서도 니 공 잡느라고 불펜 포수까지 하고. 늘그막에 돈도 안 되는데 고생 많이 했다.

장진우　그니깐 다 나 때문이지. 야구에 정이 다 떨어졌겠네.

기범　뭐 그렇게까지는 아니고.

장진우　형, 근데 나 때문에 불펜 포수 했던 거야?

기범　어. 니가 인마. 내가 없으면 정신 못 차리는데 어째.

장진우　그래서 내가 그때 19승 했잖아.

기범아내　(표정이 굳고) 전개가 왜 이렇게 돼요.

기범　(불안한) 근데, 뭐.

장진우　아냐, 형. 나 물 좀 더 줘.

기범　여기 물 있잖아.

장진우　미지근해졌어. 빨리.

기범, 귀찮은 듯 일어나서 물 가지러 거리가 좀 멀어지면.
장진우, 주머니에서 계란을 꺼내서 '형' 외치며 던진다.

기범, 잽싸게 계란을 받지만

정확히 손바닥에 맞고 깨지는 계란.

감탄하는 장진우, 황당한 기범과 기범 아내

기범　　야, 이 미친놈아!!

장진우　　살아 있잖아, 형!! 딱 한 번만!! 우리 팀 투수들한테 자신감을 심어줄 만한 베테랑 불펜 포수가 있어야 돼!

기범　　(눈 크게 뜨고 아내 눈치보면)

기범아내　　안돼요!!

장진우　　형수님...

기범아내　　가게 때문이 아니구요. 사람들이 진짜 양심이 있어야죠. 이 가게 하면서 할 말은 아니지만요. 저 사람 저 고생한 손으로 그 젊은 놈들 던지는 공 꾸역꾸역 받는 거. 미안해서 이제 그런 거 못 봐요.

장진우　　... 알겠습니다.

장진우, 조용히 밥을 먹는데

기범, 아내와 장진우 사이에서 눈치보면서.

**S#25　　소규모 공사 현장 / 낮**

허진욱, 땀 닦으며 이동 중인데.

발밑으로 굴러오는 공.

허진욱 인상 쓰며 쳐다보면.

재희 공 여기 던져 보세요.

허진욱 뒤진다. 진짜, 너. 선출이냐?

재희 아뇨.

허진욱 내가 아무리 실패한 선수라도... 너 진짜 다쳐.

재희 이 위치에 딱 들어오게 던지시면 되죠. 못 던지시면 저도 이렇게 매달릴 이유도 없구요.

허진욱 거기 내가 왜 못 던져. 그리고 안 한다고.

재희 던져보세요.

허진욱, 공 던지는데 제대로 꽂히는 공.

그걸 받은 재희에게 허진욱이 놀라고.

허진욱의 공에 재희가 놀란다.

재희 컨트롤 진짜 좋으시네요.

허진욱 너 선출 아니라며.

재희 (일어나며) 드림즈가 이렇다니까요.

허진욱 따로 훈련했냐?

재희 네. 불펜 포수 모자라면 이거라도 해야죠.

허진욱 ... 잘났다. 난 이거나 할란다. 넌 그거라도 하든가.

재희 무슨 말씀이세요.

허진욱 (??)

재희 왜 자꾸 거절을 하세요.

허진욱 ...

재희 제가 묻고 싶은 건 따로 있는데요. 임동규한테 왜 그러셨어요.

허진욱 이거 진짜 미친놈이네.

재희 말하기 싫으시다?

허진욱 그 전에 너를 때리고 싶으시다.

재희 아, 이렇게 거친 분이면 안 되는데...

허진욱 야. 내가 이 일을 하든 배팅볼을 던지든... 너 같은 놈들이랑은 일 못 해. 남 무시하는 새끼들.

승수 임동규도 그랬습니까?

허진욱, 놀라서 돌아보면 승수가 서있고.

승수 진짜 왜 그랬는지 궁금해서 온 드림즈 단장 백승수입니다.

허진욱 (놀라서) 단장이 여길 왜 와. 미쳤나.

승수 단장이 이런 데 다니는 사람이니까요.

## S#26 승수 차 안 / 낮

승수 운전하고 재희 보조석에 앉아서.

재희 세영 선배 쪽은 좀 어렵겠죠? 그 분 돈도 많이 벌던데.

승수 팀장님이니까 기대는 해보시죠.

재희 ... 근데 배팅볼 투수, 컨디셔닝 코치. 이런 분들이 들어오면 팀이 강해지긴 할까요.

승수 왜 그런 의문을 갖습니까. 강두기 선수가 들어올 때도 그러진 않았을 텐데.

재희 강두기는 최고의 투수잖아요. 운영팀 직원 하나로 팀을 바꿀 수 있을까요.

승수 그런 시선이라면 단장은 팀을 바꿀 수 있을까요.

재희 단장님은 다르죠!

승수 제가 공을 던질 것도 아니고 제가 공을 칠 것도 아니니까. 팀에 도움이 될 거 같은 모든 걸 다 하는 겁니다. 한재희 씨도 지금 일 마치자마자 바로 유민호 픽업 가는 거 아닙니까.

재희 네.

승수 입스 때문에 공 하나 못 던지고 돌아온 젊은 투수 기 살려주러 마중 나가는 거. 팀을 바꿀 수 있을진 모르지만. 우리는 우리 일을 하는 거죠.

재희, 복잡한 마음으로 웃고.

## S#27 사장실 / 낮

강선, 혼자서 골프 퍼트 연습하면서.

강선 (혼잣말) 오~ 좋은 퍼팅 감각으로 마무리하네요.

승수, 들어오면 깜짝 놀라는 강선.

강선 깜짝이야.

**〈시간 점프〉**

강선, 자리에 앉아서 자기 앞에 놓인 계약서 보다가 승수 흘끔 보며.

강선　얘네들 데려오면 뭐가 달라져?

승수　달라질 거라고 예상하고 달라지기를 바라고 데려오는 겁니다.

강선　아니, 그리고 원래 얘네가 이렇게 돈을 많이 받어?

승수　우리한테 필요한 만큼 더 많이 주는 겁니다.

강선　너 우리 팀이 넉넉하게 돌아가는 팀 같애?

승수　저희 비행기 값 아낀 걸로도 충분한 줄 알았습니다.

강선　피곤하다. 피곤해. 알았어. 아무튼...

승수　또 상무님 결재 받으셔야 됩니까.

강선　뭐, 인마. 이게 상무님 결재를 왜 받어. 내가 상무 똘마니야?

승수　...

강선　아니라고 대답해. 아, 어서!!

승수　...

## S#28　사장실 앞 복도 / 낮

승수, 문 열고 나오면

세영이 고개 숙인 채 벽에 기대고 서있다.

세영　결국 허진욱 씨도 데려온 거죠.

승수　(조금 당황) 네.

세영　재희한테 들었습니다. 임동규한테 공 던진 이유.

승수 그럼 이제 반대 안 하는 겁니까.

세영 네, 이번에도 단장님이 맞았습니다. 야구단 들어오려고 기록원부터 시작해서 악착같이 일했는데도 야구 모른다던 단장님한테는...

승수 (말 끊으며) 그만.

세영 (?)

승수 또 또 저런 얘기를... 쯧. 피곤해도... 팀장님 같은 사람은 필요합니다. 팀장님이 반대하면 제가 한 번 더 생각하죠.

세영 생각 바뀌신 적 없잖아요.

승수 한 번 더 생각하고 확신을 얻죠.

세영 (잘났다 싶은 표정)

승수 팀장님 말이 맞을 때도 있을 거고. (돌아서서) 허진욱도 잘할 겁니다.

승수의 뒷모습을 보는 세영, 승수답지 않은 태도에 놀라면
승수도 뒤돌아서서는 자신이 한 말이
조금 민망하고 찜찜하다가 걸어간다.

**S#29 공항 / 낮**

귀국하는 선수들.
유민호, 기죽은 모습으로 천천히 걸어 나오는데.

재희 유민호 선수!

양원섭 유민호!

유민호, 양원섭과 재희 발견하고 살짝 표정이 밝아지고.

유민호 형님, 어떻게 오셨어요.

양원섭 야, 인마. 니가 하도 찌질댄다고 여기까지 소문이 다 나서 나왔다.

유민호 (현실 인지하고) 아...

재희 (눈치보며) 유민호 선수, 배고프죠?

양원섭 (아차 싶은) 야, 밥 먹으러 가자.

**S#30 식당 안 / 낮**

테이블 위에 곰탕 세그릇 내려놓는 종업원 손길.

양원섭 야, 유민호.

멍하니 있던 유민호가 놀라서 양원섭 보면.

양원섭 뭐해, 임마. 멍해 가지고.

유민호 아, 시차적응 때문에...

양원섭 (피식 웃고) 야구 할 날이 많이 남았어. 쉬었다 가고 그래도 돼.

유민호 (애써 미소) 네...

재희 (지켜보다/분위기 띄우는) 맞아요! 우리에겐 밝은 미래! 오케이?
몸 관리 잘하기로 약속하시죠.

재희 (오물거리며) 사장님, 곰탕 1인분 포장해주세요!

양원섭 세영 팀장님 갖다주려구?

재희 어...동지애. 동료애. 그런 거죠. 네. 유민호 선수 할머니도 곰탕 한 그릇 추가?

유민호 네. 좋습니다.

유민호, 밝은 분위기에 같이 웃으며.

**S#31 세영 집, 거실 + 현관 / 밤**

미숙, 소파 앞에서 과일 정도 깎으며 TV 보는데.

세영, 캐리어 소파 옆에 놓고.

현관에 남자 구두를 내려놓는다.

세영 준비 끝.

미숙 (흘끔 보고) 또 그 구두 꺼내냐.

세영 이거라도 꺼내 놔야 안심이 된단 말야.

미숙 집어넣어. 니 아빠 생각나서 정신 사나워.

세영 전지훈련 길잖아. 떠나는 딸 마음 편하게 계속 저기다 놔둬.

미숙 참나, 지 마음 편한 것만 생각해.

세영, 미숙을 끌어안으며.

세영 아프지 말고 있어.

미숙, 심드렁한 표정으로 TV만 보고.

애틋하게 미숙을 끌어안은 세영의 표정과 대조된다.

**S#32　드림즈 구단 버스 안 / 낮**

달리는 구단 버스

선수단 버스타고 이동 중.

(서영주, 곽한영, 김관식, 장진우 같이 앉은)

서영주　에이, 진짜.

곽한영　왜 그래.

서영주　(기가 차서 웃음) 버스 타고 전지훈련을 가는 게 말이 되냐고.

곽한영　(말없이 웃으면)

김관식　드림즈도 팀이라고 그러더니. 이게 무슨 프로팀이야.

서영주　누가 그랬는데.

김관식　(작게) 강두기 선배요.

서영주　이게 팀이야?

장진우　팀 맞지. 새끼야.

서영주　...

장진우　구단 지원이 후져도 우리 다 프로선순데 이게 프로팀이 아냐?

서영주　(빈정 상한) 아, 예에.

장진우, 한마디 하려는데 곽한영이 웃으며 눈치주고.

장진우, 화를 꾹 참고 의자에 등 기댄다.

눈치보는 김관식.

**S#33　　전지훈련장 주차장 / 낮**

버스가 멈춰 서고 각자 배낭 정도 들고 내리는 선수들.
전지훈련장의 풍경이 낯선지 이리저리 둘러본다.
버스 맞이하러 나와서 선수들과 마주하는 승수, 세영, 재희.
그리고 그 옆에 기범, 허진욱, 이준모 등이 나란히 서있고.
이들을 알아본 선수단 반응.

기범　　선수들아, 안녕. 니들 선배이자 불펜 포수로 잠깐 알바 온 김기범이다.

**S#34　　기범 가게 / 밤** (회상)

기범, 기범 아내 손님 없는 가게에서
둘이 소주병 세 병 정도 비워져 있고.

기범　　(혀 꼬인) 이게 이게... 진우 돕느라 그런 것도 있는데. 경제 논리로만 답이 안 나와서 그래.

기범아내　　염병...

기범　　전지훈련만 그냥 알바 뛰고 올게.

기범 아내, 기범의 큰 손을 양손으로 만지작거린다.
안타까운 눈으로 보며.

**S#35** **전지훈련장 주차장 / 낮** (34씬 이어서)

허진욱 배팅볼 투수로 있었던 허진욱입니다. 다시 만나서 반갑습니다.

세영, 찜찜한 표정으로 박수치고.
재희도 그 표정 눈치채고 기분 풀라는 듯
팔꿈치로 쿡 찌른다.

승수 조금 더 전문적인 배팅볼 투수가 한 분 더 있으면 좋을 거 같아서 모셨습니다. 왼손으로 구석구석 원하는 곳에 찔러 넣어줄 겁니다.

**S#36** **소규모 공사 현장 / 낮** (회상)

계약서 건네는 승수.
보고 놀라는 허진욱.

승수 친구가 사고를 당해서 가봐야겠다고 사정했는데 100개 던지고 가라고 한 임동규한테 공을 던졌다. 애매하네요. 잘한 일은 절대 아닌데 죽어도 같이 일할 수 없는 이유라는 생각은 안 듭니다.

재희 다시 또 그러지 않을 거라고 다짐을 해야죠.

허진욱 돈을 이렇게 많이 준다고?

승수 가족 같은 구단이라고 오라고 해봤자 안 올 거 아닙니까.

허진욱 사인해도 됩니까? 도장 안 가져 왔는데요?

재희 갑자기 존댓말을?

## S#37 전지훈련장 주차장 / 낮 (36씬 이어서)

이준모 컨디셔닝 코치로 만나게 돼서 반갑습니다. 여러분이 최대한 아픈 곳 없이 시즌 준비하도록 돕겠습니다.

승수 부상 방지 최고 권위자인 거 다들 아시죠?

이준모 아, 그리고... 여러분이 좋아하던 셰이크도 훈련 기간 동안 만들어 드릴게요.

선수단 와!!!

## S#38 헬스장 / 낮 (회상)

이준모, 세영과 한쪽 책상에 앉아서.

이준모 막상 해보고 아니다 싶으면 언제든 그만둡니다.

세영 그럼요. 언제든 무책임하게 그만두셔도 괜찮습니다.

이준모 (째려보며) 그 무책임이란 단어는 저만 쓸 수 있어요.

세영 아, 네...

이준모 그리고 계약 연장은 없습니다.

세영 그래야죠.

이준모 열심히 일했는데 필요 없는 사람 취급 받기 싫습니다.

세영 ...

## S#39 전지훈련장 주차장 / 낮 (38씬 이어서)

승수 여기 모신 분들 전부 다 준우승할 때까지 근무했던 유능한 분들이라 전지훈련 때만이라도 도와달라고 부탁드렸습니다.

일제히 박수치는 선수들 사이로.

서영주 (구시렁대는) 연습 경기 문제를 해결해야지.

승수, 서영주 말 들은 눈치지만 이내 털어내듯.

승수 환경이 열악해진 부분, 다시 한 번 사과드립니다.

승수, 선수단에게 고개 숙여 인사하면
세영도 같이 고개 숙이고.
멋쩍은 선수단 분위기.

**S#40 전지훈련장 / 낮**

단체로 몸 풀기 운동을 시작하는 드림즈 선수단.
중간 중간 구호도 넣어가고
서로 격려하는 소리를 내면서.

**S#41 몽타주**

몸 푸는 선수들
강두기, 길창주 나란히 서서 피칭 하는데

와인드업부터 경쟁하는 느낌에
훈련장을 울리는 미트 소리.
영수, 랩소도 머신 태블릿 PC로 분석된 숫자 보며
유경택에게 설명하는 모습.

영수 강두기 선수는 슬라이더 RPM•도 2400을 넘는데... (말하면서도 놀라운)

유민호, 가볍게 피칭해 보는데
바운드로 떨어지거나 포수를 한참 벗어난 제구.
최용구, 이철민이 심각한 표정으로 유민호를 보는데
유민호는 다른 시선을 의식할 여유도 없이 찡그리며 공을 던진다.
계속해서 벗어나는 공.
성복도 그 모습 보다가 유민호가 돌아보면 애써 못 본 척.
이준모가 다가가서 유민호 어깨 눌러보며 뭔가 물어보는데.
최용구, 이철민 멀리서 지켜보며 답답한.
계속해서 자신이 던진 공이 엇나가는 걸
멍하게 보는 유민호.
포수 마스크 벗고 괜찮다고 웃어주는 기범.
땀 흘리며 괜찮다고 손짓하고 타자들에게 계속 공 던져주는 허진욱.
옆으로 빠지는 공 잡으려다 엎어진 서영주. 블로킹 연습.

• 1분 동안의 회전수.

**S#42 전지훈련장 그라운드 한구석 / 낮**

시간 경과.

선수들 훈련마치고 들어가는 길.

서영주, 아파서 인상 찡그리면서

포수 마스크 벗고 있는데.

승수 **(소리만)아픈 데가 없는 선수는 없다.**

서영주, 놀라서 돌아보면 승수가 가까이에 서있다.

승수 그거 맞는 말인 거 같네요.

서영주 내가 조금 더 아픈 데가 많고요.

승수 (주머니에서 꺼내며) 이거 받으십쇼.

서영주 (받지 않고) 뭔데요.

승수 치질약입니다.

서영주 아, 씨. 갖고 왔어요.

승수 미국에서 온 겁니다. 메이저리그 포수들도 바르는 거.

서영주 던져 봐요.

승수 (던져주고) 고됩니까.

서영주 연대 나왔어요.

승수 ... 몸이 고되냐구요.

서영주 아. (민망하다) 제가 올해 더 아픈 것처럼 보이죠? 아니에요. 올해 정도면 양호한 편이에요.

승수 제 기준에 드림즈는 그냥 두면 안 되는 양아치들이 참 많습니다.

임동규, 고세혁... 서영주...

서영주　뭐요?

승수　임동규, 고세혁은 내보냈는데 서영주는 제가 안 내보냅니다.

서영주　나 없으면 포수가 없거든.

승수　맞습니다.

서영주　...? 맞다고?

승수　수비형 포수 중에서는 1, 2위 다투는 서영주 같은 포수는 없죠.

서영주　뭐야, 돈 필요해요? 그리고 1, 2위 안 다퉈요. 그냥 1위지.

승수　저를 어떻게 볼 진 모르겠지만... 부딪치고 나서 내가 이겼다고 쾌감을 느끼는 사람은 아닙니다. 내가 부딪친 사람들도 다 장점이 있다는 거 느낄 때마다 불편하죠. 서영주가 뒤에서는 이렇게 통증을 참고 훈련에 임하는 모습 같은 거요.

서영주　아니, 하고 싶은 말이 뭔데요.

승수　다치지 말고 뛰세요. 그렇게만 해도 연봉 많이 오를 겁니다.

서영주　지금 저 걱정해 주시냐고요.

승수　다혈질에 거칠고 생각이 짧은 서영주가 자존심 내세우느라 계속 팀에서 겉돌까 봐. 그럴 필요 없다고. 그냥 열심히 하면 된다고 이야기하는 겁니다.

승수, 돌아서 가고 나면 서영주가 혼란스럽다.

**S#43　전지훈련장 주변 / 밤**

승수와 성복, 나란히 산책하면서

승수　　올해 전력은 어떻습니까.

성복　　일단 강두기가 우리 편이고. 길창주도 공이 전성기 때보다 더 좋아요. 그리고 서영주도 뭐 수비형 포수로는 이제 물이 올랐어요. 해볼 만합니다.

승수　　연습 경기가 잡혔습니다.

성복　　대학팀이요?

승수　　아뇨. 바이킹스입니다.

성복　　어떻게 바이킹스를요??

승수　　제주도에 예약한 팀이 어느 팀인지 알아봤을 때... 바이킹스라고 하더라구요.

**S#44　　조용한 술집 / 밤 (회상)**

승수, 김종무 안주 두 개 정도 놓고 술 마시는 중.

승수　　근데 어쩌다 제주도로 가셨어요. 일본으로 간다고 하셨잖아요.

김종무　　우리도 똑같애. 모기업이 갑자기 외국은 무슨 외국이냐고. 제주도 예약 잡아놨다고 거기로 가라는데 뭘 어째. (사이) 백 단장, 솔직히 말해.

승수　　뭘요.

김종무　　임동규.

승수　　(임동규 이름에 표정 바뀌며) 네.

김종무　　임동규 하자 있어? 없어?

승수　　있습니다.

김종무, 승수 멱살 잡으며.

김종무　뭔데, 솔직히 말해.

승수　홈런을 50개도 못 쳐요.

김종무　뭐?

승수　(김종무 손 치우며) 뭐 때문에 이러시는데요.

김종무　솔직히 말하자.

승수　...

김종무　임동규, 약물 했어. 안 했어?

**〈플래시 컷, 2부 62씬〉**

승수　(끊으며) 야... (서늘하게) 임동규.

임동규　(조금 주춤하며) 뭐가... 이 새끼야...

승수　(한 걸음 더 다가가서 귓속말하는)

승수의 말에 임동규, 그대로 얼어버린다.

팔과 다리가 덜덜 떨리는 임동규.

승수　... 가세요.

비틀거리는 임동규의 초점 없는 눈동자.

///

승수　처음 듣는 얘긴데요.

김종무 임동규 만약에 약물 해서 경기 소화 못 하면 진짜 가만 안 둘 거야.

승수 왜 그런 얘길 하세요.

김종무 약물 선수들 얘기 나오고 나서 모기업 온도가 달라졌어.
우리 장소 없어서 제주도 가는 거 아냐. 밀린 거야. 모기업은 아는 거지. 우리 구단에 약물 빤 애들이 있어.

승수 확실합니까.

김종무 오사훈 단장이 정보가 많아서 뭐 알고 그런 건가 싶어서 기분이 더러워.

승수 너무 걱정 마세요.

김종무 아까 멱살 잡은 건 미안해요.

승수 괜찮습니다. 그런 얘기보단 연습 경기 얘기나 하시죠.

김종무 연습 경기? 우리랑... 드림즈랑?

승수 두 경기 제안드립니다. 저희 쪽으로 와주시면 식사랑 하루 숙박을 제공하겠습니다.

김종무 하... 트레이드한 팀들끼리 그렇게 연습 경기를 하면 기자들이 몰려와요. 누가 잘한 트레이드네 떠들려고.

승수 국내에서 훈련하는 팀이 우리 둘 뿐입니다. 저도 다른 선택의 여지가 있었다면 이렇게 제안 드리지 않았을 겁니다.

김종무 거, 참...

승수 대학팀이나 2군 팀들하고 잡으신 연습 경기보단 의미 있는 연습 경기를 하셔야죠. 임동규와 강두기 대결은 단장이 아닌 야구인으로서 궁금해 하실 줄 알았습니다.

김종무 (고민하는 얼굴에서)

## S#45 전지훈련장 주변 / 밤

승수 두 경기 잡았구요. 두 경기 다 이겼으면 좋겠습니다.

성복 ...

승수 스토브리그에 어느 팀 전력이 약화됐다. 어느 팀이 조직력이 강해졌다. 전문가들이 분석을 하는데도 시즌이 끝나면 하나도 맞는 게 없죠. 조금 더 강한 팀을 만들어 보겠다고 이리저리 뛰어다녔는데 저도 야구는 처음이라 이게 무슨 성과가 있었는지 없었는지...

성복 그걸 우리도 모르죠.

승수 네, 강두기가 갑자기 올해만 못할 수도 있죠. 우리 팀이 또 부상 선수가 많을 수도 있고. 경쟁 팀들이 괴물 용병이나 괴물 신인을 뽑았을 수도 있고. 치고 던지고 잡아보지 않으면 모르는 거 아닌가 싶고 생각이 많아지네요. 꼭 확인시켜 주세요.

성복 (굳은 다짐) 알겠습니다.

승수, 목례 후 가면 성복은 그 뒷모습을 보다가
아내에게 전화 걸고.

성복 어, 훈련 끝나고...

## S#45 전지훈련장 외경 / 낮

## S#46 전지훈련장 / 낮

가볍게 스트레칭 하고 있는 드림즈 선수들.

프런트들도 다른 일 없이 모두 자리 잡고 앉아서 지켜보는 중.

이때, 버스가 도착.

바이킹스 선수들이 내린다.

승수, 세영, 재희, 유경택, 변치훈이 맞이하듯 앞에 서있고.

긴장하며 바라보는 드림즈 선수들.

체격 좋은 선수들이 목례 하면서 내리는데.

최용구 임용희 몸 좋아졌네.

민태성 이제 강두기 없으니까 재가 1선발이지.

최용구 저기 양진호가 이제 2선발, 최우혁이도 있네. 강두기가 빠져도 15승 투수가 두 명이나 있네.

모든 선수들이 다 나왔을 즈음에

느릿느릿 걸어 나오는 임동규.

드림즈 선수들이 침을 꿀꺽 삼킨다.

영혼을 잃은 듯 보이지만

그래서 더 강해 보이는 임동규의 눈빛을

드림즈 선수들 모두가 피하는데

강두기만은 피하지 않고 단단한 눈빛으로 마주친다.

표정 없는 얼굴로 고개 돌려 승수를 보는 임동규.

승수도 임동규의 눈빛 피하지 않는다.

승수에게 천천히 걸어가는 임동규.

저래도 되나 싶어서 강두기가 승수를 보호하듯 다가가는데.
승수, 괜찮다는 듯이 강두기를 손으로 제지시킨다.

임동규 야... 백승수.

승수 ...

임동규 (한 걸음 더 다가가서 귓속말하는)

담담하게 임동규를 보는 승수.
미소 지으며 승수를 보다가
강두기를 노려보는 임동규.
임동규를 마주 보는 강두기의 단단해 보이는 표정.
승수와 임동규의 얼굴에서
화면 분할되며.

"드림즈에 남는 게 왜 그렇게 중요한 겁니까.
거기 있으면 우승 반지도 껴볼 수 있잖아요."

"중학생 때부터 나한테 천 원짜리 한 장씩 쥐어 주면서
우리 동규라고 하던 아저씨, 쥐포 한 장 못 판 날도
나보면 손 흔들고 웃는 쥐포 아줌마. 11년 동안 들은 내 응원가.
그물망에 매달려서 내 이름만 부르는 술 취한 아저씨,
또 졌다고 울다가 나만 보면 홈런 치는 아저씨라고 뛰어오는 꼬마애들.
이런 게 어떨 때는 돈보다 더 낫다고. 알어?
이기는 거밖에 모르는 새끼야."

# 1.2

## 12부

**S#1** **전지훈련장 숙소 주변 / 밤**

세영과 재희가 같이 산책하던 중.

재희는 뭔가 들뜬 기분으로 세영에게 이런저런 이야기를 하는데.

세영은 듣는 둥 마는 둥 한다.

이때, 멀리에서 통화 중인 승수를 보는 세영.

승수 (*소리는 들리지 않고 연기를 위한 대사입니다) 홍만아, 그때 말한 그 명단 좀 구할 수 있을까. 진짜 명단은 구하기 어렵겠지만… 떠도는 이야기라도 부탁할게. 무리하지는 말고.

세영 단장님이다!

재희 (서운한) 그러네요.

세영 통화 중이시네.

세영이 머뭇거리는데 마침 승수가 전화를 끊고는 두 사람을 본다.

승수 두 분은 참 친하네요.

세영 제가 잘 돌보고 있습니다.

재희 (흘겨보고) 상호 돌봄의 과정에 있습니다. 근데... 아까 임동규가 귓속말로 뭐라고 했나요?

승수 ... 그냥 욕했습니다.

세영 (궁금한) 욕이요?

재희 뭐라고 욕을 해요?

승수 넌 뒤졌어. 개색... (삐 처리) 끼가. 스왈롬이 처돌아서...

세영 (황급히) 알겠습니다. 너무나 잘 알 거 같아요.

재희 어우, 임동규 혈기가... 장난 아니네요.

한동안 침묵 흐르다가.

세영 내일 우리가 이기겠죠?

재희 아우, 두말하면 입 아파서 립밤 발라야죠.

승수 이기든 지든... 우리가 강팀이 됐다는 흔적을 발견하면 좋겠네요.

세영 ... 이기겠죠. 내일 강두기가 나가는데요.

재희 우리 잘하고 있잖아요!

승수 우리가 잘했나요.

재희 그럼요... 강두기 선수도 오고 길창주, 김관식 선수도 왔는데요.

세영 (이 사람이 왜 이러지)

승수 우리가 잘했는지 아닌지는 선수들이 잘해야 확인되니까요. 우리가 확신하면 안 될 겁니다. 이 일이 그런 일이죠.

세영 ... 그렇네요. 이 일이 그런 일이네요.

재희도 덩달아 숙연해지는.

**S#2 전지훈련지 경기장 외경 / 낮**

**S#3 전지훈련지 경기장 마운드 / 낮**

눈을 감은 채로 몸 풀고 있는 강두기.

**S#4 경기장 한 구석 / 낮**

스트레칭하며 몸 푸는 유민호.

기범이 툭 치면서.

기범 심심한데 오늘 임동규한테 삼진이나 잡아볼까?

유민호 (웃으며 끄덕이고)

재희 오늘 바이킹스 박살냅시다!

세영, 재희와 등장하며

유민호와 기범에게도 인사 건네고.

세영 유민호 선수도 파이팅.

유민호 감사합니다.

**S#5 전지훈련지 경기장 관중석 / 낮**

승수, 변치훈, 유경택 앉아서 경기 관람 준비하는데
세영도 뒤늦게 합류해서 적당한 자리에 앉고.
변치훈, 바이킹스 더그아웃 보다가.

변치훈 저기 임동규도 있네.

유경택 (승수 눈치보고) ... 당연히 임동규가 저기 있어야지. 그럼 없어요?

변치훈 아니, 그냥 눈에 띄어서.

세영 ...

승수도 바이킹스 더그아웃으로 시선이 가고.

**S#6 전지훈련지 경기장 바이킹스 더그아웃 / 낮**

더그아웃에서도 혼자 앉아있는 임동규.
서로 시시덕거리는 바이킹스 선수들 사이에서 더욱 대조된다.

변치훈 (소리만)**친구 없네. 어쨌든 그래도 오늘은 임동규 대 강두기. 다 이거**

보는 거죠.

**S#7** **전지훈련지 경기장 해설석 / 낮**

재희, 영수가 해설, 캐스터 복장으로 앉아서.

재희 드림즈 팬 여러분들 안녕하십니까. 캐스터를 맡은 저는 드림즈 운영팀의 실세이자 살림꾼이자 미래인 한재희라고 합니다. 그리고 오른쪽에는 야구팬 여러분들 다들 아시죠? 인터넷 최고의 야구 칼럼니스트였던 로빈슨이자 우리 팀의 전력분석팀원인 백영수 님이 해설을 도와주겠습니다.

영수 (창피한) 아, 예...

재희 (뻔뻔하게) 그러면 드림즈 편파 중계 시작하겠습니다.

**S#8** **전지훈련지 경기장 그라운드 / 낮**

1번 타자 이창권 타석에서 자리 잡고.

강두기, 무심한 표정으로 와인드업.

심판, 연달아 스트라이크 외치고.

마지막 루킹 삼진 당하고.

재희 (소리)네, 이게 강두기입니다. 신인왕 이창권 정도는 그냥 식전에 먹는 빵이에요!! 원 스트라익, 올리브 유! 투 스트라익 발사믹! 쓰리 스트라익에 빵을 콕 찍어서 앙~~~하는 겁니다!

2번 타자 들어오고.
땅볼 아웃.

재희 (소리)안녕히 가세요!

3번 타자 들어오고.
헛스윙. 그대로 삼진.

재희 (소리)삼자 범퇴!! 4번 타자는 2회 초에 만나요~~!

**S#9 전지훈련지 경기장 해설석 / 낮**

신이 난 재희.

재희 역시 역시 역시!!! 두기 중에 두기는 강두기!!
영수 강두기 선수, 원래 슬로우 스타터인데요. 오늘은 다릅니다. 바이킹스를 초반부터 압도적인 힘으로 제압하고 있습니다.
재희 세 타자를 그대로 돌려세우는 강두기!!

이때, 배트에 공 맞는 효과음 들리고.

**S#10 전지훈련지 경기장 외야 / 낮**

담장 넘어서 떨어지는 공.

**S#11** 전지훈련지 경기장 타석 / 낮

놀라움에 어리벙벙한 곽한영.

재희 (소리만)**홈런!! 홈런입니다!! 막강한 바이킹스 선발을 상대로!! 홈런입니다!!**

만세 부르며 1루를 향해 뛰는 곽한영.

재희 (소리만)**이 경기가!! 개막전이었으면 좋겠네요. 안 그렇습니까?**

**S#12** 전지훈련지 경기장 전광판 / 낮

0-3 으로 앞서는 드림즈.

안타0, 볼넷0의 바이킹스.

**S#13** 전지훈련지 경기장 마운드 / 낮

무뚝뚝한 표정으로 공 던지는 강두기.

**S#14** 전지훈련지 경기장 드림즈 더그아웃 / 낮

공이 포수 미트에 꽂히는 효과음.

재희 (소리만)**또 헛스윙 삼진! 4번 타자까지! 오늘 강두기 선수의 공은 바이**

**킹스 타자들한테는 너무 어렵네요! 강두기 선수가 바이킹스 타자들을 조기 교육해주고 있어요! 바이킹스는 학원비를 준비해야겠어요!**

유민호　우와...

하성주　너 장진우 전성기 때 못 봤지?

유민호　봤습니다.

하성주　딱 1년이긴 해도 진짜 저랬어.

장진우　딱 1년이라고까지 얘기해야 됩니까.

뒤에서 말없이 감탄하며 강두기의 투구를 보는 길창주.

## S#15　전지훈련지 경기장 타석 / 낮

임동규 등장.

몸 풀면.

## S#16　전지훈련지 경기장 관중석 / 낮

승수, 세영, 변치훈, 유경택 관람 중.

세영　근데 임동규 선수가 바이킹스 타자들 중에서 성적은 제일 좋은데 4번 타자가 아니라 5번 타자네요.

변치훈　텃세네.

유경택　아직 완전히 바이킹스 선수라고 생각은 안 하는 거죠.

이때, 승수 일행에게 다가오는 김종무. 모두 일어나서 목례하면.

김종무 백 단장. (옆에 앉으며) 나도 쫄리는데 재들은 얼마나 쫄릴까.

승수 저는 안 쫄립니다. 어차피 연습 경기입니다.

김종무 저 둘이 연습 경기라고 생각하고 임하겠어?

승수 ...

김종무 목숨 걸고 붙는 거야. 강두기, 임동규 맞대결은 항상 그랬어.

**S#17 전지훈련지 경기장 타석 / 낮**

세 번 연속 파울 볼.

진지한 표정의 임동규.

재희 (소리만)**세 번의 파울. 임동규 선수가 강두기 선수의 힘에 밀리고 있다. 이렇게 봐야겠죠?**

영수 (소리만)**그런 것보다는... 강두기 선수는 계속 같은 코스에 빠른 볼만 던지고 있는데요. 임동규 선수는 커트를 하고 있습니다.**

재희 (소리만)**그럼 서로 지금 자존심 싸움을 하고 있다. 이렇게 봐야겠네요.**

이때, 임동규 홈런을 노린 큰 스윙 하는데 뚝 떨어지는 변화구.

그대로 삼진 당하는 임동규 위로.

재희 (소리만)**임동규가 속으로 이렇게 외칠 거 같습니다!! 하늘은 어찌하여!!! 임동규를 낳고 강두기를 낳았단 말입니까!!!**

담담한 듯이 더그아웃으로 돌아서는데 분을 참고 있는 표정.

**S#18 전지훈련지 경기장 해설석 / 낮**

일어나서 주먹 불끈 쥐는 재희.
놀라서 흘끔 보는 영수.

영수 (당황했지만) 네, 임동규 선수는 트레이드 이후 첫 맞대결만큼은 정면 승부를 할 거라고 믿었던 것 같습니다.

**S#19 전지훈련지 경기장 마운드 / 낮**

담담하게 로진백*을 만졌다가 털고
다시 공을 던지는 강두기 모습 위로.

영수 **(소리만)하지만 강두기 선수는 상대가 임동규라고 해서 특별히 무게를 두지 않겠다는 의지를 밝힌 것은 아닐까요.**

**S#20 드림즈 수비 장면 몽타주 (낮)**

거의 제자리에서 플라이볼 잡는 우익수
유격수 다이빙 캐치. 노 바운드 직선타를 다이빙으로 잡는다.

* 선수가 공의 미끄럼을 방지하기 위해 손에 바르는 송진 가루 주머니.

3루수, 3루쪽 땅볼 잡아서 1루수(강태민)한테 던진다.

재희 **(소리만)드림즈 수비는 지금 공이 어디로 갈지 다 알고 있어요!! 야구를 너무 쉽게 하고 있다는 거예요! 이 악물고 준비한 훈련의 성과 아니겠습니까?**

영수 **(소리만)네, 수비는 그래도 성실한 훈련으로 변화할 수 있다는 믿음을 이렇게 또 증명하네요.**

**S#21 전지훈련지 경기장 전광판 / 낮**

7회, 0-3으로 이기고 있는 드림즈.

바이킹스는 2안타, 0볼넷.

| | R | H | E | B |
|---|---|---|---|---|
| 바이킹스 | 0 | 2 | 0 | 0 |
| 드림즈 | 3 | 6 | 0 | 2 |

**S#22 전지훈련지 경기장 관중석 / 낮**

세영 이제 임동규 세 번째 타석이네요.

**S#23 전지훈련지 경기장 해설석 / 낮**

영수 여기서 조심해야 됩니다. 지금까지 기록을 보면 임동규 선수가 가장 홈런을 많이 치는 타석이 세 번째 타석입니다.

**S#24** **전지훈련지 경기장 마운드 / 낮**

강두기 공 던지면

임동규 받아치고.

재희 **(소리만)말씀드리는 순간 쳤습니다. 뻗어나가는 공!!**

멀리 뻗어가는 공.

홈런인가 싶은데 근소한 차이로 파울

후. 한 번 한숨 쉬는 강두기.

재희 **(소리만)네, 어림없는 파울이죠. 애초에 임동규가 어떻게 강두기한테 홈런을 치겠습니까. 강두깁니다. 강두기!**

임동규, 아쉬움에 배트 헤드로 땅을 내려찍고.

**S#25** **전지훈련지 경기장 드림즈 더그아웃 / 낮**

귓속말로 최용구에게 뭔가 지시하는 성복.

**S#26** **전지훈련지 경기장 마운드 / 낮**

서영주, 강두기에게 사인을 보내면.

사인을 받은 강두기. 고개 끄덕이고.

공을 던지면 휘둘러보지도 못하고 삼진 아웃 되는 임동규.

임동규, 더그아웃에서 태연하게 앉아있는 성복을 노려보고.

**S#27** **전지훈련지 경기장 해설석 / 낮**

재희 사실 바이킹스랑 붙는다고 할 때 우리가 살짝 걱정을 했던 게 하나 있죠. 아무래도 막강한 타격을 자랑하는 임동규 선수였는데. 지금 강두기 선수에게 꼼짝도 못하고 있어요.

영수 방금 강두기 선수가 따로 사인을 받고 삼진을 잡았거든요. 오늘 윤성복 감독님 작전이 계속 주효하고 있습니다.

**S#28** **전지훈련지 경기장 드림즈 더그아웃 / 낮**

성복, 최용구 불러서.

성복 유민호랑 교체해.

최용구가 다가가자 놀라는 유민호.

**S#29　전지훈련지 경기장 마운드 / 낮**

몸 푸는 유민호.

긴장된 표정.

**S#30　전지훈련지 경기장 관중석 / 낮**

승수, 세영은 유민호를 보며 긴장된 표정.

김종무　뭐야, 강두기 왜 빼? 우리 우습게 아는 거야?

세영　유민호 선수가 올라오네요. 아직...

승수　감독님도 다 생각이 있겠죠.

**S#31　전지훈련지 경기장 해설석 / 낮**

재희, 유민호 등장에 놀라며 긴장이 고조되고.

애써 텐션 올리며.

재희　유민호 선수, 1순위로 선발됐던 잠재력 많은 신인 선수죠! 뭐 포텐 터지면 그냥 젊은 강두기 하나 생기는 거 아니겠습니까?

영수　(같은 마음으로 지켜보는)

**S#32　전지훈련지 경기장 드림즈 더그아웃 / 낮**

이철민, 성복 옆에 앉으며

이철민 감독님, 민호 아직...

성복 (단호한 모습) 알어, 진우하고 관식이도 몸 풀어.

장진우, 김관식 자리에서 의아한 모습으로 일어나며.

장진우가 유민호를 바라보는 눈빛에서.

**S#33 전지훈련장 / 밤** (전날 회상)

섀도우 피칭 중인 유민호.

땀에 젖고 거친 호흡 몰아쉬고.

이때 다가오는 장진우.

장진우 야.

유민호 선배님.

장진우 너 공이 가운데로 안 들어간다며.

유민호 ...

장진우 넌 올해 못해도 돼. 새끼야.

유민호 아닙니다.

장진우 뭘 아냐, 인마.

유민호 잘해야 됩니다.

장진우 너나 나나 잘해야 되는 이유는 있고... 그런 이유가 없는 놈들은 그냥 잘하는데...

유민호 ...

장진우 잘하는 데는 이유가 중요하지 않은 거 같애. 안 그냐?

유민호 전 이유가 있어서 잘할 겁니다.

장진우 알어, 인마. 할머니. 맞지? 잘하려고 하지 말고 그냥 잘하자. 넌 그 잘하려고 해서 힘든 거야. 맨날.

돌아서는 장진우.

유민호, 장진우 뒤에 꾸벅 목례하고서 다시 섀도우 피칭.

**S#34 전지훈련지 경기장 마운드 / 낮**

유민호, 와인드업.

연속되는 볼 판정.

포볼로 나가는 주자 두 명.

재희 **(소리만)아, 지금 유민호 선수가 강속구를 마음껏 던지기 위한 영점을 잡고 있다. 저는 이렇게 느껴지거든요?**

서영주, 포수 마스크 잠시 벗고 짜증나는 표정.

서영주 쫄지말라고!!!

최용구, 올라오고.

**S#35　전지훈련지 경기장 관중석 / 낮**

김종무, 어리둥절하며 승수 보고.

김종무　재 좀 이상한데?

승수　안 이상합니다.

김종무　에이, 제구가 좀 심하구만.

승수, 착잡한 표정 감추고.

**S#36　전지훈련지 경기장 마운드 / 낮**

마운드에서 내려오는 유민호.

애써 씩씩하려고 하지만 표정 관리가 안 되고.

**S#37　전지훈련지 경기장 해설석 / 낮**

재희와 영수 아쉬운 마음에 표정 잠시 어두워지지만

재희, 이내 텐션 되찾고.

재희　아, 이번에는 바이킹스가 준 축복의 선물, 특급 계투 김관식 선수로 교체가 되겠죠? 어...? 아니네요.

영수　네, 김관식이 아니라 장진우 선수가 등판을 합니다.

재희　장진우 선수도 특급 계투죠!

영수　적절한 선택인 것 같습니다.

재희 그럼요. 우리 윤성복 감독님은 그라운드의 구미호 아닙니까?

영수 아, 그렇습니까?

재희 (민망/헛웃음) 네, 그렇습니다.

## S#38 전지훈련지 경기장 드림즈 더그아웃 / 낮

유민호, 고개 숙인 모습으로 들어오면.

바라보는 성복.

성복 유민호, 고개 왜 숙이나.

유민호 ...

성복 고개 들어, 인마.

유민호, 목례하고 한 구석에 앉는데 생각이 많다.

## S#39 전지훈련지 경기장 관중석 / 낮

세영 긴장된 마음으로 지켜보는데.

승수 지금이 시즌이라고 생각하면요.

세영 네?

승수 이기고 지고보다는... 우리 팀은 뭘 보완해야 될까. 그런 걸 생각하면서 봐야겠죠.

세영 (왜 이러지 싶은) 그렇죠?

승수　바이킹스는 뭐가 부족한지도 보세요.

김종무　또 우리한테 트레이드해서 이득 볼려고.

세영　...

승수　상대 팀이 뭐가 절실한지도 그 입장에서 봐야 협상을 잘할 수 있습니다.

김종무　어어?? 맞구만. 또 우리한테 누구 빼갈려고!

승수　(김종무 말 무시하고/세영 보며) 시즌 중에도 계속 치열하게 하세요.

세영　... 네. 단장님 믿고 잘하겠습니다.

승수　...

세영, 왜 대답 안 하지 싶어 갸우뚱하며 다시 경기에 집중.

**S#40　전지훈련지 경기장 마운드 / 낮**

장진우, 후 한 번 내뱉고 와인드업.

땅볼 아웃 연달아 세 번 나오고.

- 유격수 땅볼
  유격수가 잡아서 3루로 던진다. 원 아웃 주자 1, 2루.
- 1루수 땅볼
  1루수가 공을 잡아서 1루 베이스 터치한다. 투 아웃 주자 2, 3루.
- 3루수 땅볼
  3루수가 잡아서 1루로 던진다. 쓰리 아웃 공수 교대.

**S#41 전지훈련지 경기장 관중석 / 낮**

민망한 김종무.

승수가 김종무 얼굴 빤히 보고 있으면.

김종무 땅볼이잖아. 좀 빗맞으면 땅볼이지. 장진우가 잘한 게 아니라.

세영 장진우 선수가 땅볼을 유도한 거죠. 이렇게 가면 우리가 이기는 거 아니에요?

김종무 약속의 9회가 있는데 무슨 소리야. 작년에 드림즈가 우리한테 3번 이기느라 13번 진 거 잊었어? 드림즈는 우리한테 보약이라고.

**S#42 전지훈련지 경기장 마운드 / 낮**

높이 뜬 볼.

잡아내는 장진우.

재희 **(소리만)경기 끝났습니다!! 새로운 시즌의 강자가 누구일지 증명한 멋진 경기였습니다! 작년의 준우승팀 바이킹스를! 꼴찌였던 드림즈가 꺾었습니다! 박살을 냈습니다!**

잡아낸 공을 바라보는 표정에 만감이 교차하는데

장진우를 향해 뛰어오는 동료들.

**S#43 전지훈련지 경기장 해설석 / 낮**

막상 다가온 승리에 뭉클한 재희.

재희, 세영이 있는 관중석 쪽을 바라보고.

그 모습 눈치챈 영수, 피식 웃고.

영수 (들뜬) 단 한 개의 안타도 허용하지 않은 장진우 선수의 완벽한 마무리를 끝으로 연습 경기 1차전 중계를 마칩니다.

재희, 그제야 정신 차리고.

재희 새로운 우승 후보 드림즈와 만난 준우승 바이킹스의 2차전으로 내일 또 다시 찾아뵙겠습니다! 작년의 드림즈가 아닙니다!! 드림즈 팬여러분. 잊지 마세요!

**S#44 중계 화면 / 낮**

중계 중인 화면 속.

왼쪽에는 손 흔드는 재희와 영수.

오른쪽에 편파 중계 지켜보던 팬들 채팅창.

'바이킹스 침물이구요. 꺼지구요'

'드림즈가 원래 시즌 전에는 늘 우승 후보잖아'

'다 닥치고 바이킹스가 올해 꼴등이다'

'올해 9등은 하겠는데?'

'이겼는데 왜 이렇게 비관적이야 이것들아 ㅋㅋㅋ'

'좋으면 좋다고 하자! 만세!'

'드림즈는 우승 후보~ 바이킹스는 웃음 후보 예약인가요~'

'바이킹스 오늘 개그킹스네.'

'드림즈 오늘 실력이면 가을 전어 냄새가 난다'

'연습 경기 가지고 호들갑 떨지 말자. DTD는 과학이야~'

'연습 경기라도 이런 경기력을 드림즈가 보여준 적이 있냐.'

'봄림즈는 사전에도 등록되어 있다. 봄에만 꿈꾸는 드림즈.'

'진우홍 왜케 눈물이.. 노장은 죽지 않는다..'

'저홍이 왕년에 19승 했다는 그홍?'

'뉴비들은 알랑가? 진우옹이 어깨 갈아서 드림즈 준우승 만든 거다..'

'진우옹 연봉 오천 트루? 내 연봉이 육천인데.. 좀 보태주고 싶다..'

'강두기-임동규 트레이드 승자는 이걸로 결정된 거 아님?'

'빛두기 내준 종무신은 역시 아낌없이 주는 나무'

'종무신은 무슨.. 돌종무지.'

'갓종무는 까지마라. 솔까 바이킹스 저 정도 하는 거 다 갓종무 덕이지.'

'꽉두기랑 릅동규 바꿀 정도면 뇌종무다.'

'강두기는 근데 뭘 먹었길래 이렇게 꾸준하냐.'

'강두기는 깍두기 많이 먹었다고 함. 한국인은 역시 김치ㅋ'

'아닌데? 강두기는 메뚜기 3분 요리 좋아하는데.'

'동규홍, 오늘 강두기 깍둑썰기 한다 했잖아요~ 이게 뭐에요~ㅠ'

'임동규 오늘 임풍기 작렬~'

'인간적으로 드림즈 팬들은 릅동규 까지말자.'

'근데 유민호는 1순위 맞음? 이창권 거르고 유민호라니.. 쯧쯧..'
'민호는 까지마라.. 민호맘한테 쳐맞는다..'
'누가 우리 민호 까냐.. 죽을라고..'
'민호는 올해 포텐 터진다.. 창권이 아깝지만 조만간 뒤집힌다.. 성지글 예약간다'
'릅동규 바이킹스 가서 적응이나 잘하고 있는지 모르겠다.. 눈물이..'
'릅동규 유니폼 차마 버리지 못하고 있다.. 임동규 사랑했다..'
'보라동규 안어울림. 동규는 뚜비 유니폼이 어울림.'
'잊지말자. 오늘 착한형 홈런 쳤다.'
'맞다. 착한형 오늘 홈런 쳤지. 저형 원래 똑딱이 아님?'
'곽한영 곽로또임. 제대로 맞으면 무조건 넘어감.'
'착한형은 연봉 좀 챙겨줘라. 직관 갔다가 착한형 차 봤는데 안습이더라.'
'형 관식이도 잘해요.'
'내일은 드림즈 선발 누구임?'
'로버트 킬. 로봇형 나온다 함.'
'로봇형 실체가 드디어 나오는 거임? 하도 로봇이라길래 사이버 투수인줄.'
'대체 얼마나 잘하길래 그 난리 피워서 데리고 왔는지 볼 거임.'
'딴 건 몰라도 갓승수가 픽한 건데 나는 믿을 거임.'
'나믿백믿~ 나 믿을 거야 백승수 믿을 거야~'
'지나가던 세이버스팬: 니들 뭐하냐 ㅋㅋ'
'웨일스팬) 이것으로 4강의 한 축은 무너진 셈이군'
'바이킹스팬) ?? 미안한데... 누구냐 넌?'

**S#45** **경민 사무실 / 낮**

노트북 화면 속에서 웃고 있는 재희와 영수.

노트북 덮어버리는 경민.

경민 ... 지랄들 하구 있네.

**S#46** **전지훈련지 경기장 관중석 / 낮**

유경택도 안도의 한숨 내쉬며 미소 감추고.

세영과 변치훈은 대놓고 박수치며 좋아하는데

승수의 시선. 바이킹스 더그아웃을 향한다.

**S#47** **전지훈련지 경기장 바이킹스 더그아웃 앞 / 낮**

방망이 들고 서있었던 임동규.

방망이 내던지고 그 자리에 주저앉아

좋아하는 드림즈 선수들을 바라본다.

김종무 (소리만)**백 단장, 내일은 진짜 우리 애들 열심히 하라고 내가 할게. 내일 진짜 재미있게 해보자고. 알았지?**

**S#48** **전지훈련지 경기장 관중석 / 낮**

김종무를 돌아보는 승수.

승수　　바이킹스가 전력을 다한 게 아니면... 진짜 이기고 싶었던 선수한테는 실례를 한 거 같습니다.

김종무　　뭔 소리야. 말 좀 쉽게 해!

**S#49　　전지훈련지 경기장 바이킹스 더그아웃 / 낮**

코칭스태프 먼저 빠져나가고 선수들도 하나둘 빠져나가는데.

임동규　　꼴찌팀한테 지고 웃음이 나와!? 이 새끼들아!

바이킹스 선수들,
대꾸 없이 임동규를 돌아보는 싸늘한 시선을 보내고.
임동규, 그 시선들에 위축되지만 억지로 더 눈을 부릅뜨면.

선수1　　그건 당신 있고 강두기가 여기 있을 때 꼴찌고. 지금은 강두기가 저기 가있잖아.

선수2　　연습 경기 하나에 오바하지 마.

임동규　　뭐? 이 새끼야. 너 홈런 몇 개나 쳐. 이 팀에 나보다 잘 치는 새끼 있어? 있냐고!!

바이킹스 선수단, 대꾸 없이 나가버리고.

**S#50** **전지훈련지 경기장 드림즈 더그아웃 / 낮**

49씬 상황의 바이킹스 더그아웃을 바라보고 있는 강두기.

**S#51** **전지훈련장 식당 / 밤**

드림즈 선수들, 모두 기분 좋게 식사하는 분위기 속에서.

장진우, 식당의 한구석에서 조용히 통화하는 중.

장진우 어, 오늘 공 던졌어. 잘 던졌지. 안타 하나도 안 맞았어. (사이) 어...밥 뭐하고 먹었어? (울컥한) 왜 울어. 밥 뭐하고 먹었냐는데.

승수, 세영, 재희, 영수, 변치훈, 유경택 들어오면

선수들 앉은 채로 인사하는 분위기.

곽한영 저희 오늘 기분 좋게 이겼는데 맥주 한잔하면 안 됩니까?

승수 네, 안 됩니다.

곽한영 (민망한) 네. (세영 보며) 안 돼요?

세영 (웃으며) 네, 안 됩니다.

서영주 (작게) 고리타분한 인간들.

유민호, 깨작깨작 먹고 있는 모습 승수가 보고 영수에게 시선 주면.

영수, 알겠다는 듯 유민호에게 다가가서.

영수 이따가 식사 마치고 저 좀 봐요.

**S#52　전지훈련장 숙소 복도 / 밤**

힘없이 걷는 유민호.

세미나실, 문 열면.

**S#53　전지훈련장 숙소 세미나실 / 밤**

영수, 유경택, 이철민, 최용구, 이준모

그리고 구석에 강두기가 앉아있다.

영수　그냥 같이 이야기나 해요.

당황하는 유민호.

유민호　왜 다… (여기 계세요)

영수　영상 하나 볼까요.

영상 보면 투구 후에 안타를 맞았는지 인상 쓰는 유민호.

팔꿈치를 의식하는 듯 팔을 접었다 폈다 하는 불안한 표정.

영수　유민호 선수, 처음에 입단하고 나서 안 좋았을 때 모습이거든요. 가장 안 좋았을 때랑 비슷한 부위에서 통증을 느끼죠?

유민호　…

영수　또 그렇게 되면 어떻게 하지? 그런 생각 때문에 자기도 모르게 근육을 통제하는 걸지도 몰라요.

유민호　이거 꺼주시면 안 돼요?

영수　저렇게 될 리가 없어요. 유민호 선수는 몸 상태도 훨씬 좋고 투구폼도 안정됐어요. 슬럼프 시절을 당당하게 마주하세요.

이준모　심적인 문제라고 하면 좀 듣기 그럴 수도 있는데 몸에는 아무 이상 없어요.

유민호　...

영수　다음 영상 볼까요.

삼진 잡고 포효하는 유민호의 모습.

영수　이렇게 던질 수 있어요. 지금 당장도.

유민호　못 할걸요.

영수　유민호 선수한테 선발을 맡길 것도 아니고. 마무리 투수를 맡길 것도 아니고요. 강두기 선수, 길창주 선수도 있으니까 그냥 배우면서 성장하면 돼요.

최용구　그래, 인마. 너 2년차야.

이철민　...

유민호, 강두기 쪽 보면 강두기도 동의하는 듯 고개 끄덕이고.

유경택　코치님들이 많이 걱정하시더라. 멘탈만 잡아.

영수　우리는 아무 기대도 안 할 거예요. 어차피 우리 플랜에 유민호가 이만큼 해줘야 된다. 그런 건 없으니까요.

**S#54** **전지훈련장 주변 / 밤**

승수, 혼자 걷고 있는데

임동규 (소리만)**강두기 데리고...**

어두운 한구석에 고개 숙이고 서있는 사람을 발견.

임동규다.

임동규 이기니까 좋냐.

승수 강두기 데리고 이겨서가 아니라 그냥 이기니까 좋습니다.

임동규 (가까이 다가가서) 내가 지금 바이킹스 유니폼을 입고 뛰는 게 말이 되냐?

승수 ...

임동규 내가 계속 생각했지. 백승수 이 새끼가 나 보내고 얼마나 신났을까. 드림즈에 진짜 필요한 사람을 내치고.

승수 오늘 강두기 공 던지는 거 봤잖아요.

임동규 야! 강두기 상대할 때만 쓰는 전용 배트를 안 가져와서 그렇다고. 아까 내가 거의 넘길 뻔한 거 못 봤어?

승수 그 작은 차이 때문에... 강두기 선수를 선택한 겁니다. 작은 차이가 큰 차이라고 믿으니까.

임동규 지랄하네.

승수 예의 좀 갖춰. 바이킹스에서 친구 만들어야지.

임동규 야구팀이 친목회야? 야구만 잘하면 됐지.

승수 ... 그니깐 그 야구만 했어야지, 왜...

임동규 (움찔하는)

승수 미안합니다. 협박한 거 아니고요. 드림즈에 남는 게 왜 그렇게 중요한 겁니까. 거기 있으면 우승 반지도 껴볼 수 있잖아요.

임동규 니가 선수가 아니라서 그따위 질문을 하지. 선수는 돈, 아니면 우승. 두 개만 생각하는 줄 알잖아.

승수 ... 그럼 남고 싶은 이유가 뭡니까.

임동규 너한테는 어차피 그냥 개망나니 임동규지.

승수 ...

임동규 (말하며 격앙되는) 중학생 때부터 나한테 천 원짜리 한 장씩 쥐어 주면서 우리 동규라고 하던 아저씨, 쥐포 한 장 못 판 날도 나보면 손 흔들고 웃는 쥐포 아줌마. 11년 동안 들은 내 응원가. 그물망에 매달려서 내 이름만 부르는 술 취한 아저씨, 또 졌다고 울다가 나만 보면 홈런 치는 아저씨라고 뛰어오는 꼬마애들. 이런 게 어떨 때는 돈보다 더 낫다고. 알어? 이기는 거밖에 모르는 새끼야.

승수 ...

임동규 인간적인 교류는 너나 강두기만 하는 줄 알잖아.

임동규, 승수를 원망스럽게 노려보다가 등 돌려 멀어지는 사이에 반대편에서 한 손에 돌멩이 쥐고 뛰어오는 세영.
숨 헐떡이며 승수 옆에 서서.

세영 임동규가 단장님한테 해코지 안 했어요?

승수, 세영 손에 쥔 돌멩이 보고 황당.

손에 쥔 돌멩이 빼어서 길 한쪽에 던지며.

승수 한 방 먹긴 했습니다.

세영 어디를요??

승수 들어가시죠.

세영 병원 안 가셔도 돼요?

승수 나중에 갈게요.

세영, 영문도 모르고 걱정스러운 표정.

세영 내일 선발 투수는 누구죠. 감독님이랑 아까 얘기하셨잖아요.

승수 길창주 선숩니다.

세영 강두기는 걱정이 없었는데 길창주 선수도 잘할까요?

## S#55 전지훈련지 경기장 외경 / 낮

심판 **(소리만)수투~~~라익~~!!**

## S#56 전지훈련지 경기장 마운드 / 낮

길창주, 웃으며 포수가 던지는 공 받고.

**S#57　전지훈련지 경기장 관중석 / 낮**

김종무, 입을 벌리며.

김종무　강두기가 두 명이네.

**S#58　전지훈련지 경기장 타석 / 낮**

임동규, 타석에 들어서고.

길창주와 시선 맞추는 눈빛.

시원한 안타를 치는 임동규.

길창주, 못 당하겠다는 듯 고개 절레절레.

영수　**(소리만)불리한 볼 카운트에서도 안타를 만들어 내는 임동규. 임동규가 다르긴 하네요.**

**S#59　전지훈련지 경기장 해설석 / 낮**

들뜬 재희와 차분한 영수, 대조 이루며.

재희　그럼 뭐합니까! 오늘도 2-0 드림즈 리드 중이죠. 아무래도 이번 시즌에는 바이킹스가 드림즈의 영양 간식으로 자리 잡지 않을까 싶습니다.

**S#60** **전지훈련지 경기장 전광판 / 낮**

7회, 2-0 으로 리드 중인 드림즈.

| | R | H | E | B |
|---|---|---|---|---|
| 바이킹스 | 0 | 4 | 1 | 1 |
| 드림즈 | 2 | 5 | 0 | 1 |

**S#61** **전지훈련지 경기장 드림즈 더그아웃 / 낮**

성복, 뒤를 흘끔 보고는

성복 투수 교체. 유민호 나가.

최용구 또요?

성복 유민호!

뒤에 앉아있던 유민호. 벌떡 일어나며.

유민호 네!

비장한 표정으로.

**S#62** **전지훈련지 경기장 마운드 / 낮**

연달아 볼넷 판정이 나오고.

땀을 닦는 유민호.

영수 **(소리만)등판하자마자 주자 두 명을 볼넷으로 내준 유민호 선수. 하필 이때... 임동규 선수가 등장합니다.**

임동규에게도 볼 연속으로 세 개 던지고.
최용구가 올라온다.

재희 **(소리만)교체 타이밍인가요? 어제 좋았던 장진우 선수가 나오면 바이킹스 선수들 아무 대책이 없을 텐데요.**

최용구, 유민호 쥐어박으면서.

최용구 지금부터 내가 너한테 미션을 두 개 준다. 임동규를 삼진으로 잡거나...

유민호 그걸 제가...

최용구 그게 안 되면...

마운드에서 내려오는 최용구.
최용구의 뒷모습을 바라보며 어안이 벙벙한 유민호.
임동규의 비웃는 표정을 보며 마음을 다잡고 와인드업.
공 던지자마자 엄청난 소리를 내며 날아가는 공.
그걸 보는 유민호, 입이 벌어지고.

〈플래시 컷〉

최용구 지금부터 내가 너한테 미션을 두 개 준다. 임동규를 삼진으로 잡거나...

유민호 그걸 제가...

최용구 그게 안 되면... 임동규한테 홈런을 맞는다.

유민호 네?

## S#63 전지훈련지 경기장 해설석 / 낮

힘 빠진 재희.

재희 아, 역전이네요. 임동규 선수의 행운의 홈런이...

영수, 미소 짓고.

## S#64 전지훈련지 경기장 드림즈 더그아웃 / 낮

성복, 또한 미소 짓고 있고

이철민, 최용구도 표정이 밝다.

성복 계속 던지라고 해.

최용구 네!

## S#65 전지훈련지 경기장 관중석 / 낮

변치훈 아, 상대 팀 되니깐 진짜 싫다.

김종무 아, 우리 팀 되니깐 진짜 듣기 좋다. 사운즈 굿~!

김종무, 약 올리며 승수 보는데 승수가 웃고 있다.
돌아보면 세영, 유경택도 웃고 있는데.

세영 유민호 선수, 공 얻어맞은 거 오랜만이네요.

유경택 앞으로 많이 얻어맞을 겁니다.

## S#66 전지훈련지 경기장 마운드 / 낮

유민호, 또 던진 공 안타 맞고.
좌절하는 표정이지만 굳게 입 다물고.
서영주, 포수 마스크 벗고

서영주 야! 잘하고 있어!

유민호, 모자 벗어 인사하고 다시 와인드업.
공 받아서 2루로 공 던져서 도루 저지하는 서영주.

서영주 (허세 가득) 도루 절대 못 해. 그냥 계속 던져.

유민호, 고마운 마음으로 고개 끄덕이고.

안타 소리가 계속되고.

**S#67 전지훈련지 경기장 전광판 / 낮**

8회.

| | R | H | E | B |
|---|---|---|---|---|
| 바이킹스 | 4 | 8 | 1 | 3 |
| 드림즈 | 2 | 5 | 0 | 1 |

9회.

| | R | H | E | B |
|---|---|---|---|---|
| 바이킹스 | 4 | 8 | 1 | 3 |
| 드림즈 | 2 | 5 | 0 | 1 |

| | R | H | E | B |
|---|---|---|---|---|
| 바이킹스 | 6 | 11 | 1 | 3 |
| 드림즈 | 2 | 5 | 0 | 1 |

| | R | H | E | B |
|---|---|---|---|---|
| 바이킹스 | 7 | 12 | 1 | 3 |
| 드림즈 | 2 | 5 | 0 | 1 |

스코어가 계속 올라가는데.

바이킹스의 공격에서 볼 아닌 히트 수만 올라가고.

(유민호가 볼넷을 안 내주고 안타만 얻어맞는단 의미입니다.

H는 올라가는데 B는 그대로라는 걸 보여주면 좋겠습니다)

**S#68** **전지훈련지 경기장 외경 / 낮**

**S#69** **전지훈련지 경기장 전광판 / 낮**

7-2로 바이킹스 승리.

**S#70** **전지훈련지 경기장 관중석 / 낮**

김종무, 기뻐하면서 승수 본다.

김종무 이렇게 1승 1패로 비긴 거야. 드림즈 강해졌네.

승수, 경기장 보다가 김종무 보면서.

승수 덕분입니다.

김종무 올해는 가을 야구 같이 하자고.

김종무가 악수를 청하고 악수를 나누는 두 사람.

김종무, 먼저 경기장 떠나면.

세영 유민호 선수, 이제 입스 다 극복한 거 맞죠?

변치훈 에이, 이세영 팀장님. 저렇게 얻어맞았는데 극복이란 단어가 어떻게 나와요.

유경택 이제 스트라이크 던질 수 있으니까 안타를 얻어맞는 거죠.

변치훈 (??)

세영 (역시!)

승수 스트라이크를 던질 수 있어야 삼진도 잡을 수 있는 거고요.

유경택 정면 승부도 못하고 내주는 볼넷 보다는. 우리 수비수들이 막아줄 수도 있으니까 스트라이크 던져서 안타 맞는 게 나아요.

변치훈 어어?

승수 유민호 선수, 이제 한 스텝 밟은 겁니다.

세영 우리 드림즈도요.

승수, 세영, 유경택 모두 경기장 보면서 미소 짓고.
변치훈만 어리둥절하며 소외감 느낀다.

**S#71 전지훈련지 경기장 마운드 / 낮**

기뻐하면서 말없이 유민호 끌어안고 다독이는 최용구.
뒤에서 뭉클한 마음 억누르며 뒷짐 지고 있는 이철민.
이철민 옆에서 미소 지으며 벅찬 성복.

이철민　　너 이제 가운데로 던질 수 있어, 인마. 어?!

성복　　오늘처럼만 하자. 그렇게 하면 돼.

**S#72　　전지훈련장 식당 / 밤**

선수들, 조용히 밥 먹고 있는데

성복이 선수들 둘러보면서.

성복　　왜 오늘은 조용들 해.

여전히 서로 눈치보며 조용한.

이때, 성복에게 승수가 와서 얘기하고.

성복이 고개 끄덕이면. 승수와 세영, 재희 각자 캔 맥주 들고 오며

재희　　맥주 드실 분 계신가요. 한 캔씩만.

선수들, 너나 할 것 없이 손들고 캔 맥주 하나씩 받으며

묵묵히 맥주 나눠주는 승수를 본다.

승수　　간발의 차이로 우승하게 되면 이 전지훈련을 이렇게라도 와서 고생을 한 여러분 덕일 겁니다.

선수들　　(?)

세영, 재희도 뭐지 싶어서 보면.

승수 조금의 차이로 우승을 놓친다면 전지훈련을 여기로 오게 만든 제탓일 겁니다.

선수들 ...

세영, 재희 ...

승수 여러분이 할 일을 다 한 전지훈련이 끝났습니다. 모두 고생했습니다.

## S#73 승수 차 안 / 낮

승수, 세영, 재희, 영수 같이 오면서 승수가 운전 중. (보조석에 재희) 이때 승수에게 전화 걸려오고 승수가 스피커폰으로 받고.

천흥만 (소리)단장님.

승수 (세영 눈치보며) 어, 홍만아.

세영 (?)

천흥만 (소리)그 임동규...

승수 홍만아. 이거 스피커폰이라서 이따 카페에서 볼 수 있나?

천흥만 (소리)네, 단장님.

세영 ... 임동규 뭐요?

승수 아닙니다.

세영 또 혼자서만... 저희는 언제 가까워질까요.

승수 이번에는 이해 바랍니다.

영수 (불안한 표정으로 승수 보고)

세영 동료로 인정받은 줄 알았지 뭐람.

재희 (눈치보다) 혹시 지금 혼잣말하신 거예요? 아니면 단장님한테 반말 하신 거예요?

세영 너는 맞고 싶은 거예요? 아니면 터지고 싶은 거예요?

재희 (맞을까봐 몸 앞으로 숙이며) 조용히 가고 싶은 겁니다.

**S#74 카페 / 낮**

승수, 천흥만과 마주 앉아서.

천흥만 이 새끼들. 장난 아니던데요. 이건 판매자 명단, 이건 구매자 명단입니다. 구매자는 확실한 건 아니구요. 얘기가 계속 도는 애들만...

천흥만, 명단 두 개 주면.

받아보는 승수, 표정이 심각.

승수 얘네 만날 수 있을까.

천흥만 위험할 것 같은데요.

승수 너랑 다녀도?

천흥만 네.

승수 ...

**S#75 바이킹스 훈련장 주변 / 밤**

임동규, 배트 들고 훈련하러 가는데 선수 두 명이 걸어가면서.

선수1 저 새끼, 훈련 빡세게 해서 잘하는 척하네.

임동규, 화가 나서 돌아보는데 이미 멀어진 바이킹스 선수 둘.

**S#76 바이킹스 타격 훈련장 / 밤**

임동규가 땀에 흠뻑 젖은 모습으로 타격 훈련 중.

그 모습을 김종무와 관계자가 멀리서 지켜보고.

이상하다는 듯이 혀를 차면서.

**S#77 드림즈 사무실 외경 / 낮**

**S#78 드림즈 휴게실 / 낮**

승수, 지나가다가 노트북으로 작업 중인 변치훈 발견하고.

승수 전지훈련 보도자료 배포 전에 저 한 번만 보여주세요.

변치훈 아, 네. 다 완성 됐는데요.

승수, 노트북 앞에 가서 보면.

변치훈 저희가 전지훈련을 국내로 간 거를 바이킹스랑 연습 경기로 엮었어요. 제주도에 간 바이킹스와 남쪽으로 간 드림즈. 전지훈련 새로운 바람이 분다. 그리고 우리가 바이킹스와 연습 경기에서 1승씩 주고 받아서 성과가 나쁘지 않았다고 경기 내용에 대해서도 좀 강조를 하면 좋을 거 같아서요.

승수 ...

변치훈 (눈치보면)

승수 좋은 거 같습니다. (가려는데)

변치훈 단장님.

승수 (?)

변치훈 저번에 단장님 잠시 그만 두셨을 때... 바로 기사 보낸 거 죄송했습니다. 시키는 대로 안 하기가 너무 힘들더라구요.

승수 ... 그럴 사람들인 거 압니다.

승수, 돌아서 가면 변치훈 마음이 편해진 듯 긴 숨 내쉰다.
변치훈 자리 벗어난 승수, 임미선 자리로 다가가서.

승수 시구자 확정 명단을 봤는데. 좀 이상한데요.

임미선 ...

승수 연예인도 아니고 지역 인사들이 왜 이렇게 많습니까. 어디 협회장부터 병원장까지...

임미선 예상하시는 그대로죠, 뭐. (작게) 사장님이.

승수 해마다 이렇게 하신 거고요?

임미선 (멋쩍게 웃으며) 뭐. 저도 연예인들 섭외했다가 취소하고 욕도 많이 먹고 그랬어요.

승수 그 연예인 분들한테 빚 갚으세요. 연락해서.

임미선 네?

승수　　관중들이 누가 오면 좋아할지 잘 아시잖아요. 팬이나 지역민들 중에 특별한 사연 있는 분들도 리스트 업 부탁드립니다.

승수, 돌아서 가면.

임미선　　아, 이거 일 커지는 거 아냐?

걱정되는 표정으로 보는 세영, 재희.

**S#79　　단장실 / 낮**

승수, 업무 보고 있는데 문이 거칠게 열리며 강선이 들어온다.

강선　　야, 백승수!!!

예상했다는 듯이 강선을 보는 승수.

눈을 부라리는 강선.

**S#80　　구단 사무실 / 낮**

강선의 소리가 메아리처럼 울려 퍼지고.

강선　　(소리만)**이거 완전 미친놈이네. 세상 너 혼자 살어?**

모두 일어나서 단장실이 있는 복도 쪽을 바라보고.
세영도 신경이 쓰인다.

**S#81** 단장실 / 낮

상석에 앉은 강선.

강선 야, 백승수. 여기가 서울이야?

승수 ...

강선 다 지역 사회에서 인생 열심히 살았던 분들한테 야구로 스트레스 좀 풀게 해드리고. 어?

승수 ...

강선 그렇게 해서. 서로 안면도 트고. 어? 좋은 인연도 맺고. 나중에 우리가 부탁할 일이 있으면 부탁도 할 수도 있고. 어? 듣고 있어?

승수 누가 즐거워야 맞는 겁니까.

강선 뭔 소리야.

승수 지역 무슨 협회장, 어디 병원장... 이런 사람들이 시구하고... 좋은 경험했다고 사진 올리고. 다시는 야구장 오지도 않을 사람들인데. 매일 야구장 오는 사람들과 동지 의식이 있는 것도 아니고. 연예인이나 사연 있는 팬들이 저런 얼굴보다 반가울 겁니다.

강선 야, 우리 구단이 도움 받자는 거야.

승수 도대체 뭘로 도움을 받습니까. 원칙대로 절차에 따라서 하면 도움 받을 일이 뭐가 있습니까.

강선 야, 너 무슨 일을 이렇게 똑 부러지게 해?

승수 그럼 어떻게 하는 게 맞습니까?

강선 야, 일은 가끔 지저분하게도 해야 되는 거야. 누가 너한테 꼬투리 잡힐까 무서워서 일 편하게 하겠냐?

승수 (한숨 쉬고)

강선 니가 이러니까 잘리는 거야, 인마!!

## S#82 단장실 앞 복도 / 낮

복도를 지나던 재희.

강선의 '니가 이러니까 잘리는 거야, 인마!!' 듣고 멈칫.

## S#83 단장실 / 낮

승수 저 아직 잘린 거 아니고. 부끄러울 짓은 안 합니다.

강선 어차피 시구할 때 있지도 않을 놈이 왜 이런 걸 참견해!

승수 제가 없을 때 일어날 일이라고 대충, 아무렇게나 합니까. 국회의원들도 선거 앞두면 될지 안 될지 모르니까 쉬어야 됩니까?

강선 말꼬리 잡지 마. 이건 재고의 여지가 없어. 니가 참견할 일도 아니고 중간에서 이딴 짓거리 하지 마. 가만 안 둬.

강선, 문 쾅 닫고 나가버리고.

승수, 닫힌 문을 잠시 바라보다가

이내 다시 업무 보려다 결국 일어선다.

**S#84** **단장실 앞 복도 / 낮**

강선이 나오는 것 알고 최대한 빠른 걸음으로 모퉁이에 숨은 재희.
혼란스러운 마음.

**S#85** **드림즈 사무실 / 낮**

승수, 임미선 자리 근처로 가는데 임미선 보이지 않고.

승수 임미선 팀장 어디 있습니까.

세영 아까까지 계셨는데...

임미선, 다른 직원과 테이크아웃 커피 잔 들고 들어오는데.
재희, 최대한 임미선에게 보이게 승수의 뒤편에서 이런 저런 신호를 주는데 이미 승수도 임미선을 보고 있다.
임미선은 재희 먼저 보고 '뭐가?' 하는 표정 짓다가 승수 보고 화들짝 놀라고.

승수 어디 다녀왔습니까.

임미선 (커피 잔 들고) 카페인 충전이요.

승수 성실한 태도를 보여주세요. 그리고... 제가 시켜도 마찬가지고요. 부당한 지시라고 하면 다들 최소한 한 번쯤은 저항해 보세요. 그렇게 하나씩 썩어간 겁니다. 우리 팀이.

승수, 말 마치고 냉랭하게 돌아서는데

임미선, 기가 막히다는 표정.

임미선　　아, 그랬구나! 내가 팀을 망쳤었어! 나 때문에 이 팀이 4년 동안 꼴찌를 한 거야!

재희　　(작게) 전지훈련 다녀와서 하나 된 드림즈. 그런 분위기 아니었나요.

세영　　신경 쓸 사람이냐...

받아들이는 듯 말해도 걱정이 되는 세영 표정.

세영　　너 오늘 저녁 단장님이랑 먹을래?

재희　　네? (심란한) 아뇨.

세영　　둘이 먹어야겠다.

재희　　저도 갈게요. (한숨 쉬며)

세영, 얘가 왜 이러지 싶은.

## S#86　사장실 / 밤

경민, 어색하게 사장실 문을 열고 들어오면
강선이 벌떡 일어나서 맞이하고.

강선　　어떻게 연락도 없이 오셨어요.

경민　　앉으시죠.

강선, 상석을 비워두는데 경민이 멈칫하고.

경민 거기 앉으세요.

강선 네?

강선, 어리둥절하며 상석에 앉고.

강선 요즘 많이 바쁘셨죠? 인사 발표는...

경민 사장님, 제가... 처음에 이 회사에 구단주 대행이랍시고 왔다갔다 할 때...

강선 네? 네.

경민 제가 한참 젊잖아요.

강선 아, 네.

경민 근데 어떻게 그렇게... 입에 혀같이 잘해 주셨어요?

강선 아, 제가 그랬습니까. 그냥 저는 상무님한테 배울 점이 참 많고...

경민 제가 처음에 대행 역할 맡고서... FA다 뭐다... 이 팀이 뭐가 될 줄 알고 까불었을 때요. 그때 돈도 제법 썼잖아요.

강선 의욕을 보이셨죠. 그 젊을 때는 그런 맛이 있어야죠.

경민 그때 본사에서 오는 연락. 사장님이 다 막아줬죠.

강선 (인자한 미소) 아이고, 우리 상무님이... 힘든 일이 있으셨구나.

경민 (괴로운 마음) 제가 진짜... 이러면 안 되는데...

강선 저한테 다 털어놓으세요. 상무님. 제가 그래도 사회생활 선배 아닙니까. 예? 허허.

머리를 감싸 쥔 경민.

경민 얘기가 들어온 게 있어서… 이번 시구자 명단으로 얘기가 나왔다고…

강선 아, 그거요? 백승수가 천년만년 단장할 것처럼 나대서 제가 혼내줬습니다.

경민 그게 얘기가 나와서…

강선 (심상치 않음을 느끼고)

경민 (확신 없고 불안한 모습으로) 내가 재작년부터 한 번 시구자 명단을 쭉 봤어요…

강선 …

경민 근데 문제가 많던데요. 도대체 지역 단체장 같은 사람들을 왜…

강선 상무님.

경민 (못 들은 척) 이건 방향성의 문제가 아니라…

강선 (싸늘하게) 뭐 하십니까.

경민 (멈칫)

강선 지금 뭐 하시는 거냐구요.

**S#87 재송그룹 회장실 / 낮 (회상)**

일도와 경민 마주 앉은.

일도 아직도 중공업 쪽이 관심 있냐.

경민 네.

일도 근데 우리는 중공업이 이제 걸음만데.

경민 그래서 제가 해보고 싶습니다.

일도 뭐 니 능력이면... 그런데 그거 말고.

경민 (긴장하며) 네.

일도 야구팀에 전념해라.

경민 (놀라고/절망적인)

일도 어떻게 아무한테나 맡기겠냐. 그 일을.

경민 중공업 쪽은...

일도 그건 아무나 해도 되는 일이고.

경민 제가... 잘할 자신이 없습니다.

일도 이제 호텔 쪽도 신경 안 써도 되고...

경민 제가 경준이 일은 잘못하긴 했지만...

일도 무슨 소리야. 그건 잘했다니까.

경민 (어렵게 꺼내는) 능력만큼만 저 써주십쇼. 저 자신 있습니다.

일도 매년 70억 적자 보는 계열사. 그거 정리하는 일이 하찮은 일 같냐. 이런 일 하나도 못 하면 가족 기업 소리 들으면서 조카 권경민이를 데리고 있어야 돼?

경민 ...

일도 대학 등록금 빌려달라고 무릎 꿇던 권경민이 어딨어.

경민 ...

일도 밑바닥, 니 아버지 옆으로 돌아갈래?

경민, 표정이 일그러지는.

**S#88** **사장실 / 밤**

경민, 강선과 눈 마주치지 못하고.

체념한 듯한 강선의 표정.

강선 밀려났구만.

경민 ...

강선 권경준 때린 거 때문에?

경민 퇴직금은 잘 챙겨드리겠습니다.

강선 우리 사이에 뭘 돌려서 말해요. 그냥 그렇게 됐다고 하지. 에이, 씨. (허탈해서 창밖 보다가) 큰딸 결혼이나 빨리 시킬 걸.

경민 ... 죄송합니다.

창밖만 보는 강선의 쓸쓸한 표정.

**S#89** **기범 가게 / 밤**

승수와 마주 앉은 세영, 재희 말이 없고.

재희 우리는 참... 시간이 지나도 친해지는데 신중한 면이 있어요. 그쵸?

세영 (입모양으로만 '다물어'라고 말하면)

재희 네? 다 묻어요?

승수 ...

세영 다물라고. 인마.

재희 아...

어색한 공기일 때 음식이 나오고.
세영과 재희가 가만히 앉아있으면.

승수 드세요.
세영 사진 안 찍으세요?
승수 아...

승수, 휴대폰 꺼내서 사진 찍고 두 사람 보며.

승수 드세요.

그제야 세영, 재희 빠른 젓가락질 시작하고.

승수 무슨 할 얘기 있죠?
세영 (입에 가득 음식 물고) 조금만 있다가 얘기하면 안 돼요?
승수 (눈살 찌푸리며) 네.

세영, 음식 꼭꼭 씹어 삼키고 물 마시고.

세영 단장님, 돌아오시는 과정에서 고생 안 한 직원이 없어요.
승수 그래서요?
세영 그때 회식도 안 오셔서...
승수 ...
세영 조금 서운하게 생각할 사람도 있을 수도 있다는... (눈치보다가) 생각이 뇌리를 스칠 때가 한 번인가 있었던 거 같은데...

승수 좀 살갑게 대하라고요?

재희 네, 우선 저희한테부터...

세영 임미선 팀장님, 존중받을 자격 있는 분이에요.

승수 제가 본 임미선 팀장은 지각이 잦고 퇴근은 빠르고 사적인 대화를 즐기는 사람인데요. 제가 모르는 얘기가 더 있습니까.

재희 임동규 누나예요.

승수 임동규 선수요?

세영 아뇨, 실제 그런 건 아니구요. 그게 명예로운 별명인데... 지금 모습이 조금 단장님과 안 맞을 수 있죠. 그래도 한때는 구단이 마케팅으로 20억 흑자를 낸 적이 있어요.

승수 20억이요?

재희 안 믿기시죠? 저도 직접 본 게 아니라 안 믿겨요.

세영 그래서 사장님도 임미선 팀장님한테는 터치 없거든요. 임미선 팀장님이 빡세게 일하던 그 시기에는 임동규 연봉은 임미선이 돈 벌어다 주는 거라고 그런 농담이 있었어요.

재희 그라운드 페인팅, 익사이팅 존, LED 보드 광고... 전부 다 임미선 팀장님이 처음 시도한 거예요. 능력자 맞아요.

세영 네, 사실 우리 팀장님들 다 무능력한 사람들 아니에요. 단장님만큼 뛰어난 분들은 아니어도 나름의 변화를 시도했다는 거 알아주시면 좋겠어요.

승수 저라고...싸우고 싶고 공격하고 싶어 안달난 그런 인간은 아닐 겁니다. 그리고 쉽게 인정 안 해주는... 재수 없는 사람은 맞을 겁니다. 그런데 약간의 동력을 얻은 시기입니다. 프런트 모두가 이전의 모습을 잊었으면 좋겠습니다. 그렇게 변한 모습을 최대한 빨리 확인하고 싶습니다.

세영, 재희 숙연해지고.

**S#90 드림즈 사무실 외경 / 낮**

**S#91 드림즈 사무실 엘리베이터 앞 / 낮**

승수, 회사 들어가는 길에 검은 양복 입은 남자들이
우루루 몰려 들어가는데 승수와 어깨를 부딪히기도.
놀란 승수, 심상치 않은 상황에 빠른 걸음.

**S#92 드림즈 사무실 / 낮**

놀란 직원들의 시선 속에서
검은 양복남 중에 리더로 보이는 사람이 나선다. (이하 감사팀)

감사팀 감사팀에서 나왔구요. 변치훈 팀장님 계십니까.

놀라서 돌아보는 변치훈.

감사팀 변치훈 팀장님, 얘기 좀 나누시죠.

감사팀 직원들이 변치훈 자리에 있는 서류들을 모두 담고 컴퓨터를 해체하는데 돌아보는 감사팀 앞에 승수가 서있고.

승수　　뭐하는 겁니까.

감사팀　　(승수 보고 피식 웃으며/변치훈 보고) 우리는 지금부터 변치훈 씨를 회사에 해를 끼친 도둑놈. 이라고 생각하고 조사하겠습니다.

변치훈, 억울한 표정으로 승수를 바라보는데

**〈플래시 컷, 78씬〉**

변치훈　　저번에 단장님 잠시 그만 두셨을 때... 바로 기사 보낸 거 죄송했습니다. 시키는 대로 안 하기가 너무 힘들더라구요.

///

승수, 변치훈을 데려가려는 감사팀 직원들 앞을 가로막는데
감사팀 담당자가 피식 비웃고.

**〈플래시 컷, 11부 8씬〉**

경민　　백 단장.

승수　　(돌아보면)

경민　　아직도 후회, 반성 그런 거 없어? 주변 사람 힘들게 하면서까지.

///

승수, 분노가 치밀어 오른다.

**S#93** 사장실 앞 복도 / 낮

승수, 빠른 걸음으로 뛰어가고.

그 뒤를 따르는 세영, 재희.

사장실 문을 벌컥 열어젖히는 승수.

**S#94** 사장실 / 낮

열린 문 안에서 화분에 분무기로 물을 뿌리고 있던 경민.

돌아보지도 않은 채로 콧노래를 부르고 있고.

승수의 눈에 보이는 사장 명패. '사장 권경민'이 밖에서 보이는 각도로 놓여있고.

경민 백 단장 왔어?

승수 사장님은?

경민 백 단장 덕분에... 집으로 가셨지.

승수 ...

경민 커피 좀 타와. (돌아보며) 달지 않고. 맛있게.

일그러진 승수와 여유 있는 경민의 표정이 대조를 이루며.

"이 정도 밥만 먹어도 든든했고. 운동 잘하지 않았냐.
첫 출장하고. 첫 홈런 치고. 주간 MVP도 해보고.
세상 부러울 것 없지 않았냐. 하위 라운드에 뽑힌 후배들한테는
강두기 말고 임동규가 희망 아니었냐."

"여기가 청학동이야?
어디서 훈장질이야. 이 새끼가."

"타격 과정에서 자신감, 당당함 없이도 배트를 휘두를 수 있냐.
나는 공 던질 때 내가 부끄러운 일이 있으면 공 제대로 못 던진다.
그래서 나는 인생 똑바로 살려고 노력한다."

STOVE
LEAGUE

# 13

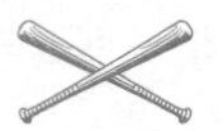

**S#1** **사장실 / 낮**

경민과 승수 대치 중.

승수 홍보팀장님의 어떤 부분이 감사 대상입니까.

경민 뭔가 잘못을 했겠죠.

승수 그게 말입니까.

세영 ...

재희 (화가 슬슬 오르는)

**S#2** **소회의실 / 낮**

변치훈, 감사팀 앞에 앉아서 추궁 당하는 중.

감사팀 김영란법 모르세요?

변치훈 (하소연하듯) 잘 알고 있고요. 그래서 그런 일을 한 적이 없습니다.

감사팀 기사 막으려고 기자 접대한 적이 없으시다고 지금 분명히 얘기하신 겁니다.

## S#3 사장실 / 낮

경민 홍보팀장이 어떻게 일했는지 단단히 신뢰해요? 백승수 단장은 늘 스카웃팀부터 임동규까지 적폐는 다 부숴버렸으면서.

승수 오자마자 감사팀을 동반하신 리더십은 뭡니까.

경민 백 단장, 야구라는 스포츠가 얼마나 비열한 스포츠인지 알아? 투수가 타자한테 공을 던질 때 1루 주자가 2루로 뛰어가는 걸 도루 말고 뭐라고 표현하는지 알아?

승수 ...

경민 베이스를 훔쳤다고 하지. 공을 던지는데 그 뒤로 뭔가를 훔쳐. 이런 짓거리를 허용하는 게 야구밖에 없어. 오늘 나한테 야구 하나 배웠다. 그치?

세영, 재희 각자 냉소적인 표정으로 경민 보고.

승수 사장과 이하 직원들의 소통을 위해서라면 감사 중단해 주시죠.

경민 백 단장도 오자마자 안 그랬나? 난 좋아할 줄 알았는데.

승수 홍보팀장을 털어서 나오는 게 있다면 저 또한 같이 책임을 지겠습니다만 무고한 사람을 괴롭힌 게 된다면요. 어떻게 하시겠습니까.

경민 (그럴 줄 알았다는 듯) 그건 신뢰를 위한 합리적 의심이 되겠다. 그죠?

승수 ... 언제까지 조사를 할 겁니까.

경민 감사팀이 오케이 할 때까지.

승수 제가 그 감사 과정을 지켜봐도 되겠습니까.

경민 홍보팀장... 옛날엔 참 우리 말 잘 들었는데.

세영, 경민의 말에 열이 슬슬 올라오고
조용히 경민을 노려보는 재희.

승수 우리요?

경민 (아랑곳 않고) 어느덧 백 단장 주변 사람이 다 됐나 봐요. 그러면 새로운 사장과 단장의 화합을 위해서 좀 더 자체적인 조사로 단계를 낮춰볼까요? 단장 직접 조사로?

승수 ...

경민 부탁해야지.

승수 부탁드립니다.

경민 굽혀야지.

승수, 정중하게 허리 굽히며

승수 부탁드립니다.

재희 (울컥하는) 굽히지 마세요. 단장님.

세영 (놀라서 재희 팔 잡아끌고) 왜 이래. 진짜.

재희 단장님이 왜 굽히십니까.

세영 니가 이러면 더 일이 꼬여.

재희 (분을 참으며) 그래도... 하... (경민을 보는 시선)

경민 (씁쓸함을 애써 감추며) 피가 끓는 부하 직원도 생기고. 재밌네.

승수 ...

경민 친구 하나 없던 백승수 단장이 심은 사과나무가 열매를 맺었어. 좋아, 둘만 얘기합시다.

경민, 직접 문 앞에 가서 세영과 재희를 보면서 씨익 웃고 문 닫는다.

**S#4 소회의실 / 낮**

변치훈, 감사팀과 대화 중.

감사팀 계속 아무 일 없었다고 한다고 뭐가 해결돼요!! 어!?

변치훈, 그 기세에 아무 말 못하고 있는데.
소회의실 문이 열리고 승수가 들어온다.

승수 홍보팀장님, 가시죠.

감사팀 뭔데, 당신... 지금 조사 중인 거 안 보여?

감사팀 직원이 감사팀에게 와서 귓속말하면.
감사팀, 말없이 승수 노려보기만.

승수, 그런 시선 의식하지 않고
변치훈의 어깨를 감싸듯 데리고 나가는.

**S#5** 드림즈 복도 / 낮

떨리는 손으로 커피 담긴 종이컵 겨우 들고 있는 변치훈.
옆에 앉은 승수, 말없이 앉아있다가.

변치훈 감사합니다.
승수 감사할 게 있나요.
변치훈 아니, 감사팀한테... 빼주셔서... 감사...
승수 늘 이런 식이었습니다.
변치훈 뭐가요...?
승수 일을 하다 보면 어쩔 수 없이 생기는 유대감이 늘 발목을 잡았습니다. 전 말을 안 듣는 사람이니까. 저랑 가까이 있는 사람들은 늘 이렇게 됐습니다.
변치훈 ...

승수, 일어서서 목례 하고 멀어지면.
그 모습 보는 변치훈, 승수의 쓸쓸한 뒷모습에
종일 겪은 설움이 더해져 고개 떨군다.

**S#6** **드림즈 사무실 / 낮**

직원들 한창 업무 중에 경민이 등장하면
멈춰 서고 몰리는 시선들.

경민 자자, 잠시만요.

긴장하며 바라보는 직원들 표정.

경민 장우석 차장!?

장우석, 어리둥절하면서 일어나면.

경민 장우석 차장은 사장 특보로 수고해 주겠습니다. 이제부턴 그냥 지켜보는 사장이 아니라 좀 더 발로 뛰는 사장이니까.

세영, 재희, 양원섭, 임미선, 유경택, 영수 모두 놀라는데.

장우석 네! 개나 말의 수고로움을 아끼지 않겠습니다.
경민 보세요, 이거. 견마지로 사자성어를 아는 거죠. 이렇게 배운 사람이면 사장 특보할 수 있습니다.
양원섭 (손들고) 스카웃팀 차장 자리는 어떻게 합니까.
경민 (승수 보면)
승수 (어쩔 수 없이 입을 여는) 차장 자리는 서열순으로. 그리고 남은 빈자리는 한재희 씨가 대신합니다. 운영팀 한재희 씨가 스카웃팀으로 보직 변경합니다.

놀라움과 분노가 뒤섞인 재희의 표정.

세영 또한 놀라서 휘둥그레 커진 눈.

**S#7 단장실 / 낮**

승수, 업무용 책상에 앉아 애써 눈 맞추지 않고 있고.

재희, 심각한 표정으로 승수만 보고 있고

그 사이에서 세영은 굳은 표정으로 승수의 대답을 기다리고 있고.

승수 한재희 씨, 하고 싶은 말 해주세요.

재희 사장님이랑 무슨 얘기를 하셨어요.

승수 ...

재희 그 얘기 중에 나온 결론이잖아요. 단장님 혼자 이런 결정을 할 리가 없잖아요.

**S#8 사장실 / 낮 (회상)**

승수, 앉아있고 경민은 맞은편에 앉아서.

경민 내가 홍보팀 감사를 자체 감사로 돌렸으니까 백 단장도 내 부탁 하나 들어줘야지.

승수 ...

경민 인사이동이 필요해보여요. 아까 그 밤톨이...

승수 ... 한재희 팀원 말입니까.

경민 네, 걔 부서 이동해주세요.

승수 어느 부서로 이동시키란 얘깁니까.

경민 집.

승수 ... 그 집이 진송가구 회장의 집입니다.

경민 뭔 소리예요.

승수 진송가구 회장 손잡니다. 재송기업만큼 큰 회사는 아니지만 관계가 얽힌 다른 CEO가 많을 텐데요.

경민 그럼 집 말고. 스카웃팀으로.

승수 선수 출신이 아닙니다.

경민 아니, 그게 친동생을 전력분석팀으로. 한국인을 용병으로 데려온 백 단장답지 않게 꽉 막힌 소리를 하네. 진송가구고 죄송가구고 상관없이 나는 걔를 스카웃팀으로 보내서 변화!! 혁신!! 도모하겠다고요. 단장만 혁신하고 사장은 가만히 있으라고? 홍보팀처럼 운영팀도 한번 흔들어볼까? 먼지가 나올 때까지?

**S#9 단장실 / 낮**

승수 한재희 씨가 저를 어떻게 봤는지 모르지만 제 결정입니다. 사장님은 그냥 장우석 특보가 필요하다고 해서...

재희 제가 운영팀에서 도움이 하나도 안 돼서 이러시는 거예요? 선배는 왜 가만히 있어요!!

세영 그렇게 결정하신 이유를 여쭤봐도 될까요. 혹시나 권경민 사장 때문이라면 그 사람이 팀을 위한 선택을 할 리 없다는 거 아시잖아요.

승수 (대꾸 없이 업무만)

세영 운영팀이 가장 바쁜 팀 중 하나라는 것도 아실 거고. 한재희 팀원의 역할이 작지 않습니다. 누구보다 열심히 늦게까지 일합니다.

승수 그러니까요.

세영 ...?

승수 한재희 씨의 그 열정을 이제 스카웃팀에서 쓰길 바라는 겁니다. 아직도 고세혁 전 팀장에게 맹세한 충성을 못 거두는 그 우직한 마초들 사이에서 한재희 씨가 양원섭 씨를 돕길 바랍니다.

재희 ... 좋습니다. 그런데 왜 저한테 한마디 상의도 없으셨고.

승수 제가 합리적인 사람이라고 바라봤으니 이렇게 따지는 거죠.

재희 ...?

승수 한재희 씨. 어느 조직에서도 이런 식으로 자신의 인사 문제를 당당히 따지고 들지 못합니다. 제가 만약 이런 태도에 화가 나서 한재희 씨에게 큰 불이익이 된다면 어떻습니까.

재희 ...

승수 언제든 그만 둘 수도 있다는 생각이 머릿속에 있는 건 아닙니까.

세영과 재희 모두 당황스러운.

재희 ...

승수 한재희 씨는 정당하게 입사했지만 불필요하게 낙하산이란 오명을 뒤집어 쓴 이상 그걸 뛰어넘는 이력이 필요합니다.

재희 ...

승수　포구 연습하면서 손가락도 많이 다쳤겠죠. 부잣집 도련님이. 근데 그걸 이력으로 활용하세요. 선수 출신보다 잘할 거라는 기대도 안 합니다. 그냥 버텨만 보세요. 다행히 우리나라 최고의 스카우트 양원섭 씨가 팀장이네요.

재희, 승수의 말에 여러 생각이 들어 고개 떨구면.

승수　누구를 위해서 운영팀에 있는 거라면 남는 게 맞겠지만.

세영　(?)

재희　(!!)

승수　자신을 위해서라면 이제 다른 팀도 경험해보는 게 맞지 않나? 그런 생각이죠. (세영 보고) 이 정도 말했으면 구색이 맞겠죠?

세영, 재희 말문이 막히는.

## S#10　드림즈 사무실 자판기 앞 / 낮

세영과 재희 나란히 앉아서.

재희, 한숨만 쉬고 있는데.

세영　단장님은 일부러 재수 없게 말한 거야. 알지?

재희　게다가...

세영　(?)

재희　내용은 틀린 것도 없잖아요. 그걸 저도 알아서 그래요.

세영 그래, 넌 가서 잘할 거야.

재희 (원망스러운) 재수 없게 말하는 건 팀장님이 더 해요.

세영 뭐? 아니, 이 짜식이... 동대문에서 뺨맞고 왜 서대문에서...

재희 몰라요, 가주세요.

세영 ... 조금만 마음 진정시키고 와.

세영, 조심스럽게 가면 재희 쓸쓸한 모습으로 바닥만 보고.

**S#11 어두운 카페 / 밤**

마스크 쓴 남자 브로커와 선글라스 낀 건장한 남자가 마주 보고 앉아있고.

브로커 아나볼릭 스테로이드. 이거 먹으면 조금 더 강한 사람이 되죠.

선글라스 강해져요?

브로커 타격은 모든 스포츠에서 제일 어려운 기술입니다. 당신이 그렇게 대단한 걸 하고 있다고.

선글라스 걸리진 않아요?

브로커 절대 안 걸리게 우리가 스케줄링도 해드리죠. 옛날같이 후지게 안 해요.

선글라스 부작용은 없습니까?

브로커 (피식) 우리가 다른 데랑 다른 게 그거죠. 부작용 줄여주는 것도 같이 파니깐.

선글라스 줄여주는 거면 부작용이 없진 않다는 거네요.

브로커　보세요.

선글라스　네.

브로커　미국에서 육상 선수들에게 물어봤어요. 무조건 금메달을 따게 해 주는 약물이 있고 7년 뒤에 죽는 부작용이 있다면 먹겠냐고. (의미심장하게 웃으며) 80%가 먹겠다고 했어요. 프로야구도 그렇죠. 임동규 선수 알죠? 임동규야말로...

선글라스　임동규...?

브로커　약빨이에요.

선글라스　임동규는 뭐 그런 소문이 있긴 했는데...

브로커　(말 끊으며) 강두기는? 강두기도 소문났어요?

선글라스　강두기요?

이때 카페 문을 두들기는 소리.
마스크, 가방에 황급히 스테로이드 넣고.
선글라스와 마스크, 둘 다 도망가려고 하는데 붙잡히고.

## S#12　'야구에 산다' 스튜디오 / 밤

스튜디오에서 김영채와 패널들 방송 진행 중.

김영채　희망을 주는 프로야구가 되겠다던 야심찬 새해 다짐이 무너졌습니다. 바로 약물 복용에 관한 건인데요. 구체적으로 어떤 상황입니까.

패널1　프로야구 중견급 선수들이 아나볼릭 스테로이드를 구입하려다

경찰에 붙잡힌 건인데요. 이 과정에서 유명 선수들의 이름이 흘러나왔다는 소문 때문에 프로야구 전체가 지금 긴장 중입니다.

패널2　네, KPB 야구협회는 내부 조사와 처벌 수위에 관해 논의 중이라며 절대 좌시하지 않겠다는 입장을 밝히고 있는데.

김영채　그간 약물 복용에 관한 처벌의 수위가 일반 팬들의 눈높이와도 맞지 않는 면이 있지 않았나요?

## S#13　바이킹스 단장실 / 밤

패널2　(소리만)**네, 그렇습니다. 스포츠 정신을 훼손한 선수에게 겨우 72경기 출장 정지는 너무 약한 것이 아니냐는 의견이 지배적입니다.**

김종무, '야구에 산다'를 보다 끄고 검색하며
바이킹스 운영팀장(이하 바운)과 대화 중.

바운　우리 팀에 해당 선수가 확실히 있다는 얘기가 나오고 있고요.

김종무　...

바운　(작은 소리로) 그룹에서는 이런 소문을 듣고 우리 전지훈련 취소하고 제주도로 보냈다던데요.

김종무　나도 들었는데... 그룹이 잘못 알고 있을 수도 있잖아.

바운　...

김종무　혹시 누구라고 소문 들은 거 있어?

바운　(머뭇거리는) 글쎄요.

김종무　(아는구나 싶은) 전력 있는 애들은 없어?

바운 그게...

김종무 아는구만. 빨리 말해.

바운 임동굽니다.

김종무, 심각해지는 표정으로 컴퓨터 앞에 앉아서 검색하면.

**S#14 임동규 관련 신문 기사** (회상)

'드림즈 신인타자 임동규, 도핑 방지 위반'

임동규 사진과 함께 기사 내용은

'드림즈에서 최근 좋은 성적을 내고 있는 임동규가 도핑 테스트에서 적발됐다. 임동규와 드림즈는 이에 대해서 발목 부상 회복을 위해 먹었던 지네로 만든 알약에서 이뇨제 성분이 검출됐다고 해명.'

바운 **(소리만)진짜 약물은 아니었다고 이제 다들 얘기를 하는데 그냥 찜찜한 거죠. 이런 상황에선.**

**S#15 임동규 집 / 밤**

임동규, 걸려오는 전화를 보고

받을지 말지 고민하다가 받고.

협박남 **(소리만)임동규 선수.**

임동규 ...

협박남 (소리만)**바이킹스 팬들 실망시키면 안 되잖아요.**

임동규 그래서.

협박남 (소리만)**제 주둥이를 막아주세요. 돈으로.**

임동규 얼마나.

협박남 (소리만)**저번에 보낸 만큼만. 내가 양아치는 아니잖아.**

임동규 이번이 마지막이다.

협박남 (소리만)**에이, 사람 사는 일을 속단은 못하지. 암호 화폐로 보내줘. 경찰 따라붙는 거 싫으니깐.**

임동규, 전화 끊고 참담한 마음.

## S#16 드림즈 외경 / 낮

## S#17 사장실 / 낮

경민, 사장실에서 기사 보고 있는데.

'프로야구 대형 약물 게이트 터진다'

장우석이 노크 후에 들어온다.

경민 이거 소문이 많죠?

장우석 (기사 흘끔 보고) 얘기는 많습니다.

경민 내가 들을 만한 얘기는?

장우석 다 소문이라서요.

경민 그니깐 소문 중에 좀 재밌는 거.

장우석 강두기 얘기가... 나오거든요.

경민 강두기?

**S#18 드림즈 투구 훈련장 / 낮**

강두기, 야구밖에 모르는 얼굴로 투구 연습하는 모습.

장우석 **(소리만)강두기가 바이킹스에 간 이후로 갑자기 성적이 좋아진 이유가 있다는... 그런 얘깁니다.**

**S#19 사장실 / 낮**

경민, 생각에 빠지다가.

장우석에게 나가라고 손짓.

장우석 공손히 인사하고 나가면

바로 전화 거는 경민.

경민 경찰 쪽에 혹시 아는 사람 있으면 약물 복용 선수 명단 최고로 빨리 확보해.

이때, 승수 사장실에 들어오면.

**〈시간 점프〉**

경민, 응접 테이블에 승수와 앉아서.

경민　약물 얘기 도는 거 알죠?

승수　... 네.

경민　우리 상황은?

승수　저도 파악 중입니다.

경민　단장이 이 상황에 대해 아직까지도 파악 중이라...

승수　사장님도 단장에게 묻는 것처럼 저도 다른 사람들한테 묻는 중이죠.

경민　(이 자식이...) 어떻게 생각해요. 약물 선수들이 나온다면.

승수　뭘 어떻게 생각합니까. 안 좋은 걸...

경민　그 안 좋은 행위를 덮어줄 건가.

승수　...

경민　우승을 시키고 싶잖아. 백 단장은.

승수　제가 그런 말을 했습니까.

경민　(기가 차서 웃고) 우리 사이에 참 많은 일이 있었나 봐. 하던 대로 할 거라며. 우승. 나갈 땐 나가더라도 사과나무는 심겠다. 이거 아냐.

승수　그랬던 것도 같은데...

경민　같은데?

승수　영혼을 팔면서라도 우승을 하겠다. 그렇게는 말 안 했을 겁니다.

승수, 경민에게 가벼운 목례 하고 나가면
경민, 뭔가 할 말을 못한 것 마냥 기분이 더럽고.

**S#20 단장실 / 낮**

승수, 세영 등지고 창밖을 보면서 세영과 대화 중.

세영 아직 많이 퍼진 이야기는 아니지만 우리한테 치명적일 수 있는 소문이 돌고 있어서요.

승수 그러게요.

세영 알고 계셨네요.

승수 다양한 생각을 하고 있습니다.

세영 근데 그게 만약에 아주 만약에 사실이면요?

승수 그렇게 돌려 말할 거 있습니까.

세영 (아차) 만약에 강두기가 약물을 복용한 거라면... 우리 협회 기준으로는 한 시즌의 절반인 72경기 출장 정지예요.

승수 ... 그렇게 되면 우리는 18승 투수 강두기를 데려왔지만 9승 투수로 전락하는 거네요.

세영 경기 감각을 잃어버리는 걸 감안하면 그보다 더 할 수도 있죠. 그리고 그 뿐만이 아니라 우리 팀에는 유형 무형의 돌이킬 수 없는 피해가 오겠죠.

승수 그럴 수 있죠. 강두기니까요.

승수, 자신의 책상 근처로 걸어가면.
책상에 명단 두 장이 놓여 있고.

**〈플래시 컷, 12부 74씬〉**

승수, 천흥만과 마주 앉아서.

천흥만 이 새끼들. 장난 아니던데요. 이건 판매자 명단, 이건 구매자 명단입니다. 구매자는 확실한 건 아니구요. 얘기가 계속 도는 애들만...

///

승수, 명단을 다른 서류 봉투로 스윽 가리는데
그 밑에 쓰여 있는 강두기 이름 세 글자가 보이고.

세영 강두기 선수를 믿으세요?

승수 믿지만 확인은 할 겁니다.

세영 직접 물어보시려구요?

승수 아뇨, 그건 확인이 아니죠. 다른 방법으로요.

세영 어떻게요?

승수 고민 중입니다.

세영 혹시... 알고 나서 정말... 생각도 하기 싫지만 정말 그렇다면요?

승수 비슷한 질문을 하네요.

세영 제가요? 누구랑요?

승수 제가 안 좋아하는 사람이요.

세영 아... 그 분... 아무튼 강두기 선수가 정말 그랬다면... 덮어주려고 하실 건가요?

승수 제가 지키려는 대상이 늘 그럴 만한 가치가 있었던 건 아니었습니다. 반대로... 가치가 있다고 다 지킬 순 없죠.

세영, 복잡한 마음에 한숨 한 번 쉬고 눈으로 동의하는.

## S#21 드림즈 사무실 / 낮

승수, 전력분석팀 유경택 자리로 가까이 가서.

유경택 아니, 백영수 휴가를 왜 단장님이... 가족 여행 가세요?

자리에서 두 사람 눈치 살피는 영수.

승수 그럴 여유 없습니다. 백영수 팀원 휴가 어렵습니까?

유경택 아뇨, 그런 건 아니지만... 3일씩이나...

승수 백영수 씨가 없으면 업무에 지장이 생기는 겁니까.

유경택 당연하(죠 하려다가) 뭐... 그래도 굴러는 가지만... 그래도요.

승수, 들었냐는 듯이 영수를 보면
영수가 살짝 웃으며 끄덕이고.

승수 집에서 일 시킬 겁니다. 전력분석팀 일은 아니지만... 구단 일이라서요.

유경택 그럼 되도록 이틀로...

영수, '으~' 하며 찡그린 표정.

## S#22 드림즈 휴게실 / 낮

세영, 재희 앉아서 커피 정도 마시면서.

세영　　마음은 좀 풀렸냐.

재희　　(여전히 우울한) 네.

세영　　그래도 양원섭 팀장이잖아. 고세혁 팀장한테 보내는 거 아니라 난 걱정 안 할랜다. 이번주까진 그래도 우리 일 도와줘. 인수인계.

재희　　... 네.

**〈플래시백, 12부 82씬〉**

복도를 지나던 재희.

강선의 '니가 이러니까 잘리는 거야, 인마!!' 듣고 멈칫.

///

재희, 세영 보고.

재희　　선배님.

세영　　왜.

재희　　제가 스카웃팀에라도 있으면... 좀 든든하세요? 단장님만큼은 아니겠지만 저라도... 그래도 같은 회사에 있으면 일도 도와드릴 수도 있구요...

세영　　뭔 소리야. (알 것 같은) 뭐 그렇다고 쳐.

재희　　... 열심히 할게요.

세영, 재희 머리 헝클이면서.

세영　　이세영이가 자알 키웠네. 이런 소리 듣게 해, 인마. 알았지?

재희, 우중충한 얼굴로 세영 손길 견디며.

**S#23 바이킹스 단장실 / 낮**

김종무, 임동규와 대화 중.

김종무 바이킹스 오니깐 어때. 동규.

임동규 뭐... 좋습니다.

김종무 (눈치보며) 시설 좋고. 주변 동료들도 더 강하고. 또 같은 연봉이면 서울 팀 싫어하는 사람 없잖아. 안 그래?

임동규 (영혼 없는) 네, 그렇죠.

김종무 뭐 고민 같은 건 없어?

임동규 (뭐지 싶은) 없습니다.

김종무 근데 오해하지 말고.

임동규 (?)

김종무 동규 니가 성적이 너무 좋으니깐 뭐 그런 얘기들이 나오는 거지. 이게 말하자면 명예로운 오해지. 너무 잘해서 생기는 오해.

임동규 (김종무 노려보며) 전 아닌데요.

김종무 당연히 아니라고 하는 그 말이 듣고 싶었고. 내가 그 말 믿지. 근데 뭐 그냥 아니다가 아니라 왜 그런 소문이 도는지는 알 것 같다. 이러면서 뭔가 설명을 더 해주면 우리도 동규를 믿고. 어? 일을 더 잘 진행할 수 있잖아.

임동규 에이, 씨. 기분 잡치게.

임동규, 기분 나쁜 듯이 나가고
김종무, 기가 막히고.

**S#24 바이킹스 훈련장 / 밤**

땀방울이 튈 정도로 배팅 훈련에 열중하는 임동규.
인상 쓰며 손바닥을 보면 눈살을 찌푸릴 만큼 까져있고.

**S#25 드림즈 훈련장 / 낮 (임동규의 회상)**

강두기, 공 던지면 주변 선수들 모두 '우와' 하는 반응.
'저거 신인 맞어?' '입단하자마자 4선발이야'
부러운 듯이 바라보고 있는 임동규.
배트 들고 휘둘러보는데.
고참급 선수 하나가 다가와서.

고참 야, 꺼져.
임동규 (순둥한 모습) 아, 죄송합니다.

**S#26 드림즈 훈련장 / 밤 (임동규의 회상)**

선수들 빠져나가는 분위기의 훈련장.
강두기는 이철민, 최용구가 (이때는 사이 좋았습니다)
다정하게 데리고 나가고 민태성도 그 뒤를 따르는데

임동규, 지나가는 선수 한 명 붙잡고.

임동규 선배님, 죄송한데 공 몇 개만 던져 주시면 안 됩니까?

선배 돌았냐?

임동규 (위축되는)

민태성 야, 몸 상한다. 적당히 들어가.

끌려가면서 그 모습 보는 강두기.

**〈시간 점프〉**

티 배팅을 열심히 하는 임동규.

강두기 (소리만)**티 배팅만 해서 실력이 늘겠냐.**

임동규, 놀라서 돌아보면
강두기가 공 여러 개 손에 들고 걸어오고.

임동규 뭔데...

강두기 너 티볼 선수 아니다. 야구 선수지. 준비됐냐.

임동규 새끼가... 던져 봐. 인마.

강두기 공 던지면 헛스윙하는 임동규.
헛스윙하고서도 웃음이 나오는.

**S#27 바이킹스 훈련장 / 밤**

까진 손바닥을 바라보다가 다시 배트를 쥐는 임동규.

배트 휘두르면 배트 쥔 손에서 피가 몇 방울 떨어지고.

통증을 느끼면서도 배트를 휘두르는 임동규 표정.

**S#28 승수 집 외경 / 밤**

**S#29 승수 집, 영수 방 / 밤**

영수, 컴퓨터 켜져있고 그 뒤에 서있는 승수.

승수 로빈슨 실력 좀 보자.

영수 오케이.

승수 우리 팀 선수들 성적은 어차피 니가 대충 알고 있겠지만 최근 몇 년간 성적이 눈에 띄게 좋아진 선수들을 분류해 줘. 물론 성실한 훈련, 코치들의 지도력. 그런 요소들도 있겠지만.

영수 약물 표적 검사 대상을 우리가 먼저 캐치해보자?

승수, 끄덕이고.

승수 그리고 시간 남으면...

영수 안 남을 텐데.

승수 남으면. 바이킹스도 분석해줘.

영수 남의 팀을 왜?

**S#30 드림즈 사무실 외경 / 낮**

**S#31 대회의실 / 낮**

강두기의 투구 영상을 프롬프트로 보여주는 장우석.
중간중간 멈춰가며 극 슬로우로.
레이저 포인트로 멈춘 강두기 영상에서 어깨 부분 짚어주면서.

장우석 선발 투수들이 공을 많이 던지다 보면 어깨 근육에 피로 물질이 많이 쌓이고 실핏줄도 터집니다. 선수마다 다르지만 다음 등판까지 채 피로가 회복되지 못 하는 선수들도 있구요. 투수한테 스테로이드제의 효과는 염증을 억제하는 부분인데요. 이게 팔꿈치, 어깨 쪽에 근육을 보호하는 효과를 기대할 수 있습니다.
경민 강두기가 최근 2년간 성적이 좋았던 부분이.
장우석 그냥 그런 얘기가 돌고 있다는 겁니다.
경민 차장님, 참 일 잘하시네. 고세혁이라는 새장이 참 좁았겠어.
장우석 (움찔하지만 참고) 아닙니다. 고세혁 형님 아래가 좋았습니다. 가장 좋았습니다.
경민 (뭐야 싶은) 뭐... 그렇게 생각하면 아름답네. 나가 봐요.

장우석이 나가고 나면.

기분이 더러워지는 경민.

반복해서 강두기의 영상을 돌려서 보고.

**S#32 중회의실 / 낮**

승수, 세영, 변치훈, 임미선, 유경택, 양원섭 회의 중.

임미선 요즘 약물 스캔들... 소문 들으셨어요?

양원섭 소문이 너무 여러 가지라서 그거 다 믿으면 우리나라 선수들 전부 다 약물이게요.

승수 팀에 치명적인 소문들이 들려옵니다.

의아함+긴장하는 팀장들 표정.

그 중에서 변치훈은 멍하니 다른 생각을 하는 듯이 보인다.

승수 변치훈 팀장님은...

변치훈 (놀라서) 아, 네네.

승수 기자분들 통해서 최대한 빨리 신빙성 있는 소문을 모아서 저한테 전달해 주시구요.

변치훈 (어두운) 네. 알겠습니다.

승수 다른 분들도 지인들을 통해 들리는 얘기들 저에게 전달해 주시죠.

**S#33 드림즈 사무실 / 밤**

불 꺼지고 어두운 사무실.

변치훈 혼자 자리에 앉아서 캔맥주 따서 마시는데.

**〈플래시 컷, 12부 92씬〉**

감사팀 (승수 보고 피식 웃으며/변치훈 보고) 우리는 지금부터 변치훈 씨를 회사에 해를 끼친 도둑놈. 이라고 생각하고 조사하겠습니다.

변치훈, 억울한 표정으로 승수를 바라보는데

///

변치훈, 떠오르는 모멸감에 눈물이 고이는데.

세영의 헛기침 소리 들려서 놀라 눈물 닦고 주변 둘러보면

세영과 재희가 멀찌감치서 검은 비닐봉투 흔들고.

변치훈 뭐야, 왜 안 갔어?

세영 편의점에서 혼자 맥주 사가시는 거 보고 저희도 맥주 땡겨서 따라왔죠.

변치훈 (눈물 자국 닦으며) 어, 그랬구나. 오늘은 (손가락으로 자신과 세영, 재희 가리키며) 하나, 둘, 셋. 대리를 세 명이나 불러야겠네. 하하하.

재희 혼자 울고 그러지 좀 마세요.

세영 아, 진짜!! 모르는 척 좀 해라!!

변치훈 재희 씨는 진짜 다른 건 다 별론데 이런 점이 특히 별로야.

세영 (피식 웃고) 마음이 좀... 휑하셨죠. 아무 잘못도 없으셨는데.

변치훈　　아무 잘못이 없는 건 아니지. 권경민 사장이 시키는 대로... 백 단장님 잘리자마자 기사 내보내고...

세영　　힘으로 억누르고. 필요에 따라 내치고... 그런 사람들이 잘못이죠.

변치훈　　그래도 나름은 열심히 한다고 했는데. 갑자기 그렇게...

세영　　해온 일들이 다 부정당하고...

재희　　이렇게 휘둘리고... 그래도 계속 다니고...

변치훈　　... 애들도 잘 크고 있는데. 순간 눈앞이 깜깜하더라구.

재희　　다 이렇게 사는 걸 전 모를 뻔 했네요.

세영　　엇쭈. 우리 낙하산이 변했어요? 어?

재희　　나도 울고 싶은데 홍보팀장님이 울어서 난 울지도 못 하고.

세영　　너도 울어, 인마.

두 사람 보면서 변치훈 피식 웃음이 나오고.

재희도 쓸쓸한 웃음을 짓고.

그 모습 멀리서 지켜보던 승수.

그냥 돌아서 나가는데 승수 손에도 편의점 봉투 쥐어져 있다.

## S#34　세영 집 / 밤

세영, 기분 좋게 얼큰한 정도로 집에 들어오는데

미숙이 TV 뉴스 보고 있고.

앵커　　**(소리만)오늘 오후, 유소년 야구 교실 운영자가 자신이 운영하는 야구 교실 수강생들에게 지속적으로 금지 약물을 투여한 혐의로 긴급 체포**

**되었습니다. SBC 취재 결과, 이 운영자는 전직 프로야구 선수인 정세 주 씨로 드러났습니다.**

세영　어머니이, 딸이 왔잖아요. 응?

미숙　(조용히 하란 손짓)

세영, 홀리듯이 미숙 옆에 앉아서 TV 뉴스 보면.
'유소년 야구 교실도 약물 복용' 자막과 함께
형사 두 명에게 끌려가는 정세주 보이고.

앵커　**(소리만)전직 야구 선수였던 정세주 씨가 주입한 이 약물은 근육의 성장과 발달을 촉진하지만, 갑상선 기능 저하, 복통 등 부작용을 초래할 수 있는 약물입니다. 성장기에 있는 선수들에게는 더욱 치명적이라고 할 수 있습니다. 야구계 안팎은 프로야구 약물 스캔들이 유소년 야구로까지 번지자 큰 충격에 빠졌는데요. 어른들의 그릇된 욕심이 성장기 유소년 선수들의 몸과 마음까지 멍들게 하고 있는 현실이 참담하기 그지 없습니다. 일각에서는 야구협회의 솜방망이 처벌이 사태를 키우고 있다는 비난도 쏟아지고 있습니다.**

세영　... 이건 아니지.

미숙　계속 저러면 망하지.

세영　뭐가 망해?

미숙　나 학교 다닐 때 쥐꼬리 가져오라고 한 적 있어.

세영　또 월급 얘기야?

미숙　어휴, 뭐래. 지가 혼자 찔려가지고서는. 그게 아니라 쥐를 잡자는 취지에서 꼬리만 잘라서 가져오면 꼬리 하나당 연필을 한 자루씩

줬다고.

세영 그래서 많이 가지고 갔어?

미숙 제일 많이 가져갔지. 근데 나중에 어떤 애들이 오징어 다리에다가 색칠을 해서 가져오기 시작한 거야. 티가 안 나게. 그러다 보니깐 나중엔 연필을 안 줬어. 진짜 쥐꼬리 가져간 나한테도.

세영 근데?

미숙 뭐가 근데야. 편법 쓰면 다 같이 망한다~~ 이거지.

미숙, 세영 머리 한 번 쥐어박는다.

## S#35 KPB 사장단 회의 / 낮

경민, 기자들의 플래시 세례 속에서 등장하면서.
연배가 있는 사장단과 일일이 악수 나누고 인사하며.

**〈시간 점프〉**

경민 여기 계신 모든 구단들이 적지 않은 예산을 투입하면서 프로야구단을 이끌고 계신데 불미스러운 일이 생겨서 모두 심기 불편하시죠. 심지어 어제는 야구 교실에서 유소년 선수들까지 약물을 투여했다는 기사가 나왔습니다. 참담하죠. 이 약물 스캔들은 우리 모두가 피해자이며 약물을 복용한 불특정 다수의 선수들이 가해자라는 마인드에서 시작해야 합니다.

사장단, 서로 눈 맞추며 고개 끄덕이는(과하지 않게)

경민 저는 아직 이 명단이 단 한 명의 선수도 공개되지 않은 이 시점이라야만 합리적인 논의가 가능하다고 생각해서 다급하게 사장단 회의를 요청 드렸습니다.

바이킹스 사장 손 들고 (이하 바사)

바사 이렇게까지 할 필요가 있습니까.

경민 뭐가요.

바사 지금 오만 정보들이 루머처럼 떠도는데 정말 공평하게 모두 정보가 없는 상황이라고 볼 수 있어요?

경민 ... 바이킹스 사장님.

바사 네, 왜요.

경민 현재 어떤 루머들이 떠도는데요?

바사 ...

경민 어떤 루머들이 떠도는지 제가 몰라서 그러는데 혹시 들리는 얘기 있으면 해주시죠.

바사 (뭔가 꿀리는) 그 약물 복용했다는 선수들이 거론이 되는데 그런 얘기가 확산이 되면 무고한 선수들이 피해를 입는다고요.

경민 무고한 선수들이 피해를 입으면 안 되죠.

바사 그리고 한 시즌 중에서 절반을 못 뛰는 현행 제도도 충분히 무거운 처벌 아닙니까.

경민 무겁다... 사람으로 할 수 있는 제일 나쁜 짓은 강력 범죄겠죠. 근데 야구 선수로서 하는 가장 나쁜 짓은 약물 복용 아닙니까. 반칙으로 성적을 냈는데 한 시즌 중에 절반을 못 뛰는 처벌이 무거워요? 시험에서 커닝하다 걸리면 B학점 줍니까?

바사 ...

경민 추위, 더위 견뎌가면서 사시사철 흘린 땀보다 더 값진 주사 한 방이면 이게 지금 스포츠가 맞습니까. 아니면 야구 로봇 경연대회입니까. 4년씩 출전 정지 때리는 프로축구한테 우리 지금 안 부끄러워요?

아무도 경민의 말에 반박하지 못하고.

**S#36 KPB 사장단 회의장 앞 / 낮**

조용히 퇴장하는 사장단.
경민이 언론사들과 인터뷰 중.

경민 저희 사장단 회의에서는 이 참담한 약물 스캔들의 피해를 가장 빨리 복구하기 위해 몇 가지 합의 사항을 마련했습니다. 우선 첫째, 처벌을 강화할 겁니다. 우리 협회는 약물 복용 선수들에 대해서 최대한의 징계가 겨우 72경기 출장 정지 처분이었습니다만... 프로축구의 사례를 본받아 공통적으로 2년의 활동 정지를 부여하기로 합의했습니다. 이에 강두... 아니, 자수를 하는 선수에게는.

기자 방금 강두라고 하시지 않았나요? 강두기 선수를 의미하시는 건가요?

경민 (뻔뻔하게) 아닙니다. 그런 건 아니구요. '자수'라고 말하려다가 제가 자음보단 모음 중심으로 언어 체계가... 아무튼... 자진 신고하는 선수에게는 선처를 베풀어 1년의 활동 정지 기간을 부여할 계획입니다.

**S#37 '야구에 산다' 스튜디오 / 낮**

김영채, 패널들과 대화 나누는 중.

김영채 이번 사장단 회의는 최근에 새로 임명된 드림즈의 권경민 사장의 제안으로 급히 이뤄졌다고 들었는데요. 무엇을 의미할 수 있을까요.

패널1 네, 이건 드림즈는 클린하다는 자신감의 표현으로 예상할 수 있습니다. 현재 자수한 선수가 단 한 명도 없는 이 상황에서 정말 드림즈가 클린하다면 이건 아주 좋은 한 수가 된다고 봅니다.

김영채 다른 구단의 사장들 또한 아직 결과를 모른다고 가정한다면 여기에 불참하기가 어려웠겠죠?

패널2 그렇다고 해서 드림즈는 클린하고 나머지 구단은 아직 모른다. 이렇게 보기는 좀 이른 거 같습니다. 아직 브로커들 중 몸통은 잡히지 않았고요. 실제 존재한다는 고객 명부는 아직 경찰도 기자도 아무도 확인하지 못한 상태입니다.

김영채 정리하자면... 드림즈의 권경민 사장의 저런 선택이 만약에 드림즈의 선수들이 명단에 다수 포함 됐다면 혹은 거물급 선수의 이름이 있다면 역풍을 맞기 좋다는 말씀이시군요.

패널2 아무래도 그렇죠. 선수들 사생활까지 100% 관리하지 않는 한 사실 약물 앞에서는 어느 구단도 안전할 수 없거든요. 권경민 사장의 자신감이 어디서 나오는 건지 상당히 궁금합니다.

김영채　　정말 드림즈에 아무 문제가 없다면 선수단을 향한 저런 믿음을 긍정적으로 볼 수 있지 않을까요.

패널1　　그렇습니다. 지금 프로야구 개막을 앞두고 아주 중요한 시기 아닙니까? 권경민 사장의 저런 확신이 맞아 떨어진다면 팀 내 결속력도 공고해질 수 있고 드림즈 팬들의 자부심은 커질 수 있겠죠.

김영채　　네. 그렇게도 볼 수 있겠네요. 이 문제는 저희가 계속해서 후속 보도를 해드릴 텐데요. 드림즈의 자신감이 끝까지 유지될 수 있을지 지켜보겠습니다.

**S#38　　단장실 / 밤**

'야구에 산다' 방송을 보고 있는 승수.

세영과 재희도 같이 방송을 보고 있는데.

(회의하던 중에 본 것처럼 각자 서류 앞에 두고)

재희　　사장님이 우리 팀을 위해서 저랬을 거란 생각이 왜 저는 안 들죠.

승수　　... 아마 강두기 선수가 포함됐을 거라고 생각하는 거 같습니다.

재희　　강두기 선수도...!!

승수　　아뇨, 아무것도 확실하진 않습니다.

세영　　슬프네요.

재희　　뭐가요?

세영　　권경민 사장님 기준에서 일을 잘한다라는 건... 남이 일을 잘하려는 걸 방해하는 게 돼버렸으니까.

재희 ... 그러네요.

**S#39 바이킹스 트레이닝 센터 / 낮**

임동규, 근력 운동(렛 풀 다운 정도)을 하고 있는데
지나가던 바이킹스 선수들의 비웃는 시선을 본다.
임동규, 운동을 중단하고.

임동규 야, 니네 뭔데.

바이킹스1 그 힘의 근원이 뭘까 얘기했습니다.

임동규 3할도 못 치면서 잠을 잘 수 있는 성격이 못 돼.

바이킹스1 (자존심 상한)

임동규 홈런을 20개도 못 치면 야구 때려치고 싶고 그렇던데?

바이킹스2 (바이킹스1, 만류하며) 아, 역시. 최고의 타자 임동규답습니다.

임동규를 비웃으며 사라지는 바이킹스 선수 둘.
임동규, 의연하게 다시 운동을 하는 매서운 눈빛에서.

**S#40 운동장 앞 벤치 / 밤 (임동규 과거 회상)**

임동규, 러닝 훈련 하다가.
벤치에 앉는데 옆에 앉는 브로커.

브로커 임동규 선수.

임동규 누구세요.

브로커 팬입니다.

임동규 저 경기도 못 뛰는데… 제 팬이라구요?

브로커 3할 3푼, 홈런 30개, 타점 100개를 쳐낼 임동규 선수의 팬이죠.

임동규 (어리둥절한)

브로커 훈련만 해서 되는 세상이 아니에요.

임동규 누구신데요.

브로커 지금 제일 잘 나가는 강국주 선수 아시죠. 그 선수가… (주머니에서 스테로이드 꺼내며) 이걸 못 만났으면 아무도 강국주 이름을 못 외웠을 겁니다.

임동규 …

브로커 (명함 하나 꺼내서 내려놓으며) 한 번 써보시고 생각 있으면 연락주세요.

브로커, 가벼운 발걸음으로 멀어지고
임동규 그 뒷모습과 스테로이드 번갈아 보며.

**S#41 임동규 숙소 / 밤 (과거 회상)**

임동규, 스테로이드 담긴 주사기 들고 고민 중인데.
이때 숙소 방문이 덜컥 열리며 강두기가 들어온다.
강두기, 임동규 손에 든 주사기 보고 잠깐 놀랐지만
이내 씨익 웃으며 문 닫고 나가는 강두기.
임동규, 당황스럽고 수치스러운 마음.

## S#42 드림즈 주차장 / 밤

장비 담은 가방 메고 주차장으로 가는 강두기.
장진우가 앞에 서있고.

장진우 강두기.

강두기 선배님.

장진우 난 니가 아니라고 확신하는데. 아니, 니가 아닌 걸 아는데. 소문이 계속 나.

강두기 ...

장진우 그 새끼들 언제 잡힐지도 모르는데 나는 그냥 니가 이 더러운 소문이 틀렸다고 직접 증명했으면 좋겠다.

강두기 저만 아니면 되는 건데요.

장진우 나도 다 알어. 아는데. 니가 지금 우리 얼굴이니까 그런 책임감을 가지라고.

강두기 ... 가보겠습니다. 선배님.

강두기의 인사에 멋쩍은 장진우.
얼른 가라고 손짓.

## S#43 드림즈 사무실 / 밤

장우석, 강두기의 등판 기록을 보면서.
세 경기 연속 등판 기록에 드래그를 하면서.

장우석 강두기, 이 새끼 이거...

승수 (소리만)**성실하네요.**

장우석, 놀라서 고개 들어서 보면 승수가 복도에 서서 보고 있다.

승수 사장 보좌 아무나 하는 게 아니네요.

장우석 (인상 찌푸리며)

승수 어떤 방식이든 팀을 위한 일일 겁니다. 계속 의심하고 추적하세요.

장우석 알아서 하겠습니다.

승수 근데 흐리멍덩한 눈으로 의심하지 마세요. 어떤 결과이길 바라면서 추적하지 말란 얘깁니다.

승수, 엘리베이터를 향해 걸어가면
장우석 뭔가 정곡을 찔린듯 해 기분 나쁘다.

### S#44 사장실 / 밤

장우석, 경민 옆에 서서 모니터로 설명을 하는 중.

장우석 8월 4일에 보시면 9이닝 무실점. 그런데 8월 9일에 또 나와서 6이닝 무실점. 그리고 8월 14일에 또 나와서 7이닝 무실점. 투구수는 세 번 다 110구가 넘어갑니다.

경민 어깨가 아주 튼튼하네?

장우석 등판 간격도 5일인데 말이죠.

경민 이렇게 잘할 때 팬들이 하는 말이 있겠네. 강두기 완전?

장우석 (?)

경민 ... 약 빨았다.

장우석 아. 그렇습니다.

경민 강두기 완~~전 약 빨고 야구하네?

경민, 확신의 미소로

경민 강두기도 그냥 한낱 사람이네.

**S#45 카페 / 낮**

승수, 김종무 단장과 마주 앉아 있는데
표정이 착잡한 김종무 단장과 승수.

승수 바이킹스는 약물 관련 조사 하고 계십니까.

김종무 뭐 그런 걸 물어.

승수 (서류 봉투 건네며) 자진 신고하면 1년 인 거... 기억하시죠.

김종무 이게 뭔데?

승수 저희가 나름대로 분석한 바이킹스 선수 중에 약물 의심 명단입니다.

김종무 남의 팀 선수들을 왜 분석해!!

승수 ... 미안한 일이 있으니까요.

김종무 (불길한 예감) 뭔데...

승수 저도 제가 틀렸길 바라지만 바이킹스의 주축 선수들이 2년간 출전정지 판정을 받도록 둘 수가 없습니다.

김종무 우리 팀은 뭐 아무 생각도 없는 줄 알아?

승수 ... 그냥 참고만 하셔도 됩니다. 바이킹스, 이대로면 정말 두 시즌을 그냥 날립니다.

김종무 좋아. 백승수 단장 조언만 받고. 이건 안 받어.

승수 선수들이 자진해서 신고할 거라고 보십니까.

김종무 남의 팀에서 가져온 자료를 가지고 협박할 생각은 없어. 내가 우리 선수들한테 다시 한 번 묻긴 할게. 근데 이건 다시 가져 가.

승수 단장님. 그런 믿음이... 강두기를 내보내고도 15승 투수 2명에 10승투수 1명. 2점대 방어율 승리조 세 명. 투수 왕국을 만드신 거죠.

김종무 (허허 웃는) 투수 육성을 나 혼자 했나.

승수 자진 신고하면 1년으로 그칠 수 있습니다. 한 해만 쉬고 우승 도전하세요.

김종무 (버럭하며) 갑자기 무슨 거지 같은 종이 쪼가리를 가지고 와서 사람 마음을 뒤흔들어!!

승수 (안타까운)

김종무 애들이 아니래잖아!! 내가 애들 믿기로 했다고!!

승수 (서류 봉투에서 종이를 꺼내 찢으며) 저도 이 종이 쪼가리가 틀렸길 바랍니다. 가보겠습니다.

승수, 일어나서 나가면.

김종무, 찢어진 종잇조각 바라보다가

종잇조각 손에 모아서
카페의 휴지통에 버리고 나간다.
그 모습을 문 앞에서 지켜보는 승수, 쓸쓸한 얼굴.

**S#46** **바이킹스 구단 어딘가 / 밤**
김종무 단장 앞에 바이킹스 선수들 도열해 있는 가운데.

김종무 (강단 있는 목소리로) 나 니들한테 단장님 소리보다 선배님 소리 듣는 게 더 좋았다. 어린놈은 자식 같고 베테랑은 막내 동생이라고 생각하고 팀 운영했다. 지금 나보고 니들 믿지 말고 추궁하라고 외부에서 압력이 들어오는데. 약물? 그거 했으면 오늘까지 나한테 연락하고 내일 자수한다. 오늘까지 아무도 연락 없으면 난 우리 팀에는 약물이 없는 걸로 생각한다. 난 다른 놈들 말고 내 새끼들 믿는다. 알았냐.

선수들 네!!

**S#47** **KPB 기자회견장 / 낮**
기자들 플래시 세례 속에서 KPB 담당자가 마이크 앞에 서고.

담당자 저희 협회는 자진 신고 기간을 주고 이에 해당하는 선수는 사장단 회의에서 협의한 2년간의 출전 정지에서 절반을 깎은 1년의 출전 정지를 부여하기로 했습니다. 그 기간 내에 신고를 한 선수는 없었습니다. 자진신고를 하지 않은 선수들은 2년간 출전 정지를 부여받을 것이고 그 명단 발표하겠습니다.

**S#48 드림즈 훈련장 / 낮**

강두기, 야구공을 유심히 보다가 그립에 맞춰 손에 쥐고 투구.

투구를 이어가는 강두기의 얼굴에서.

**S#49 KPB 기자회견장 / 낮**

담당자명단에는... 세이버스 2명과... 펠리컨즈 1명... 웨일스 2명... 재규어스 3명... 데블스 1명... 타이탄스 3명... 블랙윙스 2명... 레드호크스 3명...

**S#50 드림즈 사무실 / 낮**

방송을 지켜보는 드림즈 프런트.

모두 긴장된 표정.

**S#51 KPB 기자회견장 / 낮**

담당자 바이킹스 5명, 드림즈는... 해당 사항 없습니다.

## S#52 사장실 / 낮

장우석 세워두고 TV 보고 있는 경민.

경민 ... 한 명도 없네.

장우석 네.

경민 강두기가 누락됐을 가능성은.

장우석 없다고 합니다.

경민 (생각할수록 이해가 안 되는) 강두기는 그럼 왜 그렇게 잘하는 거야.

장우석 솔직히...

경민 (?)

장우석 열심히 하기도 합니다.

경민 (기가 막힌) 그래, 뭐... 열심히 하겠지. 야구는 제일 못하면서 약물은 제일 모르는 팀. 참 욕심도 없고 순박하네. 멋진 팀이야.

창밖의 그라운드를 보는 경민.
어색하게 서있는 장우석.
이때 문 열리고 승수 들어오면서.

승수 아시겠지만 드림즈는 해당 사항 없었습니다.

경민 (이놈 봐라 싶은) 백승수 단장.

승수 네.

경민 강두기는 정말 깔끔한 거예요?

승수 네.

경민 능력 있는 약물 아티스트를 만났을 리는 없고?

승수 강두기 선수가 최근 2년간 부쩍 좋은 투구를 보여서 저희도 의심 명단에 두고 강두기 선수 등판 내용을 분석해 봤는데요. 조금 깊게.

승수, 장우석을 보면 장우석 불쾌한 열등감이 밀려오고.

승수 어떻게 강두기는 10승 투수에서 20승도 기대하게 되는 투수가 됐을까. 단순하게 투구수, 방어율만 보면 나오지 않는 요인이 많이 있습니다.

경민 ... 강의해 봐요.

승수 기본적인 패스트볼이 너무 좋은 선수였고. 거기에 슬라이더. 딱 두 개의 구종에 의지하는 전형적인 투 피치 투수였습니다. 근데 구종이 늘어납니다. 바이킹스로 이적한 후에 체인지업을 구사하기 시작합니다. 그리고...

승수, 인쇄된 종이 꺼내면 스트라이크 존에
강두기 투구 분포도 보여주며.

승수 스트라이크 존을 넓게 쓰기 시작합니다. 자연스럽게 삼진도 늘어나고. 원하는 대로 경기를 이끌어가는 투수가 됩니다. 뭐 말은 쉽지. 지옥 같은 훈련과 바이킹스의 선진 시스템 덕분이겠죠?

경민 (비꼬듯) 참 은혜롭네.

승수 드림즈가 야구는 못 해도 상대적으로는... 문제가 적은 팀이어서 사장님도 기쁘시죠.

경민　　... 어. 굉장히 그렇네요.

승수　　약물 복용이라는 반칙에 대해 사장님이 분노하시는 모습. 지더라도 정정당당하게 라는 드림즈의 정의를 보여주셔서 좋았습니다.

경민　　(분노 억누르며) 백 단장님한테 배운 거죠, 뭐.

승수　　사장과 단장이 이렇게 생각이 비슷한 거. 요즘 사람들은 케미가 좋다. 그렇게 말하는 거 같습니다.

승수, 고개 숙여 인사한 뒤 나가며.

**S#53　복도 / 낮**

혼란스러운 선수단 사이를 걸어가는 임동규.

밝은 표정은 아니지만 당당한 걸음.

그 사이로 들리는 선수들 목소리.

선수1　　**(소리만)임동규 아니었네.**

선수2　　**(소리만)임동규 훈련 빡세게 하긴 하잖아. 약빨 아니고 훈련빨인가봐.**

선수1　　**(소리만)에이, 씨. 괜히 미안하네.**

**S#54　임동규 숙소 / 밤 (임동규 회상)**

임동규, 고민하다가 주사기와 스테로이드 병을

창밖으로 던져버리는.

## S#55 임동규 숙소 주변 / 밤 (임동규 회상)

깨져버린 스테로이드 병과 바닥에 뒹구는 주사기.

## S#56 드림즈 사무실 / 낮

방송을 지켜보는 드림즈 프런트.

임미선 어떻게 드림즈만 한 명도 없네.

변치훈 기사 준비할까요. 우리 팀이 깨끗한 꼴찌였다.

임미선 이런 때는 그냥 숨죽이고 있으면 알아주는 거야.

유경택 바이킹스는 15승하던 양진호, 10승 하던 최우혁이 2년 정지...

양원섭 평균 방어율 2점대. 필승조 세 명도 싹 다 걸렸네.

재희 세이버스도 두 명 걸렸는데 5선발, 한 명은 백업 외야수. 바이킹스에 비해서는 타격이 적네요.

세영 자연스럽게 리빌딩을 준비하겠죠. 김종무 단장님은 원래 리빌딩에 있어서는 최고 능력자니까요.

변치훈 그럼 우승은 세이버스가 또 하거나... 펠리컨즈 정도가 올라가겠네.

영수 드림즈는 전력 누수가 없는데요.

모두 돌아보는 프런트.

영수 우리 성적 기대치도 더 올라간 거죠. 가만히 앉아서.

## S#57 드림즈 훈련장 / 낮

훈련 중인 강두기, 인기척 느끼고 돌아보면 승수.

**<시간 점프>**

강두기 임동규가 약물 같은 거 할 놈은 아닙니다. 단장님은 이미 알고 계셨습니까.

승수 임동규 선수만큼 그렇게 배팅 연습하다가 손이 많이 찢어진 사람은 없습니다. 애초에 약물 같은 거에 의지할 사람은 아니라는 거 알고 있었죠.

강두기 임동규가 예전에 도핑에 걸린 적이 있어서 바이킹스에서도 오해를 받았을 겁니다.

승수 ...

강두기 임동규는 아직도 그 건을 제가 신고했을 거라고 생각합니다.

승수 예. 그래서 강두기 선수를 코치들 이간질하고 감독 험담을 하는 선수로 몰아갔잖아요. 그 얘기는 왜 안하세요?

강두기 ... 오해를 풀지 못한 제 잘못이니까요.

## S#58 바이킹스 헬스장 / 낮

땀에 흠뻑 젖은 채로 달리는 임동규.

이때, 앞에 둔 휴대폰에 전화가 걸려 와서 받으면.

협박남 임동규, 요즘 프로야구 판이 아주 뜨겁더라?

임동규 ...

협박남　　임동규, 왜 너만 깨끗한 척을 해?

임동규　　원하는 게 뭔데.

협박남　　아, 뭐야. 우리 지금 처음 거래해? 늘 먹던 그대로. 오케이?

임동규, 전화 끊고 나서.

모든 것이 후회스러워 머리를 감싸쥐는 임동규에게

또 다시 전화가 걸려오고.

누군지 확인한 임동규의 놀라는 표정.

## S#59　허름한 식당 / 밤

임동규가 들어오면 강두기가 기다리고 있고.

강두기, 눈이 마주치면 말없이 고개 끄덕이고.

**〈시간 점프〉**

소박한 반찬(국밥 같은 것도 괜찮습니다)에 백반 차려지면.

강두기　　오늘 밥은 니가 사라.

임동규　　뭐라는 거야, 이 새끼가.

강두기　　계약금 많이 받은 1차 지명이라고 늘 내가 밥을 샀는데 이제 임동규가 이 정도 밥은 살 수 있지 않냐.

임동규　　새끼가 치사하게.

강두기　　이 정도 밥만 먹어도 든든했고. 운동 잘하지 않았냐.

임동규　　(?)

강두기　첫 출장하고. 첫 홈런 치고. 주간 MVP도 해보고. 세상 부러울 것 없지 않았냐.

임동규　여기가 청학동이야? 어디서 훈장질이야. 이 새끼가.

강두기　우리 지역 배트 쥔 애들한테는. 그리고 하위 라운드에 뽑힌 후배들한테는 강두기 말고 임동규가 희망 아니었냐.

임동규　... 체하겠다. 새끼야.

강두기　당당하게 살 순 없는 거냐.

임동규　...

강두기　타격 과정에서 자신감, 당당함 없이도 배트를 휘두를 수 있냐. 나는 공 던질 때 내가 부끄러운 일이 있으면 공 제대로 못 던진다. 그래서 나는 인생 똑바로 살려고 노력한다.

임동규　또... 내려다 보냐.

강두기　한 번도 그런 적 없다. 약물 앞에선 당당해도 정말 부끄러운 게 없냐. 있으면 털어내라. 난 더 이상 말 안 한다.

말없이 밥을 먹는 강두기.
임동규, 생각하다가 밥그릇 내려놓고.

임동규　새끼가 밥맛 떨어지게.

자리에서 일어나서 나가버리면
강두기, 안심하는 얼굴로 밥 한 숟가락 더 뜨고.

**S#60 바이킹스 단장실 / 낮**

임동규, 책상 앞에 고민이 많은 얼굴의
김종무 단장 앞에 가서
무릎을 꿇고.
당황하는 김종무, 임동규를 일으켜 세우고.

**S#61 KPB 사무실 앞 / 낮**

임동규, 어디론가 전화 걸어서.

협박남 **(소리만)임동규 씨, 입금 안됐던데?**
임동규 야, 이 새끼들아. 천하의 임동규를 협박해? 쓰레기 같은 새끼들이.
협박남 **(소리만)통 크게 도박한 거 소문나도 괜찮아?**
임동규 ... 니들 나 보면 먼발치에서라도 피해 다녀라. 진짜 죽는다.

임동규, 전화 끊고.

**〈플래시 컷, 2부 62씬〉**

승수 (끊으며) 야... (서늘하게) 임동규.
임동규 (조금 주춤하며) 뭐가... 이 새끼야...
승수 (한 걸음 더 다가가서 귓속말하는) 국가대표가 행실을 똑바로 해야지.
원정 도박이 뭐야.

승수의 말에 임동규, 그대로 얼어버린다.

팔과 다리가 덜덜 떨리는 임동규.

///

다시 어딘가로 전화 거는 임동규.

**S#62** **단장실 / 낮**

승수, 커피 내리다가

전화 걸려오면 확인 후 받는다.

**S#63** **KPB 사무실 앞 / 낮**

수화기 들고 있는 임동규.

임동규 야!! 이 비겁한 새끼야!! 너도 똑같애!!

**S#64** **단장실 / 낮**

승수, 커피 마시려다 내려놓고.

승수 맞습니다. 저도 똑같은 사람입니다.

## S#65 KPB 사무실 앞 / 낮

임동규, 홀가분한 마음에 표정이 어둡지만은 않고.

임동규 천하의 임동규를 협박해? 이 양아치 같은 놈아.

전화 끊고 생각이 많은 임동규 얼굴.

## S#66 단장실 / 낮

승수, 느긋하게 전화기 들고서.

승수 뭔가 결정한 겁니까. 목소리에 확신이 생긴 것 같습니다.

**〈플래시 컷, 11부 48씬〉**

임동규 야… 백승수.

승수 …

임동규 (한 걸음 더 다가가서 귓속말하는) 내가 얼마나 야구에 미친놈인지 보여줄게.

///

## S#67 KPB 사무실 / 낮

임동규, 놀라서 임동규를 보는 KPB 직원들 앞에서.

임동규　도박했습니다. 마카오에서. 이것도... 자진 신고하면 처벌 줄여줍니까.

위축된 모습으로 간신히 말을 꺼내는 임동규.
속은 한결 후련해진 기분이 든다.

**S#68**　드림즈 대회의실 / 낮

응접 테이블에 세영, 유경택, 영수 앉아있고.

승수　여러 가지 상황들이 일어났고. 제가 여러분께 납득할 수 없는 이야기를 하나 하겠습니다.

뭐지 싶은 저마다의 반응에서
저마다 놀라는 반응으로
승수가 설명을 시작하고.
거기에 따른 열띤 토론이 벌어지는 모습들.
열심히 토론하되 약간 상기된 모습들.

(여기서부터 모든 대화는 묵음처리 됩니다)

승수　임동규 선수를 다시 데려올 겁니다.
세영　임동규 선수를요?
유경택　임동규 내보낸 게 단장님이잖아요.
승수　네. 강두기 선수를 데리고 오려고 내보냈죠.

유경택 그런데 다시 데리고 오신다고요?

세영 어떻게 데리고 오실 건데요?

승수 바이킹스에서 임동규 선수를 데리고 있을 이유가 없어질 겁니다.

세영 왜요?

승수 임동규 선수, 원정 도박을 했습니다. 그리고 그 건을 자진신고 할 겁니다.

유경택 그럼 우리도 데리고 올 이유가 있나요.

승수 네, 시즌의 절반은 뛰지 못하겠죠.

세영 그러면 그 말씀은 우리가...

영수 임동규 선수의 몇 년치 기록을 봐도... 가을에 성적이 좋은 건 분명히 유의미한 경향성을 띄고 있거든요.

유경택 그때 그 프레젠테이션 내용은...

승수 팀장님도 잘 아시잖아요. 임동규를 데려와야 되는 이유들은 오히려 더 쉽게 찾을 수 있죠.

유경택 그럼 거기를 설득시킬 만한 카드는 생각해 보셨어요?

영수 그게 제일 어려운 문제 같은데요. 김종무 단장님, 만만한 분이 아닌데요.

세영 일단 기본적으로 임동규랑 겹치는 포지션이어야죠. 그쪽과 우리가 선수단 구성의 장단점이 다르니까요.

**S#69 드림즈 투구 훈련장 / 낮**

투구를 위해 어깨를 풀고 있던 강두기.

세영이 다가오면 보고 공손하게 인사하면.

세영 강두기 선수, 어려운 질문 하나를 던지려고 하는데요.

강두기 네.

세영 ... 임동규 선수 데려와도 될까요.

강두기 하나도 어려운 질문이 아닌데요.

세영 (긴장하며)

강두기 제가 무실점 해도 우리 팀이 점수를 내야 승리 투수가 되죠.

세영 임동규 선수가 늦여름부터 가을 정도나 뛸 수 있는데요.

강두기 가을 동규, 임동규. 다 알잖아요.

세영, 강두기의 든든한 모습에 미소.

**S#70 월미도 공원 / 낮**

쓸쓸하게 걷는 임동규 앞에 승수가 보인다.
의외의 등장에 잠시 놀라지만
형언할 수 없는 감정에 휩싸여 인상을 쓰는 임동규.
적당한 거리를 두고 마주 보며 대화를 시작하는 두 사람.

승수 임동규 선수, 이미 여론은 등 돌렸고 영구 결번은 어려울 겁니다. 이전 사례들을 봤을 때 이번 시즌의 절반은 뛰지 못하게 되겠죠. 바이킹스에게 엄청난 민폐가 됐고 우리도 그에 대한 보상을 해야 되는 상황이 됐습니다.

임동규 ...

승수 저번에 임동규 선수가 얘기했죠. 드림즈에 있는 이유.

임동규 ...

**〈플래시 컷, 12부 54씬〉**

임동규 (말하며 격앙되는) 중학생 때부터 나한테 천 원짜리 한 장씩 쥐어주면서 우리 동규라고 하던 아저씨, 쥐포 한 장 못 판 날도 나 보면 손 흔들고 웃는 쥐포 아줌마.

///

승수 쥐포 굽는 아주머니, 천 원씩 쥐어주던 아저씨, 펜스에 매달리던 아저씨, 울다가도 뛰어와서 사인 받던 어린이들은 아직도 임동규 선수를 보고 웃어줄지도 모르죠... 임동규 선수, 드림즈에서 은퇴하겠습니까.

임동규 ...!!

승수 그 대신 어두운 과거들은 청산해야 합니다. 그 불량한 친구들, 가까이 하면 안 됩니다. 그리고 저를 존중해야 합니다. 저도 임동규 선수를 존중할 거니까요.

임동규 그 때는... 죄송했(습니다 하려는데)

승수 그리고... 동료들을 평가하지 말아야 하고. 친목질이라고 표현했던... 그런 것도 해야 합니다. 야구 잘하는 것 말고는 다 바꿔야 됩니다. 예전의 임동규라면 절대 안 됩니다. 다시 한 번 묻겠습니다. 드림즈에서 은퇴하겠습니까.

임동규 드림즈에...

승수 ...

임동규 가야죠...

승수, 미소 지으면서

승수　　임동규 선수를 데려오기 위한 협상을 시작해 보겠습니다.

약간의 거리는 유지한 채
같은 방향으로 걸어가는 승수와 임동규의 모습에서.

"성적은 단장 책임, 관중은 감독 책임. 전 그걸 믿는 편입니다.
단장은 스토브리그 기간과 정규 시즌 동안 팀이 강해지도록
세팅을 해야 하고. 감독이라면…
경기장에 온 관중들의 가슴에 불을 지펴야죠.
그 경기는 비록 졌지만 당시 최고 투수였던 박준오와 잘 싸운
강두기라는 우리의 에이스를 가슴에 남겼고.
세이버스 팬들에게도 최고의 에이스에 대한 자긍심이 남은
멋진 경기였습니다."

14

## 14부

S#1 드림즈 대회의실 / 낮

이철민, 최용구, 민태성, 양원섭, 재희, 임미선, 변치훈 뒷자리에 앉아있고 앞자리 가까운 곳에 영수와 유경택이 앉아있고 세영이 서서 프레젠테이션 준비 중.

세영 운영팀장 이세영입니다. 제가 여기 계신 분들을 모으고자 한 이유는... 트레이드에 관한 얘기를 나누려구요.

저마다 놀라는 반응들.

이철민 이번에는 대형 트레이드 아니죠?

세영 사실 트레이드는 조심스러운 부분이 너무 많아서 은밀하게 하는 게 맞죠. 그런데 백승수 단장님이 그렇게 하지 않았죠. 강두기, 임동규 선수 트레이드할 때... 그 트레이드의 필요성으로 우릴 설득했습니다.

최용구　불안하게 왜 그래.

세영　그래서 다시 한 번 설득을 드리고자 이런 자리를 마련했습니다. 감독님은 이미 동의하셨지만 감독과 프런트의 결정이니 무조건 받아들여라. 그런 얘기보다 정보를 공유하고 설득을 하고 싶어서요. 시작하겠습니다.

프레젠테이션 화면에 '임동규를 다시 데려와야 하는 이유'
황당함과 실소가 교차하는 반응들 사이에
그 반응을 조심스럽게 살피는 영수와 유경택.

**S#2　바이킹스 단장실 / 낮**

떨떠름한 표정으로 땅만 보는 김종무 단장 앞에
차분하게 마주 앉은 승수.

김종무　그니깐... 지금 석고대죄를 하러 온 게 아니라.

승수　... 죄송할 따름입니다.

김종무　투수도 다 잃었고 임동규도 한 시즌의 절반밖에 못 뛰어.

승수　...

김종무　알고 있었지?

승수　네.

김종무 뻔뻔하게 알고 있었다고? 하긴, 백 단장 같은 인간이 우리 팀 사정을 도와준다고 찾아 왔을 때...

네모난 휴지곽 일부러 맞지 않게 던지며

김종무 비록 경쟁은 경쟁이지만!! 우리 둘 사이에 선의의 경쟁을 하자는 동지 의식 같은!! 그런 게 싹튼 줄 알았다고!!

승수 그래서 제안하러 왔습니다. 김종무 단장님. 트레이드를...

김종무 사기 당한 김에 더 당해줘라?

승수 아뇨. 일종의 보상이 되길 바라는 의미에서 준비한 트레이드입니다.

김종무 여기 오는 길에 봤지? 수십 명이 해체하라고 시위하는 거. 약물 복용에 원정 도박까지 걸린 팀이 우리 팀밖에 없다고!!

승수 안타깝게 생각합니다.

김종무 지금 문 닫는 가게처럼 '사장님이 미쳤어요' 뭐 이런 세일 할 줄 알고 찾아 온 거 아니냐고!!

승수 도의적 책임을 지는 의미에서 저희가 임동규를 다시 데려가겠습니다.

김종무 하... 이 인간 이거 이거. 강두기를 돌려줄 거야?

승수 아뇨, 그건 아닙니다.

김종무 그럼 임동규랑 바꿀 선수가 드림즈에 또 있다고?

**S#3 드림즈 대회의실 / 낮**

재희, 손을 들어서.

재희 단장님이 허락하셨어요?

세영 단장님과 제가 같은 생각입니다.

임미선 그때 그 프레젠테이션은요? 임동규를 보내야 하는 이유...

세영 그때 그 프레젠테이션에 모두가 납득한 부분이 뭐였을까요.

재희 강두기죠.

세영 네, 강두기를 데려온다는 이유로 모두가 납득했습니다. 강두기라는 선수를 내보내지 않고 데려올 수 있다면 임동규가 필요한 이유는 100가지도 만들 수 있습니다. 굳이 그 얘기를 해야 된다면 준비도 돼 있습니다.

이철민 (허허 웃으며) 해봐요, 한 번. 들어나 보게.

세영 네, 첫째.

프레젠테이션 화면을 넘기면.
'임동규가 견뎌왔던 환경'

세영 임동규 선수의 성적은 모두가 알다시피 국내 타자 탑3 안에 드는 수준입니다. 하지만 성적을 단순 비교하지 않고 견제할 다른...

최용구 (말 끊으며) 다 아는 얘기죠. 임동규가 잘한다. 그런데 바이킹스가 바보도 아니고. 임동규를 받으려면 내줄 선수가 있을 거 아닙니까.

세영, 준비했다는 듯 말하려는 순간.

## S#4 바이킹스 단장실 / 낮

승수 김관식 선수입니다.

김종무 (황당해서 입이 벌어진) 도의적 책임을 진다고 했으면 우리가 이익을 봐야 되는 거 아냐? 백 단장 상식은 내 상식이랑 왜 달라?

승수 한 명 더 있습니다.

김종무 말해 봐.

## S#5 드림즈 대회의실 / 낮

세영 김관식 선수와... 연중섭 선수입니다.

양원섭 연중섭을요? 리틀 임동규라는 연중섭에 김관식까지 얹어서. 시즌 절반 못 뛰는 임동규를 받는다구요? 제가 처음으로 단장님하고 생각이 갈리는데요.

민태성 저 우리 애들 진짜 많이 체크하는데요. 연중섭 걔는요. 대형 선수가 될 싹이 너무 많이 보여요. 임동규처럼 클 수도 있는데다 젊다고요. 군대 문제도 해결했고.

세영 타격이 빈약하고 외야가 허술해서 강두기를 내주고 임동규를 데려간 팀이 바이킹스예요. 그리고 우리가 데려오는 건 리틀 임동규나 임동규처럼 될 만한 선수가 아니죠. 임동규입니다.

## S#6 바이킹스 단장실 / 낮

김종무, 생각에 빠진.

김종무 연중섭...

승수 시간을 좀 더 드려야 할까요.

김종무 아무리 그래도 임동규잖아. 김관식, 연중섭. 유망한 애들인 거 알아. 아니, 애들 잘될 거 아는데 임동규라고. 임동규.

승수 바이킹스는 현재 필승조 세 명이 빠진 상황입니다. 김관식은 당장 어느 팀을 가도 필승조에 들어갈 만한 선수죠.

김종무 저.. 저...

승수 작년과 달리 부상도 없이 구위가 좋은 건 다 알고 계실 겁니다. 그리고 연중섭 선수야말로 저희 팀의 미래입니다. 외야 수비는 벌써 임동규보다 평가가 좋고 거포의 재능이 보이는 타격도 임동규 신인 시절보다 훨씬 낫습니다. 외야 수비와 타격을 보강하려고 임동규를 데려갔던 바이킹스에게 저희가 드릴 수 있는 가장 완벽한 선물입니다.

김종무 요사스러운 혀를 또 놀리는구만.

승수 임동규 선수의 잘못은 알고 있었지만 제가 입 다물면 문제가 되지 않을 줄 알았습니다. 이것은 드림즈와 바이킹스 양측을 위한 진심 어린 제안입니다. 바이킹스가 2년 후에 우승을 노린다면 그 사이에 성장한 김관식과 연중섭이 팀의 주축이 될 겁니다.

김종무 (생각에 빠지는)

승수 임동규 선수는 원정 도박으로 올 시즌 절반을 뛸 수 없고. 바이킹스 출신 선수도 아니기 때문에 감싸는 팬보다는 비난하는 팬이 더 많습니다.

김종무 드림즈는.

승수 (?)

김종무　드림즈 팬들은 임동규를 기다리나.

승수　2차 10라운드로 뽑혔습니다. 그래서 독을 품고 야구에만 매달렸고. 만년 꼴찌였던 팀에 젊음을 바친 비운의 4번 타자입니다. 한 번 더 기회를 준다면 드림즈 팬들밖에는 없을 겁니다.

김종무　...

승수　그리고 바이킹스가 우승을 노리는 2년 뒤에는 임동규 선수는 FA가 됩니다. 과연 바이킹스에 임동규 선수가 남는다는 보장이 있습니까.

김종무　어차피 우승 못할 거면 미래를 도모하라는 말을 돌려서 해주시는구만.

승수　...

**S#7　드림즈 대회의실 / 낮**

양원섭, 손 들고.

양원섭　우리 팀이 왜 윈 나우•를 지향합니까.

세영　... 우리는 올해 아주 좋은 성적을 내려고 하니까요.

재희　(들은 것이 있기에) ...

변치훈　솔직히 올해는 좀 어렵지 않나요?

임미선　(눈치주고)

양원섭　김관식, 연중섭 같이 젊은 선수를 주고 임동규를 받아온다는 건

---

• Win – now. 즉시 전력감을 영입해 지금 당장의 성적 향상을 목표로 팀을 꾸리는 일.

우승할 기회가 아니면 실패한 트레이드가 될 겁니다.

세영 ...

영수 저...

모두 영수에게 시선이 끌리면.

영수 국내 최고 타자가 누구라고 생각하세요?

재희 세이버스 김원재 선수죠. 국가대표 4번 타자.

영수 그렇죠. 누가 봐도 그렇죠. 근데 최근 3년 말고. 5년으로 하면?

재희 김원재가 잘하기 시작한 지가... 얼마 안 됐나. 누군데요?

세영 그래도 김원재일걸요.

세영, 피식 웃으면 안에 있는 사람들도 피식 웃는 분위기.

영수 (웃으며) 그런데 최근 7년으로 하면요?

모두들 (??)

영수 임동규일걸요.

세영 네, 그렇죠. 7년 성적은 압도적으로 임동규입니다. 7년을 한결같이 3할에 20홈런은 무조건 넘겨주고 80타점 이상을 기록해준 선수. 그런 와중에 MVP급 임팩트도 몇 번을 보여줬죠.

**S#8 바이킹스 단장실 / 낮**

고민하던 김종무.

김종무 그래, 다 좋다 이거야. 근데 임동규는 여름에 못한다며. 가을에만 잘한다며.

승수 이런 말씀 드리기 죄송하지만...

김종무 에이, 설마.

승수 네, 올 시즌에는 저희가 가을 야구를 할 거 같습니다. 무조건.

**S#9 드림즈 대회의실 / 낮**

세영 그리고 특히 가을에... 엄청나게 무서워지는 타자가 우리는 필요한 거 같아서요.

변치훈 근데 그런 걸 다 떠나서 일단 임동규가 기분 좋게 올 수 있을까요?

임미선 강두기 선수도 좀 껄끄러워할 텐데. 이제 우리 팀은 강두기 팀 다 됐는데. 저기 임동규 버거 대신에 두기 도그 메뉴 개발도 했는데. 소스도 세 가지나 개발했어요.

세영 100% 진심으로 뛸 생각이 없는 임동규는 필요 없죠, 우리도. 절박한 임동규를... 데려와야죠.

**S#10 바이킹스 단장실 / 낮**

승수, 자리에서 일어나서.

승수 아무것도 없던 바이킹스를 투수 왕국으로 만든 김종무 단장님이라면 2년 사이에 다시 바이킹스를 무서운 팀으로 변모시켜서 올라올 거라고 믿습니다.

김종무 ...

승수 기다리고 있겠습니다. 트레이드 건은 마음의 결정이 되면 연락주십쇼.

승수, 돌아서 문 닫고 나가면.

김종무 아니, 지들이 벌써 가을 야구 하는 것처럼 말하네. 하, 참.

**S#11** **드림즈 대회의실 / 낮**

다들 나가는 분위기에서 세영이 양원섭과 나가는 재희를 보고.
재희도 나가다가 세영을 본다.

세영 (작게) 잘.해.

재희, 씁쓸하게 웃으면서 나가고.

**S#12** **복도 / 낮**

아쉬움으로 돌아보며 나오는 재희를
곁눈질도 안 하고 보기라도 한 듯이 웃는 양원섭.

양원섭 새 팀원이 와서 좋아했는데 몸뚱이만 왔구만.

재희 (민망한)

양원섭 이세영 팀장님은 너 없어도 잘해.

재희 (세영에게 들은 듯 섭섭한 마음) 네...

양원섭 한재희가 필요한 사람은 나다. 알았냐.

재희 네.

양원섭 어디 좀 가자.

재희 네?

양원섭, 대답 없이 앞장서서 가면 재희 황당하지만 따라가면서.

**S#13 대학야구 연습 현장 / 낮**

연습 중인 대학야구 선수들.

들어가면서 눈 마주치면 인사하는 양원섭.

선수들 여러 명이 보고 반갑게 인사하면.

재희 대학 선수들이에요?

양원섭 (끄덕)

재희 자주 오세요?

양원섭 아니, 자주는 못 오는데.

재희 근데 대학야구 선수들은 요즘 잘 선발 안 하잖아요.

양원섭 우리도 잘 안 뽑지. 왜 그런지는 아냐?

재희 아무래도 재능 있는 선수들은 대개 고등학교 때 프로에서 뽑힌다고 생각을 하고.

양원섭 한재희 합격.

재희 그리고 4년 뒤에 졸업하면 아무래도 나이가 많은 선수를 뽑는 것도 구단 입장에선 부담스럽죠?

양원섭 한재희 차석 합격.

재희 수석 합격하려면 또 뭐가 있죠?

양원섭 대학 선수들도 선수이면서 학생이니까 공부를 병행하니까.

재희 공부를 하면...

양원섭 훈련량이 줄어들고. 즉시 전력감이라고 생각했던 대학 선수들의 매력이 줄어드는 거지.

재희 근데 여기 왜 오셨어요.

양원섭 이유 말했잖아.

재희 언제요.

양원섭 프로팀 스카우트가 와서 봐 줘야지. 제대로.

재희 왜요?

양원섭 아무도 안 보는 노력을 하고 있으면 얼마나 서글프겠냐.

재희 아니, 아직도 휴머니스트 기질 못 버리셨네. 단장님이 휴머니스트랑 일 안 한다고 하셨잖아요. 그래도 우리는 우리 할 일이 있는데.

양원섭 대학야구 보는 것도 우리 할 일 같은데?

재희 그래도 고교야구에 집중하는 게 더 효율적이잖아요.

양원섭 그건 경험만을 맹신하는 얄팍한 근거에 의한 속단이다. 그런 식으로 판단한다면 한재희 같은 부잣집 도련님은 절실하게 일을 하지 않는다. 그런 말을 하겠지.

재희 그 판단은 맞는 거 같은데요. 저 절실하지 않은 거 같아서.

양원섭 자기가 이것밖에 없다고 말하는 사람들도 너보다 열심히 안 해.

재희 ...

양원섭 고교야구가 더 중요한 건 맞는데 이렇게 가끔만 관심을 가지면 대학야구 선수에는 우리가 제일 빠삭하지 않겠냐고.

재희 그건 그렇겠죠.

양원섭 어차피 우리 팀은 당장 써먹을 수 있는 선수가 필요한 팀이니까 대학 선수 선발에 더 신경써야지.

재희 우리가 전력이 약해서요?

양원섭 더 정확하게는... 단장님이랑 운영팀장님 마음이 급한 거 같던데.

공이 굴러오면 주워서 던져주는 양원섭.

양원섭 뭐에 쫓기는 사람 같으니깐 빨리 성적을 내야 될 거 같더라고.

재희, 그제야 승수의 조급함이 떠올라 마음이 무거워지는.
그때 멀리서 인사하며 다가오는 대학 감독.

양원섭 잘 지내셨어요.

대학감독 매번 이렇게 와주셔서 감사합니다.

양원섭 저기 박병현이 공 많이 좋아졌는데요?

대학감독 요즘 밸런스 잡아서 좋아졌는데 나중에 잘 부탁드립니다. 아, 그런데 혹시 드림즈 감독님 바뀌나요?

양원섭 네? 그게 무슨 말씀이세요?

대학감독 아, 괜히 얘기 꺼냈나.

재희 ...?

양원섭 아뇨, 잘 꺼내셨구요. 무슨 얘기가 있나요?

대학감독 양원섭 팀장님만 알고 계세요.

대학 감독, 재희 보면.

양원섭 재는 저의 오른팔입니다. 같이 들어도 돼요.

대학감독 아, 그게... 그냥 소문인 거 같은데요. 승부 조작 브로커가 잡혔는데... 거기서 잠깐 감독님 얘기가 나왔던 거 같은데 별 문제 없으면 아니겠죠.

양원섭, 재희 찝찝한 마음으로 서로 얼굴 한 번씩 보고.

**S#14** 재희 차 안 / 낮

재희, 운전석에 양원섭은 보조석에 앉아서.

양원섭 괜히 얘기 나와봤자...

재희 네. 제가 그 얘기 하려고 했어요.

양원섭 감독님 명예도 있고 하니까.

재희 맞아요.

양원섭 너 세영 팀장님한테도 말하지 마. 일단 여태까지 아무 일도 없는 걸 보면 뜬소문이 맞는 거야.

재희 네, 맞긴 한데...

재희, 찝찝한 표정으로 운전하며.

**S#15　바이킹스 단장실 / 낮**

의자에 몸을 기대서 생각이 깊어진 김종무 단장.

뭔가 생각이 난 듯이 전화기 붙들고.

김종무　어우, 박 기자님. 요즘 뭐하고 지내셔. 나야 뭐, 죽을 맛이지. 지금 임동규 건까지 터지니까. 임동규는 원래 우리 팀도 아니고 우리가 지금 임동규를 데리고 있어야 되나 싶어서... 트레이드를 하려고 하는데 쉽지가 않네. 어, 얘기 중이긴 한데. 어디라고 어떻게 말해. 그냥 지방의 모 구단이라고만 얘기할게. 이거 기사화하면 안 된다. 정말. 알지?

**S#16　단장실 / 밤**

승수, 세영 회의 중.

승수　다른 분들은 다 수긍하는 분위기였나요.

세영　아무래도 우리가 갑자기 왜 우승을 노리는 지는 궁금해 하는 분위기였어요.

승수　...

세영　그렇지만! 임동규 선수의 영향력을 아니깐. 미래보단 현재의 전력 강화에는 임동규가 맞다는 데는 동의를 했어요.

승수　다행입니다.

세영　근데 트레이드는 원래 단장 권한인데 왜 매번 이렇게 허락을 받으세요.

승수 임동규 선수 내보낼 때 여러분들의 반응을 기억해 보시죠. 단장실 앞에까지 몰려왔던.

세영 (민망한) 그때 저는 말리면서 간 거였는데...!!

승수 전 제 계획을 여러분이 알고 이해하길 바라니까 그렇게 했습니다. 저한테 신뢰가 없었을 테니까요. 계속... 설득해야죠.

세영 지금은 다른 거 아시죠?

승수 그럼 일 좀 더 편하게 할 수 있겠네요.

세영 (문득 생각난) 그러고 보니 참 시간이 많이 지난 거 같네요.

승수 ...

세영 참 많은 일들이 있었네요.

승수 감상에 빠지지 마십쇼. 아직 할 일이 많아요. 시간은 없고. (이 말은 아차 싶은) 할 일에 비해서 그렇단 얘깁니다.

세영 혹시 다른 생각을 하고 계신 건 아니죠?

승수 다른 생각이라뇨.

세영 요즘 어디론가 갑자기 가버릴 사람처럼 행동을 하세요.

승수 가면 어딜 갑니까.

세영 그래도 제법 친해졌... 는지는 모르지만 익숙해졌다고 해야 되나. 그런 거 같은데 단장님은 늘 어디론가 떠날 준비가 돼있는 사람 같아서요.

승수 ...

세영 (불안한)

승수 (조금 어색하게) 드림즈가 이 모양 이 꼴인데 제가 가긴 어딜 갑니까.

세영 (안심이 되는) 그쵸? 드림즈가 아직 이 모양 이 꼴이에요.

승수 쓸데없는 소리 하지 말고 하던 일이나 하세요.

세영 네!

단장실 노크 소리 들리고.
유경택 들어오며.

유경택 뉴스 보셨습니까.
승수 아뇨.
유경택 좀 불안해서요.

승수, 세영 의아한 표정.

**S#17 펠리컨즈 단장실 / 밤**

오사훈 단장, 커피 마시며 태블릿으로 뉴스 보다가
'바이킹스, 임동규 트레이드 추진 중?'
'지방 모 구단 임동규 선수의 영입을 위해 바이킹스와 접촉 중'
'아직 양측의 의견 조율 중'
오사훈, 씨익 웃으며 김종무 단장에게 전화 걸고.

오사훈 얼마나 심려가 크십니까. 단장님.

**S#18 바이킹스 단장실 / 낮**

승수, 문을 열고 들어가면

김종무와 오사훈이 앉아서 승수를 기다리고 있다.

오사훈의 여유 있는 표정과 김종무의 근엄한 표정이

대조를 이루고.

승수, 애써 침착한 표정으로.

**〈시간 점프〉**

세 사람, 같이 앉아서.

김종무 오사훈 단장이 연락이 왔어. 임동규가 필요하다고.

승수 (오사훈을 보며) 글쎄요. 연고도 없는 펠리컨즈에 임동규가 필요하다구요.

오사훈 원래 협상의 원칙대로 하자면 내가 임동규를 간절히 원한다는 걸 말할 필요가 없겠죠. 그런데 아시다시피 내가 솔직담백한 사람이라. 임동규 필요합니다. 매우.

승수 왜죠.

오사훈 아시죠? 세이버스는 두 명 걸렸죠. 우리는 한 명.

승수 한 명이라도 걸리면 다 부끄러운 겁니다. 어깨춤을 추실 일은 아니죠.

오사훈 (불쾌한) 어깨춤을 춘 적 없습니다. 다만 세이버스는 5선발이 이탈했고 백업 외야수가 이탈했습니다. 우리는 아직 비중 없는 신인 선수 한 명이 이탈. 짐작이 가시죠? 세이버스에게 도전할 팀은 이제 우리 팀밖에 없습니다.

김종무 (불편한 기침)

오사훈 물론 2년 뒤에는 바이킹스한테 다시 기회가 오겠지만... 지금 기존 전력과 전력 누수를 감안하면 우승은 우리 아니면 세이버스. 그런 세이버스에게 불 같은 방망이를 휘두르는 임동규. 당연히 필요하죠.

승수 재미있네요. 우리와 같은 이유니까요.

오사훈 같은 이유요?

김종무 (지켜보는)

승수 우리는 한 명도 걸리지 않았고 우리도 세이버스를 상대하려면 임동규가 필요합니다.

오사훈 농담하시는 거죠?

승수 누가 더 필요한지가 지금 중요한 건 아니죠. 김종무 단장님의 니즈에 맞는 선수를 제시해야죠.

김종무 백 단장이 상황 파악이 빠르네. 공개 경매하는 거야. 드림즈는 연중섭에 김관식을 제시했어.

오사훈 제법 바이킹스한테는 솔깃한 제안을 하셨네요.

승수 제법이요?

오사훈 미래를 내다보라... 저는 바이킹스가 우승은 어려워도 가을 야구는 아직 충분하다고 생각하는데요.

김종무 (말해보라는 손짓)

오사훈 저희는 작년에 8승을 거둔 저희 5선발 윤상민 선수, 그리고 저희의 주전 외야수인 고창현 선수를 제안합니다.

승수, 마음의 동요가 일어서 앞에 있는 커피를 한 모금 마시면.

오사훈 (승수의 동요를 눈치채고) 우리 5선발 윤상민이 아무리 그래도 김관식보다는 더 필요한 상황이시죠. 그리고 연중섭 가능성은 알겠지만 보장된 고창현을 영입해서 올해 가을 야구 한번 노려보시죠.

김종무 확실히... 이번 시즌에는 김관식, 연중섭보다는 윤상민, 고창현이 더 잘하겠지.

오사훈 제 견해로는... 이번 시즌이 아니라 향후 길게는 3~4년은 더 나을 겁니다. 야구는 기량이 갑자기 늘어나는 일이 드물죠.

승수 윤상민 34세, 고창현 33세. 물론 좋은 선수들이지만 김관식, 연중섭 같은 유망주를 포기할 만큼 확실한 카드 같진 않습니다.

오사훈 백 단장은 그게 문젭니다.

승수 ...

오사훈 프로야구라는 거대 스포츠에 딱 10개밖에 없는 자리가 감독, 그리고 단장입니다. 백 단장은 이 단장 자리의 소중함을 잘 모르죠. 계속 이 일 저 일 옮겨 다니는 게 익숙하니까.

승수 소중함을 모른다뇨.

오사훈 안다고 생각하겠지만 모른다구요. 그러면 윗선하고 그렇게 마찰을 일으킬 수가 없다니깐.

승수 ...

김종무 뭐 그걸 그렇게까지 얘기를 해.

오사훈 누군가한테는 너무 지키고 싶은 자리입니다. 백 단장님.

승수 계속하시죠.

오사훈 이런 협상 자리에 나오려고 했으면 상대 단장님을 속일 생각만 하지 말고 상대 단장님이 무엇이 필요한지 절박한지를 고민을 해 보셨어야죠. 김종무 단장님 임기가 이번 시즌까집니다.

승수 ...

김종무 (씁쓸한 웃음) 허, 참나.

오사훈 김종무 단장님의 잘못은 아니지만 최다 인원이 불미스러운 일로 이탈을 한 바이킹스가 김종무 단장님이 가을 야구를 보내지 못하면 유임될 수 있을까요. 지금 서울 팀인 바이킹스 단장 자리를 노리는 사람이 얼마나 많은데.

승수 그렇게 김종무 단장님을 바라보셨습니까.

김종무 (승수 보면)

오사훈 (짜증스런 표정) 뭐가요.

승수 아닙니다. 전 여기까지만 우선 말하겠습니다. 김종무 단장님이 절 요사스러운 입이라고... 표현하실까 봐요.

김종무, 45도 아래를 보며 고심하다가 일어나서 두 사람을 등지며.

김종무 뭐 시간 끌 거 있겠어.

주목하는 승수, 오사훈.

김종무 오사훈 단장 말이 맞어. 나 계약 올해까지야. 그래서...

오사훈 (여유 있는 미소)

김종무 쪽팔리기 싫어. 나 가을 야구 안 할라고.

승수 (예상했으나 기분 좋은)

김종무 연중섭, 김관식 젊은 유망주들 데려와서 2년 뒤에 우승할라고. 그 때 내가 있든 없든 그게 맞지 않아? 백 단장, 트레이드 합시다. 임동규 데려가.

승수 윈윈이 되길 바랍(니다 하려는데)

김종무 그딴 소리는 집어 치우고.

오사훈 (황당한) 아니, 가을 야구를 하셔야...

승수 눈앞의 자리보다는 팀의 먼 미래를 걱정하는 분에게 당장 자신의 자리를 지키고 싶어 하는 누군가의 기준을 적용하면 안 되겠죠.

김종무 아, 됐다고!! 내가 지금 프로야구 대역죄인이 됐는데 무슨...

승수 2011년부터 중하위권을 전전하던 투수도 타자도 어중간한 팀이 바이킹스였습니다. 그나마 잘하던 타자들을 다른 팀의 유망주 투수들과 바꾸면서 비난도 많이 받고 경질 위기까지 갔었죠. 그렇게 투수 왕국을 만들어서 2014년, 15년 2연패를 일궈낸 분입니다.

김종무 쓸데없는 소리 하지 말고. 트레이드나 진행해.

오사훈 (화가 치미는)

승수, 먼저 나가고.
오사훈 눈을 질끈 감고 인사도 없이 나가면.
혼자 남은 김종무 단장 한숨 한 번 쉬고.

**S#19 바이킹스 주차장 / 낮**

바이킹스 유니폼 입고 훈련장에 들어가는 임동규.
어린이 팬이 임동규를 보고 반가워 달려가며.

어린이 임동규!!

임동규 (눈높이 맞춰 앉아서 웃으며) 임동규는 반말이지, 인마. 사인해줄까?

어린이 네!

임동규, 사인하다가 중간에 망설이는데
이때 '백승수 단장'으로부터 전화 걸려오고.
전화 받는 임동규.

**S#20 바이킹스 훈련장 / 낮**

자신의 배트 두 자루 챙겨서 나오는 임동규.
동료 선수 한 명이 다가와서.

동료 형, 이거 안 가져가요?

임동규 뭐.

동료 이거... 강두기 전용 배트. 형, 스폰 업체에서 맞춰준 거잖아요.

임동규 ... 너 가져.

동료 어? 진짜요?

임동규, 그냥 가다가 잠깐 멈춰서 다시 동료 선수한테 가서
강두기 전용 배트 뺏어서 무릎으로 배트를 쪼갠다.
(다치지 않게 조심해서)
황당해하는 동료를 보는 임동규.

임동규 배트 힘 빌릴 생각하지 말고 훈련을 해, 인마.

임동규, 씨익 웃으면서 나가고.

**S#21 바이킹스 주차장 / 낮**

어린이 팬이 울고 있는 모습.

어린이 팬 엄마가 어린이 팬이 받은 사인 용지 보면

임동규 사인의 우측 상단에 '드림즈'라고 적혀있고.

어린이 드림즈 싫어!!

**S#22 드림즈 훈련장 / 낮**

이철민, 선수단 모아놓고.

최용구, 민태성도 조금 떨어진 곳에 서서.

이철민 중섭이랑 관식이는 아무튼 그렇게 갔고... 관식이 그 놈은 좋다고 짐 싸서 가더라. 이번 시즌에 보면 관식이 공은 그냥 죽자고 쳐. 알았지?

선수단 네!

민태성 그리고 중섭이는 친했던 애들이 위로 좀 해주고.

서영주 걔도 좋다고 갔어요.

최용구 투수조. 연중섭 만나면 진짜 전력으로 던져라.

선수단 네!

이철민 그리고 알다시피 임동규가 온다.

선수단 분위기 조용해지고 강두기 눈치보는 선수도 있는데
강두기 말없이 듣고 있고.

이철민 임동규 성격 알지. 다들... 자연스럽게 대해. 요란 떨지 말고. 임동규가 팀 옮긴 적이 없었던 것처럼.

강두기 (옅은 미소) 네, 알겠습니다.

강두기 반응에 다른 선수들도 마음이 편해지는 얼굴들.

**S#23** **드림즈 라커룸 / 낮**

서영주, 곽한영, 강태민, 이용재 등 선수들이
각자 옷 갈아입거나 신발 끈 매거나 장비 챙기고 있는데
이때, 문이 열리고 임동규가 어색하게 들어온다.
선수들 인사를 해야 할지 말아야 할지 당혹스러운 표정인데.
임동규도 그 거리감이 느껴져서 외면한 채로
자신의 라커를 여는데 깜짝 놀라서
'야잇!!' 소리 내며 뒷걸음질 친다.
임동규 라커 안에 장난감 뱀, 바퀴벌레 등이 있고.
임동규 열 받아서 돌아보면 낄낄 웃는 선수들.

곽한영 코치님이 요란 떨지 말라고 했는데...

임동규 (어이없어 웃으면서) 이것들이 진짜.

서영주 (살짝 위축되며) 아니, 선배님도 우리를 그렇게 놀라게 했으면 그

정도는 좀 당해줘요.

강태민 오자마자 성격 나오시네.

임동규 대가리 박어!

이때, 임동규 엉덩이를 발로 걷어차며 등장하는 장진우.

장진우 아니, 어디서 바다 냄새가 나더라 했더니 바이킹스 놈이 왔네.

임동규 아, 나 진짜. 이 형이... 나는 뼛속까지 드림즈라고.

장진우 노 젓고 오느라 늦었냐, 인마.

임동규, 장진우와 장난 섞인 몸싸움을 하고
선수들 '드림즈! 이겨라!' 외치며 둘러싸고 장난치고

**S#24 드림즈 사무실 복도 / 밤**

통화 중인 세영.

세영 그런데 정말 괜찮을까요. 이 계약... 사장님 동의 없이 기사를 내도.

**S#25 승수 차 안 / 밤**

통화 중인 승수.

승수 무조건 제 핑계를 대세요. 제가 다... 아무도 모르게 진행한 일입니다. 아뇨, 꼭 그렇게 하세요. 사장이 할 수 있는 게... 저한테 할 수 있는 건 아무것도 없습니다. 내일 뵙겠습니다.

승수, 전화 끊고.

**S#26 사장실 / 낮**

승수, 서있고 경민이 앉아서 승수를 본다.

경민 우리 백승수 단장은 어떻게 이렇게 일을 할까. 사장 결재도 없이 언론에 '임동규가 돌아온다' 이딴 기사를 일단 터뜨린 다음에. 역풍 맞기 싫으면 결재해라 이거잖아.

승수 이번 건은 죄송합니다.

경민 이번 건은? 백 단장. 진짜 실망인데. 기억 안 나나?

승수 ...

경민 임동규랑 강두기 트레이드 건 승인해줬어. 그치?

승수 네.

경민 고세혁 팀장 나가리 되는 거 오케이 했지.

승수 네.

경민 길 씨 데려올 때 90만 달러까지 내가 허락해줬어.

승수 50만 달러만 썼지만 그러시긴 했습니다.

경민 내보낼 때도 연봉 보전해 준다고 했는데 본인이 돌아와서 연봉 보전 필요 없으니깐 봄까지만 일한다고 했지.

승수 이렇게 사장님 관점에서 들어보면 참... 사장님이 좋은 사람이고 제가 나쁜 사람 같네요.

경민 왜 이러는 거지, 진짜? 내가 이렇게 아낌없이 베풀어도 백 단장은..

승수 우리는 서로를 이해 못할 겁니다.

경민, 승수를 째려보다가.

경민 원칙 좋아하는 백승수 단장에게 내가 승인을 해주지 못할 이유를 말해줄까.

승수 뭡니까.

경민 연봉 12억을 받는 임동규를 데리고 오면서 합쳐도 연봉 3억이면 해결되는 두 선수를 내보냈지.

승수 ...

경민 그 차액의 연봉을 백승수 단장이 지급할 수 있을 리도 없고... 그냥 이렇게 데려오고 내달라고 하기엔 너무 큰 돈 아닌가? 명분 좋아하던 백승수 단장.

승수 ...

경민 이 트레이드를 승인하지 못할 이유가 생겼네. 구단의 예산을 초과했어.

승수 (뭐라도 말을 해보려는데)

경민 혹!시!라도... 구단의 예산을 넘어선 지원을 모기업에 요구해달라는 뻔뻔한 소리를 하진 않을 테고.

**S#27　드림즈 사무실 / 밤**

임미선, 퇴근하려는데 아직 남아서 일하는 많은 동료들이 보이고.

임미선, 떨떠름한 마음으로

눈 마주치는 동료들에겐 눈인사하며 나가고.

**S#28　엘리베이터 앞 / 밤**

피곤해 보이는 얼굴로 지나가던 승수.

임미선과 마주치면 목례하고 지나가는데.

임미선, 피곤해 보이는 승수 얼굴이 이내 맘에 걸리지만

엘리베이터 타고 내려간다.

**S#29　드림즈 주차장 / 밤**

변치훈, 임미선 따라 뛰어 나오며

임미선　다들 일이 많나 봐.

변치훈　그니깐. 괜히 우리 일 다하고 눈치가 보여.

임미선　근데 단장은 임동규 데려와 놓고 뭐가 저렇게 더 바빠요?

변치훈　저걸로는 우승 못한다 이거야. 아직도 우승 얘기해요.

임미선　(어이가 없는) 무슨 우승을 해. 갑자기. 가을 야구만 해도.

변치훈　근데... 야구는 선수들이 한다고 하긴 했는데. 저 사람이 떠들면 뭔가 지킬 거 같고 그렇긴 해요.

임미선　...

변치훈　　춥다, 나 먼저 갈게요.

임미선　　들어가요.

임미선, 불 켜진 사무실 외경을 보다가.

**S#30　　드림즈 사무실 외경 / 낮**

**S#31　　회의실 / 낮**

승수, 세영, 변치훈, 양원섭, 임미선, 유경택 모여서 회의 중.

승수　　임미선 팀장님.

임미선　　네?

승수　　저희 올해도 광고 판매가 저조할 예정인가요.

임미선　　... 뭐 아무래도... 올해라고 갑자기...

승수　　(하고 싶은 말을 참는) 알겠습니다.

임미선　　(어딘가 찝찝한)

**S#32　　드림즈 사무실 / 밤**

임미선, 컴퓨터 앞에서 업무 중에

변치훈, 퇴근하려는 모습 보고

임미선 변 팀장님, 임동규 트레이드 확정 기사나 홍보 같은 거 왜 하다 말아요?

변치훈 그게... 사장님이 아직 승인을 안 해줬다는데?

임미선 ... 왜요?

변치훈 뭐 모르죠. 단장이랑 또 기 싸움 하는 거 같은데.

임미선 혹시 돈 얘기는 없었고?

변치훈 돈 얘기가 왜?

임미선 임동규 연봉이 12억이잖아.

변치훈 아...

임미선, 괜히 마음이 쓰이는.

**S#33 드림즈 주차장 / 밤**

승수, 지친 얼굴로 한숨 푹 쉬고 다시 사무실로 들어가는데
임미선과 마주치고.
목례하고 들어가려는데

임미선 단장님. 임동규 선수 트레이드는...

승수 네.

임미선 다 진행이 된 거 맞나요. 임동규 선수 관련 마케팅 포인트도 잡아야 되니까요.

승수 사장님 승인이 필요해서요.

임미선 임동규 연봉 때문에요?

승수 (왜 저러지 싶은) 그렇긴 합니다만... 그 고민은 이제 들어가서 하려구요.

임미선 (답답한) 고민한다고 답이 나와요?

승수 저는 누군가를 닦달해서 제대로 된 성과를 낼 수 있을 거라고 생각하지 않습니다.

임미선 그게 무슨 말이에요?

승수 행동하면 답이 나올 수 있는 분이.

임미선 (난가? 싶은)

승수 행동을 하지 않는다고 해도 어쩔 수 없죠. 마음속에 있었던 불씨를 다시 지피는 건 스스로만 할 수 있다고 믿으니까요.

승수, 목례하고 돌아서 가면.
임미선, 찝찝한 마음.

## S#34 드림즈 사무실 외경 / 낮

## S#35 드림즈 사무실 / 낮

세영, 업무 중에 사무실 전화기로 전화 받고 표정이 어두워진다.
스카우트팀 자리에 있던 재희가 그 모습 보고.
세영이 가방 챙겨서 나가는데.

## S#36 드림즈 주차장 / 낮

세영, 차에 타려는데

재희가 뛰어서 오고, 세영이 의아해서 보면.

재희 경찰서 가시죠.

세영 도청했냐.

재희 감독님 건으로.

세영 도청했네.

재희 같이 가요.

재희, 보조석 차 문 열면.

세영 야, 내려. 너 스카웃팀이야.

재희 우리 팀장님 허락 받았습니다. 남의 팀장님 도와주고 오라고.

세영 ... 뭐 아는 게 있나 본데. 일단 가자.

## S#37 경찰서 외경 / 낮

## S#38 경찰서 / 낮

성복이 형사 앞에 앉아서 조사 중.

세영, 재희가 들어와서 형사에게 인사하고.

세영 곧 저희 변호사님 오실 건데 그때 얘기 나누시죠.

재희 대충 내용이...

형사 승부 조작 브로커가 잡혔고. 그 놈이 드림즈에서 은퇴한 그 이동구한테 2017년도 당시에 돈을 줬고. 그 이동구가 갑자기 예정에도 없이 등판을 했다고 해서 조사 중입니다. 이동구는 저기 있고요.

세영, 재희가 돌아보면 옆에 의자에 앉아있는 이동구.
죄라도 지은 듯 고개 숙인 채.

세영 이동구 선수, 진짜 승부 조작 했어요?

이동구 (죄지은 듯) 팀장님. 오랜만입니다.

세영 했어요, 안 했어요.

이동구 안 했어요. 안 했다는데 그 브로커 말만 믿고 저희한테...

형사 우리가 당신이 했대? 조사 과정은 필요하잖아!!

세영 그 경기 날짜가 언제죠?

형사 (이동구 보며) 언제예요.

이동구 2017년 6월 13일. 잊지도 않죠. 제가 선발 등판을 자주 하는 것도 아니었고.

세영 ...

형사 팩트는 이거예요. 갑자기 이동구가 예정에 없던 등판을 했다. 그리고 이동구가 첫 타자한테 볼넷을 내줬다. 브로커는 그 첫 타자한테 볼넷을 내주면 5백만 원을 주기로 약속을 했다. 그리고 이동구한테 5백만 원이 입금이 됐다.

세영, 재희 이동구를 의심하며 보면.

형사　　근데 그 5백만 원을 입금한 사람이 감독님이라고 해서 저희도 일단은 얘기를 들어야 될 거 같아서요.

침울하게 앉아있는 성복.
세영과 재희 심각해진 표정.

세영　　재희야, 차에서 내 노트북 좀 갖다 줄래?
재희　　네. 근데 노트북은 왜요?
세영　　감독님이랑 빨리 나가려고.
재희　　(뭔가 믿음이 생기는) 알겠어요.

재희, 경찰서 자리를 뜨면.
세영, 성복을 찾아가서.

세영　　감독님, 식사는 하셨어요?
성복　　(괜찮다는 듯이 웃으며 고개 끄덕이고)
세영　　그냥 형식적인 조사인 거 같아요. 얼른 마치고 같이 나가서 오소리국밥 어떠세요?
성복　　... 고마워요.

재희, 노트북 가지고 들어오면.

세영 잠시만요.

**〈시간 경과〉**

세영, 노트북을 형사 앞에 놓고.

세영 이게 당시 경기 영상인데요. 이동구 선수가 첫 타자 상대하는 영상입니다. 이때 투 쓰리 풀카운트까지 갔고 8구째에서 바깥쪽에 살짝 걸치는 볼 판정을 받습니다.

이동구 아, 저 때 공 좋았네.

세영 (흘겨보고)

이동구 (뜨끔)

세영 형사님이 보시기에 파울볼 두 개도 스트라익 존에 들어간 거 느껴지시죠?

형사 ... 뭐 그렇다 치고요.

세영 그럼 이동구 선수가 볼넷을 내주는 미션을 받았으면 상대 타자가 저걸 놓쳐서 삼진이 될 가능성이 있는데 저렇게 악착같이 던졌을까요? 심지어 마지막 공은 심판에 따라 스트라이크 줄 만도 했는데요?

형사 뭐 일부러 잘 짜고 그랬으면...

재희 저도 한마디만 하겠습니다. 이동구 선수가 무슨 컨트롤의 마법사 그레그 매덕스도 아니고. 이동구 선수 그해 기록 보이시죠? 9이닝당 볼넷 허용을 거의 6개 가까이 하는 선수예요. 되게 못해요.

이동구 아, 그런 얘기까지 왜 해요. 은퇴한 사람한테 너무하네. 진짜.

재희 흠흠.

세영 그리고 이때 저도 기억이 나는데요. 당시에 선발 등판하기로 한 한태일 선수가 부상을 당하고, 대체 선발로 예정했던 김주철 선수가 전날 구원 등판을 하게 됐어요. 한태일 선수와 김주철 선수 기록은 (마우스 몇 번 움직이며) 여기 지난 기사로도 확인하실 수 있고요.

형사 뭐, 알겠는데 감독님이 500만 원을 입금하신 부분 때문에 저희도 참고인으로 모신 거거든요.

세영, 재희 성복을 바라보며 답을 기다리는데.

이동구 우리 애기 돌잔치 했어요...

성복 ...

형사 그 돈을 어디다 썼냐고 물은 게 아니라...

이동구 브로커 연락받은 거 어떻게 아셔가지고. 제가 그때 연봉도 낮고 경기도 안 풀리니까 '그런 거에 흔들리지 마라' 이러시고 그냥 주고 가셨어요.

세영 ...

형사 ... 에이, 씨. (이동구가 딱한) 지금은 잘 살아요? 애기는 잘 크고?

이동구 네, 지금은 잘 지내고 있습니다.

세영, 재희 말없이 앉아있는 성복을 보면서.

(작은 소리로 '지금은 갚았고?' '아직 못 갚았습니다.' '빨리 갚어요.' '네.' 정도가 들리고)

## S#39 경찰서 문 앞 / 낮

세영, 재희, 성복, 이동구 같이 나오면서.

세영 감독님, 고생 많으셨습니다.

성복 괜히 바쁜데 이렇게 두 사람이나 와서...

이동구 선수 때는 못 던져서 민폐였는데 은퇴하고 나서도 민폐네요.

재희 감독님한테 돈 좀 갚으시구요.

이동구 그렇죠. 매번 갚을 만큼 여유가 생기면 또 나가고 해서.

성복 동구야. 그런 건 됐고 가끔 놀러 와.

이동구 ...

세영, 재희 ...

## S#40 세영 차 안 / 낮

세영 운전하고 재희 보조석에 앉아서.

재희 감독님 오해가 풀려서 다행이에요.

세영 고세혁 전 팀장님 이후로 의심이 습관화 됐지만 감독님 앞에서는 내가 이분을 의심해도 되나. 그런 생각이 들더라.

재희 인격적으로는 너무 훌륭하시죠.

세영 임동규보다는 이동구를 챙기는 것처럼 윤성복 감독님이 베푸는 호의는 전부 다 힘없고 야구 못 하는 선수들한테만 갔지.

재희 남을 짓밟지 않고 손 내밀면서... 저도 그렇게 살겠습니다.

세영 노력해 봐.

재희 네.

세영 죽을 만큼.

재희 ... 네.

재희, 대답하고 보니 어딘가 기분 나쁘고 세영 씨익 웃으며.

**S#41 단장실 / 밤**

승수, 근심이 많은 얼굴로 모니터 보는데

노크 소리 들리고 임미선 들어온다.

서류 한 뭉치를 승수 책상 위에 내려놓고.

승수 뭡니까, 이게.

임미선 광고 판매 계약서예요.

승수, 놀라서 계약서 살펴보면.

임미선 많이 팔았어요.

승수 광고 종합대행사한테 안 맡겼습니까.

임미선 네, 다 직접 뛰었어요.

**〈플래시백, 임미선 업무 몽타주 / 낮〉**

오토바이와 철가방 캐릭터가 많이 그려진 사무실

임미선 경기를 보다가 출출한 시점에 자연스럽게 LED광고판을 통해서 그때마다 다른 주력 메뉴와 배달 앱을 자연스럽게 노출을 해주면서 배달을 유도하구요. 저희가 배달 책임제를 실시할 수도 있습니다. 업체에서는 고객의 연락처와 배달 음식만 건네고...

지역 은행 홍보팀 사무실

은행 팀장급 직원이 고민 중인 표정.

임미선 드림즈가 가을 야구를 하게 되면 최대 이율을 3%까지 보장해주는 상품 등을 통해서 지역 기업과 지역 은행의 상생을 보여주는 것도 좋은 선례일 것 같습니다.

은행직원 아니, 근데 드림즈가 가을 야구 갈 거라고 생각을 안 할 거 같은데. 상품이 팔려야죠.

임미선 강두기가 왔는데요.

은행직원 그러면 가을 야구 가면 우리가 이율을 저렇게 높일 수가 없는데.

임미선 (태도 바꾸며) 우리가 가을 야구를 어떻게 해요.

은행 직원, 임미선의 너스레에 황당한 웃음만.

///

승수 왜 그랬습니까.

임미선 돈 벌어왔으니까 마음껏 쓰세요. 뭐 개인적으로 쓰라는 건 아니고요.

승수 이렇게 할 수 있는 분이 왜...

임미선 어우, 또 말 저렇게 할 줄 알고 내가 안 하려고 했는데. 내가 진짜 미쳤지.

승수 농담입니다.

임미선 옛날엔 다 이렇게 했었어요. 광고 많이 팔아서 도움도 되고 싶고. 인정도 받고 싶고... 근데 언젠가부터 때려 죽여도 다시는 그렇게 못 한다고 했는데.

승수 동기 부여를 주는 회사가 아니었습니까.

임미선 처음에는 왜 광고대행사를 써서 수수료를 낭비하지 싶고. 또 광고 들어갈 구멍이 너무 많이 보여서 내가 의견 내고 하다가 일을 다 떠맡았죠. 그러다 보니까 친구들도 못 만나고 잘한다 잘한다 소리 듣고 악착같이 일하는데. 제 앞에 팀장 했던 세진 언니가 팀장에서 잘리더라구요.

승수 ...

임미선 그거는 뭐 괜찮아요. 언니 지금은 잘 살거든. 첨엔 나보고 나쁜 년이라고 하긴 했지만.

승수 ... 고생했습니다.

임미선 됐어요. 오랜만에 일 하니까 재밌네요, 뭐. 새하얗게... 불태웠다. 이런 느낌?

승수 이제 오늘은 집에 가서 가족들하고 따뜻한 저녁이라도 하시죠. 아이들도 기다릴 텐데.

임미선 (정색하며) 뭐래...

승수 (?)

임미선 어우, 미쳤나봐.

승수 왜 반말을...

임미선 아니, 시집도 안 간 사람한테 무슨 아이들이 기다려요.

승수 (조금 당황스러운) 아, 결혼을 안 하셨습니까.

임미선 아니, 이세영 팀장이 결혼 안 한 건 알면서 왜 나는 결혼했다고 생각했는데요.

승수 ... 아무래도 운영팀은 저랑 더 일을 많이 하니까요.

임미선 하여튼 은근히 편견 없는 거 같으면서 편견 있으세요. 진짜!!

승수 그럼 왜 그렇게 일찍 퇴근하시는 겁니까.

임미선 제가 취미가 많아요!!

승수 아, 그러시군요.

임미선 사는 재미가 뭐가 있어요. 스윙댄스 동호회, 레고 동호회, 삼국지 토론 동호회, 보드게임 동호회. 이거 다 활동하려고 잠도 줄였어요. 설마 직원이 취미가 많다고 흘겨보는 그런 꽉 막힌 상사 아니시죠?

승수, 임미선의 맹공에 머리가 아찔한.

## S#42 드림즈 훈련장 / 밤

선수들 각자 훈련 중인 가운데

임동규 역시 배팅 훈련 중인데 서영주가 다가와서.

서영주 저도 타격 좀 잡아주세요.

임동규 타격코치님한테 가, 인마.

서영주 (주위 둘러보고 작게) 형이 민태성 코치님 현역 때보다 잘하잖아요.

그리고 코치님 타격 폼이 구닥다리라서...

임동규 이거 이거 뒷담화가 노련한데.

서영주 좀 잡아줘 봐요. 내가 타격만 갖추면 진짜 탈 드림즈 할 수 있다니까요.

임동규 배신자 새끼, 이거. 너 한번 자세 잡아봐. 내가 너 2할도 못 치게 봐줄게.

강두기, 멀찍이서 걸어오면서.

강두기 오늘 저녁 약속 없고 심심한데 고기 먹고 싶은 애들은 8시에 라커룸에서 기다려라.

서영주 신나서 손드는데
어색하게 눈만 마주치는 임동규와 강두기.

**S#43 기범 가게 / 밤**

임동규, 강두기, 장진우, 서영주, 곽한영, 강태민 등
선수들 몇 명이 둘러앉아서
술잔 가득 채워 소주가 조금 넘칠 정도로 건배하고.

장진우 (얼큰한) 야, 들어 봐. 강두기가 있어서 이제 상대방 1선발이 나와도 우리가 이기는 거야. 강두기가 20승을 하는 거지. 괜찮지?

강두기 (쑥스럽게 웃고)

장진우 아니, 요즘 어깨랑 팔꿈치 괜찮다며.

강두기 네!! 한번 해보겠습니다.

서영주 그리고 내가 도루 저지를 한 70%정도 잡아주는 거죠.

강태민 70은 좀 오바 아닌가.

서영주 (쫏) 50%...

기범, 서빙하다가 지나가면서.

기범 30%만 해! 인마.

서영주 (기분 상한) 아니에요, 45퍼 할 겁니다.

장진우 그리고 임동규가 하반기에 나와서 홈런을... 72경기 동안 20개를 치는 거지.

임동규 아, 됐어. 형.

곽한영 저도... 열심히 할게요.

장진우 (엄지손가락 들고)

기범, 음식 내려놓고 자리에 껴서 앉으며.

기범 아, 새끼들아. 형이 5년만 젊었어도 현역에서 뛰면서...

장진우 (무시하며) 자, 건배하자.

기범 이 짜식이.

서영주 아, 진짜. 이제 야구 좀 제대로 해봅시다!!

들뜨고 행복해 보이는 선수단 모습.

**S#44** **사장실 / 밤**

승수, 경민 책상 위에 광고 계약서들을 올려놓고.

경민, 뭐야 하는 표정으로 보다가 계약서 일일이 확인하고.

승수 적자였던 광고 매출을 10억 이상 흑자로 바꿨으니깐 임동규 선수 연봉을 주기에는 충분할 거라고 믿습니다.

경민 어쩌라고. 진작에 이렇게 할 수 있었는데 왜 안 했어.

승수 그러게나 말입니다. 아마도 외부에서는 새 사장이 부임하고 나서의 변화라고 생각할까 걱정되네요. 권경민 사장님이 이미 구단주 대행이었을 때도 진작에 이렇게 안 했었으니까요.

경민 혹시 백 단장은 한마디를 지고 집에 가면 두드러기가 일어나는 그런 병에 걸렸나?

승수 ...

**S#45** **의류매장 입구 / 밤**

세영, 추위에 떨며 기다리다가

세영 이 자식, 왜 안 와.

멀리서 터덜터덜 걸어오는 재희 보인다.

세영 저 자식이! 야, 안 뛰어!!

재희, 잠깐 뛰는 시늉하더니 그냥 이내 걸으면서 다가오고.

세영　어쭈? 이제 직속 상사 아니라 이거냐?

재희　추운데 얼른 들어가요.

재희, 앞장서서 입구로 들어가면

세영, 열 받는 마음 꾹 누르고 재희 뒤따라간다.

**S#46　의류 매장 내부 / 밤**

세영, 재희 같이 쇼핑몰 돌아다니는데 재희의 표정은 심드렁하고.

세영은 애써 밝은 모습으로 데리고 다니면서 눈치 본다.

세영　야, 좀 골라 봐.

재희　집에 옷 많아요.

세영　옷이 많겠지만 지금 너는 스카우트로서의 옷을 사러 온 거야.

재희　스카우트 옷은 뭐 따로 있어요?

세영　당연하지, 너 양원섭 팀장님 옷 못 봤어?

재희　옷은 아니고... 그냥 옷 비슷한 거 걸치고는 다니시죠.

세영　이 자식이 하여튼 팀장 뒷담화 까는 건 예나 지금이나.

재희　이게 무슨 뒷담화예요.

세영　아무튼 추울 때 더 춥고 더울 때 더 덥고 진짜 고생하는 일인데 내가 옷 한 벌 사주려고 그런다.

재희　제가 팀장님이 사주는 옷을 어떻게 입고 다녀요. 마음 아파서. 지갑 사정 뻔히 아는데.

세영 야, 아들래미 학교 보내는 기분인데 뭐 하나 사주고 싶어서 그런다. 자, 골라 봐.

재희 ...

세영, 특이한 장갑 정도 찾아보고.

세영 이건 어때?

재희, 세영이 떠드는 모습 보며 맘이 풀리는 찰나.

세영 이거 단장님 것도 살까?

재희 (떨떠름한 표정으로 끄덕이면) 근데 팀장님.

세영 왜?

재희 단장님 언제까지 일하신대요?

세영 언제까지? 그게 무슨 소리야.

재희 아, 아니에요.

세영 근데 단장님 취향이 좀 까탈스럽잖아. 사진 찍어서 물어보자.

세영, 장갑을 손에 들고 재희에게 휴대폰 건네며

세영 사진 찍어 봐.

재희 (별 생각 없이 찍으려는데)

세영 야, 똑바로 찍어. 나 말고 장갑만 나오게.

세영, 장갑 든 손을 최대한 높게 대각선으로 치켜들면.
재희, 장갑 든 손만 나오게 사진 찍고.

**S#47 카페 / 밤**

정인과 승수, 카페에 있는데
이때, 승수 휴대폰 울리며 '운영팀 이세영 팀장'
승수, 가릴 생각도 없이 문자함 확인해 보면.
세영이 든 장갑 사진과 함께 문자.

세영 **(소리만)나온 김에 사려는데 취향에 맞으세요?**

승수, 덤덤히 문자 입력한다.

승수 **(소리만)장갑 안 낍니다.**

그 모습 지켜보던 정인.

정인 번호가 저장돼 있네.
승수 아, 업무 때문에 편의상. (괜히 혼자) 아니, 한재희 씨도 했고. 마케팅 팀장도 다 했어. 이거 봐.
정인 (웃으며) 좋아서 그래.
승수 이제 위험한 일도 없을 거 같고... 번호를 이제 더 외우고 다니고 싶지가 않네.

## S#48 드림즈 사무실 외경 / 낮

## S#49 단장실 / 낮

성복과 승수 마주 앉아서.

승수 사장님의 승인도 겨우 받아냈습니다. 이제 새 시즌... 구상이 가능하실까요.

성복 제 예상보다 훌륭한 라인업입니다. 한 시즌 구상을 잘 해보겠습니다.

승수 아드님 건강은 좀 어떠신가요.

성복 ... 알고 계셨습니까.

승수 작은 토막 기사지만... 기사로 난 적도 있는데요. 검색만 해도 나오는 내용입니다. 감독님에 대해서 제가 잘 알지도 못하고 계약을 진행했을까요.

성복 ...

승수 감독님과 재계약에서 우승 인센티브를 걸었죠. 꼭 받으시길 바랍니다.

성복 감사합니다. 근데... 저 한 가지 묻고 싶은 게 있습니다.

승수 (?)

성복 왜... 저를 다시 계약하신 겁니까. 사람들은 다 저를 무능한 감독이라고 말하는데. 단장님같이 까다로운 사람이...

승수 전 그렇게 생각하지 않았으니까 그랬습니다.

성복 그렇게 생각한 근거가...

승수, 미소 짓고.

**S#50 드림즈 야구장 관중석 / 낮**

경민과 성복이 마주 앉아 있고.

경민 백승수 단장이랑 정이 많이 드셨어요?

성복 이런 사람은 없습니다. 우승이 목표라고 아직도 생각하는...

경민 바보죠.

성복 그런 사람을 한번 밀어줘서 정말 우승을 해보시면...

경민, 일순간 흔들리다가 자신의 흔들림을 부정이라도 하듯

경민 왜 이러세요. 진짜. 그러면 단장님을 지키시겠다?

성복 ...

경민 감독 자리가 아니라?

**S#51 드림즈 훈련장 / 낮**

승수, 세영 시설 점검하며 다니다가.

세영 저 단장님한테 하나 궁금한 게 있는데요.

승수 뭡니까.

세영 감독님을 믿는 이유가 뭐예요?

승수 팀장님도 감독님을 믿지 않습니까.

세영 음... 저도 그래요.

승수 그 이유는 뭡니까.

세영 사실 많이 모르는 이야기긴 한데. 감독님이 젊은 감독님은 아니지만... 강한 2번 타자 이론 같은 앞서가는 야구 이론을 젊은 감독들보다 먼저 가져왔었거든요. 물론 그 당시에 참견하는 사람들이 많아서 뜻을 펼치지 못한 부분이 많았지만... 메이저리그에도 관심이 많으셔서 그곳에서 통용되는 이론을 우리 팀에 접목시키고 싶어 하셨어요.

승수 그랬군요.

세영 전 단장님도 이런 이유 때문인 줄 알았는데. 아니에요?

승수 네, 전 아닙니다.

세영 그럼 단장님은 무슨 이유 때문인데요?

승수 예전에 강두기 선수가 바이킹스로 가기 전에. 이 팀의 젊은 에이스인 적이 있었죠.

세영 꾸준히 10승을 찍어줬었던 때요?

승수 그때 상대팀은 세이버스 에이스였던 박준오 선수였습니다. 두 투수가 서로 점수를 내주지 않고 0대 0으로 8회까지 승부를 이어갔습니다. 분명히 아직 경험이 부족한 강두기 선수가 더 지친 기색이 보였고 구속도 떨어졌는데... 강두기 선수는...

세영 끝까지 던지다가 9회에 홈런! 맞았죠... 그래서 1대 0으로 졌던 경기.

승수 맞습니다.

세영 근데 그건 교체를 했어야 되는 거 아닌가요. 강두기 선수 어깨에도 부담이 되고 무리한 승부였잖아요. 단장님은 그런 거 싫어하실 텐데.

승수 ...

**S#52 단장실 / 낮** (씬49 상황 이어서)

성복 왜... 저를 다시 계약하신 겁니까. 사람들은 다 저를 무능한 감독이라고 말하는데. 단장님같이 까다로운 사람이...

승수 전 그렇게 생각하지 않았으니까 그랬습니다.

성복 그렇게 생각한 근거가...

승수, 미소 짓고.

승수 성적은 단장 책임, 관중은 감독 책임. 전 그걸 믿는 편입니다. 단장은 스토브리그 기간과 정규 시즌 동안 팀이 강해지도록 세팅을 해야 하고. 감독이라면... 경기장에 온 관중들의 가슴에 불을 지펴야죠.

성복 ...

**S#53 드림즈 훈련장 / 낮** (씬51 상황 이어서)

승수 그 경기는 비록 졌지만 당시 최고 투수였던 박준오와 잘 싸운 강두기라는 우리의 에이스를 가슴에 남겼고. 세이버스 팬들에게도 최고의 에이스에 대한 자긍심이 남은 멋진 경기였습니다.

세영 (야구팬으로서 가슴 벅찬) 캬...

두 사람을 보며 재희가 뛰어오고.

재희 (울먹거리는) 단장님!! 팀장님!! 큰일났어요.

세영 뭐야, 왜 그래. 재희야.

승수 (심각한) 무슨 일입니까.

재희 강두기 선수가...

승수 강두기 선수가 왜요.

**S#54 드림즈 야구장 관중석 / 낮** (씬50 상황 이어서)

경민 왜 이러세요. 진짜. 그러면 단장님을 지키시겠다?

성복 ...

경민 감독 자리가 아니라? 감독 자리예요. 아니면 백승수예요.

성복 ... 백 단장... 좋은 사람이긴 하지만...

**S#55 드림즈 훈련장 / 낮** (씬53 상황 이어서)

재희 강두기 선수가 타이탄즈에 트레이드 됐대요!!

세영 누가 그래.

재희 (울먹이면서 말도 못 하는)

승수 누가 승인했습니까.

재희 사장님하고 감독님 승인이래요.

승수, 표정이 일그러지며
다리가 휘청일 정도의 충격으로 옆의 그물망을 잡고.
세영 역시 급하게 승수를 부축하지만 충격에 휩싸인.
절망에 휩싸여 둘을 보는 재희.

**S#56 드림즈 야구장 복도 / 낮**

아무도 없는 유난히 어두운 복도 (다소 판타지적인 느낌)
굳은 표정으로 걸어가는 성복의 모습 위로.

승수 (소리만)**감독이라면... 경기장에 온 관중들의 가슴에 불을 지펴야죠. 그때 저는 감독님이 자격 있는 분이라고 느껴졌습니다.**

"전 단장님과 목표가 달랐어요.
우승이 아니라 지고 나면 분한 줄 알고 다음 날은 이기는 팀,
크게 지더라도 악착같이 쫓아가서 상대 팀 입에서 단내가 나게 만드는 팀.
그런 팀이 목표였어요. 1등을 못해서 괴로운 드림즈라니요.
전 생각만 해도 숨이 막히네요."

15

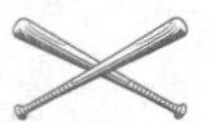

**S#1 사장실 / 낮**

사장실, 문이 벌컥 열리고.
경민, 커피 마시고 있다가
화가 난 승수를 보며 하찮은 듯 코웃음 치고.

경민 사장 방문을 그렇게 열고 들어오는 사람이 어디 있어, 백 단장.

승수 (죽일 듯 노려보면)

경민 눈에 그렇게 힘을 주다간 나처럼 안경을 쓰게 돼요. 뭐, 과학적인 근거는 없고.

승수 이럴 거면 한 방에 해체를 시키시죠. 구역질나게 이러지 말고.

경민 백 단장, 저기 사장실 문 좀 열고 대화합시다. 이성적인 척, 모든 게 계산돼 있던 척 하던 백 단장이 이렇게 또라이라고 사람들도 좀 알아야지.

승수 (분노로 경민 보면)

경민 이 트레이드가 잘못되기라도 했다고 아주 확신을 하고 달려드네?

승수 ...

경민 우리 팀이 당장 우승할 수 있어? 전문가들이 그렇게 봐?

승수 이 따위 트레이드만 안 했으면 할 수 있지. 남들이 하는 일의 가치를 우습게 아는 미친놈들이 옆에서 발목만 안 잡으면 천 번도 할 수 있지.

경민 (피식 웃으며) 아쭈? 반말을? 근데 그렇지가 않아. 야구단 운영은 그렇게 하는 게 아냐. 우리는 미래를 보고 준비를 해야 돼.

승수 당신들 입에서 미래를 본다는 말이 나옵니까?

경민 어, 뚫린 입이라서 막 나오네. 우리 팀에 적합한 운영 방식은 리빌딩이라는 답이 나왔고. 현장 최고 책임자인 감독과 프런트 최고 책임자인 나. 둘 사이의 대화에서. 여기에서 나는 왜 빼놓고 얘기했냐고 하면 뭐... 곁절이 하나 더 놓고 얘기한다고 달라질 거 없잖아.

승수 송일권, 이치상. 저 선수들 두 명이 강두기를 대체한다는 겁니까.

경민 ...

승수 두 선수 다 퓨처스리그 기록도 시원찮은 30대 초반의 선수인데 리빌딩이라는 말이 어떻게 나옵니까.

경민 예사롭지 않았다...

승수 ...

경민 이 표현 어때? 두 선수의 스윙이 예사롭지~? 않았다. 이런 표현 하나면 백 단장이 준비하는 그런 숫자놀음 피티 같은 거랑 어떻게 비벼볼 수 있지 않나? 백 단장은 이과야? 난 문과야.

승수 한 명은 투숩니다.

경민 아, 뭐... 그러면 한 선수의 스윙과 한 선수의 피칭이 예사롭지 않았다. 오케이? 그리고 사실 야구는 아무도 모르는 거잖아. 저 송 뭐시기랑, 이 씨. 개네 두 명이 갑자기 빵 터지고 강두기가 갑자기 못 던지면 어떻게 할 건데?

승수 지역 팬들이 물어도 그렇게 대답할 겁니까.

경민 윤성복 감독이 그렇게 대답할 거야. 우리는 이제 현장 야구할 거니까. 프런트 중심의 야구는 한국에 맞지 않는 거 같아서 윤성복 감독만 팍팍 밀어주려고. 백 단장도 곧 집에 갈 사람이 참견 좀 그만해. 백 단장이 그렇게 신뢰해서 3년 계약을 했던 윤성복 감독이라고.

승수 ...

경민 백 단장 할 말 있으면 말해 봐. 할 말 없지? 오늘은 내가 말싸움 이겼다. 백 단장 집에 가면 두드러기 돋겠네.

## S#2 드림즈 더그아웃 / 낮

강두기, 마지막으로 더그아웃 풍경을 보면서.

여러 가지 상념이 스치고.

뒤를 돌아보면 임동규가 서있다.

임동규 뭐냐.

강두기 너랑 나랑은 같이 뛸 운명이 아닌가 보다.

임동규 너 왜 미운털 박혔냐고. 그딴 새끼들이랑 강두기를 바꾸는 게 말이 되냐고.

강두기 뛰고 싶은 팀에서만 뛰는 선수가 어디 있겠냐. 그냥 내가 조금 운이 더 안 좋은 거지.

임동규 이것도 백승수냐.

강두기 단장님을 아직도 모르냐.

임동규 그럼 어떤 새끼야!!

강두기 임동규는 그냥 홈런 날리고. 안타 치고. 뛰고. 그것만 해라.

임동규 지랄하네.

**S#3 드림즈 라커룸 / 낮**

라커룸에서 짐을 빼는 강두기.

길창주, 장진우, 서영주, 곽한영, 유민호, 강태민 등

안타까운 마음으로 지켜보고.

라커룸 문이 열리고 승수가 들어온다.

라커룸 분위기에 현실이 실감 나는 승수.

강두기 단장님, 인사드리고 가려고 했는데 잘됐네요.

**S#4 야구장 야외 어딘가 / 낮**

승수, 강두기 나란히 서서.

강두기　　제가 오자마자 약속드렸었는데 3번만 욕먹겠다고... 그 약속을 지키지도 못하고 가네요.

승수　　지키지도 못한 건 접니다.

강두기　　단장님 뜻이 아닌 걸 다 알고 있습니다.

승수　　제가 또...

강두기　　단장님.

승수　　...

강두기　　단장님은 이미 너무 많은 것을 품고. 지키고 있습니다. 그러다가 그 안에서 제가 어쩌다 툭. 떨어진 겁니다. 저를 다시 주우려다가 품고 있는 것들을 잃지 마십쇼.

승수　　...

강두기　　앞으로도 모든 걸 지키실 순 없을 겁니다. 그때마다... 이렇게 힘들어 하시면 안 됩니다.

**S#5　　단장실 / 낮**

승수, 자리에 앉아서 서류에 볼펜 들고 업무 중이지만
불편한 심경이 가득 드러나는 얼굴.
세영이 문 앞에 서서.

세영　　진짜 감독님께 안 물어보실 거예요?

승수　　뭐하러요.

세영　　감독님이 동의하셨다고 했잖아요.

승수　　중요하지 않습니다. 어차피 권경민 사장이 하고 싶으면 하는 거예요.

세영　그래도 감독님의 입장을 확인해야 되지 않을까요.

승수　... 확인하고 싶지가 않습니다.

세영　확인할 자신이 없으신 거겠죠.

승수　...

세영　제가 대신 확인하겠습니다. 어쩔 땐 단장님도 못하는 일이 있죠. 근데 단장님, 상심이 길면 안 돼요. 오늘 하루만 힘들어하세요.

세영, 말 마치고 나가면서도 승수가 신경 쓰이는데
승수는 계속 서류만 보고.

## S#6　감독실 / 낮

세영, 성복 대화.

세영　감독님이 정말 동의하신 건가요?

성복　...

세영　감독님, 얘기해 주세요.

성복　무슨 이유로 이러십니까.

세영　강두기 선수는 어떤 선수와도 바꿀 수 없는데 2군을 오가는 선수 두 명하고 바꾼다니요.

성복　... 선수단 구성에...

세영　(?)

성복　제 권한을 쓴 게 잘못된 겁니까.

세영 그 감독님 권한을 찾아드리려고 백승수 단장님이 얼마나 애를 썼는지 아시잖아요. 감독님이 단장님과 일말의 상의라도 거쳤으면 저도 어떤 결과라도 받아들일 수 있습니다. 그런데...

성복 이해를 바라지 않습니다. 그냥 절 원망해 주세요.

세영 원망하라는 그 말 한마디로 저희가 품은 꿈을 접으라구요? 이번엔 정말 우승할 수 있을 것 같았어요. 바이킹스랑 연습 경기 때 다 느끼셨잖아요.

성복 우승 경험도 없는 무능한 감독을 다시 부임시킨 단장님 잘못도 있고요.

세영 오늘 진짜 맘에 없는 말 파티네요. 감독님이 동의하신 건 맞는 것 같고. 그 동의하신 이유도 떳떳하지 못하신 것까진 확실히 알고 돌아갑니다. 저는 이 일을 수습해야 되거든요.

세영, 냉정하게 돌아서면 성복 맘이 편치 않고.

**S#7 드림즈 사무실 외경 / 밤**

**S#8 드림즈 사무실 / 밤**

모두 퇴근한 가운데 세영과 재희, 영수가 퇴근 안 하고 업무 중.
세영, 조금 떨어진 재희 보면서.

세영 야, 스카웃팀원.

재희 왜요.

세영 왜 안 가.

재희 선배님도 안 가시잖아요.

세영 ... 영수 씨는 안 가요?

영수 (웃으며 단장실 쪽 가리키면)

세영 (이해한다는 웃음)

영수 강두기 선수 빠지고. 그 두 선수가 들어오니깐...

재희 그래도 두 선수 이름은 불러줘요. 송일권, 이치상.

세영 너 스카웃팀 들어가더니 사람 이름 잘 외운다?

재희 아, 그걸 또 왜 여기 연관을 지어요.

영수 (웃음) 네, 송일권, 이치상 두 선수로 들어오면... 단순히 산술상으로는... 어떻게 해도 우리가 우승하는 시나리오는 나오질 않네요.

세영 강두기 선수가 있었으면...

영수 물론 산술상으로는 어렵지만... 그래도 우승을 하려면 우주의 기운이 몰려온다는 말이 있죠? 혹시 또 몰랐을 거예요.

세영 ...

영수 형은 진짜 우승을 하려고 했던 거죠.

복도에서 발소리가 들리고.
세영, 영수, 재희 조용해지고.
승수가 세 사람 보이는 위치에 멈춰 서서 영수와 눈 마주치고.

영수 퇴근 같이 하십니까?

승수 (끄덕이고)

영수, 급히 컴퓨터 종료하고

세영, 재희에게 눈인사하고 승수와 같이 나간다.

세영, 두 사람 가는 모습 지켜보고 한숨 돌린 듯이 자리 정리하고.

재희도 세영이 정리하는 모습 보고 컴퓨터 종료한다.

**S#9 세영 집 / 밤**

세영, 집에 들어오자마자 소파에 앉아서 양말 벗으면서.

세영 아이고, 삭신이 쑤신다.

미숙 아, 참. 오다가 니 양말 두 켤레 샀다. 침대 위에 올려놨어.

세영 사는 김에 좀 더 사지. 가끔 빨래 밀리면 모자라던데.

미숙 가게에 '사장이 미쳤어요'라고 붙여놓고 엄청 세일인 것처럼 써놨는데. 생각해 보니깐 저번에 트럭 양말보다 비싼 거야.

세영 그것보다 좋은 거겠지.

미숙 아냐. 일단은 '사장이 미쳤어요'라는 말부터가 좀 이상해.

세영 ... 우리 사장도 미쳤는데.

미숙 야, 들어 봐. 사장이 미쳤으면 장사를 접지. 왜 그렇게 현수막까지 만들어서 물건을 파냐고. 장사꾼은 절대 안 미쳐. 밑지는 법이 없지.

세영 (뭔가 생각난) 엄마!!!

미숙 깜짝이야.

세영 우리 사장도 안 미쳤을 거 아냐!

미숙 니가 미쳤다며.

세영 아니, 장사꾼은 밑지는 법이 없다며.

미숙 응, 너희 사장 말고. 니가 미쳤어.

세영 엄마, 나 잠깐만 나갔다 올게.

세영, 양말 다시 주워서 신고 나가면.

당황하던 미숙이 세영이 등 뒤에 대고.

미숙 너 또 그때 그 백수인가 뭔가 만나냐!! (혼잣말로 작게) 그래도 직업은 있어야 좋을 텐데...

**S#10 승수 집 앞 / 밤**

세영, 기다리고 있는데 승수가 나온다.

승수 날도 추운데 무슨 일입니까.

세영 권경민 사장이요.

승수 네.

세영 생각해보면 이 트레이드를 왜 했을까요.

승수 팀을 망치려고 했겠죠.

세영 네, 그런데 권경민 사장이 타이탄스랑 무슨 관계가 있다고 해도... 이 트레이드는 타이탄스만 너무 이득을 보는 거 아닌가요?

승수 무슨 말이 하고 싶은 겁니까?

세영 권경민 사장은 자기 목표를 달성하려고 해도 공짜로 강두기 선수를 그렇게 주지 않았을 거 같아서요.

승수 ...

세영 권경민 사장이 야구단에서 그러고 있어도 본사에서는 업무 능력 인정받은 사람이에요. 그런 사람이 그렇게 인심 후하게 강두기를 퍼주진 않았겠죠. 우리가 너무 그 사람을 쓰레기로만 본 나머지 그 사람의 장사꾼 같은 면모를 간과한 거 같아서요.

승수 좋은 의견이네요. 참고하겠습니다. 추운데 빨리 집에나 가세요.

세영 괜찮아요. 저 따뜻하게 입고 나왔어요.

승수 내가 춥습니다.

세영 ... 단장님. 강두기 선수를 못 지켰다고 생각하면서 자책하지 마세요.

승수 그럼 제가 강두기 선수를 지켰습니까.

세영 그건 그냥 그렇게 된 거예요... 지금 권경민 사장의 행보에 대해서 대책을 세워야죠.

승수 이미 일어난 일이고 대책을 세울 만한 게 있습니까.

세영 세상에. 단장님...

승수 ...

세영 이미 일어난 일이 심각하니까 우리가 더 대책을 세우고 머리를 맞대야죠. 강두기 선수만 선수가 아니잖아요.

승수 강두기 선수는 우승이라는 결과를 생각하면서 제가 맞췄던 그 많은 퍼즐 중에서... 늘 기본에 깔려있던 조각입니다.

세영 그래서 우승은 못하는 건가요.

승수 아마도요.

세영 단장님. 우리는 비난을 감수하고 미국에서 와준 길창주 선수, 이제야 입스를 극복한 유민호 선수, 새로 태어난 임동규 선수, 부상을 달고 사는 서영주 선수, 마지막이라 생각하고 던진다는 장진우 선수도 있구요. 우리가 지켜야 될 선수가 너무 많아요.

승수 ...

세영 전 단장님과 목표가 달랐어요. 우승이 아니라 지고 나면 분한 줄 알고 다음 날은 이기는 팀, 크게 지더라도 악착같이 쫓아가서 상대 팀 입에서 단내가 나게 만드는 팀. 그런 팀이 목표였어요.

승수 ... 제가 겪어 온 스포츠 세계에서는 우승을 해도 미래를 장담할 수 없었습니다.

세영 단장님이 늘 우승이란 목표를 얘기하실 때 저는 그 패기가 좋았지만 우승이 아니면 의미가 없다고 생각하는 그 극단적인 생각에는 절대 동의할 수 없습니다.

승수 제가 우승 경력들이 없었다면 여기를 올 수 있었을까요.

세영 우리가 단장님에게 신뢰를 가졌던 이유는 단장님의 우승 경력 때문이 아니에요. 단장님이 와서 보여준 책임감 있는 모습이었죠.

승수 ...

세영 주저앉든 잠깐 더 쉬든 단장님을 제가 흔들 순 없겠죠. 제가 더 바쁘게 뛰면 돼요. (가려다가) 1등을 못해서 괴로운 드림즈라니요. 전 생각만 해도 숨이 막히네요.

세영, 돌아서 걸어가면

승수, 한 방 먹은 마음으로 멍하고.

**S#11 드림즈 사무실 외경 / 낮**

**S#12　드림즈 주차장 / 낮**

세영, 차에서 내려 출근하는 길.

휴대폰에 문자가 와서 보면 '백승수 단장님'에게 온

'오늘 휴가 쓰겠습니다'

세영　네, 네. 내상 치료하고 오세요.

**S#13　드림즈 야구장 일각 / 낮**

저만치서 달려오는 재희 차.

재희 주차장으로 들어가려다 무언가를 보고 얼굴이 굳어지고.

몰려온 드림즈 팬들.

그 중에 한 명이 대표 격으로 앞에 나서서.

대표　맥락 없는 트레이드!! 백 단장은!! 물러나라!!

팬들　물러나라! 물러나라!

대표　강두기의 트레이드!! 철회하라!! 철회하라!!

팬들　철회하라! 철회하라!

세영, 멀찍이서 이 모습 보고

불편한 마음으로 사무실로 발길 향하고.

**S#14** **높은 곳 어딘가 / 낮**

경민, 팬들 시위가 보이는 곳에서
장우석과 같이 그 풍경을 보면서.

경민 장 특보.

장우석 네.

경민 저 사람들, 오늘 평일 낮인데 어떻게 와서 저러는 거야.

장우석 뭐, 일이 없는 사람도 있을 수도 있고... 연차를 냈을 수도 있고.

경민 연차?

장우석 아까 영업용 트럭도 있는 거 보니깐 자영업자도 있을 수도 있고요.

경민 야구라는 게... 취미잖아.

장우석 네?

경민 야구 보는 거 취미 아닌가?

장우석 ...

경민 근데 취미에다가 생업을 걸어?

장우석 ... 상무... 아니, 사장님.

경민 왜요.

장우석 그런 사람도 있습니다.

경민 뭐가.

장우석 취미에다가 생업을 거는... 그런 사람이 있습니다.

경민 (불쾌한) ... 그러던가. 말던가.

**S#15 드림즈 사무실 복도 / 낮**

얼굴에 상처가 조금 남아있는 경준이 수행비서 한 명을 대동하고 주머니에 손을 넣은 채로 들어온다.
낯선 인물의 등장에 사무실 누구도 알아보지 못하는데.
걸음을 멈추는 경준.

경준 (스탠드 업을 과하게) 땐~덥!!

못 알아들은 사람들 모두 뭐지 싶어서 보는데.
경준, 기분이 팍 상해서 스윽 둘러보면서.

경준 일어나라고!!

놀란 사람들 몇 명 일어나고.

경준 인사하고.

일어난 사람들이 몇 명 얼결에 인사하면.

유경택 누구신데요. 누구신데 이러십니까.

경준, 유경택 보고 잘 걸렸다는 듯이 다가가면.

경민 **(소리만)뭐해.**

경준, 유경택에게 다가가던 걸음 멈추고 돌아보면 경민이 서있다.
씨익 웃는 경준.

경준 (수행원에게) 얘네들한테 내가 누군지 다 얘기해줘.

경준, 경민에게 다가가서 서로 마주 보고.
수행원은 궁금해 하는 사람들 몇 명에게
'권일도 회장님 아들 권경준 부사장님입니다' 설명해 주는데.
경준, 경민의 배를 툭 친다.
주변의 시선이 의식돼서 더 욱하는 경민.

경민 (작게) 그만해라.

경준 내가 여기서 어디까지 해도 되고. 형은 어디까지 참아야 하는지 모르지?

경민 (끓어오르는)

경준 난 하고 싶은 대로 해도 되고. 형은 끝까지 참아야 돼.

경민 들어가서 얘기하자.

경준 (웃으며) 소원 들어줄게.

경준, 경민의 머리를 헝클이며 끌고 가듯 어깨동무하고.
그 모습을 놀라서 지켜보는 구단 직원들.

**S#16　사장실 / 낮**

장우석, 업무 중이었는데 경민과 경준이 들어오자 어리둥절한데.

경준　뭐야, 얘는.

장우석　(불쾌한)

경민　나가 있어요.

장우석, 목례하고 나가면.

경준　내가 좋은 소식을 가지고 왔어. 뭘까요.

경민　...

경준, 경민의 조인트를 까고.

경민, 고통에 정강이 움켜쥐면.

경준　우선은 내가 앙금을 풀 수도 있다는 거. 재송그룹의 차기 회장이 형의 잘못을 용서할 수도 있다는 거 보통 좋은 소식이 아니지?

경준, 경민의 배를 때리고.

경민, 반사적으로 경준의 어깨를 잡으면

경준이 거칠게 밀쳐내고.

경준　그리고 이렇게 안 보이는 곳만. 때려준다는 거. 그리고 진짜 좋은 소식 알려줄게.

경민, 고통과 분노 속에서도 경준의 말을 기다리는데.

경준　　하고 싶다고 한 거 있잖아. 그거 잘~ 풀리는 중.

경민　　!!

경준　　설레?

**S#17　　드림즈 회의실 / 낮**

세영, 재희, 양원섭, 임미선, 변치훈, 유경택 회의실에.

세영　　다들 아시다시피... 아무도 공감할 수 없는 트레이드가 이뤄졌구요. 국내 전지훈련에 이어서 이제는 모기업에서 온 권경민 사장이 과연 우리 팀이 유지되기를 바라는 지도 의심해야 하는 상황이 됐어요.

임미선　　그래도 설마 팀을 망치려고 온 건 아니겠지.

유경택　　그런데 팀을 제대로 굴러가게 두진 않는다는 거죠.

변치훈　　단장님은 어디 계세요?

세영　　휴가예요. 단장님도 시간이 필요하시니까요.

임미선　　또 혼자 어디서 자책하고 있을 게 뻔한데. 그럴 거면 와서 같이 회의나 하는 게 안 낫나?

양원섭　　하던 대로 다시 꼴찌로 그냥 그렇게 굴러가게 두려는 건가.

재희　　근데 도대체 이렇게 하는 이유가 뭐예요.

변치훈　　돈은 드는데... 성과가 없었거든.

재희　　이제 성과도 낼 거고 돈도 벌고 있잖아요.

임미선 이미 너무 늦은 버스라고 생각하는 거야.

변치훈 사실 우리 2~3년 전부터 매각한다는 소문이 암암리에 있었잖아요. 권경민 사장이 구단주 대행일 때부터 이 지역에 규모 있다는 기업들을 다 만난 이유가 뭐겠어요.

양원섭 그냥 뭐 기업 간에 협조... 그런 거 아니고요?

변치훈 그러기에는 재송그룹이랑 너무 연관성이 없는 회사들이었어.

임미선 해체하기에는 너무 이 지역에 사업을 많이 벌였죠. 마트부터 시작해서 불매 운동 일어나면 직격탄 맞을 만한 사업들만.

유경택 매각도 해체도 둘 다 못하니깐 야구단이 천천히 잊혀질 때쯤에 자연스럽게 해체를 하려고 했을 수도 있겠네요. 관중 수도 해마다 줄어들고.

세영 선수랑 코칭스태프는 야구하는 사람들이구요.

사람들 (?)

세영 이걸 막을 사람은 우리밖에 없습니다. 우리는 구단을 운영하는 사람들이니까요. 지금 이 상황에 대해서 이야기하기보다는 우리가 해야 할 일을 찾아야 될 거 같아요.

**S#18 드림즈 라커룸 / 낮**

임동규, 훈련 준비 중인 선수들 사이에 가서.

임동규 강요 아니다.

장진우, 나서면서.

장진우 이해할 수 없는 팀 운영이 계속 되고 있고. 나를 비롯한 몇몇 선수들은 훈련을 당분간 보이콧 할 거고. 동참은 자유다. 절대로 절대로 보이콧을 강요해서는 안 되고. 자발적인 동참은 환영하지만 보이콧을 강요하는 놈은 새로운 사장만큼 악으로 간주한다.

임동규 그래, 진우 형이 얘기한 대로 나랑 진우 형은 훈련장 비운다. 강제성은 없다.

장진우 이상하게 니가 말하면 강제성 있는 거 같애.

임동규 나? 왜??

의아한 임동규.

**S#19 드림즈 훈련장 / 낮**

이철민, 최용구, 민태성 텅 빈 훈련장을 바라보다가.

천천히 걸어 나오는 성복을 보고 다가간다.

이철민 백승수 단장이 또 무슨 미친 짓을 했나 했더니. 감독님이라면서요?

최용구 사장하고 짜고서 이런 트레이드를 하셨다는 거 진짜예요?

성복 ...

이철민 감독님, 답답하게 이러지 말고 말씀을 해보세요.

최용구 저희가요!! 비시즌 훈련 금지도 다 알고 저희 가족 여행도 반납하고 여기 와서 애들 가르치려고 했던 거. 쪽팔려서 그랬어요. 이제 더는 이렇게 야구 못하면서 남들하고 똑같이 쉴 순 없다 싶어서요.

민태성 강두기를 어떻게... 아니, 알지도 못하는 애들하고 바꿔요. 뭐 약속 받았어요? 사장이 말 잘 들으면 뭐 해준대요?

성복, 대꾸 없이 조용히 자리를 빠져나가는데
이철민, 그 앞에 가서 가로막고.

이철민 뭐라고 말씀이라도 하셔야죠!! 감독님한테 진짜 실망입니다!!
최용구 지금 다른 팀은 다 막판 담금질하는데 우리는 야구 안 해요!?

멀어지는 성복.
이철민, 최용구 속 터지고.

**S#20 드림즈 회의실 / 낮**

세영 정확히 우리가 할 일이 뭔지 저도 정확한 답이 있는 건 아니지만 우리가 처음에 전지훈련을 그렇게 가야 한다고 했을 때. 너무 순순히 수긍하지 않았으면 이런 일이 있었을까요.
유경택 그땐... 그게 당연한 줄 알았죠.
임미선 ... 나 이번에 진짜 열심히 일했거든.
변치훈 알지, 옛날 임미선 돌아왔는데.
임미선 근데 그렇게 해서 임동규 데려왔는데 강두기 내보낸 거잖아. 기분이 너무 더러워서... 난 돈 더 벌어올게!!
양원섭 ...? 그게 뭐예요? 왜 회사를 위한 일을 하시는 거예요?
세영 실적 개선을 통해서 야구단이 잘 돌아가고 있다는 걸 보여준 후에.

임미선 그렇지.

세영 그리고...

변치훈 그건 내가 보도자료를 만들 거야.

세영 (걱정스러운 표정)

변치훈 걱정하지 마세요. 나 저번에 충격 받고 다른 일자리 알아봐 놓은 데가 있어. 소신껏 일하다가 쫓겨나도 폼 나잖아.

재희 실적 개선 보도자료 가지고 쫓겨나진 않겠죠.

변치훈 아니, 그동안 드림즈한테 재송그룹이 한 짓을 기획 기사로 내보낼 건데?

유경택 오우...

변치훈 전력분석팀은 뭐해요.

유경택 그 기획 기사에 보탤 자료 만들고 있어요.

## S#21 드림즈 사무실 / 낮

컴퓨터 앞에서 열심히 작업 중인 영수.

엄청나게 몰입한 표정.

## S#22 드림즈 회의실 / 낮

임미선 기획 기사 내용이 뭔데요.

유경택 뻔하죠. 강두기가 나간 드림즈. 몇 승을 잃고 시작하는가.

변치훈 ... 내가 뭐 자리 욕심은 없는데 그 보도자료 나가고 나면 정말 간당간당하겠네.

양원섭 그럼 전 뭐해요.

세영 아무래도 스카웃팀이라서 인맥도 넓으실 테니깐.

재희 그렇지만도 않아요.

양원섭 이 짜식이...

재희 워낙에 막 지르고 다니셔서...

세영 ... 그럼 뭐 있는 인맥이라도 최대한 알려주세요.

양원섭 네!

세영 우리가 하는 일이 사장에게 아무 영향이 없을 지도 모릅니다. 그런데 최소한 이렇게 마음대로 하려다가 고민하게는 만들었으면 좋겠어요.

이때, 문이 열리고 승수가 들어오면 다들 놀라는 반응.

임미선 휴가 아니세요?

세영 (어색한)

승수 낮에 쉬었습니다. 아직 드림즈가... 저 없으면 안 굴러가지 않습니까. (반응 살피다 민망하고) 우선 제가 회의록을 좀 볼까요.

재희, 노트북 보여주면 슥 살피던 승수.

승수 다들 상당히...

사람들 (??)

승수 용기들을 내셨네요. 겁이 많은 분들이...

어이없어하는 팀장들.

승수 방향성도 좋은 회의를... 했네요. 우선 다시는 이런 일이 발생하지 않도록 우리의 의지를 보여주고. 이 방향을 베이스로 우리가 행동한다면 저도 좋을 것 같습니다. 그런데 저는 여기서 조금 더 나아간 방향도... 고민을 해봤으면 좋겠습니다. 드림즈가 꼭 재송 드림즈여야 하는지...

팀장들 각자 놀라는 반응.

**S#23 병원 입원실 복도 / 밤**

환자용 식판 들고 식기함에 꽂는 성복.

그러다가 뭔가를 본 거 같아서 돌아보면 승수가 보인다.

크게 놀라는 성복.

승수, 한 손에 든 과일주스 상자 들어올리며.

승수 가족 외엔 병문안은 오랜만이라. 요즘도 이런 거 들고 오는 거 맞습니까.

성복 ...

**S#24 병원 휴게실 / 밤**

승수, 성복과 앉아서 대화 중.

승수 고세혁 전 팀장부터 시작해서 못된 시절 임동규에 권경민까지. 악독한 놈들이 작정하고 달려들어도 괜찮았습니다. 근데 옆에 있던 믿었던 사람한테는 괜찮지가 않네요.

성복 팀을 위해서 그런 거라고 했습니다.

승수 입원실 안에 있는 아드님 입원비가 만만치 않겠죠. 가족을 위해서라고 하면 뭐든 해도 되는 줄 알았던 때가 있었습니다. 그런데 복잡다단한 이해관계가 얽혀있는 일이 많다 보니 제가 가족을 위해서 한 일이 다른 사람의 가족들을 울게도 합니다.

성복 ...

승수 뭘 약속받으셨습니까.

성복 대답하기 어렵습니다.

승수 재송그룹이 바쁘게 돌아가던데요.

성복 (움찔)

승수 감독님이 좋은 사람이니까 내 부탁 들어주겠지. 그런 순진한 생각은 저도 버렸습니다. 저를 배신한 감독님이 그래도 필요는 해서 찾아 왔고.

성복 ...

승수 그 설득하기 위해서 정이나 명분에 의지하지 않고 감독님이 선택한 그 실리가 저한테 있다고 설득하러 왔습니다.

**S#25 병원 입원실 / 밤**

성복, 간이침대에 앉아서 고민하는 모습.

## S#26 '야구에 산다' 스튜디오 / 밤

김영채, 패널들과 방송 중.

김영채 백승수 단장의 부임 이후로 스토브리그의 주인공이 돼버린 드림즈가 어제는 또 다시 이해할 수 없는 트레이드를 보여줬는데요.

패널1 강두기 선수를 데려오느라 임동규 선수를 보냈습니다. 그리고 임동규 선수를 또 다시 데려왔죠? 이것만 해도 김종무 단장하고 백승수 단장이 장난치는 것도 아니고.

패널2 그 임동규 데려오느라 김관식에 연중섭이라는 유망주를 둘을 보냈지 않습니까. 그런데 그 강두기 선수를 겨우 송일상, 이치권.

김영채 송일권, 이치상입니다.

패널2 아, 죄송합니다. 아무튼 이런 선수들하고 바꾼다는 게 이게 말이나 되는 건가 싶어요.

김영채 그런데 이런 트레이드가 백승수 단장과 구단과의 마찰을 의미한다는 얘기가 있는데요. 말씀하신 것처럼 강두기 선수를 데려온 백승수 단장이 강두기 선수를 트레이드 할 이유가 없는데요. 최근 드림즈는 30%의 연봉 총액을 삭감하며 선수들은 뼛속까지 시린 겨울을 체감했습니다. 그리고 또... 전지훈련을 국내로 갔죠.

패널1 그러니까요. 나는 듣고 내 귀를 의심했다니깐요. 그것도 또 제주도도 아니고...

패널2 재송그룹이 구단 운영의 의지가 없다면 차라리...

김영채 네, 거기까지만... 어쨌든 드림즈가 백승수 단장 부임 이후 이전과는 달리 스토브리그에서 상당히 희망적인 소식들을 팬들에게 많이 전하고 있었는데요.

패널1 네, 그렇습니다. 그 과정에서 잡음도 많았지만 탈꼴찌에 대한 강한 의지가 느껴졌거든요. 백승수 단장에 대한 시선이 많이 바뀌었어요.

패널2 그런데 강두기 선수를 헐값에 트레이드 한다? 이건 정말 있을 수 없는 일이죠. 아무리 생각해도 이해할 수 없는 결정입니다.

**S#27 세영 집 / 밤**

미숙, 세영과 같이 TV 보면서.

미숙 저 여자는... 얼굴은 예쁜데 왜 맨날 너희 회사 욕만 하냐.

세영 속상해? 엄마는 우리 구단 싫어하잖아.

미숙 싫어하지. 근데 너 같은 애 받아준 회산데. 너무 욕을 하니깐 승질은 나지. (화면 보면서) 야! 까도 내가 깔 거야! 왜 드림즈만 까냐고!

세영 엄마, 진정해. 지금은 우리 회사 도와주는 거야.

미숙 뭘 도와줘. 잘 되라고 욕하는 건 엄마만 할 수 있는 거야.

세영 (다독이며) 아냐, 아냐. 엄마만 할 수 있는 거 아니야. 우리 구단... 건강한 구단 될 수 있게 해달라고 우리 홍보팀장이 보낸 거야.

미숙 욕먹고 싶어서?

세영 찔릴 놈이 있을 거야.

편안한 표정의 세영을 이상한 듯이 보는 미숙.

## S#28 드림즈 사무실 외경 / 낮

## S#29 드림즈 사무실 / 낮

세영, 직원들과 눈인사하며 자리 앉자마자 울리는 전화벨.

세영 네, 드림즈 운영팀장 이세영입... 네? 저희도 최대한 연락해보겠습니다. 죄송합니다.

세영, 전화 끊는데 승수 지나가고.
세영, 급히 승수 따라가면서.

세영 타이탄즈에서 전화왔는데요.
승수 네.
세영 강두기 선수가 연락이 안 되고 있대요.
승수 음... 알겠어요.

쿨하게 가는 승수 보고 세영 어리둥절하면서.

세영 뭐 알고 계신 눈친데요? (다시 쫓아가며)
승수 뉴스 기사도 나왔을 겁니다.
세영 뭐라고요?
승수 '강두기 은퇴설 모락모락'
세영 왜요!

승수 문제를 키우는 겁니다. 더러운 건 다 같이 보려고요.

승수, 멀어지면

세영 보통... 좋은 건 다 같이 보자고 하는데...

**S#30 사장실 / 낮**

경민, 컴퓨터로 기사 보고 있고.

그 앞에서 앉아서 대기 중인 장우석.

경민 강두기 은퇴?

장우석 ...

경민 별짓을 다 하네. 지가 은퇴를 하긴 뭘 해. 그 연봉을 지가 포기하겠어? 안 그래요?

장우석 혹시 모르죠. 강두기는...

경민 (기가 차서 웃으며) 아니, 강두기가 뭔데요. 강두기는 돈 안 좋아해요?

장우석 돈도 많이 벌었고...

경민 벌어봤자 얼마나 벌었다고요.

장우석 (울컥해서) 강두기는 자긍심도 있을 겁니다.

경민 (장우석 감정 변화 캐치한) 장 특보는? 그런 게 없어?

장우석 (참자 싶은) 아닙니다. 저도 있습니다.

경민 장 특보, 내 앞에선 그냥 솔직하게 말해요. 나는 행간을 잘 읽고. 사람을 진짜 잘 알아. 왜 거짓말을 해... 내 밑에서 일하다 보니 자긍심이 떨어지시는구나.

장우석 ...

## S#31 복도 / 낮

장우석, 복도 걸어가는데 승수가 기다리고 있다.
장우석, 왠지 모르게 움찔하는데.

승수 스카웃팀처럼 바쁘게 돌아다니던 분이 숨도 못 쉬게 답답하시겠습니다.

장우석 (그냥 지나치려는데)

승수 고세혁 팀장을 내보낼 때 같이 내보내지 않은 건 장우석 씨는 그렇게까지 썩은 건 아닐 거 같아서 그랬습니다.

장우석 고세혁 선배님, 안 썩었습니다.

승수 뭔가 이상하지만 형님이 하는 일이면 다 뜻이 있고 생각이 있겠지. 그런 정도 흐리멍덩한 사람이라고 해고할 수 없으니까.

장우석 ...

승수 전 의리라는 두 글자가 어떨 때는 선을 넘어서 더러운 걸 가리지만 그 자체를 나쁘게 보진 않습니다. 그런데 지금은 어떻습니까. 지켜야 될 의리 같은 게 있습니까.

장우석 (피식 웃으며) 권경민 사장 배신 때리라 이겁니까.

승수 잘못된 용어를 쓰시네요. 바로 잡아드리자면 배신을 때리는 게 아니라 불의를 봤으면 고발을 하란 얘깁니다.

장우석 내가 왜요.

승수 야구로 밥 먹고 산 지 몇 년입니까.

장우석 그쪽은 1년. 난 셀 수도 없고.

승수 그 자부심이 있으신 분이 왜 명백히 야구가 훼손되는 걸 돕고 계십니까.

장우석 ...

승수 아니면 제가 싫어서. 적의 적은 동지다. 그런 겁니까.

장우석 그쪽은 내부 고발이 얼마나 어려운지 모르지. 늘 옮겨 다니니까.

승수 아뇨, 잘 압니다.

장우석 그런 사람이 고세혁 선배 쫓아내려고 이용재한테 연락하고. 이창권한테 연락하고...

승수 ...

장우석 걔들한테 꾸준히 연락하면서 고세혁 선배가 해코지는 안 하냐고 확인이라도 해봤어요? 안 해봤잖아요.

승수 하고 있습니다.

장우석 (살짝 당황) 하... 하긴 뭘 해요.

승수, 휴대폰 꺼내서 최근 통화 목록 보여주면 '이용재 선수' '이창권 선수' 보이고.

승수 이렇게 한 번 더 짚어줘서 좋네요. 사실 이쯤 하면 그만할까 생각한 적도 있었는데 더 오래 확인해봐야겠습니다.

장우석 (민망한) 그건 잘했네.

승수 해코지할 사람이라고 생각하면서도 지키는 의리라니. 대단하네요.

장우석 ...

승수 장우석 특보가 장우석 차장으로 돌아가길 바라는 마음으로 제가 다 책임지려고 하는데 이면 계약서 어딨습니까.

장우석 ...

승수 권경민 사장이 강두기 선수한테 애정은 없어도 그 시장 가치를 알면서 조용히 보냈을 리가 없죠. 다른 계좌로 받은 현금이 있을 테고. 그 충성도 높은 사람이 그 돈을 꿀꺽했을 리는 없고. 본사로 입금했겠죠.

장우석, 고민이 시작되고.

## S#32 단장실 / 밤

모두 퇴근하고 어둑한 사무실.

승수, 이면 계약서가 든 파일철 앞에 두고 생각 중.

**〈플래시 컷, 사장실 앞〉**

파일철을 건네는 장우석.

장우석 내 이름 한 글자 안 나오게 할 수 있어요?

승수 제가 훔친 겁니다.

///

승수, 책상 앞에 야구공 집어 들고 낮게 던졌다 받으며.

**S#33 재송그룹 회장실 / 밤**

응접 테이블에 앉은 일도, 경민.

일도 권경민이. 그 20억은 뭐야.

경민 어차피 문 닫는 가게에 상품 하나가 있어서 팔았습니다.

일도 (흐뭇한) 그 정도는 니가 알아서 써도 되는 건데.

경민 재송그룹 겁니다.

일도 그래, 어디서든 니가 일만 잘하면 돼. 어디서 일하든 그냥 잘하는 놈은 내 귀에 다 들어와.

경민 ...

일도 경준이랑도 화해했다며.

경민 네. 오해를 잘 풀었습니다.

일도 형이면 져주는 맛이 있어야지. 안 그래?

경민 네, 맞습니다.

일도 경준이 성미가 원래 지고는 못 살잖아. 평생 져줄 수 있지?

경민 (다짐하듯) 네, 그래야죠.

일도 이제 다시 돌아올 준비가 다 됐구만.

경민 착실히 준비하고 있습니다.

**S#34 재송그룹 건물 내 카페 / 밤**

경민, 카페에 들어서면 여유롭게 앉아 있는 강선이 보이고.

경민, 마주 앉으면서.

경민 얼굴이 좋아지셨어요.

강선 덕분에. 어떻게 자기는 좌천되면서 나 같은 사람을 본사로 밀어 넣었어?

경민 그 정도 연출은 만들어야죠.

강선 젊은 친구가 참... 남달라.

경민 대충 어떻게 돌아가요?

강선 이제 뭐 거의 도장 찍는 일만 남았다고 보면 되겠지.

경민 ... 잘 됐네요.

강선 이렇게 일사천리로 진행될 줄 알았으면 강두기도 내보내지 말 걸 그랬어. 그냥 해체시키면 될 걸. 백승수랑 이세영이가 또 시끄럽게 굴텐데. 어우. (경민 보다가) 뭐 이런 질문 조심스럽지만... 그래도 한때 드림보이 1기였다면서 이제 완전히 야구는 질린 거지?

경민 지겨운 야구단... (고개 뒤로 젖혀서 양손으로 얼굴 감싸면)

강선 그래, 이제 지겨운 야구단 그만하고 본사로 복귀해야지.

## S#35 드림즈 사무실 외경 / 낮

## S#36 회의실 / 낮

세영, 재희, 영수, 팀장들 모두 황당해하며 승수 보고 있고.
승수가 이면 계약서를 들고 서있다.

승수 강두기 선수를 겨우 20억에 팔았네요.

세영 그래서 이거 어떻게 하실 거예요.

승수 야구협회 한번 믿어 봐야죠.

재희 ...

양원섭 단장님, 혹시 권경민 사장이 이 일로 나가게 돼도 다른 사장이 단장님을 내부 고발자로 생각하면...

승수 어떻게 되는데요?

양원섭 단장 자리를 보장받지 못하실 수도 있습니다.

승수 의미 없습니다.

세영 왜 의미가 없는데요. 상대한테 주는 피해만큼 우리가 받는 피해를 비교는 해봐야죠.

승수 다시 돌아오는 과정에서 계약서를 수정했습니다.

팀장들 (?)

승수 제 임기는 이번 봄까지입니다.

모두 저마다 놀라는 얼굴들.

승수 권경민 사장 의지가 대단했습니다. 제가 자존심을 잘못 건드렸더니 그냥 절 받아주라는 회장의 명령도... 듣지 않으려고 해서 제가 절충안을 낸 거죠.

세영 원래 보장됐던 연봉은요.

승수 ... 일 안 하고 돈 받는 거 무지 불편합니다.

양원섭 하...

승수 제가 나가고 나서... 또 다른 부당함이 있을 때. 여러분이 약자의 위치에서도 당당히 맞서길 바랍니다. 손에 쥔 건 내려놓고 싸워야 될 수도 있습니다. 제가 우승까지 시키고 나간다면 더 좋았겠지만... 주축 선수가 돈에 팔려가도 아무 일이 없는 망가진 팀을 만들지 않는 것에 만족하려고 합니다. 최소한 문제가 있으면 문제를 지적할 수 있는 그런 팀.

모두 미안한 얼굴로 승수 보는데
영수만 웃으며 승수랑 눈 마주치고.
승수도 영수의 웃음에 마음이 편해지는 얼굴.

**S#37 KPB 야구협회 외경 / 낮**

**S#38 KPB 야구협회 복도 / 낮**

기자 서너 명이 마이크 승수 앞에 대고 인터뷰 중.

승수 강두기 선수 트레이드는 모두의 상식에 위배된 트레이드였고 다른 이면의 계약이 있을 거라는 예상을 했습니다. 드림즈라는 팀이 물의를 일으키게 된 것은 깊은 사과를 드립니다. 하지만 자정작용이 있는 드림즈라는 것을 보여드리고 싶었습니다. 그래서 저는 드림즈의 단장으로서 이 트레이드의 전면 무효를 요구하는 바입니다.

승수, 말을 마치고 이동하면 기자들이 따라가면서.

**S#39 병원 입원실 / 낮**

승수의 인터뷰 모습이 입원실 TV 속에서 보여지고.

앵커 (소리만)**이에 따라 KPB 야구협회는 법률·회계·수사 전문가 등으로 특조위를 구성해 특별조사위원회를 꾸려 드림즈와 타이탄스의 트레이드에 관한 조사에 나설 예정입니다.**

그 방송을 차마 보지 못하고 소리로 듣는 성복의 표정.
이때, 승수에게 걸려오는 전화.
성복, 고민 끝에 전화를 받으며 떨리는 목소리로.

성복 여보세요.

**S#40 KPB 야구협회 복도 구석 / 낮**

승수, 성복과 통화 중.

승수 감독님, 조사도 시작될 거고. 이면 계약서보다 강력한 증거는 없습니다. 감독님의 증언은 도움은 되겠지만 참회의 기회를 드리는 것 이상의 의미는 없는 상황이 돼버렸습니다. 늦었죠.

**S#41 병원 입원실 / 낮**

전화 받는 성복의 얼굴에서.

**S#42　병원 휴게실 / 밤** (24씬에 이은 회상)

승수　그 설득하기 위해서 정이나 명분에 의지하지 않고 감독님이 선택한 그 실리가 저한테 있다고 설득하러 왔습니다.

성복　...

승수　제법 신빙성 있는 증권가의 출처로 재송그룹이 강성그룹과 빅딜을 진행 중입니다. 왜 강성그룹인지는 아시겠죠. 중공업이 강한 그룹이고 재송그룹은 예전부터 소비재 기업을 탈피하고 싶어했고. 강성그룹은 쇼핑 사업에 관심이 있었습니다. 주 사업 분야를 바꾸는 이 놀라운 빅딜이 곧 성사가 된다면 재송그룹은 여론을 고려하지 않고 바로 해체를 발표하고 권경민 사장은 본사로 돌아갑니다.

성복　(설마 싶은)

승수　재송을 선택한 권경민과 달리 저는 다른 선택지가 없기도 하지만...저의 남은 임기 동안 한 가지 목표를 정했습니다. 어떻게든 드림즈를 지키려고 합니다.

성복　(놀라서 승수를 보면)

승수　재송이 버린 감독이 되겠습니까. 드림즈에 남는 감독이 되겠습니까.

**S#43　병원 입원실 / 낮**

전화 받는 성복.

성복　지금은... 너무 늦었나.

**S#44 KPB 야구협회 복도 구석 / 낮**

승수, 성복과 통화 중.

승수 네, 늦었습니다.

**S#45 병원 입원실 / 낮**

전화 받는 성복.

성복 (실망하는) 그런가. 그래, 그렇겠지.

**S#46 KPB 야구협회 복도 구석 / 낮**

승수, 성복과 통화 중.

승수 인간적인 신뢰를 회복하기엔 늦었습니다. 그렇지만 같이 일을 하기엔 아직 늦지 않았습니다. 불행하게 아직 더 좋은 감독님을 찾진 못했습니다. 지금 바로 협회로 오시죠.

**S#47 인터넷 뉴스 화면**

'드림즈, 강두기를 보내고 받은 20억은?'

'20억에 팔려버린 국가대표 1선발'

'강두기 트레이드, 전면 무효화 되나'

**S#48 팬 커뮤니티**

드림즈를 살리고 재송을 몰아내자는 게시글들이 도배가 되고.

**S#49 회의실 / 낮**

세영, 재희, 양원섭, 임미선, 변치훈, 유경택 회의 중.

양원섭 단장님한테 혹시나 내부 고발이니 뭐니 하는 지역 팬들 여론이나 사장의 압박이 있을 수도 있어요. 그때 우리가 다 같이 행동해야 돼요.

유경택 사장 바뀌기라도 하면 계약서 다시 써주지 않을까.

임미선 단장님 계약서요?

유경택 왜요.

재희 (웃으며) 다들 이제 단장님 좋아하시는 거죠?

유경택 (민망한) 싫어할 건 또 뭐야. 새삼스럽게.

세영 지금 강두기 트레이드 무효화 시위 인원도 늘어났구요. 일단 야구협회의 판단도 우리에게 희망적이에요.

변치훈 다들 놀랐을 걸요. 재송그룹이 아무리 그래도 지금 경영난에 시달리는 회사도 아닌데 야구단을 이렇게 경영할 줄은.

이때, 세영 휴대폰에 '타이탄즈 운영팀'에게 전화오고.

세영, 놀라며 다른 팀장들에게도 보여주면.

팀장들 모두 바짝 긴장하며.

임미선 항의 전화한 거 아냐?

양원섭 자기들이 따질 상황인가.

세영 어찌됐든 저 전화 받습니다. 잠시만요.

세영이 통화하는 모습에 모두 주목하고 있고.

세영 (작게) 네. 네... 아닙니다. 네. 그 부분은... 네, 그래야죠. 잘 알겠습니다. 네, 들어가세요.

세영, 전화 끊고 나서 알 수 없는 표정.

임미선 뭐래?

재희 빨리요.

세영, 심각한 얼굴로 모두를 돌아보고.
애가 타는 팀장들.

**S#50 드림즈 훈련장 / 낮**

유독 광채가 나고, 힘이 넘치는 모습으로 와인드업하며
공을 뿌리는 강두기 모습.
드림즈의 유니폼과 모자가 선명하다.

**S#51　　드림즈 회의실 / 낮**

세영, 주목하는 팀장들 보면서.

세영　　일단 타이탄스가 야구협회의 결정이 나기 전에... 우리끼리 이 트레이드를 취소하자고... 하하하핫.

재희와 팀장들, 책상 치고 자리에서 일어나며
저마다 좋아하는 모습들.
세영도 뿌듯하고 성취감으로 웃으며 그 모습 보고.

**S#52　　드림즈 훈련장 / 낮**

입구에 들어서자마자 훈련 중인 강두기를 보는 선수들.

임동규　　야, 강두기!!

강두기, 돌아서서 보고 씩 웃으며 공을 또 던지는데.

장진우　　누구 때문에 우리가 훈련을 보이콧했는데 지금 양심도 없이 오자마자 지 혼자 훈련을 하고 있어?

유민호　　(소심하게) 그건 좀...!! 그렇습니다! 선배님.

서영주　　아니, 도대체 30승을 할라고 이러는 거야?

곽한영　　선배, 잘 왔어요.

강두기　　내가 있든 없든 선수가 훈련을 안 한 건 잘못된 겁니다. 왜 훈련들을 안 하십니까.

어이가 없는 선수들.
참지 못하고 강두기에게 달려들고.
'와, 인성 보게?'
'야, 바이킹스! 타이탄즈 같이 패자!' 등등 농담하며.
강두기, 웅크리고 장난스럽게 뻗는 주먹들에 얻어맞으면서.
멀리서 그 모습 지켜보는 코치들.
반대편에서 사복 차림으로 눈치보고 있는 성복을 본다.

최용구 아, 감독님!!
성복 ...
이철민 애네 지금 훈련 빠진 거 보충하려면 이럴 시간이 어딨습니까.
성복 미안하다.
최용구 (모르는 척) 뭐가요.
민태성 앞으로 저희한테 술 사고 고기 사고 하면서 천천히 갚으시면 돼요.
성복 ...
이철민 아무 일 없었던 것처럼 어물쩍 그냥 넘어가고 그럴 줄도 좀 아세요.

신이 난 민태성이 이철민과 최용구 사이에서 어깨동무하다가
이철민이 치우라고 하자 깨갱하고.
성복도 편안해진 마음으로 코치들 바라보며.

## S#53 사장실 / 낮

'강두기 트레이드 전면 무효'
뉴스 화면 지켜보는 경민.

앵커 이면 계약이 알려지며 선수 장사를 했다는 비난을 받고 있는 드림즈와 타이탄스가 강두기 선수 트레이드 건을 전면 무효화하기로 합의했습니다. 이는 KPB 야구협회의 상벌위원회 결정이 나오기 전에 급히 이뤄진 것으로 관계자들은 이번 합의가 조사를 피하기 위한 꼼수라며 비난하고 나섰습니다.

전화벨 울리자마자 받으면서

경민 타이탄즈 원래 일 이따위로 해? 나한테 연락도 없이 지금 이렇게 트레이드를 취소한다고? 회장님한테 보고 다 하고 내가... (겨우 참고) 회장님하고 나눈 얘기가 있을 거 아냐. (듣다가) 누가 그 돈 떼먹는데?

경민, 신경질적으로 전화를 끊고 채널 돌리면.
'재송-강성, 1조원 규모 빅딜' 자막과 함께
일도와 강성그룹 회장의 모습이 보이고.

앵커 재송그룹과 강성그룹이 대형 빅딜에 성공했습니다. 이번 빅딜은 1조원 규모로 재송그룹은 중공업 분야를, 강성그룹은 쇼핑 분야를 강화하는 것이 주 내용입니다. 두 그룹의 주력 사업 분야가 바꾸며 재계에 미치는 영향도 클 것으로 보입니다.

**S#54 재송그룹 회장실 / 낮**

일도, 강성그룹 회장과(이하 강성) 차 한 잔 들이켜며 웃고.

옆에 앉아 있는 경준.

어색한 웃음 중간중간 짓는 모습.

강성 아, 참. 재송에 야구단도 있잖아요. 어떻게 하실 겁니까.

일도 재송그룹이 이제 중공업 기반인데 뭐 하러 서민 눈치를 봅니까. 해체시켜 버려야죠.

강성 새롭게 시작하는 강성 쇼핑에 영향 없도록 부탁드립니다.

일도 생선 파는 사람이 토막도 안 내고 팔면 되겠습니까. 해체는 재송그룹 이름으로 확실하게 끝내드려야지. 안 그러냐, 경준아.

경준 아, 네.

강성 근데 매각을 하면 야구단도 유지되고 재송그룹은 돈도 될 텐데.

일도 야구단 운영할 만큼 배포가 큰 놈이 30년 동안 우리 지역에 나밖에 없습디다. 큰 거래 하시면서 자꾸 그런 자잘한 얘기는 그만하시죠.

**S#55 승수 차 안 / 낮**

승수, 이동 중에 빌딩 대형 화면에 뜬 뉴스 본다.

'재송그룹-강성그룹 빅딜, 주력 사업 변경'

흘끔 보고 생각이 많아진 얼굴로 운전하는 승수.

**S#56 재송그룹 회장실 / 낮**

경준, 편한 자세로 앉아서 통화 중.

경준 형이 하는 일이 다 그렇지, 뭐. 그 푼돈이야 있으나 없으나. 형도 이제 기사 봤으면 준비해야지. 이쁘게 작성해서. 발표해.

**S#57 사장실 / 낮**

경민, 전화기 들고 있는데.
경준의 끊김음 소리 들리고도 전화기를 내려놓지 못하다가
자리에서 일어나서 업무용 책상 서랍을 열어서
심하게 낡은 사인볼 하나를 꺼낸다.
'엄상구' 사인이 적힌 공.
경민, 그 공을 보다가 옆에 있는 서류를 거칠게 뜯어서
마구 구겨서 감싼 뒤에 휴지통에 넣는다.

경민 장 특보!!

장우석이 문 앞에 있던 것처럼 황급히 들어오면.

경민 이면... 아니, 강두기 계약서. 그거 백승수가 어떻게 가지고 있어?

장우석　　저는 모릅니다.

경민　　백승수가 그럼 사장실을 몰래 와서 뒤진 거네?

장우석　　...

경민　　백승수를 어떻게 할까?

장우석　　제가 했습니다.

경민　　그럴 줄 알았어.

장우석　　...

경민　　장 특보. 세상에서 제일 너그러운 사장이라고 나를 기억해.

장우석　　...?

경민　　그딴 거 이제 아무 의미 없으니깐 그냥 나가.

장우석　　... 가보겠습니다.

경민　　아, 휴지통은 비워. 당장.

장우석, 기분은 나쁘지만 휴지통 들고 나가는데
감싼 종이 사이로 보이는 야구공 형태.

**S#58　사장실 앞 / 낮**

문 닫고 나오는 장우석.
휴지통 안에 있는 공 꺼내서 보고.
사장실을 한번 돌아보다가 고개 갸웃거리며 공 주머니에 넣고.

**S#59 드림즈 사무실 / 낮**

승수가 들어오자 시선이 집중되고.

재희가 나서서 박수를 쳐주자

다른 사무실 직원들 모두 승수 보며 박수치고.

승수, 민망해서 손 그늘로 얼굴 가리다가 박수 멈추고 나면.

승수 비정상을 정상화시킨 것에 대한 박수로 좀 지나칩니다. (하다가 시선 의식하고 보면)

건너편에서 걸어오고 있는 경민.

경민, 발걸음 소리 듣고 직원들 모두 긴장하고.

경민과 승수 서로 마주 보고.

경민 백 단장, 야구협회 다녀왔던데?

승수 네.

경민 보고 체계는 조금 아쉬웠어. 나한테 말했으면 내가 운전해서 데려다줬을 텐데.

승수 (웃으며) 보고 체계요...

경민 윤성복 감독이 좀 서운해하겠네.

승수 ...

경민 모처럼 본인이 의욕을 내서 했던 트레이든데.

승수 윤성복 감독님과도 충분히 오해를 풀었습니다. 사장님도 감독님 걱정만 하시니까 이제 우리 팀에 아무 오해가 없겠네요.

경민 (주변 둘러보며) 드림즈가 이번에 아주 다들 한 마음으로 움직이는 모습들을 보여준 게...

위축되는 직원들.

경민 (싸늘하게) 아주 보기 좋아요.

승수 윗물이 맑은 덕이죠.

경민 (승수에게만 들리게) 이 새끼 봐라? 야, 내가 지금 어디 가는지 알아? 드림즈 해체 발표. 기자회견. 재밌겠지? 같이 갈래?

승수 (경민에게만 들리게) 아니, 나도 많이 바쁠 거 같아서.

승수, 여유 있는 미소로.

**S#60 경민 차 안 / 낮**

경민, 안전벨트 매는 사이에 옆에 둔 전화기에 '어머니' 전화 오고. 고민하다가 전화 받는 경민.

경민 네.

경민모 **(소리만)경민아. 밥은 잘 먹고?**

경민 왜 전화했어요.

경민모 **(소리만)느이 아버지. 많이 좋아져서. 목발 짚고 엄청 빠르게 걸어 다닌다고. 벌써 또 사람들 많이 사겼어. 잠깐 입원하는 동안에.**

경민 (안도의 표정 스치고) 네.

경민모 **(소리만)그래서 느이 아버지가 아까는 무슨 휠체어 탄 아저씨를 자기**

**가 목발 짚고 밀어준다고... (웃음 참으며)**

경민 용건만 말해요!!

경민모 **(소리만)아, 미안하다. 경민아. 바쁘지?**

경민 (짜증 억누르며) 네.

경민모 **(소리만)경준이랑 싸우고 그러지 말어.**

경민 ... 그걸 어떻게 알았어요.

경민모 **(소리만)경준이가 동생인데 니가...**

경민 그걸 어떻게 알았냐고요.

경민모 **(소리만)아니, 어떻게 하다가 알았지.**

경민 ... 회장님 왔다 갔어요?

경민모 **(소리만)회장님. 아냐, 큰아버지 말고. 그 비서가 과일 바구니랑 들고 와서... 병문안 온 김에 얘기했어.**

경민 ... 바빠서요. 끊을게요.

경민, 전화 끊고 화가 나서 소리 지르며.

**S#61 드림즈 사무실 / 낮**

승수, 직원들 모두를 보며.

승수 권경민 사장은 재송그룹의 의지대로 드림즈를 해체하기로 했습니다. 우리 지역 기반으로 한 쇼핑 사업을 전부 중공업 회사에 넘기면서 지역민 눈치를 볼 필요도 없어진 거죠. 재송그룹이 우리를 버리기로 한 만큼 우리도 결정을 해야 됩니다. 드림즈 역사에서 투자 의지도 예의도 없는 재송그룹을 이제는 지워버릴 때가 된 것 같습니다.

**S#62 복도 / 낮**

기자회견장으로 걸어가는 경민.
시원섭섭 복잡한 마음으로.

**S#63 기자회견장 / 낮**

기자들 모여 있는 가운데.
경민이 입장한다.
기자들을 훑어보는 경민.

경민 재송 드림즈 사장 권경민입니다. 저희 드림즈 역사상 가장 중대한 발표를 제가 하게 됐네요. 재송그룹은 성적 부진과 경영 실적 악화의 이유로... 드림즈를...

기자들의 플래시가 터지고.

**S#64 호텔 로비 / 낮**

일도와 경준이 대화를 나누고
그 외에 여러 수행원들이 같이 걸어가고 있는데.

그 앞을 가로막고 나선 승수.

어리둥절한 일도.

일도　누구시더라? 어디서 본 거 같기도 하고.

경준　저리 안 비켜?

승수　드림즈 단장 백승수입니다. 시간을 주신다면...

**S#65　기자회견장 / 낮**

경민, 한숨 한 번 후 하고 뱉고 난 뒤에.

경민　드림즈를... 해체합니다.

**S#66　호텔 로비 / 낮**

승수, 일도와 마주 보고.

승수　드림즈를 제가 매각하겠습니다.

확신에 찬 승수의 표정과 고뇌하는 경민의 표정.

화면 분할되며.

"그때 엄상구 선수가 3점짜리 홈런을 쳤죠.
감독 자르라고 소리 지르던 아저씨들도,
우리 아빠도 다 홈런 하나에 그 자리에서 방방 뛰면서 울었어요.
다 큰 어른들이. 약한 팀을 확실히 잡자고 내보낸 국가대표 투수한테
3점 홈런을 치고 우리가 이겼으니까… 그런 곳을 지켜주신 거예요.
단장님이."

"저한테는 처음으로 뭔가를 지켜낸 걸로
기억이 될 거 같습니다.
이걸로 계속 힘이 날 것 같습니다."

16

# 16부

**S#1 호텔 로비 / 낮**

일도와 경준이 대화를 나누고
그 외에 여러 수행원들이 같이 걸어가고 있는데.
그 앞을 가로막고 나선 승수.
어리둥절한 일도.

일도 누구시더라? 어디서 본 거 같기도 하고.
경준 저리 안 비켜?
승수 드림즈 단장 백승수입니다. 시간을 주신다면...

승수, 일도와 마주 보고.

승수　드림즈를 제가 매각하겠습니다.

확신에 찬 승수의 표정

**〈여기까지가 15부입니다〉**

일도, 허허 웃으면서.

일도　아, 그 야구팀 단장이구만. 일을 아주 시끄럽게 잘 하시던데.

승수　(거슬리는) 그 야구팀... 네, 맞습니다. 회장님이 합판 공장에서 시작해서 키운 재송그룹이 프로야구 출범과 동시에 창단한 그 야구팀입니다.

경준　아, 이 새낀 또 뭐지.

경준, 승수 앞에 나서려는데
일도, 경준 가로막고.

승수　야구단에 아무런 애정이 없으신 건 알겠습니다. 중공업을 주력으로 하는 회사로 바뀌면서 야구단을 유지할 이유도 없는 것도 잘 알겠습니다.

일도　하고 싶은 말이 뭔가.

승수　그냥 발 빼지 마시고. 그동안 야구단에 최소한의 투자를 했던 투자금은 챙겨 가시죠.

일도　여태까지 우리가 매각을 시도 안 했던 것도 아니고.

승수　제가 해보겠습니다.

일도　　그리고 젊은이들의 시간보다 늙은이들의 시간이 훨씬 더 귀하고 소중한 법이지. 젊은이들은 그걸 몰라.

승수　　아무리 재송그룹이라도 수백억짜리 야구단입니다. 그냥 버리는 것보단 팔아서...

일도　　혹시 일자리 필요하면 찾아와.

일도, 앞선 걸음 하면 경준이 나서서
승수가 일도를 향해 다가오지 못하게 팔로 견제하고.
멀어지는 일도 일행.
허탈하게 바라보는 승수.

**S#2　　기자 회견장 / 낮**

경민에게 기자들 플래시 터지고.
현장에 있던 김영채가 손을 들어서.

김영채　　이렇게 갑작스럽게 팀을 해체하는 이유가 뭡니까. 이번 스토브리그의 주인공은 드림즈였는데요.

경민　　그동안 우리 지역의 팬들에게 너무 많은 실망감을 안겨준 성적에 대해서 책임을 통감하기 때문에 해체를 결심했습니다. 아직은 박수 받으며 떠날 타이밍인 거 같아서요.

김영채　　연습 경기에서는 바이킹스한테 1승 1패도 기록하고. 그 이후에 임동규 선수 영입까지 있어서 올해만큼은 다크호스로 주목받는 분위기였는데요.

경민 드림즈를 잘 모르시나보다. 언제나 겨울에는 무슨 일이 있을 것처럼 난리를 치는 게 약한 팀들이 의도하진 않았으나 팬들을 기만하는 방식입니다.

**S#3 심야 식당 / 밤**

경민, 분홍 소세지에 소주 한 잔 곁들이고 있는데
승수가 가게 문 열고 들어와서 경민 옆자리에 앉는다.
경민, 뭐지 싶어서 돌아보면.

승수 사장님. 저도 이 사람이 먹는 걸로 주세요.

경민 야, 너 뭐하냐.

승수 가게 전세 냈습니까?

경민 싸가지 없이... (하다가) 그래, 어차피 내가 이제 니 상사도 아니니깐.

승수 매번 어울리지 않게 귀족적인 척 하고 높은 사람인 척 하고 다니면서... 왜 이런 곳에서만 술을 마십니까.

경민 이런 곳이 어때서.

승수 저에겐 친숙한 곳이지만 영혼을 팔고 일하는 사람이 가끔 즐기는 여흥이 이곳이라면 좀 아쉬울 것 같습니다.

경민 ... 너는.

승수 (보면)

경민 너는 영혼 안 팔고 일해?

승수 네.

경민 그게 잘못된 거야. 세상 직장인들 다 영혼 팔고 일해. 너는 영혼 안 팔고 혼자 고고한 척 하니까 중간에 잘려서 부하 직원들 고생 시키고. 지금 이렇게 해체까지 돼서 전부 다 피해를 주는 거야.

승수 얼마 전이었으면 그런 말 듣고 타격을 받았겠지만 지금은 아닙니다.

경민 (?)

승수 내 주변에 일어나는 불행은 전부 내 책임... 잘 모르겠는데 일부러라도 그렇게 생각 안 하려고 합니다. 어차피 내가 당신들 말을 잘 들었어도 당신들이 기분이 좋아서 야구단 투자를 늘리진 않았겠죠.

경민 그래, 그렇게 생각하면 니 마음도 편하겠지. 어차피 바뀌는 게 없으면 니 기분 챙겨. 그게 현명하지.

승수 제가 비슷한 제안을 하고 싶은데요. 어차피 바뀌지 않는 건 재송과 드림즈는 서로를 원하지 않는다는 거.

경민 ...

승수 그러니깐 재송은 돈이라도 챙기시죠.

경민 매각을... 해보겠다고? 나도 못한 걸 니가...?

승수 서로 할 수 있는 게 다릅니다.

경민 백승수, 오바하지 마. 이 지역에는 드림즈를 운영하는 게 부담이 안 될 만한 놈들 중에 거절 안 한 놈이 없어.

승수 아무리 제가 싫어도... 제가 뱉은 말은 지켰던 건 알 거고. 그냥 해체하는 것보다 최소한 200억이라도 가져가면 권일도 회장님이 지금보단 예뻐할 것 같은데.

경민 ...

승수 그냥 순순히 아무것도 하지 않는 것보다는... 조금 다르게 대하지 않겠습니까.

경민　예비 실업자가 왜 내 걱정을 해.

승수　자수성가한 창업주인 형을 둬서 야구장 사장을 맡았던 아버님은... 비록 우승을 시키진 못 했어도 팀에 대한 애정이 남다르셨다고 들었는데요.

경민　... 이 새끼가.

승수　눈에 넣어도 안 아픈 아들 손잡고 매일같이 야구장을 찾으셨던 사장님을 기억하던 사람들도 이제 거의 사라졌지만요.

경민　(살벌한) 그만해라.

승수　딱 하나만 부탁하겠습니다. 매각 협상을 할 수 있는 시간 일주일만 벌어주십쇼.

경민　... 백 단장.

승수　...

경민　200억. 일주일만 기다리면 된다. 뭐 다 좋은 얘기야. 가서 옮기기만 해 달라. 뭐 별 거 아닌 거 같지. 근데 있잖아. 회장님 정도 위치에서는 기분이 중요해.

승수　...

경민　1조가 넘는 사업이 진행되고 있는데 200억이면 충분한 명분이라고 들고 오는 너희들을 날파리처럼 본다고. 내가 백 단장이 철이 없다고 느끼는 게 저 위치에 있는 사람들을 합리적인 논리로 설득하려고 하는 거야.

승수　합리적인 것 외에는 손에 쥔 무기가 없습니다.

경민　그러니까!! 아무리 당신이 똑똑하다고 주장을 해도 힘이 없고 이런 때 나 같은 놈한테나 부탁하러 오는 거야. 내가 겨우 맞춰 온 그 사람 기분을 드림즈 같은 야구단 문제로 망치라고? 백 단장도 기분이라는 게 있잖아. 아홉 번 잘해도 한 번 못하면 더러워져.

승수 …

승수 앞에 분홍 소세지 한 접시 놓이고.
승수, 접시 잠깐 바라보고 이내 다른 곳을 보는데.

경민 지금 그 소세지 접시가 하나도 반갑지 않은 거. 그런 게 기분이야. 백 단장은 배가 고픈데도. 합리적이지 않게.

승수, 분홍 소세지 접시를 경민의 테이블로 밀어주고 일어서며.

승수 속 버리니까 안주는 충분히 드십쇼.

자리를 뜨는 승수.

경민 (중얼거리듯) 어림도 없어, 새끼야.

**S#4 드림즈 회의실 / 밤**

세영, 재희, 양원섭, 임미선, 유경택, 영수, 변치훈 회의 중.

세영 협상 대상 기업은 아직입니다. 단장님 계획은 우선 재송그룹의 동의를 얻으려고 해요.

임미선　재송그룹은 조금만 기다려 주는 게 그렇게 어렵나. 아무리 대기업이라도 야구단 인수 비용이 무시할 만한 돈은 아닐 텐데.

재희　아무래도 지금 야구단 문제가 작게 느껴질 만큼 회사에서 큰일을 진행 중이라 인수 비용을 더 작게 해석하나 봐요.

세영　물밑 협상이라도 진행하고 안 되면 해체 발표를 해야 되는데.

이때, 임미선 팀장에게 전화 걸려오고.
임미선 팀장, 전화기 보고 '잠시만'하며 나가면.

유경택　회의 중에 나가고 그래요. (하다가 본인 휴대폰 보고) 아, 잠시만요.

유경택도 밖에 나가면.
양원섭 휴대폰에 '레드호크스 팀장님' 뜨고.

양원섭　레드호크스에서 왜 전화가 오지?

세영, 알겠단 듯이

세영　팀장님들 두 분 왜 나갔는지 알겠다.

재희　우리 팀장님들 인기가 많으시네요.

양원섭　(헛기침하며) 내가 아주 단호하게 거절하고 올게요.

세영　앉으세요.

양원섭　(바로 앉으며) 네.

양원섭, 휴대폰 꺼내서 문자로 '이따 연락해요' 보내는 중.
변치훈, 불안한 표정으로

변치훈 아니, 왜 나만 안 와!!

세영 (싸늘하게) 뭐가요.

변치훈 다른 구단 연락... (세영 눈치보이고) 아니, 나 그... 게임팩 하나 주문했는데 그게 배송이 자꾸 늦네.

이때, 민망한 듯이 들어오는 유경택, 임미선.
이때, 세영 휴대폰 울린다.
세영, 시큰둥한 얼굴로.

세영 (전화 받으며) 네, 드림즈의 영원한 운영팀장 이세영입니다. (주변 팀장들 눈치주면) ... 세이버스요?

재희, 영수, 팀장들 시선이 세영에게 집중되고.

세영 지금은 저희가 해체가 확정된 게 아니기 때문에 적절하지 않은 거 같습니다. 네. (끊고 나면)

임미선 아니, 그걸 왜!!

변치훈 나 소개해 줘!! 차라리!!

세영 (책상 쾅 치며) 소개는 못 시켜드리고!! (한 번 쾅) 가실 분은 가세요!! 여기는 드림즈 정상화를 위한 자리니깐요.

유경택 아니, 뭐... 그래도 우리 프런트 능력들 있네. 변 팀장님도 곧 전화

올 거예요. (영수 보고) 너도 팀장 정도 되면 연락 많이 올 거야. 근데 너 아까부터 왜 자꾸 휴대폰이 번쩍번쩍하냐.

영수 회의 오느라 무음으로 해서요.

유경택 잠깐만 핸드폰 줘 봐.

유경택, 영수 휴대폰 들고 보면 부재중 전화가 3통이 있고.
자기 휴대폰 들고 하나하나 대조해보다가

유경택 데블스, 웨일스, 재규어스... 와, 나 이 인간들이 우리 애를 빼가려고 뒷공작을 하네?

임미선 (작게) 팀장보다 낫네. 로빈슨이 괜히 로빈슨 아니다. 그치?

세영 우리 들뜰 상황도 아니구요. 우리한테 이럴 정도면 선수들한테도 많이 연락들 할 거예요. 매각 협상이 지지부진하면 안 될 텐데.

**S#5 드림즈 훈련장 / 밤**

강두기, 통화 중.

강두기 드림즈 해체는 확정 사항이 아니고 지금 구단이 수습 중에 있습니다. 어차피 팀이 만약에 해체된다고 해도 드래프트를 할 겁니다. 그러니까 이런 전화는 자제해주십쇼.

강두기, 전화 끊고 보면 옆에 장진우가 있고.

강두기 선배님, 후배들한테도 몸 상태 어떠냐고 물어보는 연락이 많다고 합니다. 부탁드립니다.

장진우 그래.

선수들 훈련 중인 곳으로 장진우 걸어가면서.

장진우 자, 다들 모여보자.

**〈시간 점프〉**

장진우 아직 팀 해체 된 거 아니다. 불안한 마음에 야구하느라 힘든 건 아는데 너희 다 어디든 뽑힐 만한 애들이니깐. 다른 구단 전화 같은 거 와도 조금만 참자. 우리는 우리 할 일 하자. 알았지.

선수단 네!!

**S#6 회의실 / 밤** (4씬 이어서)

세영 일단 우리는 구단 매각이 안 될 경우를 대비해서도 네이밍 스폰서를 활용한 시민 구단도 고려해야 될 거 같습니다.

임미선 우선 메인 스폰서랑 플래티넘, 골드, 실버, 브론즈, 제너럴 스폰서까지 필요하니깐 리스트업... 미치겠다... 아무튼 할게요.

세영 부탁드려요.

유경택 우리는 작년에 비해 전력 상승 요인... 뻥튀기해서 그럴듯하게 작성할게요. (영수 보며) 딴 데 갈 걸 싶지?

영수 아닙니다.

변치훈 나는 뭐 딴 데 갈 데도 없는데 열심히 홍보해볼게. 에이, 참 씁쓸~ 하다.

양원섭 저희는 그냥 하던 대로 할게요. (재희 보며) 알지?

재희 (끄덕이고)

세영 호숫가에 오리처럼 평정심을 보이면서 열심히 발을 움직여 봅시다!!

영수 해보시죠!

재희 이야!!

유경택 아니, 뭔 소리를 그렇게 질러...

변치훈 (설움 섞인) 드림즈가 최고야!!!

다들 안쓰럽게 변치훈을 보면.

변치훈 날 동정하지 마!!!

**S#7 회의실 앞 / 밤**

경민, 약간의 취기가 올라서 걸어가다가

회의실의 왁자지껄한 분위기를 보고.

부러운 마음에 멈춰 서서 지켜보다가.

경민 불난 집에서 잔칫상을 벌이나.

경민, 사장실 방향으로 걸어가고.

## S#8 회의실 / 밤

세영, 경민이 지나가는 뒷모습 확인하고.

## S#9 자판기 앞 / 밤

경민, 자판기에 동전 넣고 커피 뽑는데.

세영 **(소리만)한 잔 걸쳤을 땐 달달한 거 생각나죠?**

경민, 놀라서 보면 세영.

세영 권일도 회장님의 조카인 권경민 사장님에게...

경민 ...

세영 시간을 일주일만 벌어달라고 하면 이상하겠죠.

경민 말이라고 해요?

세영 근데 권일도 회장님의 조카지만 권재우 사장님의 아들에게는요?

경민 말 가려서 해요.

세영 정년까지 꽉 채워서 퇴직하는 분들이 다 그래요. 권재우 사장님 계실 때가 좋았다고. 시설 관리하는 분들 사이에 계시면 누가 사장님인지 아무도 못 알아봤다고.

경민 지금 뭐하자고...

세영 아버님 손때가 안 묻은 곳이 없어요. 저희가 지키는 데 일주일만 벌어주세요.

경민 ...

## S#10 사장실 / 밤

경민, 집중이 안 되는지 고개 흔들어가며 일하는데.

휴대폰에 100여만 원 입금 알림이 오고.

경민, 휴대폰으로 확인한 뒤에 전화 걸고.

경민 (점점 복받치는) 왜 입금을 해요. 아들이 치료비도 못 보내요? 그리고 왜 남의 집 일을... 그 사람들이 아버지한테 고마워나 해요? 제 연봉이 얼만데 이걸 저한테 다시 보내요. 또 어디서 빌려서. 신경 쓰이게 좀 하지 말고 살자고요!!

한 손으로 머리 감싸쥐고 고개 숙인 채 통화하는 경민.

**〈시간 경과〉**

책상 서랍 열면 엄상구 홈런볼이 보이고.

걸어가서 그 홈런볼을 집어 드는 경민.

**〈플래시 컷〉**

경민, 책상에 앉아있고 장우석이 야구공 책상 위에 조심스럽게 내려놓으면

경민 이걸 왜요.

장우석 버리신 거 아는데. 나중에 후회하실 거 같아서요.

경민 쓸데없이 자상하시네.

장우석 저 다시 스카웃팀에 보내주십쇼.

경민 ... 왜요.

장우석 남 방해하는 거 말고. 진짜 일을 하고 싶습니다.

///

경민, 엄상구 홈런볼을 손바닥 위에서 굴려보면서 생각에 빠지고.

**S#11 재송그룹 회장실 / 낮**

경민, 일도와 앉아서.

일도 곧 인사이동 있을 건데 너 편한 애들 데리고 팀은 꾸릴 수 있냐. 중공업 중공업 노래를 부르더니.

경민 회장님.

일도 (보면)

경민 야구단 해체... 일주일만 말미를 주시면 어떻습니까.

일도 권경민이. 큰 일이랑 작은 일을 구분 못 해?

경민 최소 200억은 받을 수 있을 거 같습니다.

일도 ...

경민 그 돈이면 우리 시설 확충도 하면서 새로운 사업에 더 박차를 가하면서 기분 좋게 출발을 할 수 있을 거 같아서요.

일도 몇 년 동안 못한 일을 일주일 안에 할 수가 있다고?

경민 제가 아니라... 백승수 단장이 합니다.

일도 허허, 그럼 권경민이가 몇 년 동안 못한 일을 일주일 안에 그 야구 단장놈이 할 수가 있다는 거지.

경민 1년에 70억 적자를 보던 야구단이 일주일 안에 3년 치 적자를 메꿀 수 있습니다. 지역에서도 재송그룹이 굳이 나쁜 인상으로 퇴장할 필요도 없습니다.

일도　권경민이, 그만해.

경민　일주일입니다.

일도　200억 못 가져오고 돌아왔을 때... 권경민이 중공업 말고 다시 애비 곁으로 돌려보내도 되나.

경민　(울컥하지만 참고) 감수하겠습니다.

일도　권경민이가 야구를 많이 좋아했구만.

자신이 잘한 것인지 혼란스러운 경민의 표정.

**S#12　KPB 야구협회 사무실 / 낮**

고위직으로 보이는 야구협회 직원(이하 협회) 책상에서
승수와 대화 중.

협회　단장님은 대충 이렇게 될 거 예상한 거 아니에요?

승수　일개 야구 단장이 대기업간 빅딜을 어떻게 예상합니까.

협회　시범 경기 일정이랑 정규 시즌 일정 이거 다 어떻게 하실 거예요.

승수　가장 당황스러운 건 저희지만... 그래도 죄송합니다.

협회　그래서 무슨 대책이라도 있어요?

승수　대책을 마련하기 전에 혹시...

협회　혹시?

승수　저희가 협상을 하게 된다면 드림즈 인수 기업에게 KPB 가입금을 조정해주실 수 있는지...

협회 아니, 협상을 할 계획은 있어요?

승수 조정해주실 수 있는지...

협회 ... 얘기해볼게요! 에이, 진짜!!

승수, '권 사장' 전화 오는 거 보고.

승수 그럼 일단 최선을 다하겠습니다.

자리에서 일어서고.

**S#13 사장실 / 낮**

경민, 집무 책상에 앉아 있는데 승수 들어오고.

승수 시간 주기로 한 거 일주일 주기로 한 거 맞습니까?

경민 백 단장은 왜 고맙다는 말을 우선 하지 않는 거야?

승수 아, 고맙습니다.

경민 기왕이면 감사합니다가 더 좋고.

승수 일주일 맞습니까.

경민 쯧, 잘해.

승수 그래야죠.

경민 이거 성사시킨다고 해서 백 단장이 능력이 나보다 좋은 게 아냐. 알지?

승수 한 번도 그런 비교해 본 적 없습니다.

경민 백 단장은 어디 알아봤어.

승수 PF입니다.

경민 IT 회사 아냐? 그 포털 사이트…

승수 네, 맞습니다.

## S#14 드림즈 사무실 / 밤

불 거의 다 꺼진 사무실.

승수, 들어서는데 세영 자리에 불 켜져 있고

세영이 업무 중인 모습 보고.

승수 아직 안 갔습니까.

세영 아, 단장님. 왜 다시 오셨어요.

승수 PF랑 미팅 잡혔습니다.

세영 PF면… 과거에…

승수 네, 알고 있습니다. 근데 무슨 일이 그렇게 많습니까.

세영 매각이 안 되면 네이밍 스폰서 받아서 시민 구단이라도 만들 수 있을까 해서 내일 동진시청에 다녀오려니 일이 많네요.

승수 시민 구단까지 생각 중입니까.

세영 재송그룹처럼 지원할 거면 없는 것보다 못하니까요.

승수 최선은 매각입니다.

세영 네. 그래도 이렇게 되면… 단장님은 남을 수 있잖아요.

승수 … 네?

세영 재송그룹이랑 갱신한 계약을 고칠 수 있잖아요. 인수를 하든 시민 구단이 되든 단장님을 배제할 순 없을 거니까요.

승수 우리한테 그런 생각을 할 여유도 있었습니까.

세영 당연하죠. 우리 지금 아주 결연합니다.

승수 고맙습니다. 실제 제가 남게 되는 결과보다 그렇게 결연한 마음을 써줬다는 게 앞으로 제 삶에 더 큰 힘이 될 겁니다.

승수, 단장실로 걸음 옮기면 세영 찝찝한 마음.

**S#15 PF 회사 회의실 / 낮**

승수, 회의실에 들어서면 이제훈 대표가 앉아 있고.

승수 직접 나오셨습니까.

이제훈 앉으시죠.

승수 네.

이제훈 (비서 보며) 다음 미팅이 몇 분이지?

비서 47분입니다.

이제훈 (시계 보고 다시 승수 보며) 시간 많지 않습니다.

승수 네, 시작하시죠.

이제훈 그럽시다.

승수 우선 저희가 바라는 가장 큰 요구 사항은 고용 승계입니다. 선수들은 물론이고 기존 직원들, 코칭스태프까지

이제훈 어려운데...

승수　여기서부터 막힐 줄은 몰랐는데요. PF는 스포츠 팀을 운영한 적도 없지 않습니까.

이제훈　근데요… 우리가 직접 선발한 인원을 충원할 여지가 있어야죠.

세영　드림즈 안에 충분히 구단을 운영할 만한 인력들이 대기하고 있습니다.

이제훈　운영이야 하겠죠. 근데 더 잘할 수 있을 만한 사람들을 뽑고 싶고. 그 선발 과정은… 여러 가지 지표를 통해서 평가할 순 있습니다.

승수　운영 노하우는 없지만 여러 가지 지표를 통해서 평가를 하신다고 제가 이해를 하면 될까요?

이제훈　백 단장님은 납득이 안 가시는 거 같은데. 그런 기준이라면 야구단을 운영 중인 팀들이 드림즈를 인수해야 되는 겁니까. 단장님, 혹시 중고차 거래 해보셨어요?

승수　…

이제훈　중고차 거래하실 때 이 차 어떻게 쓸 건지 물어보세요?

세영　구단을 중고차에 비유하시는 건 좀…

이제훈　그런가요?

승수　표현이야 맘대로 하시죠. 기성 구단을 인수하면서 신생 구단이 감수해야 할 불안정성을 굳이 가져가진 않으셨으면 좋겠습니다. 그리고 연고지 문제는… 큰 이견이 없겠죠? 연고지는 되도록 유지하는 것이 서로에게 피차 좋을 것 같습니다.

이제훈　어떻게 하고 싶으세요.

승수　유지하는 게 답이라고 생각합니다.

이제훈　그 반대입니다.

승수　시간이 부족합니다. 그리고 야구만큼 지역색이 강한 스포츠가 없습니다.

이제훈 지역색이 강한 스포츠인데 왜 우리 PF를 찾아왔습니까. 지역 내에 있는 기업도 있는데.

승수 어느 지역을 원하십니까.

이제훈 서울이요.

승수 세 팀이 몰려 있는 포화 상태의 서울이요? 그리고 가입비 이외에 서울에 이미 진입한 팀들에게 비용 지불을 해야 하는 상황도 이해하고 계시겠죠.

이제훈 우리 PF랑 연관성이 없는 동진시에 머무르는 것보단 그게 더 좋은 상황 같은데요.

승수 매각 대금에 대한 생각도 오늘 공유가 가능하겠습니까.

이제훈 글쎄요.

승수 PF는 인수 의지가 확실합니까.

이제훈 아뇨.

승수 ...

이제훈 혹시 생각 있냐고 연락을 취해온 것도 드림즈 쪽이고. 우리는 스포츠 팀을 만들 예정은 있는데 야구단이 조금 부담스러울 거 같기도 해서.

승수 ... 야구는 좋아하십니까.

이제훈 뭐 그렇진 않고요... 근데...

승수 (?)

이제훈 강두기는 진짜 그렇게 잘 던져요?

비서 대표님.

이제훈 (비서 돌아보며) 아, 오케이. 무례했어요? 아니면 경박?

승수　　약간 반 반 섞여 있습니다.

비서　　(어머 싫은)

이제훈　　(승수 보며) 죄송합니다.

승수　　...

이제훈　　제가 야구를 그렇게 잘 아는 건 아닌데. 단장님 이야기를 좀 여러 가지로 들었는데... 근데 뭐 좋은 얘기들이었고요. 트레이드 같은 건 원래 은밀하게 해야 되는 건데 위대하게 하셨던데요?

승수　　그냥 열심히 한 겁니다.

이제훈　　직원들을 설득하려고 프레젠테이션을 하셨다면서요.

승수　　네. 그랬습니다.

이제훈　　혹시 그 프레젠테이션... PF에서도 해주실 수 있어요?

승수　　...

이제훈　　왜 PF는 드림즈를 인수해야 되는가.

승수　　이 자리에서도 가능합니다.

이제훈　　100%예요? 100% 설득이 되는 프레젠테이션 맞아요?

승수　　그건 대표님 의중에 달린 거죠.

이제훈　　아닐 걸요?

비서　　대표님.

이제훈　　(비서에게 시선 주지 않으며) 아니에요. 지금은 내가 잘못하는 게 아닌 거 같은데.

비서　　(끄응)

이제훈　　저는 완벽한 프레젠테이션은 애초에 반대하려고 온 사람도 설득할 수 있다고 생각하거든요. 제가 그걸 해내면서 여기까지 온 거고요. (비서 보며) 그건 맞잖아요.

비서 네, 그건 맞습니다.

승수 알겠습니다. 할지 말지 고민할 시간에 해야죠. (일어서며) 그럼 가봐도 되겠습니까.

**S#16 승수 차 안 / 낮**

승수, 세영과 타자마자.

세영 좀 이상한 사람 같죠?

승수 가자마자 프레젠테이션 준비하겠습니다.

세영 시민 구단 방향을 어떻게 생각하세요? 의외로 동진시가 그렇게 부정적이진 않았거든요.

승수 동진시가 그렇게 말해도 현실은 다를 겁니다. 메인 스폰서 기업과 작은 지역의 기업들이 모여서 하나의 야구단을 지탱하는 것이 아름다운 그림 같겠지만 서울이면 모를까 우리 같은 지방 구단에게는 직원들 연봉이 당장 절반이 되거나 최소한의 인원으로 겨우겨우 운영이 되겠죠.

세영 단장님 생각은 그러면...

승수 네, PF 아니면 답이 없다고 생각합니다.

**S#17 사장실 / 낮 → 밤**

승수, 경민, 세영 같이 회의 중.

경민 거기 이제훈 대표. 만만한 사람 아니야. 왜 하필 거기야.

승수 일단 기존 대기업들은 홍보 효과도 기대하지 않아서 굉장히 보수적인 입장들입니다. 지역 기반에 얽매이지 않는 젊은 기업인 것도 강점이죠.

세영 네, 그리고 결정적으로... 한때 야구단을 창단하려고 했었으니까요.

승수 네, 여러 가지 이유로 무산 됐지만... 또 여러 가지 이유로 PF 만한 회사가 떠오르진 않네요.

경민 하긴, 다른 대안이 많았으면 이미 내가 매각했겠지.

승수 만만한 사람이 아니라고 해서 이야기가 안 통하진 않을 겁니다.

**S#18 PF 회의실 / 낮 → 밤**

이제훈, 비서가 같이 앉아서 기다리는 중인데

승수와 세영이 들어오고.

이제훈 어서 와요.

**〈시간 경과〉**

승수, 프레젠테이션 시작하며.

'PF가 드림즈를 인수해야 하는 이유'

이제훈, 가벼운 코웃음.

세영이 슬쩍 흘겨보고.

'야구단이 가진 홍보 효과'

승수 현재 국내 야구단은 상대적으로 큰 운영 비용이 발생하는 이유로 대기업들의 각축장이 된 상황입니다. 주된 목적인 홍보 수단이라는 것이 더 이상 의미가 없어진 현실에서 대기업들 모두가 야구단에서 발을 빼고 싶어 하고 있죠. 하지만 5년 전에 메인 스폰서로 웨일스와 계약한 태강은행은 금융권에서는 2군이라고 불리울 만큼 대중에게 부족했던 인지도가 급상승하면서...

이제훈 네, 그만요. 대충은 아는 얘기네요.

승수, 담담하게 다음 장으로 넘겨보면
'PF와 잘 맞는 케미'

승수 젊은층 사이에 파고들었던 포털 사이트 PF의 장점은 엔터테인먼트적인 성격이 매우 강했다는 점이죠. 바로 그런 부분이 야구단의 운영과 잘 맞습니다. 스포츠와 엔터테인먼트를 섞은 스포테인먼트를...

이제훈 컷, 새로운 얘기로.

승수, 다음 장으로 넘어가면.
'우승이 가능한 드림즈'
이제훈, 비서를 보면 비서도 갸우뚱하는 표정.

이제훈 (계속 해보란 손짓)

승수 저희는 국가대표 1선발 투수 강두기 선수를 영입했습니다. 강두기 선수의 대체 선수 대비 승리 기여도는 약 7승에 가깝습니다.

그리고 용병 투수를 무난했던 앤디 고든 대신에 메이저리그 출신 로버트 길을 영입했고. 이외에도 안정적인 수비의 보강과 함께 기사화되기도 했던 2차 드래프트의 승자입니다. 그리고 늦여름부터 돌아올 가을에 가장 무서운 타자 임동규 선수도 있습니다.

이제훈 4년 연속 꼴찌팀이 우승을 노릴 정도는 아닌 거 같은데요.

승수 바이킹스 선수들이 약물로 이탈하기 전에 가졌던 연습 경기 기록을 제시하고 싶습니다. 15승 투수 두 명을 상대로 강두기 선수와 로버트 길 선수는 오히려 앞서는 모습을 제시하면서 리그 최강의 원투 펀치라는 것을 증명했습니다. 2차전에서 패배한 기록은 세부 기록을 보면 아시겠지만 입스를 극복시키기 위한 유망주 투수의 성장을 위한 과정이었습니다.

이제훈 꼴찌를 안 할 수도 있겠다. 그 정도까진 동의할게요.

승수 지금 현재 시작된 시범 경기에서 저희가 자랑하는 원투 펀치 강두기, 로버트 길이 등판했고 작년 4위였던 웨일스에게 2연승을 거두고 있는 중입니다.

세영 (조심스레 휴대폰 꺼내서 보다가 반가운 얼굴로) 그리고 현재는...

세영, 휴대폰 화면 보여주면
'드림즈 시범 경기 3연승, 유민호 선발승'

승수 네, 오늘 상대가...

세영 3위였던 펠리컨즈입니다.

승수 네, 지금도 스카웃팀은 열심히 전국을 누비면서 드래프트에 뽑을 유망주들을 체크하고 있구요. 선수들과 코치들은 시범 경기에서

1승을 또 챙겼습니다. 해체되지 않고 계속 야구단을 준비하고 있다는 부분을 더 얘기하고 싶네요.

이제훈, 인상 쓰면서 귀 후비고.

이제훈　잘 들었는데. 이게 다죠?

승수　원래 야구단 만들려고 하지 않았습니까.

이제훈　그때 새 구단을 창단하려다 접은 구단을 찾아오는 거 좀 창의성이 없네요. 오히려 접은 구단이면 더 찾아오지 말았어야 할 텐데.

승수　그때는 무에서 유를 만들어야 하지만 지금은 국가대표 1선발 투수, 국가대표 5번 타자가 있는 팀을 인수하기를 제안 드리는 겁니다. 야구팬 중 누구도 드림즈가 해체돼서 9구단 체제가 되는 걸 원하지 않습니다. 10구단 창단에 나서다가 빠진 뒤에 야구팬들에게 원성을 들으셨죠. 멋지게 갚아주시죠.

이제훈　다 지난 얘기죠. 쉰 떡밥. 그게 끝입니까.

세영　아직 더 있습니다.

승수　논리적인 근거를 제시한 거 같으니까... 이제 진짜... 하고 싶은 얘기를 해도 될까요.

이제훈　(보면서) 논리적인 근거보다 좋은 무기가 있어요?

세영, PT 화면 넘기고.
'PF는 어떤 기업입니까'
이제훈, 심드렁한 얼굴로 보는데

이제훈 뭐하세요. 드림즈 얘기를 하셔야죠.

이제훈이 촌스러운 옷차림의 앳된 사진이 화면에 뜨고.
그 옆에 친구들과 즐거워 보이는 모습.
이제훈, 그 사진들을 보는 마음이 편하지 않고.

승수 포털 사이트 이외에도 백신이며 다양한 프로그램까지 많이 만들고 여기저기서 친구들이랑 상도 많이 받으셨던데요. 다른 벤처기업을 운영해보기도 하고...

이제훈 (냉랭한) 드림즈 얘기를 하시죠.

승수 필요한 얘깁니다.

이제훈 ...

승수 PF의 이름이 왜 그렇게 지어졌는지 홈페이지 어디를 봐도 없던데요. 근데 대학 졸업하고 만들었다 접었던 벤처 기업 운영 당시에 인터뷰를 보니깐 알았습니다. 생각보다 단순한 이름이라 놀랐습니다. '플레이그라운드 프렌즈'. 대치동에서 친구들 전부 학원 다닐 때 놀이터를 지키며 놀던 20년도 넘는 세 친구의 우정.

이제훈 ...

승수 여기 함께 한 친구들은 지금 어디에 있습니까. 왜 다른 일을 하고 있는 겁니까.

신문 기사
'PF 야구단 창단, 공동 대표끼리의 어린 시절 약속이었다'

승수 건전한 방식으로 사회에 이익을 환원하겠다는 어린 시절의 다짐은 참 보기 좋습니다.

비서 (이제훈 표정을 살피다가) 그만하시죠. 사적인 얘깁니다.

이제훈 얼마나 아는지 들어봅시다.

승수 초기에 회사를 확장하면서 어쩔 수 없다는 핑계로 놓쳐버린 것들이 많았을 텐데요. 이제라도 최소한 친구들과 캔 맥주 마시면서 다섯 평 사무실에서 했던 약속을 지키면 친구들도 돌아오지 않을까요.

이제훈 별 걸 다 아시네요.

승수 공개된 정보들을 모아도 알 수 있는 얘깁니다. 그런 자료를 찾아보는 게 제 취미기도 하고... 기업인들 정보를 줄줄이 외우는 노력파도 저를 도와줬습니다.

**S#19 사장실 / 낮 → 밤**

경민, 한쪽 팔로 머리 괴고 졸다가 삐끗하면
괜히 혼자 민망해서 자리에서 벌떡 일어난다.

**S#20 PF 회의실 / 낮 → 밤**

이제훈 주주들이 안 좋아하던데요. 지금보다 회사 규모도 작았고요. 가치를 공유하기보단 성장이 우선이라는 그 의견을 제가 존중하기로 했습니다.

승수 효율적, 집약적, 성장 우선. 이런 단어들로 대표님은 참 대단한 성과를 일궜습니다.

이제훈 힘이 있어야 베풀 수 있죠. 지금 백단장님이 저 한 사람을 찾아와서 부탁하는 게 그 증거 아닙니까.

승수, 회의실 밖으로 보이는 사무실을 바라보며.

승수 저도 작은 스포츠 팀들을 경영해왔습니다. 그 과정에서... 우승을 해도 같이 일하던 사람들을 지킬 수 없었던... 그런 체험들을 해왔고요.

세영 ...

이제훈 더 좋은 성과를 거뒀다면 달랐을 텐데.

승수 우승 이상의 좋은 성과요? 그럴지도 모르죠. 그런데 몇 %의 성장, 매출 몇 천억 달성. 이런 말들의 반복이 주는 공허함은 없습니까.

이제훈 (인정하기 싫은) 제가 웃는 상이 아니라 그렇게 오해들 하는데 저 충분히 잘 사는데요.

승수 제가 이번에 맡은 야구단은 유독 효율성, 숫자에 가장 집착해야 되는 종목이었습니다. 효율성과 숫자에 집착해서 수단 방법을 안 가리고 일하면 목표를 달성할 수 있을 줄 알았습니다. 다른 사람들이 능력이 있는지 알아보지 않았고 그 사람들에게 의지가 있을 거라곤 생각도 하지 않았습니다. 그런데 운이 좋은 건지 나쁜 건지... 같이 일한 사람들은 작은 불씨만큼의 의지는 가지고 있었습니다.

세영 (기억들이 스쳐 가는)

승수 저는 늘 누군가를 책임져야 되는 사람인 줄 알았고 책임을 지려고 했는데 정신을 차려보니 그 사람들도 저를 책임지고 있었습니다. 어쩌다 제가 독선적일 때는 최대한 따라와 주면서요. 대표님과 친구들도 의견이 다를 때가 있었겠죠. 하지만 상대를 설득한 것은 늘 대표님이었습니까.

이제훈 (표정 찡그리며)

승수 혹시 설득당하지 않았던 것이 대표님 아니었습니까.

이제훈 지금 결과를 봐도 난 틀리지 않았습니다.

승수 친구들도 결과를 예측했을 수도 있습니다. 그렇지만 가치를 공유하지 않는 이상 공허한 성장이라고 생각했을 겁니다.

이제훈 공허한 성장이요? (콧방귀) 그런 게 있나? 아무리 공허해도 성장해야죠. 그 당시에 야구단 만들었으면 지금 드림즈처럼 됐을 텐데. 홍보 목적 하나에 그 돈을 쓰기엔 무리가 있다 판단했습니다. 내 판단에 달린 직원이 몇 명인데. 친구 둘을 보내도 그 직원들 지켜야죠.

승수 저는 대표님이랑 비슷한 사람이기도 했습니다. 그래서 제안드립니다. 매출 몇 % 올라서 몇 천억의 수익 증진. 뭐 이런 숫자 나열보다는 야구단을 운영하는 회사가 됐다는 서술은 어떻습니까. 그것도 해체 직전의 야구단을 운영하게 되면서 프로야구 팬들에게 열 개 구단 체재를 유지하게 하는 선물을 하는 경영인은 꽤 멋있지 않습니까.

이제훈 멋으로 경영을 해왔으면 직원들이 저렇게 자기 자리에서 일을 못했겠죠.

승수 멋이 전부는 아니지만 적어도 어디선가 PF를 지켜보고 있을 대표님의 놀이터 친구들에게는 기분 좋은 소식이 될 것 같습니다.

이제훈 백승수 씨, 프레젠테이션을 이런 식으로 하는 거 보니까 급하셨네. 다른 사람 상처를 건드리면서까지 설득하면 그게 성공적인 설득입니까. 이런 방식만 봐도 단장님 여전히 목적 지향적이에요.

승수 ...

이제훈 그럼에도... 만약에... 우리가 드림즈를 인수한다고 치면... 만약에...

승수, 세영 긴장하는 표정으로

이제훈 형식은 해체 후 재창단입니다.

승수, 세영 (!?)

이제훈 PF는 지금 최고의 포털로 자리 잡아가는데 꼴찌의 상징이 된 드림즈 이력을 안고 가고 싶진 않습니다. 1982년 창단해서 한 번도 우승을 못한 구단이 아닌 새로운 이름을 정할 겁니다.

승수 그래도...

이제훈 촌스러워요.

세영 드림즈 기존 팬들 입장에서는 PF에게 더 고마운 마음을 가지려면...

이제훈 그 공놀이에 수백억을 투자하고 매년 몇 십억이 추가 투입되는 목적은 홍보 단 하납니다. 고마워하든 말든 상관없어요.

승수 그러실 줄 알고...

프레젠테이션 화면에 '역사를 잊은 야구단에게 열혈 팬은 없다'

이제훈 (질리는) 참 나. 무슨 제갈공명 비단 주머니예요?

승수 (세영에게 손짓하면)

세영 (고개 끄덕하고) 현재 10개 구단 중에서 해체 후 재창단 된 구단이 딱 한 팀이 있죠. 세이버스. 만년 우승팀 세이버스는 거의 재창단 이후에는 모기업의 전폭적인 후원, 프런트와 현장의 유기적인 소통으로 최강팀이 됐지만 한 가지 고민이 있습니다. 바로 관중 수가 적다는 겁니다. 매해 우승을 하는데도 불구하고 관중수의 증감은 미미합니다.

비서 (작게 속삭이듯) 넘어가지 마세요.

세영 반면 드림즈는 충실한 지역 연고 팬들을 보유하고 있습니다. 2위를 기록했던 2014년도에는 가장 많은 매진을 기록하고 평균 관중 수는 서울 팀을 제외하고 1등을 차지했습니다. 좋은 성적을 기록하면 언제든지 야구장으로 나올 팬들이 준비돼 있습니다. 야구팬들이 하는 말이 있죠. 열 받긴 해도 팀 세탁은 죽어도 못 하겠다.

이제훈 드림즈 하면 연관 검색어가 있잖아요. 전 어쩔 수 없는 기업인입니다. 그런 이미지가 싫습니다.

승수 PF 이름이 대표님께는 의미가 있듯이 드림즈라는 이름에도 각자의 기억들이 있습니다. 가장 많이 진 팀이지만 30년 넘는 세월 동안 10번 경기하면 평균적으로 네 번은 이겼습니다.
누군가는 그 경기들 중에서... 이겼는지 졌는지는 기억이 안 나더라도 아버지와 같이 경기장을 가서 치킨을 먹은 기억이 오래 남아있을 수도 있고.

세영 (자신의 이야기를 들킨 것 같아 놀란 얼굴로 승수 보면)

승수 꼴찌의 이미지를 가져가라는 게 아닙니다. 최고의 포털 사이트에 도전하며 꿈꾸는 이미지를 가져가면 됩니다. 저는 최고의 IT기업

보다는 내일 더 나을 거라고 믿고 도전하는 PF의 이미지를 선택 하시길 바랍니다.

비서 (작게 다시 소근) 넘어가지 마세...

이제훈, 비서를 슬쩍 밀고.

비서 (작게) 넘어갔네.

이제훈 드림즈, 그대로 가져갑시다.

승수 (한숨 후 쉬고) 감사합니다.

이제훈 인수 대금은 200억. 그 이상은 못 드립니다.

승수, 안도와 기쁨이 뒤섞여 세영 보고.
세영도 기쁨이 얼굴에 퍼지며 승수 보고.

이제훈 KPB 가입금은 백승수 단장 재량으로 30억까지 깎아 보세요.

승수 (회심의 미소 지으며) 네, 알아보겠습니다.

이제훈 그리고 전원 고용 승계 하겠습니다. 연고지도 오케이. 그리고 둘만 나눌 얘기가 있습니다.

세영 ??

이제훈 (비서에게 꾸벅 인사하면)

비서 ... 네.

승수, 세영에게도 눈짓 하면
세영과 비서 같이 나가고

이제훈 조건이 있습니다.

승수 ...

**S#21 드림즈 사무실 / 밤**

모두 저마다 일하고 있는 풍경.
재희는 양원섭의 수첩 보면서 설명 듣고 있고.
임미선은 모니터 보면서 골머리 썩고 있고.
변치훈은 너스레 떨면서 전화 중이고.
유경택과 영수는 선수 투구 영상 보면서 같이 얘기 나누던 중이고.
승수와 세영에게는 그 풍경이 오래 간직하고 싶은 풍경처럼
느릿하게 보이고.
프런트 직원들 승수와 세영이 온 것을 한 명씩 바라보고
첫마디를 기다리는데.
세영이 만세를 부르자 다 같이 함성을 지르고.
그 모습 흐뭇하게 바라보는 승수.
이내 복도를 지나쳐 가면 환호하는 프런트 사이에서
(PF! PF! 정도 연호해도 될 것 같습니다)
세영과 재희가 승수를 보고.
영수도 승수를 보지만 애써 의식하지 않으려고
'PF'를 같이 연호하고.

## S#22 사장실 / 낮 → 밤

경민, 승수와 차 한 잔 마시면서.

경민 밖에 시끄러운데 저기서 같이 춤이라도 추지.

승수 그냥 잘했다고 말해도 됩니다.

경민 백 단장이 내 칭찬 들어서 뭐해. 지가 더 잘났다고 생각하면서.

승수 제가 듣고 싶어서가 아니라 칭찬을 하고 싶은데 참는 거 같아서 그런 겁니다.

경민 싸가지 더럽게 없어. 한마디를 안 져.

승수, 편하게 의자에 기댄 자세로 차를 마시고.
경민도 같은 자세로 동시에 차를 마시는데.
편한 사이가 된 듯한 두 사람의 모습.

## S#23 드림즈 사무실 / 밤

세영, 기분 좋게 마지막 타이핑 마치고 기지개 켜다가 재희를 보고.
양원섭과 눈이 마주치면 서로 사인 주고받고.

세영 야, 한재희.

재희 아니, 남의 팀원한테 왜 함부로 막 반말하세요.

세영 일로 와봐. 인마.

재희, 구시렁거리며 다가오면.

세영　자리 빼라.

재희　왜요.

세영　거기 니 자리 없어.

재희　아니, 백프로 고용 승계한다면서요.

세영　장우석 차장님이 이제 사장 특보 마치고 다시 스카웃팀 차장으로 복귀해야지.

재희　그럼 저는요.

세영　너는 인마. 이제 죽었다고 복창하고...

재희　(밝아지며) 운영팀 복귀하나요?

양원섭, 기분 나쁜 얼굴로 재희와 세영 보면서.

양원섭　야, 한재희. 너 뒤통수가 웃고 있다?

재희　아, 아닙니다. 무슨 소리세요.

양원섭　머리 검은 짐승을 더 길게 안 키워서 다행이다.

장우석, 짐 들고 걸어오면서 어색한.

장우석　원래... 앉던 데 앉으면 되나?

양원섭　하던 대로 하시고... 또 어떤 것들은 하던 대로 하지 않으셔야 되는 거 알죠?

장우석　쯧. 잔소리는.

양원섭과 장우석 어색한 모습 보며 웃고 있는 세영, 재희.

## S#24 PF 드림즈 창단 행사장 / 낮

드림즈 창단 행사장.

무대 위에서 펭수가 마이크 잡고 분위기를 띄우고 있고.

무대 위에 펭수와 유민호, 강두기, 장진우, 길창주 올라가서.

펭수 그럼 제가 선수들과 인터뷰를 한번 해보겠습니다. (선수들 향해) 펭-하!

유민호 펭-하.

나머지 (어리둥절)

펭수 지금 뭐 하시는 겁니까?! 유민호 선수는 칭찬합니다. 요즘 핫한 펭귄 인사 모르십니까? 이거 이거 안 되겠네, 드림즈. 다들 따라 합니다. 펭-하,

모두 펭-하

펭수 (장진우에게) 제일 먼저 질문 드리겠습니다. 재창단하는 소감이 어떻습니까?

장진우 아무래도 감개무량하고, 벅찹니다. 다시 태어난 만큼 팬분들께 새로운 드림즈를 보여드리기 위해 최선을 다하겠습니다.

펭수 감개무량이 뭡니까? 제가 열 살이라서 잘 몰라요.

장진우 어... 감개무량이...

펭수 패쓰. 다음 분 질문하겠습니다. (강두기에게) 드림즈가 맨날 꼴찌만 했어요. 이번엔 꼴찌 탈출 할 수 있습니까?

강두기 드림즈는 이번 시즌 우승을 향해 갑니다.

펭수 오... 멋있습니다. 강두기 선수가 한다면 진짜 우승할 것 같아요. 하지만 꼴찌에게도 박수 쳐줄 수 있는 세상이 좋은 세상 아니겠

습니까?

펭수, 엉덩이 들썩이며 박수 유도하고.
박수치는 무대 위아래 사람들.

펭수 (길창주에게) 제가 만약 드림즈에 들어온다면 어떤 포지션이 어울릴까요?

길창주 드림즈에서는 자리가 없을 거 같습니다. 죄송합니다.

펭수 창주, 눈치 챙겨!!

길창주, 미안한 표정에서.

**S#25 재송그룹 회장실 / 밤**

일도 앞에 경민과 경준이 같이 앉아 있고.

일도 권경민이 실력 어디 안 가는구만.

경민 (씁쓸하게 웃고)

일도 (평소와 다름을 느끼고)

경준 두고두고 큰 도움 될 사람이라니까요.

경민 (경준을 말없이 보면)

경준 (불안한) 뭐야.

일도 권경민이, 소원대로 중공업 쪽에 한번 다 내던져 봐.

경민, 주머니에서 봉투 꺼내고.

일도　뭐 해.

경준　(?)

경민　옛날에는 월급을 입금 대신에 봉투에다 넣어서 줬잖아요. 근데 우리 아버지가 큰형님이 차린 공장이다, 큰형님이 차린 야구단이다. 그런데 다니면서 봉투가 점점 두꺼워지고 통닭도 한 달에 한 번 말고 일주일에 한 번씩 사오니까 그냥 좋았죠.

경준　아, 진짜 TMI다. 구질구질한 옛날 얘기하지 마세요.

경민, 경준의 어깨를 한 손으로 세게 짓누르고.
놀라는 일도.

일도　권경민이!!

경민　하늘 같은 형이 말을 하면 들어야 된다고.

일도　...

경민　그렇게 일을 나가던 아버지가 어느 날 갑자기 형님하고는 따로 일하는 게 좋겠다면서 울던데.

경준　(어깨 눌린 채로 안간힘쓰며) 이거 안 놔?

경준, 두 손으로 경민의 한 손 뿌리치고.

경민　통닭을 한 달에 한 번 먹고 봉투가 얇아지니깐. 나는 그 자존심이 뭐 중요한가 싶어서. 독하게 공부하고 등록금 빌리려고 아버지랑 같이 무릎까지 꿇었지 뭡니까.

일도　　권경민이, 원래 이렇게 말이 많나!!

경민　　하... 우리 아버지가 그때 알았던 걸 제가 이제 알았습니다. 가족끼리 일 하는 거 아닌데. (일어서서 봉투 책상에 휙 던지며) 무릎 꿇고 받았던 봉투에 이자까지 쳤으니까 서서 드려도 되잖아요.

경준　　우리 아버지한테 무례하게...

경민, 살기를 띤 눈빛으로 경준을 보면
경준, 그때의 기억이 떠올라 살짝 움츠러들고.
회장실을 빠져나가는 경민.

**S#26　　재송그룹 회장실 문 앞 / 밤**

일도의 '권경민이!!!' 소리가 울려 퍼지는 가운데
강선, 문 열고 나오는 경민 맞이하며.

강선　　참 용기 있다.

경민　　저랑 친한 거 들키지 마세요.

강선　　뭐 나도 승진은 텄고. 정년만 채우는 거지.

경민　　딸 결혼식 언제예요.

강선　　좀 땡겨보라고 했어.

경민　　요즘 애들이 말 들어요?

경민, 강선과 웃으며 다정하게 걸어가는데서.

## S#27 드림즈 사무실 외경 / 낮

## S#28 단장실 / 낮

노크 소리 들리고 이후에 세영이 들어오는데.

아무도 없고 단장 명패마저도 없는 휑한 방.

세영, 승수 책상에 가서 봐도 흔적이 없고.

세영, 불안한 마음에 빠른 걸음으로 단장실 나서고.

## S#29 사무실 복도 / 낮

세영, 복도를 달리는 모습 위로.

**〈플래시 컷, 9부 46씬〉**

영수 **(소리만)아버지까지 쓰러지고 나서 다니던 회사에서는 퇴직을 권고했고 형이 받아들이질 못했거든요.**

///

절박하게 뛰는 세영의 모습을 보고

다른 팀장들 모두 어리둥절하며.

## S#30 드림즈 주차장 / 낮

세영, 둘러 봐도 아무것도 보이지 않고.

다시 뛰는 세영.

**〈플래시 컷, 9부 47씬〉**

영수 **(소리만)아무것도 모르던 회사원을 없어질 예정인 씨름단에 보냈고... 그게 여기까지 온 거예요.**

세영 그렇게 계속... 해체만 되고... 아무도 단장님을 지켜준 적이 없네요?

///

## S#31 드림즈 관중석 / 낮

세영, 경기장에 입장하면서 숨을 헐떡이면서
시선은 경기장을 둘러보는데
혼자 우두커니 앉아 있는 승수가 보인다.
세영, 안심하면서 천천히 다가가고.

세영 단장님. 왜 짐 다 빼셨어요.

승수 ...

## S#32 PF 회의실 / 낮 (회상)

이제훈 조건이 있습니다.

승수 ...

이제훈 드림즈의 고용 승계에 백승수 단장은 포함시키지 않겠습니다.

승수 좋습니다.

이제훈 (뭐지 싶어 보다가) ... 이유라도 들어봐요.

승수 네.

이제훈 오늘 오전에 정기주주총회가 있었고요. 일단 야구단에 대한 반대가 심해요. 개인적 취미에 재벌 놀이하는 거 아니냐고...

승수 (걱정스러운 표정)

이제훈 사회적 가치, 마케팅 효과에 대해서 다시 설득할 예정입니다. 설득이 안 되더라도 밀어붙일 수 있어요. 그런데... 단장님의 현란한 업무 이력은 보수적인 주주들에겐 문제가 되는 거 같습니다.

승수 (담담한 미소)

이제훈 임동규 선수의 트레이드라거나... 시끄럽게 일하는 걸 원하질 않네요. 야구단 인수에 이어 백단장님의 자리까지 보장하기엔 회사에서 외로운 상황이긴 해요.

승수 익숙한 일입니다.

이제훈 미안합니다. 나중에 다시 여론을 봐서...

승수 (말 끊으며) 날도 따뜻해진 걸 보면 단장의 시간은 지났습니다. 이제 선수와 감독이 잘 하겠죠. 오늘의 결정만으로 대표님은 대단한 결정을 했고 제 걸음은 가벼워질 거 같습니다.

이제훈 같이 야구단 운영하면 지지고 볶고 하다가 친해지겠다 싶었는데. 언제 술 한잔 할래요? 친해지고 싶기도 한데 친해지면 안 될 거 같기도 하고. 아, 씨.

승수 저도 친해지고 싶긴 한데 그러면 안 될 거 같아서 거절합니다.

이제훈 아, 씨. 뭐... 오케이. 깍쟁이네. 악수나 해요.

이제훈, 승수에게 악수 권하면 두 사람 서로 악수하고.

## S#33 드림즈 관중석 / 낮

승수 이미 저는 수도 없이 많은 선수들한테 '당신 선수 생활은 여기까지라고' 말해왔는데 저도 들을 수 있는 말이죠.

세영 단장님 때문에 기분 좋게 준비한 건데요. 모기업이 바뀌면 단장님이 남을 수 있을 줄 알고.

승수 이 정도도 다행이죠.

세영 다시 한 번 설득해볼까요.

승수 아뇨. 절대.

세영 ...

승수 바쁜 사람입니다. 그리고 너무 많이 양보를 했어요.

세영 (손으로 가리키며) 저 쪽이에요. 정확해요. 아빠랑 처음 야구장에 와서 앉았던 자리.

승수 경기장 리모델링한 건데...

세영 아니, 그니깐 위치가 그래도 저쯤이라 이거죠!!

승수 (깨갱하며) 아, 네에...

세영 아빠는 공사장에서 일을 많이 했는데 돈을 많이 떼였어요. 엄마는 맨날 속 터진다고 하고. 아빠는 그 사람들 사정도 있다면서 담배만 뻑뻑 피우고 그랬는데... 그러다 어쩌다 돈이 생기면 야구장을 왔어요. 엄마는 안 오니까 저라도 끌고 온 거죠. 근데 그 날은 아빠가 정말 돈이 없었는지 야구장만 오면 손에 쥐어주던 호떡도 없었어요. 말없이 야구를 보는 아빠한테 호떡을 사달라고 말도 못 꺼냈죠.

승수 ...

세영 근데 그날 드림즈는 7연패 중인데 하필 타이탄스 투수는 지금 강두기 같은 국가대표 1선발 최수원 선수를 내보냈어요. 모든 팀들이 드림즈한테는 3승을 따내려고 오히려 좋은 선발 투수들을 다 내보냈거든요.

승수 확실하게 잡을 수 있는 약체를 잡는 건 치사하지만 효과는 있는 전략이죠.

세영 뒤에서 아저씨들은 감독을 자르라고 소리도 지르고. 그때 엄상구 선수가 3점짜리 홈런을 쳤죠. 감독 자르라고 소리 지르던 아저씨들도. 우리 아빠도 다 홈런 하나에 그 자리에서 방방 뛰면서 울었어요. 다 큰 어른들이. 약한 팀을 확실히 잡자고 내보낸 국가대표 투수한테 3점 홈런을 치고 우리가 이겼으니까...

승수 좋은 경기였네요.

세영 아빠는 그 다음 날에 공사 대금을 안 준 사장을 찾아가서 멱살을 잡았어요.

승수 그래서 받았습니까.

세영 잘은 몰라도 다 받진 못 했을 거예요. 그날 반찬이 두부조림이었던 거 같은데.

승수 반찬도 기록원답게 기억하시네요.

세영 (헛웃음) 참나. 아무튼 아빠 손잡고 다시 야구장에 가서 그 날은 호떡을 먹으면서 야구를 봤죠. 가끔 꼴찌팀 운영팀장으로 힘들 때는 저 자리에 앉아서 야구장을 보면 견딜 만해져요. 그런 곳을 지켜주신 거예요. 단장님이.

승수 ...

세영 어떻게든 남을 수 있는 방법이 없을까요.

승수 이렇게 떠나는 건 저한텐 익숙한 일이고.

세영 ...

승수 제가 떠나는 곳이 폐허가 아닌 건 저한테는 처음 있는 일입니다.

세영 ... 이번에도 아무도 단장님을 지키지 못했네요.

승수 아뇨. 저한테는 처음으로 뭔가를 지켜낸 걸로 기억이 될 거 같습니다.

세영 ...

승수 이걸로 계속 힘이 날 것 같습니다.

다음 말을 잇지 못하는 승수와 세영.

## S#34 고깃집 / 밤

(1부 26씬의 고깃집)

세영, 재희, 영수, 변치훈, 임미선, 유경택, 양원섭, 장우석 회식 중.

세영 재희야, 곽한영 선수 유니폼은?

재희 그때 두고 온 거요? KTX로 보내기로 해서 내일 아침에 받아 오기로 했어요.

세영 땡큐.

세영, 전화벨 울려서 받으면

세영 네, 중요한 시기니깐 선수단 식단 좀 신경 써주세요. 위험하지 않은 걸로. 네, 부탁드립니다.

세영, 전화 끊고 나면 옆에 있던 영수와 눈 마주치고 웃는다.

영수 회식 때는 한숨 좀 돌리세요.

세영 ... 저기...

영수 네?

세영 단장님은...

영수 네.

세영 그래도 제법 잘하고 있는 거 알고 계시죠?

영수 음, 그거 모르는 사람이 있을까요.

세영 그니깐 그게 단장님도 알고 있다는 뜻이죠?

영수 단장 말고 전 단장.

세영 아, 그러니깐 아무튼 전 단장인 백승수 님도 잘 알고 있단 거죠?

영수 (세영 외면하며) 여기 사이다 한 병 더 주세요!

세영, 약 올라서 '참, 나' 하는데

임미선 그래, 나도 말 나온 김에 좀 물어보자. 어떻게 지낸대.

영수 잘 지내죠.

임미선 우리 잘하고 있는 거 알면 좀 격려차 맛있는 것도 들고 놀러도 오라고 그래. 하여튼 진짜 정 없어.

재희 (영수 보며) 제 얘기는 안 물어보세요?

영수 (웃으며) 네, 안 물어봐요.

재희 (작게) 웃으면서 사람 패는 거 보니깐 형제가 맞네...

변치훈 갈 때까지도 그 회식 한 번 안 하고 말이야. 백 단장님, 다른 건 다 좋은데 이런 건 좀 별로야.

양원섭　(지나가다가) 다들 사무실에만 계시니까 추진력이 없지. 기습해서 강제 집들이 하면 되잖아요.

임미선　오, 좋다!

양원섭　차장님도 갈 거죠?

귀만 쫑긋 세우고 있던 장우석이 화들짝 놀라며.

장우석　(멋쩍어하며) ... 다 가는 분위기면 나도 가지.

영수　아뇨, 그게...

변치훈　영수 씨, 걱정 말어. 우리 양심적으로 포트럭 파티 할 테니깐.

유경택　집에 가도 아무도 없어요.

세영　왜요?

영수　아버지 병원에서 지내요. 생각 좀 정리하고... 어머니도 도와드리고요. 제가 그러라고 했어요. 제가 버니까요.

임미선　그 일 잘하는 사람이 일을 안 하고...

유경택　덕분에 우리는 계속 일을 하고...

다들 갑자기 말이 없어지며 분위기 무거워지면

세영　에헤이, 다들 왜들 이러세요. 누구나 이렇게 쉬어가는 시간이 필요하잖아요. 단장님도 정말 열심히 달리셨으니깐 이런 시간이 필요한 거죠. 지금은 우리 할 일만. 우리 내일... 정말 잘해 봐요.

**S#35　드림즈 경기장 외경 / 밤**

경기장 외경 위로.

캐스터(E)　시청자 여러분 안녕하십니까. 정우영입니다. 대한민국 최고의 스포츠, 프로야구의 대미를 장식할 2020년 한국시리즈! 드림즈와 세이버스가 겨루게 됩니다. 전년도 챔피언 세이버스, 전년도 꼴찌 팀 드림즈가 한국시리즈에서 맞붙는 사상 초유의 대결.

**S#36　드림즈 복도 / 밤**

재희, 신입과 같이 걸어가면서.

재희　야, 낙하산. 벤치에 전자기기 반입 금지인 거 알지?

신입　네, 알고 있습니다. 그래서 아까 벤치 다 확인했습니다.

재희　그래. 잘했고. 그리고 또 너 일정이 어떻게 돼.

신입　저... 경기 끝나면 정리하고 집에 가서 거품 목욕 할 겁니다.

재희　음, 그런 건 너무나 궁금하지 않고. 이따 나랑 팀장님이랑 같이 라커룸에 들어갈 거야.

신입　네.

재희　그러면 요즘 선수들이 스마트 워치를 많이 쓰는데 그것도 안 돼. 그거 차고 있는 선수 있는지 스윽 훑어 봐. 꼼꼼히.

신입　네!

재희　그래, 믿는다. 낙하산.

신입　근데 선배님. 궁금한 게 있습니다.

재희　　물어보도록.

신입　　왜 저보고 낙하산이라고 하십니까? 저희 집, 소박한 빌라에 네 식구 살고 있고 전 공채 시험으로 들어왔습니다.

재희　　음... 그건 말이지. 원래 매 기수 에이스들한테 붙이는 애칭이 있어. 우리는 그게 바로 낙하산이야.

신입　　아~ 감사합니다!

재희　　그래, 그래. 내가 이렇게 널 믿어.

재희, 툭툭 건드리는 손길에 돌아보면 세영이 씨익 웃고 있고.
그 뒤에는 변치훈, 임미선, 유경택, 양원섭, 장우석도 웃으며
서있고.
재희, 한없이 민망해지고.

세영　　너도 이제 선배 태가 좀 난다?

재희　　아, 됐어요. 빨리 가자고요.

**S#37　　드림즈 라커룸 / 밤**

선수들 각자 몸 풀고 있는데 긴장된 얼굴들 위로.

해설(E)　　드림즈는 2019시즌 꼴찌를 차지했었는데요. 이번 시즌 초반부터 안정적인 선발진을 바탕으로 정규 시즌 3위를 차지했습니다. 그리고 2위를 차지한 펠리컨즈에게 파죽의 3연승을 거두고 올라왔습니다. KPB리그 역사상 이런 도깨비 같은 팀은 처음이에요.

성복과 코치진 들어오고.

성복, 선수들 표정 보고 웃으면서.

성복　　얼었나?

장진우　　애들이 좀 얼었습니다.

장진우, 아래에 자막.

5승 3패 25홀드, 평균 자책점 2.01

최용구　　장진우가 제일 얼었는데?

성복　　얘들아, 진우 손에 우승 반지 안 끼워주고 은퇴시킬 거야?

선수들, 우렁찬 목소리로.

선수들　　끼워줄 겁니다!!

장진우　　저 아직 은퇴 결정 안 했는데...

성복　　(장진우 보며 웃다가 강두기 보고) 강두기, 오늘 몸 상태 좋나.

강두기, 일어서서.

강두기　　너무 좋습니다!!

강두기, 아래에 자막.

20승 3패, 탈삼진 201개, 평균 자책점 2.21

이철민 어우, 시끄러워. 야, 너 야구 그만두면 성악해도 되겠다.

최용구 강두기, 올해는 세이버스한테 강했으니까 믿는다.

서영주 제가 리드 기가 막히게 하겠습니다.

서영주, 아래에 자막.

타율 0.268, 출루율 0.327, 장타율 0.389, 도루 저지율 38.50%

민태성 야, 임동규. 그 술 취한 아저씨, 또 그물망 흔들더라.

임동규 끌려갔어요? 그 분은 술 좀 줄여야 되는데.

임동규, 아래에 자막.

(72경기 출장) 타율 0.354, 출루율 0.438, 장타율 0.574, 홈런 17, 타점 60

임동규가 곽한영 수건을 밟고 있어서 난감해하던 곽한영.

곽한영 (조심스럽게) 저 선배님. 잠깐만 발 좀...

곽한영, 아래에 자막.

타율 0.305, 출루율 0.440, 장타율 0.468, 홈런 20, 타점 101

길창주, 라커룸 앞에서 기도를 하고 있는데

이철민 창주, 니가 왜 기도를 해. 넌 내일 선발인데.

길창주 그냥 오늘 이기라고 기도했습니다.

길창주, 아래에 자막.
17승 6패, 탈삼진 179, 평균자책 2.52

이때, 라커룸 문이 열리면서 유민호 들어오고.

성복 유민호, 어디 갔다 오나.
유민호 할머니한테 전화하고 왔습니다. 제가 오늘 등판하는 줄 잘못 아시더라구요.

유민호, 아래에 자막.
11승 7패, 탈삼진 98, 평균자책점 3.87

이때 세영, 재희, 신입, 변치훈, 임미선, 유경택, 양원섭, 장우석 라커룸에 들어오면서 선수단과 프런트 상호 인사하고.

세영 여기까지 왔네요.

세영의 한마디에 선수단과 프런트 모두 많은 상념이 스치고.

세영 다들 아시죠. 정규 시즌 1등 세이버스에게 상대 전적에서 앞선 유일한 팀. 어디라구요?
선수들 드림즈!! 드림즈!!

세영 우리가 얼마나 오래 별러 왔는지 보여줍시다!!

선수들, 환호하며.

**S#38 복도 / 밤**

라커룸 문이 열리고.

우루루 몰려나오는 선수단.

성복 가자!

선수단 예!

선수단, 걸어 나가는 모습 뒤로.

세영, 재희, 변치훈, 임미선, 유경택, 양원섭, 장우석, 신입 등

프런트도 그 뒤를 여유 있는 걸음으로 따라가면

어디선가 영수도 자연스럽게 합류하고.

영수, 유경택 같은 속도로 대화 나누며 이동하고.

세영, 뭔가 두고 온 것처럼 뒤를 돌아보고 그 자리에 서있다가

스스로 다짐하는 표정으로 걸음을 떼고.

**S#39 도로 / 밤**

승수 차가 달리는 모습.

**S#40　승수 차 안 / 밤**

부드럽게 핸들을 잡고 운전하는 승수의 손.

승수의 차량 너머로 보이는 야구장 외경.

흘끔 보는 승수 모습 위로.

해설　올 시즌에는 세이버스에 약하다는 이미지를 완전히 깨버린 강두기 선수. 세이버스 상대로 1.31 방어율을 기록해서 세이버스 킬러가 됐어요.

캐스터　드림즈 팬들은 그런 말을 하고 있습니다. 드림즈를 이길 팀은 여러 팀일 수 있지만 세이버스를 이길 팀은 드림즈밖에 없다. 말씀드린 순간 강두기 선수, 첫 타자를 유격수 앞 땅볼로 잡아냅니다.

야구장을 지나쳐서 가는 승수.

**S#41　주차장 / 밤**

승수가 차를 천천히 주차하는 중.

캐스터　주자 곽한영 선수가 자꾸 투수를 거슬리게 만드는데요. 타석엔 임동규, 루상에는 발 빠른 곽한영. 아주 골치가 아플 겁니다. 말씀드린 순간!! 쭉쭉 뻗어가는 공!!!

해설　이건 넘어갔죠. 홈런이에요.

캐스터　홈런!!! 세이버스에게!!! 이번 가을만큼은 내줄 수 없다는!! 임동규 선수의 의지입니다!!

승수, 양손을 한 번 마주친 뒤 시동을 끄고 내린다.

**S#42 엘리베이터 / 밤**

엘리베이터 문이 열리고 승수가 내린다.

**S#43 대형 회의실 앞 / 밤**

복도를 걷는 승수에게 걸려오는 전화.

확인 없이 받는 승수.

경민(E) 늦지 않게 가고 있어요?

승수 네.

경민(E) 싸가지는 더럽게 없는데 일은 잘하는 사람이라고 소개했더니 좋아하던데요.

승수 일만 잘하는 사람을 더 좋아할 텐데 이분들한테는 아쉽게 됐네요.

승수, 큰 문의 손잡이 잡는데

경민(E) 백 단장.

승수 네.

경민(E) 자신 있어요? 야구도 이제 겨우 익숙해졌는데 다른 종목을...

승수 글쎄요... 해 봐야 알 것 같지만... 열심히는 할 겁니다.

승수, 걸음 멈추고 전화를 끊고
정면을 응시하며.

승수 **다들 그렇지 않습니까.**

승수, 다시 걷다가
양쪽으로 열리는 대형 문을 양손으로 밀며
들어가는 승수의 모습에서.

감사합니다.

드디어 마지막 대본을 털게 되네요.
기획한 기간부터 5년에 가까운 시간이 흘렀습니다.
감상에 빠져도 되는지 모르겠지만
우선 명쾌하게 할 수 있는 말은 너무 감사하다는 말입니다.

'이건 절대 안 된다'는 말과 함께
이름 없는 작가인 저에 대한 세간의 평가는
스스로를 믿던 제가 가망 없는 꿈을 꾸고, 현실을 모르는 사람이며
형편없이 어설픈 작가라고 스스로 인정하게 만들었습니다.
그러다 만나게 된 게 지금 옆에서 같이 작품을 만들어가는 여러분들입니다.

성공 사례가 없는 야구 소재의 대본에 믿음을 갖고, 하고 싶은 이야기를 맘껏 펼치도록 기다려준 한정환 본부장님 정말 감사합니다.

홍성창 EP님, 망하더라도 만들 가치가 있는 작품이라는 말씀과 멘탈이 흔들리던 저에게 보내주신 문자들은 저를 버틸 수 있게 해주셨습니다.

너무 오래 쉬어서 더 걸을 수 없을 것 같은 때에 다시 글을 쓸 수 있는 힘을 불어넣어 주신 박민엽 대표님 정말 감사합니다.

정동윤 감독님, 규카츠 먹으면서 했던 약속들을 너무 잘 지켜주신 감독님은 정말 감동님입니다. (저도 잘 지켰죠?) 감사합니다. 더 많은 얘기를 나누기 위해 이곳엔 말을 아끼겠습니다.

한태섭 감독님, 이렇게 트러블이 없을 줄은 모르고, '혹시나 어떤 일이 생겨도 작가님과의 소통을 포기하지 않겠다'는 말이 정말 오래오래 든든했어요.

남궁민 배우님, 대본을 쓰면서 작가인 제 머릿속에서 한 번도 제대로 구현되지 않았던, 그러면서도 모든 것을 책임져야 했던 백승수가, 배우님 안에서 완성됐습니다. 전 그때부터 시청자로서 즐길 수 있었습니다. 편견을 가지지 않고 이 작품을 선택하고, 흔들림 없이 책임지고 끌고 나간 배우님이 바로 진짜 백승수입니다.

박은빈 배우님, 시청자들의 시선을 세영이 옆으로 끌어 앉혀 스토브리그의 세계로 안내해주셨어요. 그리고 세영이의 진심은 늘 대본 이상으로 시청자들에게 전달될 수 있었습니다. 책임감으로 뭉친 배우님을 존경합니다.

오정세 배우님, 경민이의 악행을 시청자분들이 지치지 않고 지켜보면서 언젠간 바뀔 거라고 믿게 된 건, 우리 드라마의 개성이자 힘이었고 배우님이 경민이었기 때문에 가능했습니다. 토씨 하나도 틀리지 않으면서 대사를 살려주셔서 작가로서 행복한 체험이었습니다.

조병규 배우님, 우리 드라마에서 제가 고집해야 했던 이야기들을 구현하려다 보면 생기는 큰 고민들은, 문득 정신을 차려보면 재희가 씩씩하게 해내고 있었습니다. 스포츠 오피스 드라마는 그렇게 구현되어 가고 있었습니다.

손종학 배우님, 강선을 구현하는 배우님을 보면서 강선을 통해 보여주고 싶은 것들이 점점 더 많아졌습니다. 많지 않은 분량임에도 그런 것들이 표현됐다면 제가 물개박수를 치게 만든 배우님 덕분입니다.

이준혁 배우님, 대본 리딩부터 밝게 해준 배우님과 TV로 본 고세혁과의 괴리에 늘 놀랐습니다. 캐릭터 고세혁을 경멸하다가 배우 이준혁을 보면 바로 웃게 만드는 배우님의 능력에 고세혁을 마음껏 악하게 그릴 수 있었습니다.

윤병희 배우님, 지금도 어느 중학교 야구장에서 경기를 보고 있을 것만 같네요. 양원섭을 지켜보다 보면 제가 쓴 대본인데도 예측이 안 되는 느낌이었습니다. 그렇게 궁금해지게 만드는 양원섭을 연기하셨습니다.

김도현 배우님, 드라마를 보며 초반에 '유경택을 너무 가둬둔 것은 아닐까' 걱정했지만 기우였습니다. 묵묵히 기다리다 할 일을 정확하게 해준 배우님 덕분에 유경택은 완벽하게 이해받았고, 프런트에 대한 응원이 커졌습니다.

윤선우 배우님, 승수와의 관계를 떠나서 영수를 통해 보여주고 싶은 것이 많이 있었지만 제 대본이 불친절한데도 그걸 다 이해하고 연기를 보여주셨네요. 대본보다 찡한 형제애를 느꼈습니다.

김수진 배우님, 어느 회사의 사무실에 들어가도 임미선 팀장은 있을 것 같습니다. 텀블러 하나를 손에 들고 이곳저곳 돌아다니며 자기 능력을 잠재시킨 임미선 팀장의 사소한 행동 하나하나가 오피스 드라마를 만들었습니다.

박진우 배우님, 변치훈은 오래 회사에 머물다 보면 어느새 정이 쌓이고, 회식에서도 커피 타임에서도 없으면 아쉽고 생각나는 사람입니다. 배우님은 서두르지 않고 그런 변치훈을 만들어주셨습니다.

김기무 배우님, 누구에게나 나름의 진심과 순정이 있다는 것을 장우석을 통해 보여주고 싶을 거라고 작품을 구성한 초기엔 상상도 못했습니다. 배우님이 영감을 주셨어요.

홍기준 배우님, 많은 이야기 대신에 몇 마디 말로도 화려한 시절을 보내고 저물어가는 장진우를 느끼게 해주셨습니다. 잠깐의 등장으로 (우승)반지를 끼워주고 싶은 남자가 되셨습니다.

채종협 배우님, 유민호는 왜 어느 선배와 붙여도 다 그림이 나오는 걸까요. 진심으로 야구하는 유민호의 모습으로 모든 연장자들의 마음을 뒤흔들어주셨어요.

조한선 배우님, 오피스 드라마와 야구 드라마를 넘나드는 건 배우님의 에너지가 전달된 도움이 큽니다. 중간의 공백을 견뎌주시고 그 힘으로 홈런을 날리는 모습이 멋졌습니다.

하도권 배우님, 강두기의 주인이 정해지고 방송을 보며 제가 대본을 쓰면서 강두기를 그려나가기가 많이 편해졌습니다. 모든 야구팬이 바라는 유니콘은 그렇게 같이 만들어지고 있었습니다.

이용우 배우님, 가장 걱정이 많았던 시간에 음악도 깔리지 않은 파인본의 길창주를 보면서 눈물이 났습니다. 길창주가 보여줘야 하는 단 한 가지를 놓치지 않은 집중력이 너무 멋졌습니다.

차엽 배우님, 서영주의 다양한 모습에 제가 백승수 단장을 따라다니는 어느 이름 없는 프런트 직원이 된 기분으로 몰입하며 즐겁게 지켜봤습니다.

김동원 배우님, 많지 않은 분량에서도 최선을 다해준 김동원 배우님에게 저는 어떻게 보였을까요. 다음을 기약하고 싶습니다.

김봉만 배우님, 1루에서 고생하시며 야구 드라마를 완성해주신 부분을 방송을 보면서 계속 느끼게 되네요.

이얼 배우님, 감독님이라고 불러야 할 것만 같네요. 유민호만큼이나 감독님의 성장이 담겨있는데 시청자들이 같이 응원하며 지켜봐주셨습니다. 감독님 덕분이에요.

손광업 배우님, 초반에는 미움만 받아야 했지만 일관되게 유민호를 챙기는 따뜻한 투수코치님의 모습 또한 멋지게 표현해주셨습니다.

김민상 배우님, 낯설지만 늘 친근한 배우이고 싶다는 멋진 말씀이 기억나네요. 이미 그렇게 좋은 모습들을 계속 보여주고 계신다고 속으로 생각했습니다.

서호철 배우님, 거칠고 다혈질의 민태성은 최용구와 이철민 앞에선 그저 활기찬 동생이 되는 연기를 보여주셨죠. 민태성의 에너지가 전 참 좋았습니다.

황태광 배우님, 배우님에 비해 너무 작은 배역을 드린 것은 오직 제 부족함입니다. 다양한 코치들의 캐릭터가 한데 어우러지지 못했음에도 초반의 강렬한 등장과 전지훈련에서의 자연스러운 모습은 제 반성이 깊어지게 했습니다.

이태형 배우님, 배우님에게 배터리코치 이제원의 역할은 얼마나 좁고 갑갑했을까요. 하나의 부족한 작가가 많은 배우님들에게 빚을 지게 되네요. 다양한 개성의 코치들이 이야기에 들어올 여지를 만들지 못해서 죄송합니다.

이대연 배우님, 김종무 단장이 사랑받은 이유를 혹시 아세요? 전 아는데... 한 글자만 얘기할까요? 하나, 둘, 셋... 죄송합니다. 배우님의 인간적인 매력 덕분입니다. 저도 김종무 단장이 등장하면 싱글벙글 웃었습니다.

송영규 배우님, 오사훈 단장의 날카로움을 충분히 연기하셨지만 사마의 같은 캐릭터를 그림에 있어서 제가 부족했다고 느낍니다. 죄송하고 감사합니다.

박소진 배우님, 배우님의 등장 첫 대사부터 느껴지는 노력의 흔적이 멋졌습니다. 고민과 고생을 거친 배우님을 계속 응원할 겁니다.

김정화 배우님, 많은 등장이 아님에도 나올 때마다 보여주는 멋진 케미와 분위기에 또 다른 이야기를 짐작하게 해주셨습니다.

윤복인 배우님, 작품 전반의 사건들을 압축하는 배우님의 존재감과 세밀한 표현력에 비하면 제 대본은 초라한 쥐꼬리였습니다.

전국환 배우님, 경민이 부딪히는 너무나 강력한 벽으로 존재해주셔서 감사합니다.

홍인 배우님, 경민이에게 존재하는 또 다른 경민이를 연기하는 일은 쉽지 않으셨겠지만 전, 너무 좋았습니다.

이규호 배우님, 짧은 등장 속에서도 승수와 홍만의 지난 시간들을 유추할 수 있는 연기 감사합니다. 승수 시점으로 보는 모두가 참 든든했습니다.

문원주 배우님, 곱창집 사장님과 불펜 포수를 오가는데 둘 다 기범의 모습이더군요. 고생 많으셨습니다.

하수호 배우님, 저와 얘기 나누었던 그 책임감에 대한 이야기, 참 인상 깊었고 배우님의 그 책임감의 씨앗이 멋진 나무를 만들 거라 믿습니다.

구성환 배우님, 다른 작품에서 접한 캐릭터와 다른 새로운 모습을 보여주셔서 이준모로 인해 드림즈는 전지훈련에서 더 강한 팀이 됐음을 실감하게 해줬습니다.

특별출연해준 펭수, 펭하! 저도《삼국지》좋아해요. 적당히 서늘하고 한적한 곳에서 펭수와《삼국지》토론을 나누고 싶네요. 저는 펭수가 여유를 찾으면 좋겠어요.

이제훈 배우님, PF대표라는 마지막 관문은 이 사람밖에 없다고 생각하면서도 제 스스로가 참 뻔뻔하다고 생각했습니다. 배우님 이름을 적어놓고 대본을 써나가며 욕심을 냈는데 이 사람(엔터테인먼트의), 이제훈 배우님이 정말 와주셨어요.

이외에도 전문성을 가진 각각의 사람을 연기해주신 많은 배우분들,
선수와 프런트의 가족을 생생하게 연기해주신 많은 배우분들.
추위에 떨며 고생한 모든 배우분들.
평생 잊지 못할 저의 첫 작품에 함께해주셔서 감사드립니다.

조은정 차장님, 많은 사람들이 일을 할 때 중요한 것은 '합'이겠죠. 저의 첫 작품에서 많은 고생을 해주셔서 죄송함과 감사함을 같이 말씀드리고 싶습니다.

황창인, 정철민, 엄성탁, 김정기 촬영감독님들께 너무 어려운 고민을 드려서 죄송했고 결과물에 감탄했습니다. 너무 걱정했던 야구 장면의 구현 외에도 다른 감정적인 장면과 충돌을 너무나 멋지게 담아주심에 다시 한 번 감사드립니다.

조인형 편집감독님, 꼼꼼하게 속도감 있는 작품으로 만들어주셔서 감사합니다. 대본과 촬영을 거친 '편집'이란 결과물을 보고 많이 배웁니다.

박세준 음악감독님, 좋은 음악이 우리 드라마에서 들려오는 건 모두가 알지만 서툰 저의 대본이 훌륭한 연출, 배우들과 함께 적재적소에 깔리는 음악의 힘을 얼마나 많이 받았는지, 저는 정말 정확히 알고 있습니다.

김문교 조감독님, 결혼을 앞두고 많은 고생을 하게 만든 거 같습니다. 너무 훌륭한 배우분들과 작품을 이어준 노력 덕분에 작품이 단단해졌어요.

권다솜 조감독님, 거의 뵙지 못했지만 활약상을 들어보면 연출부의 이세

영이라고 해도 좋을 것 같습니다. 감사합니다.

이수민 조감독님, 자료가 많은 드라마 속에서 고생이 많으셨죠? 덕분에 스샷이 두렵지 않았습니다. 감사합니다.

황보상미 피디님, 너무나 덥고 힘든 시간들을 많은 배려로 함께해주셔서 감사합니다. 오래 오래 피디님을 응원하겠습니다.

김다운 피디님, 대본의 빈 곳을 채워주는 보석 같은 의견들과 쉽게 다치는 제 멘탈에 새살이 솔솔 돋게 해준 마데카솔 같은 배려들을 제가 도대체 어떻게 갚아야 할지...

세미 작가님, 꼼꼼하게 제 실수들을 체크해주고 좋은 의견들로 저를 보완해줘서 큰 의지가 됐습니다. 빠른 시기에 입봉해서 동료 작가가 돼주세요.

제가 직접 뵙지 못한 분들을 일일이 언급하지 못해서 송구합니다. 골든글러브 시상식 때 쪽지를 준비한 임동규보다 제가 못하네요. 작업실에서 컴퓨터 앞에만 앉아있어서 많은 스태프분들의 고생을 짐작만 할 뿐, 이 글로도 다 담지 못합니다. 종방연 때 제가 콜라라도 들고 건배하면서 우리 드라마의 프런트인 모든 스탭분들 노고도 듣고 싶습니다. '네가 쓴 대본의 이 부분 때문에 우리가 이렇게 힘들었다.' 약하게 살살 타박을 해주셔도 됩니다. 고생 속에서도 즐거움이 있는 현장이며, 작은 보람을 챙기는 현장이셨길 바랍니다.

그리고 시청자 여러분이자 이 책을 읽어주시는 분들께.

저는 많이 알고 쓰는 사람이 아닌 것 같습니다. 드라마는 마땅히 어떠해야 한다, 그런 원칙 같은 것은 최고의 선생님들께 배워도 아직도 헷갈립니다. 드라마의 성공(성공이라고 해도 되겠죠?)으로 인해 이 대본이 옳은 대본으로 판정을 받은 건지도 모르겠습니다. 드라마 작법뿐만이 아니라 야구 또한 그렇습니다. 제 대본에 커리어를 맡긴 배우들은 아무 잘못 없이 열연을 하는데, 제가 잘못된 지식을 담았을 경우엔 배우들이 바보처럼 보일 수 있다는 생각에 많이 두렵기도 했습니다. 하지만 방송을 보면서 그리고 그에 대한 반응들을 전해 들으면서 제 마음에 다른 생각들이 들기 시작했습니다. '한 주의 낙이 된다'라는 과분한 의견들과 '오랜만에 아버지와 드라마를 통해서 말을 섞게 됐다' '포기했던 어떤 일을 다시 시작해보려 한다'는 시큰한 이야기들. 제가 용기 있게 하고 싶은 말을 끝까지 펼칠 수 있어야 한다고 생각했습니다. 이런 고민들의 결과인 〈스토브리그〉가 하루하루 열심히 살아가는 여러분께 휴식이 되는 드라마였길 바랍니다.

사랑받은 첫 작품을 통해서 저는 조금은 덜 막막한 길을 걸을 수 있을 것 같습니다. 새로운 이야기를 선보일 수 있길 바라며 다시 고민에 들어가겠습니다. 저한테 주셨던 따뜻한 격려가, 어딘가에서 유리병에 담아 바다에 띄우는 편지 같은 글을 쓰고 있는 신인 작가들의 작품에도 닿았으면 좋겠습니다.

드라마의 시작부터 지금까지, 앞으로도 정말정말 감사합니다.

이신화 드림.

## 출연진 및 만든 사람들

**출연** 남궁민, 박은빈, 오정세, 조병규, 전국환, 이얼, 손종학, 윤복인, 이준혁, 김수진, 박진우, 김도현, 윤병희, 김기무, 윤선우, 김정화, 박소진, 김민상, 손광업, 황태광, 이태형, 서호철, 김광현, 홍기준, 하도권, 차엽, 이용우, 채종협, 유인혁, 김동원, 장원형, 김봉만, 송민형, 이대연, 송영규, 문원주, 이규호, 이주원, 김강민 그리고 조한선

**대본 자문** 구현준, 권재우, 김경민, 김선웅, 민호균, 민훈기, 박윤성, 박지훈, 서석기, 석장현, 성승우, 신경식, 신민철, 이강은, 이광환, 이남현, 임성순, 임헌린, 장원영, 정민혁, 한근고

**야구 자문** [도곡 아카데미]

**만든 사람들**

기획 홍성창
극본 이신화
연출 정동윤, 한태섭
제작 박민엽
프로듀서 조은정

A팀
촬영감독 황창인, 정철민
포커스풀러 최중혁, 박유빈
촬영팀 정기훈, 백학빈, 김두하, 길아영, 가다연
촬영 1st 신지훈, 구명준

B팀

| | |
|---|---|
| 촬영감독 | 엄성탁, 김정기 |
| 포커스풀러 | 김수훈, 김기태 |
| 촬영팀 | 김민하, 유찬인, 오경훈, 김진환, 이년교 |
| 촬영 1st | 서정연, 오유석 |

A팀 [스텔라]

| | |
|---|---|
| 조명감독 | 최종근 |
| 조명 1st | 권일률 |
| 조명팀 | 문상수, 방현동, 이성원, 정재웅 |
| 발전차 | 하동형 |

B팀 [2YS]

| | |
|---|---|
| 조명감독 | 황영식, 이락영 |
| 조명 1st | 손재윤 |
| 조명팀 | 이성재, 이준수, 김민철, 권준오 |
| 발전차 | 고정익, 이규진 |

A팀 [믹키]

| | |
|---|---|
| 동시녹음 | 전명규 |
| 동시팀 | 정승현, 김성재 |

B팀 [HM SOUND]

| | |
|---|---|
| 동시녹음 | 박주호 |
| 동시팀 | 양진현, 박용천 |

| | |
|---|---|
| A팀 장비 | 한두성, 정동근, 배남희, 임정민 |
| B팀 장비 | 김학균, 이규환, 최승제 |
| 지미집 | 정석원, 김종윤 |
| 미술감독 | 이용탁 |
| 세트 디자인 | 김운성, 신나래 |
| 스튜디오 세트 | 김형관, 이영택 |
| 야외 세트진행 | 이상목, 전우진, 민창기 |
| 작화 | 김지영, 김형남, 박준호 |
| 전기효과 | 정기석, 이준희 |
| 미술행정 | 최연현, 김경욱 |
| 세트협력 | 아트원, 신세계기획 |
| 스튜디오 조경 | 성은농원 |
| 소도구 | [(주) 공간] 윤준모, 문원기, 최동수, 김현정, 박소연 |
| 미용 | 심정화, 박지숙 |
| 분장 | 이치환, 홍찬희, 김영서 |
| 의상 디자인 | 김수안, 탁은주 |
| 의상 | 이두영, 류수진 |
| 팀코디 | 윤민, 구가은 |
| 색보정DI | 이승훈, 김지연 |
| 사운드 | [모비 사운드] 박준오, 이승우, 탁지수, 최형민, 김용배 |
| VFX | 성형주, 김한선, 황하늬, 김아름, 박찬혁, 김승아, 유민근, 이정은, 제성경, 조수현, 이진우 |
| 편집 | [COOL MEDIA] 조인형, 박지현, 임호철 |
| 편집보 | 최효석, 김보경 |
| 스틸 | 송현종 |
| 음악감독 | 박세준 |
| 음악작곡 | 재미난 생각 |
| 오퍼레이터 | 김동혁 |
| 종편감독 | 한광만 |
| 종편자막 | 최호진 |
| 종편보조 | 차영아, 구희정 |
| 포스터 | [다이버스] |
| 포스터촬영 | [스튜디오 차군] |
| SBS홍보 | 손영균, 이두리, 정다솔 |
| SBS소셜미디어 | 박민경, 김현제, 이재영 |
| SBS홍보스틸 | 김연식, 옥정식 |
| 홍보대행사 | [3HW] 이현, 이현주, 백은영 |

[SBS 콘텐츠허브]

메이킹총괄 이미우
메이킹촬영 김승유
메이킹편집 안정아
해외사업 총괄 진해동
해외사업 담당 이한수, 윤상일, 구자명, 이정화, 임미경, 김영환, 박신, 권도진, 권민경, 이세진, 류나은, 노기석, 이승민, 조수정, 김지상, 고건, 송우리
OST 제작 오은정, 서동욱

[SBS I&M]

웹기획 박형진, 강유진
웹운영 김예슬
웹디자인 김비치
웹콘텐츠 최현정

무술감독 [서울액션스쿨] 강영묵, 류성철
특수효과 [No.1 Crew] 구형만, 이재명

A팀 보조출연 [태양기획] 김성원, 김연수, 김성환
B팀 보조출연 [태양기획] 양지훈, 김형욱, 정양호
아역 보조출연 [수엔터테인먼트] 김태범, 고기연, 정동진
캐스팅 [배우 마당] 임나윤, 양혜미, 강경돈
아역캐스팅 [배우 마당] 정수아, 이지은
외국인캐스팅 노지은, 김송이

렌트카 [올댓카] 손병희, 조정기
렉카 [월드렉카] 정원종
연출봉고 박대성, 강학구
카메라봉고 이정호, 김재국, 박민, 권희갑
스태프버스 박주홍, 김윤태
제작봉고 허선일
분장차 권영각
의상차 이재범, 윤통정
소품차 이상모

대본인쇄 [슈퍼북] 김주형

[길픽쳐스]

기획이사 황보상미
기획PD 김다운
제작관리 김유리
보조작가 박세미

[로드미디어]

마케팅총괄 이희영
마케팅PD 정가은

SBS마케팅 장기웅, 이승재
제작PD 이형숙, 박상진
라인PD 정병현, 안영인, 경진수
D.I.T [D.O] 김도린, 안민정
SCR 김다은, 김채은
섭외 [로케이션어스] 고영두, 윤철환, 고익

FD [MSG] 이상현, 김지훈, 안홍모, 김민수, 곽귀종, 이용민, 양선정, 우예빈
내부 조연출 김한글
조연출 김문교, 권다솜, 이수민, 황현민

STOVE
LEAGUE